www.ingramcontent.com/pod-product-compliance
Lightning Source LLC
Chambersburg PA
CBHW071734150726
47998CB00005B/1642

شکستہ بتوں کے درمیان

اور دوسرے افسانے

(انتخاب)

سلام بن رزاق

ایجوکیشنل پبلشنگ ہاؤس، دہلی

نام کتاب   :   شکستہ بُتوں کے درمیان اور دوسرے افسانے (انتخاب)

مصنف   :   سلام بن رزاق

اشاعتِ اول   :   ۲۰۱۰ء

کمپیوگرافی   :   کتاب دار کمپیوٹرز

پتہ (رہائش)   :   ۹؍۱۱، ایل آئی جی کالونی، ونوبا بھاوے نگر، کرلا (مغرب) ممبئی–70

موبائل   :   09967 330204

Shikasta Buton ke Darmiyan aur Dusre Afsane
(Urdu Short Stories)
By
Salam Bin Razzak
Year of Publication 2010

Residence : 11/9, L.I.G. Colony, Vinoba Bhave Nagar,
Kurla (w), Mumbai - 400 070.
Mob: 09967 330204

Publisher: Educational Publishing House, Delhi.

فہرست

اُلبم

ہوتا یہ ہے کہ میں جب بھی اس البم میں اپنی تصویر چپاں کرنے کی کوشش کرتا ہوں میری تصویر پر کئی دوسرے چہرے چپک جاتے ہیں۔ یہ چہرے کوئی اور نہیں میرے ہی عزیزوں، رشتے داروں اور دوستوں کے چہرے ہیں۔ جنم جنم کی معصومیت لیے، سفّاک چہرے، جن کی خاموش چنگھاڑ سے میرے دماغ کی نسیں چٹخنے لگتی ہیں۔ ٹکڑے ٹکڑے جوڑ کر ایک پیکر گڑھنے کی کوشش کرتا ہوں۔ مگر ہوا اس قدر تیز ہے کہ ریزہ ریزہ بکھر جانے کا خوف برابر لگا رہتا ہے۔ میں اس بدنصیب شخص کی طرح ہوں جو دوڑتے دوڑتے ہانپ گیا ہو مگر سُستانے کے لیے جس درخت کے سایے تلے بیٹھا ہے، اُس کی ساری جڑوں کو کیڑے چاٹ چکے ہیں۔ مجھے مجھ تک پہنچنے کے لیے ابھی نہ جانے کتنے جہنموں سے گزرنا پڑے گا۔ اُف، جہنم در جہنم بکھرے ہوئے اپنی ذات کے شیرازے کو سمیٹنا کتنا کرب ناک ہوتا ہے۔ میں اپنے چہرے پر جس چہرے کی آنچ سب سے پہلے محسوس کرتا ہوں، وہ میری بوڑھی ماں کا چہرہ ہے۔ خستہ اور بیمار، تھکن اور بڑھاپا اس کے ریشے ریشے سے عیاں ہے۔ بس کسی بھی دن 'الوداع' کہنے کو تیار بیٹھی ہے۔ تاہم اس کا علاج آج بھی برابر جاری ہے۔ بستی کا کون سا حکیم،

ڈاکٹر ہے، جس سے میں نے اس کا علاج نہیں کرایا؟ اب بھی کروا رہا ہوں۔ آج بھی ہر ماہ تیس چالیس روپیوں کی دوا دارو ہو جاتی ہے۔ اس کی پھل فروٹ الگ سے۔ نہیں، اس میں احسان جتانے جیسی کوئی بات نہیں۔ مجھے ان سب کے لیے کرنا ہی کیا پڑتا ہے۔ روزانہ دو تین گھنٹے اور ٹائم، دن میں چار پانچ جھوٹ اور ایک آدھ موٹے مرغے کی تلاش۔ ہاں یہ سب کیے بغیر تین، ساڑھے تین سو میں کوئی کچھ نہیں کر سکتا۔ میری ماں بھی سب جانتی ہے۔ ابھی پچھلے ماہ جب غیر متوقع طور پر ایک پارٹی سے مجھے دوسرو پے ملے تو گھر میں سب کے لیے کپڑے، بچے کے لیے مٹھائیاں اور کھلونے آ گئے تھے۔ تین چار روز تک سبھی بہت خوش رہے، ماں دوسرے دن، کرم علی شاہ بابا کی درگاہ پر چڑھاوا بھی چڑھا آئی۔ ماں نے وہاں شاید میری کمائی میں برکت کے لیے سچے دل سے دعا بھی مانگی ہو۔ ماں بیٹے کے لیے سچے دل ہی سے دعا مانگ سکتی ہے، چاہے وہ جھوٹ کی حمایت میں کیوں نہ ہو۔

وہ تو ایک پُرانا آدرش وادی قصہ تھا کہ ماں نے اپنے بیٹے کی آستین کے نیچے سو دینار سی دیے اور اُسے سفر پر روانہ کرتے ہوئے تلقین کی کہ ہمیشہ سچ بولنا۔ پھر اس لڑکے کی سچائی نے ڈاکوؤں کے دل پھیر دیے۔ میری ماں یہ سب کرے تو کھانس کھانس کر تیسرے ہی دن دم توڑ دے۔ میں تو جانتا ہوں۔ ماں کی بیماری موت کی بیماری ہے۔ میں یہ بھی جانتا ہوں، اس میں اب بات بے بات چڑچڑانے یا کھانسنے کھنکارنے کے سوا کچھ باقی نہیں بچا ہے۔ مگر کیا کیا جائے۔ آدمی آخری سانسوں تک زندگی سے چمٹا رہنا چاہتا ہے۔ ماں کی خدمت سے بھلا کیسے انکار ہو سکتا ہے۔ اس نے مجھے دو برس تک دودھ پلایا ہے۔ میں بھی پچھلے بارہ برسوں سے اُسے دوا پلا رہا ہوں اور ذرا بیزار نہیں ہوا۔ نہیں ایسی بات نہیں۔ میں دودھ اور دوا کا موازنہ نہیں کر رہا ہوں، مگر اب کیسے سمجھاؤں۔ سعادت مندی کے تمغے مفت تو نہیں بٹتے۔ کبھی کبھی آدمی کو ایک بہتر آدمی بننے کی سعادت پانے کے لیے خواہشوں کی کتنی قتل گاہوں سے گزرنا پڑتا ہے۔

ابھی پچھلی دفعہ میں ماں کے لیے اسٹور سے دوا خرید نے گیا۔ میڈیکل اسٹور اور وائن شاپ ایک دوسرے سے ملحق تھے۔ میں بے خیالی میں وائن شاپ میں گھس گیا اور رنگ برنگی بوتلوں پر حریصانہ نگاہ ڈالتا ہوا دواؤں کا نسخہ وائن شاپ کے مینجر کے ہاتھ میں تھما دیا۔ اس نے مجھے نیچے

سے اوپر تک گھور کر دیکھا اور اُنگلی سے اشارہ کرتا ہوا بولا۔

’’باجی میں ۔۔۔ باجی میں جاؤ۔‘‘

تب مجھے ہوش آیا اور میں شرمندہ ہو کر وہاں سے پلٹ آیا۔

اس رات مجھے ٹھیک سے نیند نہیں آئی۔ عجیب اوٹ پٹانگ خواب دیکھتا رہا۔ میں ایک لق و دق صحرا میں دوڑا چلا جا رہا ہوں۔ پیاس کے مارے میرے حلق میں کانٹے سے پڑ گئے ہیں اور میں کسی تھکے ہارے چوپائے کی طرح زبان نکالے ہانپ رہا ہوں۔ سامنے پانی کا ایک چشمہ نظر آتا ہے۔ میں اس کی طرف لپکتا ہوں۔ مگر چشمے کے قریب پہنچنے سے پیشتر ہی میں گھٹنوں گھٹنوں ریت میں دھنس جاتا ہوں۔ دھنستا ہی چلا جاتا ہوں۔

اس رات میں نے پہلی دفعہ محسوس کیا کہ ماں کی کھانسی میری نیند میں کتنا خلل ڈالتی ہے۔ ماں کی دوا برابر جاری ہے۔ میں ناخلف نہیں ہوں۔ میں نے تہیّہ کر لیا ہے کہ کچھ بھی ہو جائے میرا اپنا آپ بک جائے۔ میں آخری لمحوں تک اس کا علاج کراتا رہوں گا۔ اپنی ماں سے کسے محبت نہیں ہوتی، مجھے بھی ہے۔ کیا محبت مجبوری کا دوسرا نام ہے؟ ماں کے چہرے کے ساتھ ایک اور چہرہ جُڑا ہوا ہے۔ اُداس، مضمحل اور جگہ جگہ سے ٹوٹا پھوٹا۔ یہ والد مرحوم کا چہرہ ہے۔ ہاں، یہ اب اس دنیا میں نہیں رہے ۔۔۔ بیماری؟ کوئی بیماری نہیں تھی۔ سوائے شراب کے۔ آخری دنوں میں تو اس قدر پینے لگے تھے کہ اُن کے پسینے تک سے شراب کی بو آنے لگی تھی۔ میں والد صاحب کو صرف اِس لیے مہا پرش مانتا ہوں کہ وہ دنیا کے دیگر مہا پرشوں کی طرح اپنی بیوی یعنی میری ماں سے ہمیشہ دُکھی رہے۔ غالباً اسی دُکھ کو بھلانے کی خاطر وہ بے تحاشا پیتے تھے۔ مجھے یاد ہے کہ انھوں نے ماں سے ایک دن لڑائی کے دوران میں کہا تھا۔

’’تمہارے گھر سے زیادہ سکون تو مجھے اوشا بائی کے کوٹھے پر ملتا ہے۔‘‘

اس دن ماں دن بھر والد کو گالیاں دیتی اور کوستی کاٹتی رہی۔ گھر میں چولھا بھی نہیں جلا۔ اس دن والد نے مجھے ہوٹل میں کھانا کھلایا تھا۔

جب والد بستر مرگ پر تھے۔ اُن کے حلق میں آبِ زم زم کے متبرک قطرے ٹپکائے جانے لگے۔ اُنھوں نے آبِ زم زم پینے سے انکار کرتے ہوئے دو گھونٹ شراب مانگتی تھی۔

میں نے تو چاہا تھا کہ وہسکی کے دو چپچے پلا دوں۔ مگر برادری کے بزرگوں نے مجھے ڈانٹ پھٹکار کر وہاں سے ہٹا دیا۔ والد کی موت کے تیسرے دن اُن کی روح کو سکون پہنچانے کی خاطر پانچ فقیروں کو نیاز کھلائی گئی۔ نیاز میں مرحوم کے من پسند کھانوں کا خاص خیال رکھا گیا تھا۔ کورے برتنوں میں پیٹ بھر کھانا کھلا کر پاجامہ کرتے کے لیے پچھے پچھے گز نیا کپڑا بھی نذر کیا گیا تا کہ وہاں عالم بالا میں والد کی روح کو اس کا پورا ثواب حاصل ہو۔ میں چپ چاپ یہ تماشا دیکھتا رہا۔ فقیر بار بار اپنی توندوں پر ہاتھ پھیرتے بارک اللہ اور مغفرت اللہ کے نعرے لگا رہے تھے۔ جب وہ حلق تک کھانا ٹھونس چکے اور پچھے پچھے گز نیا کپڑا بغل میں دبا کر باہر نکلے تو میں لپک کر اُن کے پاس گیا اور دس روپے کا ایک نوٹ پیش کرتے ہوئے انتہائی عاجزی سے ہاتھ جوڑ کر بولا۔

"شاہ صاحب! میرے والد اچھے کھانوں کے ساتھ شراب کے بھی بہت رسیا تھے۔ یہ چھوٹی سی رقم نذر کرتا ہوں۔ اس کا ایک ایک پیگ لے لیجیے کہ مرحوم کی آخری خواہش یہی تھی۔"

یہ سن کر فقیر بہت خفا ہوئے تھے اور مجھے بہت برا بھلا کہا تھا۔ والد نے زندگی میں ہزاروں روپیا کمایا مگر سب اس بے دردی سے اڑا دیا جیسے سارا روپیا سٹے ریس میں کمایا ہو۔ میرے لیے ورثے کے نام پر ایک ٹوٹا پھوٹا مکان، مستقل بیمار ماں اور بارہ ہزار روپے کا قرض چھوڑ گئے تھے۔ قرض خواہ تو تقاضا کر کرکے اور دھمکیاں دے دے کر ہار گئے البتہ یہ خستہ صورت مکان اور شکستہ حال ماں اب بھی میرے ساتھ ہیں۔

یہ غور دیکھا جائے تو ہم اپنے لیے دس فی صدی بھی نہیں جیتے۔ ہماری نوّے فی صدی زندگی دوسروں کی خواہشوں اور فرمائشوں کا قرض ادا کرنے میں گزر جاتی ہے۔

ماں کے قول کے مطابق میری شادی اس کی آخری خواہش تھی۔ ایک فرماں بردار بیٹے کی طرح میں نے شادی کر لی مگر اب اس کی خواہش پوری ہوئے آٹھ برس بیت چکے۔ اس کی خواہشات کا سلسلہ برابر جاری ہے۔ شاید خواہشیں کبھی ختم نہیں ہوتیں۔

یہ میری بیوی ہے۔ یہ اُس وقت کی تصویر ہے جب وہ اس گھر میں دلہن بن کر آئی تھی۔ گائے کی طرح معصوم نظر آتی ہے نا؟ آپ ٹھیک کہہ رہے ہیں مگر شاید آپ کو اس کی نکیلی سینگیں نظر نہیں آ رہی ہیں۔ جناب عالی! یہ تو جوتا پہننے والا ہی جانتا ہے کہ جوتے کی میخ کہاں گڑ رہی ہے۔

اب تو بہت تھل تھل اور موٹی ہوگئی ہے۔ تہہ بہ تہہ چربی کی تہہ۔ اسے اپنے گھر پریوار کے سوا باہر کا کچھ پتا ہی نہیں ہے۔ عورت ۔۔۔۔۔ ایک خالص گھریلو عورت ہونا بھی کتنے سکھ کی بات ہے۔ بیوی کا روز مزہ کا پروگرام بالکل بندھا ٹکا ہوتا ہے۔ صبح اُٹھنا، اُلٹا سیدھا کھانا تیار کر دینا اور اِس کے اُس کے بہانے ساس کو دو چار گالیاں دینا۔ بچوں کو ڈانٹنا پھٹکارنا اور رات کو پسینے سے چپ چپاتا جسم میرے حوالے کر دینا اور پھر کروٹ بدل کر بے خبری کی نیند سو جانا۔ چلیے محفوظ، سپاٹ اور سیدھی زندگی کا ایک اور دن ختم ہوا۔

میں شروع میں اس کی بدمزاجیوں اور پھوہڑ پن کے کارن کچھ پریشان ضرور رہا مگر بعد میں عادی ہوگیا۔ اب تو مجھے اُس پر قابو پانے میں وہی لطف آتا ہے جو ایک شہہ سوار کو کسی سرکش گھوڑی پر سواری کرنے میں۔ ہر عورت کی طرح زیورات اور کپڑے اس کی بھی کمزوری ہیں۔ جس کا بھگتان مجھے کرنا پڑتا ہے۔ اس کے گلے میں یہ جو چالیس گرام کا منگل سوتر نظر آ رہا ہے نا! اس کے لیے مجھے بڑی ذلالتوں سے گزرنا پڑا ہے۔ صاحب کے آگے آگے دُم ہلا کر نسبتاً "اوپری آمدنی" والی کرسی تبیانی پڑی، اس کے لیے گیتا سے ہمیشہ کے لیے دشمنی مول لی۔ پھر رو پیا رو پیا، دو دو روپے کی حقیر رقموں کے لیے اس کے اُس کے گلے پر چھری پھیر تا رہا۔ یہ مت سمجھیے کہ منگل سوتر بن جانے کے بعد بیوی کی حرص کم ہوگئی ہوگی۔ حرص تو عمر کے ساتھ بڑھتی رہتی ہے ۔۔۔۔ ہاں ۔۔۔۔ یہ میرے حق میں بڑی وفادار ہے۔ مگر کوئی بھی سوچ سکتا ہے کہ جو عورت جسم سے تھل تھل ہو۔ دوسرے مردوں کو مسحور کرنے کا ہنر کھو چکی ہو۔ وہ اپنے شوہر کے حق میں وفادار نہ رہے تو کیا کرے۔

کیا واقعی محبت مجبوری کا دوسرا نام ہے؟

بیوی کو دنیا میں صرف دو چیزوں سے بے حد پیار ہے۔ زیورات سے اور ببلو سے۔

ببلو ہمارا سات سالہ بیٹا ہے۔ لوگوں کا خیال ہے کہ بڑا خوب صورت ہے۔ نہیں مجھے اس سے اس کی کوئی مشابہت نہیں۔ اس کا رنگ گورا اور آنکھیں نیلی ہیں۔ میں اتنا خوب صورت کہاں ہوں۔ میری بیوی کا خیال ہے کہ یہ بڑا ہو کر رچرڈ برٹن کی طرح لگے گا۔ نہیں نہیں میری بیوی کا رچرڈ برٹن سے کیا تعلق؟ کہاں وہ؟ کہاں یہ۔ مگر ہاں میں نے اسے 'بکٹ میں' دکھائی تھی۔ تب ببلو پیٹ میں

تھا۔ بیوی کو رچرڈ برٹن بہت اچھا لگا تھا۔ مجھے یاد بھی ہے، اُس رات وہ بڑے جوش و خروش سے مجھے لپٹاتی اور میرا منہ چومتی چاٹتی رہی تھی۔

ببلو سات برس کا ہو چکا ہے۔ مگر بیوی اب بھی اُسے گود میں بٹھا کر کھلاتی اور سینے اور سینے سے لگا کر سُلاتی ہے۔ بہت پیار کرتی ہے وہ ببلو کو، بعض اوقات وہ ببلو کا منہ اتنی بار چومتی ہے کہ میرے اندر ہلکا ہلکا جذبہ رقابت جاگنے لگتا ہے۔ میں نے 'بیکٹ' کے بعد سے بیوی کو رچرڈ برٹن کی کوئی فلم نہیں دکھائی۔ وہ اکثر کہتی ہے میرا ببلو بڑا ہو کر ایکٹر بنے گا۔ میں کچھ نہیں کہتا۔ میری ماں بھی بچپن میں میرے ڈاکٹر بننے کے خواب دیکھا کرتی تھی۔ سوائے خواب دیکھنے کے آدمی کے اختیار میں ہوتا بھی کیا ہے؟

سنسار کی دوسری بیویوں کی طرح میری بیوی کو بھی میرے خاندان والوں سے بے حد نفرت ہے۔ بالخصوص میرے چچا اور اُن کے گھر والوں سے۔ والد کی موت کے بعد چچا اور اُن کے تینوں بیٹے برسوں سے ٹوٹے پھوٹے مکان کے لیے مجھ سے مقدمہ لڑتے رہے۔ ایک دن انھوں نے غنڈوں سے مجھے پٹوا بھی دیا تھا۔ نہیں رشتے کہاں ختم ہوتے ہیں۔ رشتے تو زندگی کا بوجھ ہیں جسے انسان تا عمر ڈھوتا رہتا ہے۔ یہ ہو سکتا ہے کہ آپ کسی موڑ پہ تھک کر ستانے کی خاطر تھوڑی دیر کے لیے اُس بوجھ کو اتار دیں مگر پھر اُسے اُٹھائے ہوئے ہی آگے بڑھنا ہوتا ہے۔ حتیٰ کہ آپ اپنی قبر کے دہانے تک پہنچ جاتے ہیں۔ بیوی میرے دوستوں سے از حد نفرت کرتی ہے مگر مجھے یہ سارے دوست بہت اچھے لگتے ہیں۔ انسان بغیر بیوی کے، بغیر خاندان کے زندہ رہ سکتا ہے مگر آپ بغیر دوستوں کے زندگی گزرانے کا تصور کر سکتے ہیں؟ شاید نہیں۔

یہ سارے دوست جو اس تصویر میں میرے گرد کھڑے ہیں۔ ان سب سے میری بڑی گہری دوستی ہے۔ لیکن میں جانتا ہوں کہ ان میں سے بعض تو کسی نہ کسی غرض کے لیے مجھ سے جڑے ہیں۔ بعض وہ ہیں جن سے میں اپنی مطلب براری کے لیے بندھا ہوں۔ غور سے دیکھیے تو ہر دوستی کی بنیاد کسی نہ کسی غرض پر قائم نظر آئے گی۔ شاید دوستی بھی انسان کی بے شمار ضرورتوں میں سے ایک ہے۔ ماں، بیوی، باپ، بھائی، عزیز، رشتے دار کتنی پرچھائیاں میرے گرد منڈلا رہی ہیں۔

میں ایک آئینہ بن گیا ہوں ۔ جس میں دوسروں کے عکس گڈ مڈ ہو گئے ہیں ۔ پر چھائیوں کے اس ہجوم میں اپنی ذات کی تلاش کی انتھک کوشش نے مجھے چُور چُور کر دیا ہے ۔۔۔ میں ایک سعادت مند بیٹا ہوں، ایک باوفا شوہر ہوں، شفیق باپ ہوں، بھائی ہوں، دوست ہوں، یعنی میں جو کچھ ہوں، دوسروں کے طفیل ہوں ۔ میں خود کہیں کچھ نہیں ہوں ۔

کبھی کبھی مجھے لگتا ہے میری ہستی ایک ایسی کتاب ہے جس کا میں صرف عنوان ہوں ۔ ورق ورق کھنگال ڈالتا ہوں ۔ اندر عنوان سے متعلق ایک حرف نہیں ملتا ۔

■■

بجوکا

جانے یہ کیا ہوتا جا رہا ہے دن بہ دن اسے۔ جیسے کسی نے اس کے ہاتھ پیر باندھ کر کنویں میں پھینک دیا ہوں اور وہ گہرے بہت گہرے ڈوبتی چلی جا رہی ہو۔ ایک دم بے سہارا سی۔ وہ چیخنا چاہتی ہے مگر اس کی چیخ خود اس کے کانوں میں گونج کر رہ جاتی ہے۔ ان بے آواز چیخوں سے اس کے کانوں کے پردے پھٹے جا رہے ہیں۔ کچھ دنوں سے کسی چیز میں دل نہیں لگتا اس کا۔ جی چاہتا ہے بس چپ چاپ پڑی رہے نہ ملے نہ ڈلے۔ نہ بولے نہ سُنے۔ یہ کیسی اداسی ہے جو دھیرے دھیرے اس کے وجود کے گرد مکڑی کے جالوں کی طرح تنتی جا رہی ہے۔ اس کا جی چاہتا ہے کہ وہ اپنے سارے کپڑے پھاڑ ڈالے اور اپنے گرد تنے ان جالوں کو نوچ کر پھینک دے۔ کیوں ہوتا ہے ایسا؟ کیوں ہو رہا ہے آخر؟

بڑی دیر سے وہ چت لیٹی چپ چاپ چھت کو گھور رہی تھی۔ ٹھیک اس کے سر پر پنکھا گھوں گھوں کرتا گھوم رہا تھا۔ اگر یہ پنکھا چھت کی کڑی سے نکل جائے تو؟ اس نے دیکھا کہ گھومتے پنکھے سے اس کا کچلا ہوا اسر ٹنگا ہے اور خون کے چھینٹے اڑ اڑ کر دیواروں کو رنگین بنا رہے ہیں۔ کائیں کائیں ۔۔۔ کائیں کائیں

اس نے گردن ترچھی کر کے دیکھا۔ ایک کوّا گیلری کی ریلنگ پر بیٹھا چلّا رہا تھا۔ وہ غور سے

کوّے کو دیکھنے لگی۔ کتنے دنوں بعد اُسے کوّا دکھائی دیا تھا۔ اسے اپنے اندر کسی انجانے گوشے سے کوئی کالا سا پھوٹتا ہوا محسوس ہوا مگر دوسرے ہی لمحے کوّا اُڑ چکا تھا۔ اس کے اندر سر اٹھاتی وہ ننھی سی اُمنگ پانی کے بُلبلے کی طرح ٹوٹ کر ہوا ہو گئی۔

دھوپ گیلری کی ریلنگ سے نیچے پھسل پھسل گئی تھی۔ باہر چھجے سے لٹکتے گملے میں اکلوتا گلاب کا پھول اب کچھ پھیکا پڑ گیا تھا۔ اُس نے سویرے سویرے سوچا تھا کہ اسے توڑ کر بالوں میں لگا لے۔ پھر ٹال گئی تھی وہ کیا کرے؟ کچھ بھی تو اچھا نہیں لگتا۔ نہ پہننا، نہ اوڑھنا، نہ بننا نہ سنورنا، حتّیٰ کہ پھول لگانا بھی نہیں۔ ایک عجیب دم گھونٹو سی دھند مسلّط رہتی ہے ہر وقت ذہن پر۔ ایسی بے نام سی دھند جسے کریدنے پر ہر منظر مزید دھند لاتا چلا جاتا ہے۔ دور کسی ملّا کا بھونپو چیخا۔ وہ چونک پڑی۔ اُس نے کمرے میں لٹکی دیوار گھڑی کی طرف دیکھا۔ "اوہو، وقت تو ہو گیا" وہ پھسپھسائی۔ فضا کی گھٹن کچھ اور بڑھ گئی۔ دیواریں سرک سرک کر اسے دبوچ لینے کو بڑھیں۔ چھت نیچے اُتر آئی اور چھت میں ٹنگا پنکھا اس کے سر میں گھر گھرانے لگا۔ اُف! کتنا ناقابل برداشت ہے یہ سب۔ وہ مریں کیوں نہیں جاتی؟ اس نے اپنی آنکھیں میچ لیں۔ اسے اپنے کمرے کا فرش دھیرے دھیرے زمین میں دھنستا ہوا محسوس ہوا۔ کیا وہ یہاں زندہ ہی دفن ہو جائے گی؟ اس نے گھبرا کر آنکھیں کھول دیں۔

آہ، شام قریب آ رہی ہے۔ کسی ڈائن کی طرح دانت نکوستی۔ کتنا ڈر لگتا ہے اسے اب شام سے۔ جیسے شام کا اندھیرا چھتوں پر نہیں اس کے دل پر اتر آتا ہو ہر روز۔ کتنی بھیانک ہوتی ہیں یہاں کی شامیں۔ بھیانک، بیزار کن اور نڈھال کر دینے والی۔ شام کے ساتھ کیوں یاد آ جاتی ہے اسے آج بھی ۔۔۔ رمبھاتی گائے، دُم اٹھا کر دودھ پیتا بچھڑا، سُرخ دوپٹے کی طرح پھولی ہوئی دھند لائی پہاڑیاں، کیوں یاد آ جاتا ہے یہ سب ۔ کاش اسے پچھلا سب کچھ بھول جائے، پر کیا اتنا سارا کچھ بھول جانا آسان ہے؟ ٹن ٹن ٹن ٹن۔

اشوک کے آنے کا وقت ہو رہا ہے، اب اُٹھ جانا چاہیے۔ اگر وہ نہیں اُٹھی اور اشوک نے اُسے اس طرح بستر پر الساتے دیکھ لیا تو وہ بہت پریشان ہو گا ۔۔۔ کیوں طبیعت تو ٹھیک ہے؟ تمہارا چہرہ کیوں اُترا ہوا ہے؟ چلو ڈاکٹر کے پاس چلتے ہیں، پکچر چلو گی؟

کیا مصیبت ہے۔ کیوں چاہتا ہے آخر اشوک اسے اتنا۔ کتنا خیال رکھتا ہے وہ اس کا، اس کے سر میں سچ مچ ہلکا ہلکا درد ہو رہا ہے۔ مگر وہ یہ بات اشوک سے نہیں کہے گی ورنہ وہ ترنت دوڑا دوڑا آجائے گا اور ڈاکٹر کو بلا لائے گا یا ٹیکسی منگوا کر خود اسے ڈاکٹر کے پاس چلنے پر مجبور کرے گا۔ ہو سکتا ہے اس کا سر دبانے بیٹھ جائے۔ پھر وہ لاکھ رو کے نہیں سُنے گا۔ اسے یاد ہے وہ کئی بار اس کی معمولی معمولی بیماری پر چھٹی لے کر اس کے پاس بیٹھ چکا ہے اب تو وہ بیمار پڑنے سے بھی ڈرنے لگی ہے۔

وہ تو اسے جھوٹ موٹ بھی ناراض نہیں کرتا۔ اسے یاد تک نہیں آتا کہ اشوک نے کبھی اسے روٹھنے کا موقع دیا ہو۔ کتنا جی چاہتا ہے اس کا روٹھ جانے کو۔ جب وہ روٹھتی تھی تو گھر میں بابا اور ماں اسے کتنا مناتے تھے اور اس روٹھنے اور مننے میں کتنا لطف آتا تھا۔ مگر اشوک کو منانا ہی نہیں آتا۔ وہ اسے روٹھنے کا موقع ہی کب دیتا ہے کہ منانا پڑے۔ وہ تو کبھی اُس کی کسی بات کی مخالفت ہی نہیں کرتا۔ وہ کہے ہاں، تو ہاں، وہ کہے نا، تو نا۔ وہ اسے چھیڑنے کے لیے رات کو کبھی یوں ہی کہہ دیتی ہے۔ "آج نیند آ رہی ہے۔" تب اس کے بدن پر رینگتا ہوا ہاتھ فوراً ہٹ جاتا ہے۔ نہ غصہ، نہ پھٹکار۔ نہ نوچ نہ کھسوٹ۔ بس ایک سپاٹ سی اثباتی تائید۔

"اچھا تو نیند آ رہی ہے۔۔۔سو جاؤ۔۔۔کل۔"

اور پھر تھوڑی دیر بعد کمرے میں گونجنے لگتے ہیں بے ہودے خراٹے۔ وہ بے حد جھلّا جاتی ہے، غصہ، ندامت اور ذلّت سے اس کے دل کی عجیب کیفیت ہو جاتی ہے۔ اس کے جی میں آتا ہے وہ اتنے زور سے چیخ پڑے کہ پاس پڑوس والے جاگ جائیں۔ اشوک گھبرا کر اٹھ بیٹھے اور وہ اپنے لمبے لمبے ناخنوں سے اس کا منہ نوچ ڈالے۔ مگر وہ ایسا کچھ بھی نہیں کر پاتی۔ نہ چیختی ہے، نہ چلّاتی ہے، نہ اشوک کا منہ نوچتی ہے۔ بس چپ چاپ پڑی رہتی ہے آنکھیں چھت پر گڑائے۔ گھڑی کی ٹک ٹک کے ساتھ رات کا سنّاٹا اس کے کانوں میں چیختا رہتا ہے۔ چیختا رہتا ہے۔

"شالو۔۔۔شا۔۔۔۔۔۔۔۔۔۔۔۔۔لو۔۔۔۔۔۔۔۔۔"

ندی کے کنارے سیپیاں اور پتھر چنتے وہ کتنی دور نکل جاتی تھی۔ کملا پریشان ہو جاتی اور

اسے پکارتی ہوئی اس کے پیچھے پیچھے بھاگتی رہتی۔

’’شالو چل گھر چلیں، بہت دیر ہوگئی!‘‘

’’ٹھہر نا تھوڑی دیر، کتنا تو مزا آ رہا ہے، تجھے نہیں آتا؟‘‘

’’آتا ہے، مگر تُو تو ندی کے کنارے آ کر جیسے پاگل ہو جاتی ہے۔‘‘

’’ہاں رے، مجھے سچی یہاں بہت اچھا لگتا ہے۔ کتنا اچھا ہوتا اگر میں ایک مچھلی ہوتی، ایک چھوٹی سی مچھلی۔ پانی میں کیسا ڈبک ڈبک تیرتی۔ ندی کے اس کنارے سے اُس کنارے تک۔‘‘

’’چاند کی کشتی میں۔ رات کو چاند ندی میں نہانے آتا ہے نا۔ میں اس میں بیٹھ جاتی اور رات بھر ندی کی خوب خوب سیر کرتی۔‘‘

’’تُو تو پاگل ہے۔۔۔‘‘

کملا بڑی مشکل سے اس کی چوٹی پکڑ کر گھسیٹتی ہوئی اسے واپس لے آتی کبھی کبھی وہ دونوں ندی کے کنارے ریت پر کتنا بھاگتیں۔ ریت کے گولے بنا کر ایک دوسرے کو مارتیں، لوٹیں لگاتیں، ایک دوسرے سے لپٹتیں۔ اُٹھتیں اور پھر گر جاتیں ندی کے کنارے اس کا دل ہمیشہ آوارہ پنچھی کی طرح ہوا میں اُڑتا رہتا۔ اور اب یہاں۔۔۔ اس نے پنے گرد کھڑی ننگی اور سخت دیواروں پر نظر ڈالی جو چاروں جانب سے اس پر جھکی ہوئی تھیں۔ اسے لگا وہ ایک ممی ہے، ہزاروں برس پرانی مصری ممی اور یہ کمرہ ایک بہت بڑا تابوت۔۔۔ اس نے کبھی نہیں سوچا تھا کہ اسے اچانک لہلہلاتے کھیتوں، اُبلتے جھرنوں اور کنگناتی ندیوں سے اُٹھا کر یوں ان تنگ اور کڑی دیواروں میں قید کر دیا جائے گا۔ وہ تو جنگل کا پھول تھی۔ اسے گملے میں کس نے کس روپ دیا۔۔۔؟ بے چارہ گملے کا گلاب۔ اس نے باہر گملے میں کھلے گلاب کو تاسف آمیز نظروں سے دیکھا۔

اس کے گھر کے سامنے بھی ایک بگیا تھی۔ کیسے کیسے پھول کھلتے تھے اس میں۔ لال، پیلے، اودے، گلابی۔ جب وہ پھول توڑنے لگتی تو بھنورے کتنا پریشان کرتے اِسے۔ بار بار اس کے کانوں کے پاس گُن گُن کرتے رہتے۔ کالے کالے بدصورت بھنورے جب سندر سندر پھولوں کے

گرد منڈلاتے تو اُسے بڑا غصّہ آتا۔اسے بھنوروں کی ۔۔۔گن گن ۔۔۔بھی اچھی نہ لگی۔شادی کی پہلی رات کو جب اشوک اس کے کان میں پھسپھسایا "تم کتنی سُند ر ہو" تو اُسے جانے کیوں ان بھنوروں کی گن گن یاد آ گئی تھی۔وہ پہلی رات ہی کو سمجھ گئی تھی کہ اشوک اسے مر مٹنے کی حد تک چاہتا ہے۔اس کے ایک اشارے پروہ جان تک دے سکتا ہے اور اب شادی ہوئے اتنے دن بیت گئے، وہ برابر اس کے کانوں میں گن گن کیے جا رہا ہے۔کچھ بھی ہو اس شدید چاہت کے نتیجے میں اسے اپنے آپ سے شرم سی آنے لگی ہے۔اسے نہیں چاہیے ایسی چپچپی محبت جو اس کے دل کو سیراب کرنے کی بجائے ہر لمحہ خالی پن سے بھر دیتی ہے۔وہ کیسے کہے اشوک سے کہ وہ اتنا پیار نہ کرے کہ اسے اس کا یہ چپکو پن قطعی اچھا نہیں لگتا۔دفتر سے چھٹ کر وہ چکّرگھنی کی طرح گھومتا رہتا ہے اس کے گرد دن گن گن۔شام کو جب وہ گھومنے نکلتے ہیں تو راستے بھر اس کا ہاتھ پکڑے چلتا ہے،موڑوں، رکشوں اور بھیڑ بھڑ کے سے بچاتا۔جیسے وہ کانچ کی بنی ہے کہ ذرا کسی کا دھکّا لگا اور ریزہ ریزہ بکھر جائے گی۔ایک لمحے کو بھی اس کا ہاتھ نہیں چھوڑتا۔اسے ایسا لگتا ہے جیسے وہ آج بھی سات آٹھ برس کی شالو مینا ہے اور اس کا بابا اسے گانو کا میلا دکھانے لے جا رہا ہے۔

"بابا مجھے گڈ ّا دلا ونا۔۔۔"

"دلائیں گے۔"

"بابا!وہ چابی والا بندر۔"

"اے کھولنے والا وہ بندر کیسے دیا؟"

"بابا میری اُنگلی چھوڑ ونا۔"

"نہیں۔بیٹا، بھیڑ بہت ہے، بھٹک جاؤ گی۔"

اس کی کتنی خواہش تھی کہ وہ میلے میں اکیلی گھومتی ہوئی دور تک نکل جائے۔خوب گھومے، بھٹکے اور تھک کر چُور چُور ہو رہو جائے۔مگر وہ اس وقت سچ مچ بہت چھوٹی تھی۔سوچتے سوچتے اچانک اُس پر جھلا ہٹ سوار ہو جاتی ہے اور وہ اپنا ہاتھ چھڑانے کی کوشش کرتی ہے۔اشوک ہاتھ چھوڑ دیتا۔مگر دوسرے ہی لمحے اس کا بازو اس کی کمر کے گرد لپٹ جاتا ہے اور وہ بے بسی سے ایک

طویل سانس لے کر اپنے آپ کو اس کے حوالے کر دیتی۔ وہ اسے سہارا دیے فٹ پاتھ پر چلتے لوگوں کے دھکّوں، مکوں اور سڑک پر دوڑتی سواریوں سے اس طرح بچتا بچاتا چلتا۔۔۔ جیسے وہ گاؤں میں کبھی کبھی بوڑھی جمنا میّا کی لاٹھی پکڑے اسے راستہ پار کراتی تھی۔۔۔۔ ایسے موقع پر اس کا کتنا جی چاہتا کہ کوئی تیز رفتار موٹر کار یا ٹیکسی آئے اور اٹھیں کچلتی ہوئی نکل جائے یا کوئی چنگھاڑتی ہوئی بس انھیں گیندوں کی طرح یوں اچھال دے کہ وہ دونوں چھٹک کر ایک دوسرے سے دور دور، بہت دور جا پڑیں۔

وہ لوگ جب کسی ٹرین یا بس کا سفر کر رہے ہوتے تب بھی اشوک اس سے اس طرح سٹ کر بیٹھتا کہ اس کے پسینے کی بُو اس کے نتھنوں سے ٹکراتی رہتی۔ اگر اتفاقاً اسے صرف بیٹھنے کی جگہ ملتی اور وہ کھڑا رہتا تو اسے کنکھیوں سے دیکھتی رہتی۔ وہ ایسے موقع پر کتنا مضطرب نظر آتا۔ مضطرب اور قابل ترس۔ پھر جیسے ہی کسی اسٹیشن یا اسٹاپ پر اس کے بغل کی سیٹ خالی ہوتی تو وہ لپک کر اس کے پاس آ بیٹھتا اور ایسا ہشاش بشاش دکھائی دیتا جیسے کسی کو اس کا گُم شُدہ بٹوا اچانک مل جائے۔ تھیٹر میں بھی وہ اکثر کارنر والی سیٹیں ریزرو کرالاتا اور اسے کارنر والی سیٹ پر بٹھاتا اور جوں ہی تھیٹر میں اندھیرا ہوتا وہ اس سے اس طرح چپک کر بیٹھتا کہ وہ اس کی گرم گرم سانسیں اپنے کندھے پر محسوس کرتی۔ وہ اس کا ہاتھ اپنے ہاتھ میں لے کر پیار سے سہلاتا رہتا اور اس کا پکچر دیکھنے کا لطف خاک میں ملتا رہتا۔ اس کی سمجھ میں نہیں آتا کہ اشوک کی اس شدید چاہ کے پیچھے اس کی محبت ہے یا اسے دوسرے مردوں سے بچائے رکھنے کی حکمت۔ وہ اس کی غیر موجودگی میں بھی ہر دم محسوس کرتی رہتی کہ وہ قریب ہی کہیں بیٹھا ہزار آرا ہزار آنکھوں سے اس کی جانب نگراں ہے۔ آخر یہ کیسا رشتہ ہے جو کسی بے تال کی طرح ہر پل اس کی ہستی کا تعاقب کرتا رہتا ہے۔ آخر یہ کیسا پیار ہے جو ہر موڑ پر بھوت بن کر ڈراتا ہے اسے۔ شادی کو ایک برس بیت گیا مگر اشوک کے اپھنتے ہوئے پیار میں ذرا بھی ٹھہراؤ نہیں آیا ہے۔ وہ اب روزانہ کی اس بے رس چاہت سے اکتانے لگی ہے۔ مگر اشوک اس روٹین کو اتنی پابندی سے دہراتا ہے جیسے کوئی کند ذہن بچہ اپنا رٹا ہوا سبق یاد کر رہا ہو۔

وہی صبح اٹھنا، نہانا، دھونا، ناشتا، دفتر، شام کو واپسی۔ رات ہوتے ہی وہ روز کی طرح گھر کے

کاموں سے نپٹتی رہتی اور اشوک اس کے آس پاس ہی منڈلاتا رہتا۔ پھر دو دودھ گرم ہوتا، کپڑے بدلے جاتے۔ بستر پر پلیٹ کر کسی رسالے کی ورق گردانی کی جاتی۔ اس بیچ اشوک برابر اسے پر چاتا رہتا۔ دھیرے دھیرے سانسیں تیز ہونے لگتے۔

پھر وہ اس کے بدن پر دھیمے دھیمے ہاتھ پھیرتا۔ جیسے اس کا بدن ریشم یا مخمل کا دوشالہ ہو۔ ایک سرد لہر اس کی شریانوں میں دوڑنے لگتی اور اپنے شوہر کا ہر لمس اس کے اندر ایک عجیب سی لجلجاہٹ بھرتا چلا جاتا ہے۔ اس لجلجلے سمندر میں ڈوبتے اترتے اسے پتا ہی نہیں چلتا کہ کب ٹیبل لیمپ آف ہوا اور کب وہ ایک جانے پہچانے کالے گھنے اندھیرے کے حوالے کر دی گئی۔ چڑھتی گرتی سانسوں کے درمیان جب اس کے ہوش ٹھکانے لگتے تو وہ محسوس کرتی کہ کمرے میں زیرو پاور کا بلب دھندلی دھندلی روشنی پھینک رہا ہے اور فضا ہسپتال کے ایمرجنسی وارڈ کی طرح کرب ناک ہوگئی ہے۔۔تب جانے کیوں اسے لگتا اس کے چاروں طرف سمندر ٹھاٹھیں مار رہا ہے اور وہ دو گھونٹ ٹھنڈے اور میٹھے پانی کو ترس رہی ہے۔ پیاس کے مارے اس کے حلق میں کانٹے سے پڑ جاتے۔ ایک عجیب دہشت، پچھتاوے اور کراہیت سے اس کا دل کانپ جاتا اور وہ آنکھیں بند کرکے تکیے میں منہ چھپا لیتی۔۔۔۔۔۔۔۔۔۔۔۔۔۔۔۔۔۔۔۔۔۔اس کا بدن کسی کٹے درخت کے تنے کی طرح بے جان ہو جاتا۔ اشوک دوبارہ بتی جلاتا گلاس میں رکھا دودھ پیتا۔ دوسرا گلاس اسے پیش کرتا۔ مگر وہ اس قدر تھک چکی ہوتی کہ اٹھ کر دودھ پینا تو کجا آنکھیں کھول کر دیکھنا بھی اسے دوبھر معلوم ہوتا۔ اکثر اس کے حصے کا دودھ بھی خود اشوک پی جاتا یا سویرے تک جوں کا توں پڑا رہتا۔ صبح سے شام تک اور شام سے صبح تک سب کچھ ایک دم سو چا سمجھا، بندھا ٹکا، ایک جیسا۔ جیسے گھڑی کی سوئیاں ایک گھیرے میں ایک دوسرے کے پیچھے بھاگتی رہتی ہیں۔ ٹک ٹک ٹک ٹک۔

وہ بہت اکتا گئی ہے اس سب سے۔ کبھی کبھی تو وہ عجیب وغریب خواب دیکھنے لگتی ہے اس کا شوہر رات گئے بے حد نشے میں گھر لوٹا ہے اور جانے کس بات پر ناراض ہو کر اسے بری طرح پیٹ رہا ہے۔ اس کا بدن لہولہان ہو گیا ہے مگر سب سے زیادہ حیرانی کی بات یہ ہے کہ اتنا پیٹنے کے بعد بھی وہ چیخ چلا نہیں رہی ہے، نہ اس کی آنکھوں میں آنسو کی ایک بوند ہی ہے اسے اندر

سے ایک عجیب سی راحت کا احساس ہوتا ہے ۔ جیسے پک کر ٹیس مارتا پھوڑا اچانک پھوٹ جائے اور سارا مواد بہہ نکلے ۔ کبھی دیکھتی ہے کہ کوئی ڈاکو اسے گھوڑے پر بٹھائے بھگائے لیے جا رہا ہے اور ایک پر چھائیں سی اس کے پیچھے چیختی چلاتی، دھول اڑاتی چلی آ رہی ہے ۔ وہ اس پر چھائیں کو فوراً پہچان لیتی وہ اس کا شوہر اشوک ہوتا ۔ مگر جانے کیوں اسے اشوک پر ذرا ترس نہیں آتا ۔ بل کہ اشوک کی اس بے کسی اور چھٹ پٹاہٹ کو دیکھ کر اسے بڑی مسرت ہوتی ۔ ایک عجیب سی وحشیانہ مسرت ۔

مگر یہ سب خواب ہوتے ۔ کبھی سوتے کے کبھی جاگتے کے ۔ نہ اسے ڈاکو اٹھا کر لے جاتے ہیں نہ اشوک کسی دن نشے میں رات گئے گھر لوٹتا ہے ۔ وہ روز اپنے وقت پر گھر آتا ہے ۔ پھر سب اسی طرح ہونے لگتا ہے جیسا کل ہوا تھا اس سے پہلے والے کل ہوا تھا اور اس سے پہلے والے کل ۔۔۔۔

''شالو! سنا ہے تیرا پتی شہر کے کسی دفتر میں بابو ہے؟''

''ہاں!''

''تو بڑی بھاگیہ وان ہے ری ۔ شہر بیاہ رہی ہے ۔ ہم سہیلیوں کو یاد کرے گی کہ نہیں شہر جا کر ؟''اور اس کے سینے میں ایک زور کی آندھی اٹھی تھی ۔

''شالو، تو کچھ بول نہیں رہی ہے ۔ تو نے اپنے ہونے والے پتی کو دیکھا تو ہے نا؟''

''ہاں!''

''کیسا ہے ری؟''

اس سوال کے ساتھ ہی جانے کہاں سے ہوا کا ایک تیز جھونکا آیا تھا اور اسے اڑا کر پیچھے بہت پیچھے ڈھکیل لے گیا تھا ۔

دو برس پہلے وہ نویں جماعت میں تھی ۔ اسکول کے میدان میں کبڈی کے مقابلے چل رہے تھے ۔ اس پاس کے گاؤں سے بہت سے اسکولی لڑکے کبڈی کھیلنے آئے تھے ۔ وہ ، کملا، للتا، پشپا اور دوسری لڑکیاں اسکولی کمیٹی کی جانب سے کھلاڑیوں کو ان کی پاریوں کے بعد کھٹ میٹھی گولیاں تقسیم کرنے پر مامور تھیں ۔

شاید وہ دھرم پور کی ٹیم کا لیڈر تھا۔ سانولا رنگ، سیتا پھل کے بیچوں جیسی کالی چمکیلی آنکھیں، کسا ہوا اکہرتی بدن اور اونچا پورا قد۔ کبڈی کبڈی کرتا ہوا جب وہ پالے میں داخل ہوتا، ورودھی دل میں کھلبلی سی پڑ جاتی۔ ایک بار تو وہ اپنے آنگن میں اکیلا رہ گیا تھا۔ اس کے سب ساتھی باد ہو چکے تھے۔ جب اس نے ورودھی دل پر چڑھائی کی تو اسے چاروں طرف سے گھیر لیا گیا۔ سب کی آنکھیں اسی پر جمی تھیں۔ شالو نے سانس تک روک لی تھی۔ پھر ورودھی دل والے شور کرتے ہوئے ایک دم سے اُسے چھاپ بیٹھے۔ شالو کی تو ہلکی سی چیخ نکل گئی تھی۔ مگر دوسرے ہی لمحے اس نے دیکھا کہ وہ مچھلی کی طرح تڑپ کر اچھلا اور ان کے سروں پر سے گزرتا ہوا مدھیہ ریکھا پر آ گرا۔ لوگ حیرت و خوشی سے چیخ پڑے۔ ورودھی دل کے سات کھلاڑی باد ہو چکے تھے۔ اگلے تین منٹ میں کھیل کا فیصلہ ہو گیا۔ وہ آگے بڑھا۔ اس نے سب کھلاڑیوں کی ہتھیلیوں پر ایک ایک گولی رکھی۔ اُسے گولی دیتے وقت اس کا ہاتھ کانپ رہا تھا۔ گولی نیچے گر گئی۔

’’اوہو چھما کرنا‘‘ کہتے ہوئے اس نے مارے گھبراہٹ کے اس کی ہتھیلی پر ایک ساتھ چار پانچ گولیاں رکھ دیں۔

’’اتنی ساری۔۔۔؟‘‘

’’ہاں کھائیے۔ آپ کو پیاس لگی ہوگی۔‘‘

’’ہاں۔۔۔ پیاس تو لگی ہے۔‘‘ کہتے ہوئے اُس نے چاروں پانچوں گولیاں ایک ساتھ منہ میں ڈال لیں اور اس کی طرف دیکھ کر ہنسنے لگا۔ وہ بھی ہنس دی تھی۔ پھر شام کو تقسیم انعامات کے جلسے تک وہ اُس کے آس پاس ہی منڈلاتی رہی تھی۔ وہ بھی کبھی کبھی اُسے دیکھ لیتا تو مسکرا دیتا، بس۔۔۔ شام کے جلسے کے بعد کھلاڑیوں کی ٹولیاں اپنے اپنے گانو لوٹ گئیں۔ دھرم پور والے بھی چلے گئے۔۔۔ اور وہ بھی۔۔۔ اس کے بعد وہ اسے کبھی دکھائی نہیں دیا۔ مگر اُس دن اس سوال کے ساتھ ہی جانے کیوں وہ یاد آ گیا تھا اسے۔ دھوپ میں تانبے کی طرح تمتایا بدن، بازوؤں کی پھڑکتی مچھلیاں، ہر گھڑی مسکراتے ہونٹ اور سیتا پھل کے بیچوں جیسی کالی آنکھیں۔۔۔ شادی کے بعد ایک دن اشوک اسے اپنا البم دکھا رہا تھا۔

’’یہ دیکھو، یہ میرے بچپن کا فوٹو۔۔۔ میں کتابیں لیے اسکول جا رہا ہوں۔ اس میں پھول

سونگھ رہا ہوں، مغل نواب کے اسٹائل میں، اس میں گھاس پر لیٹا ہوں، اس میں اپنے دفتر کے ساتھیوں کے ساتھ۔۔۔اس میں باس کے ساتھ۔۔۔‘‘

’’آپ نے کبھی کبڈی کھیلی ہے؟‘‘ وہ اچانک پوچھ لیتی ہے۔

’’کبڈی؟‘‘

’’میرا مطلب ہے اسکول یا کالج میں کبڈی کھیلتے ہوئے کوئی فوٹو نہیں ہے آپ کا؟‘‘

’’بالکل نہیں۔۔۔‘‘ اشوک فخر سے گردن اکڑا کر کہتا ہے۔ ’’مجھے شروع ہی سے پڑھنے لکھنے کے سوا کھیلنے کودنے میں کوئی دلچسپی نہیں تھی۔ تم جانتی ہو میں بی۔اے۔ میں پوری یونی ورسٹی میں اول آیا تھا‘‘

وہ ایک دم چپ ہو جاتی ہے۔ اس دن کے بعد سے اسے اشوک کے البم میں کبھی کوئی دلچسپی محسوس نہیں ہوئی۔

شادی کے بعد اشوک اور وہ پہلی دفعہ گاؤں آئے۔ شام کو وہ اسے ندی کے کنارے لے گئی۔

’’یہاں میں اور میری سہیلی کملا گھنٹوں سیپیاں چُنتی تھیں۔ گھنٹوں پانی میں اتر کر مچھلیاں پکڑتی تھیں اور پھر انھیں زیادہ گہرے پانی میں چھوڑ دیتی تھیں۔ اچھا چلیے، آپ مجھے پکڑیے۔ میں بھاگتی ہوں۔ دیکھیں آپ ریت پر کتنا تیز دوڑ سکتے ہیں۔‘‘

اشوک اسے پکڑنے کے لیے دوڑا تو تھا مگر دس قدم دوڑنے کے بعد ہی ہانپنے لگا اور وہ ہرنی کی طرح قلانچیں بھرتی کھیت کی مینڈ پر پہنچ گئی تھی۔ اس نے مڑ کر دیکھا اشوک ابھی ندی کے کنارے ہی پر تھا اور جھک کر کچھ تلاش کر رہا تھا۔ شاید دوڑنے میں اس کی عینک گر گئی تھی۔ اس کے سارے جوش پر اوس پڑ گئی۔

سامنے بیچ کھیت میں ’بجوکا‘ کھڑا تھا۔ جانے کیوں اس کے دل میں شدید خواہش اٹھی کہ اشوک کی عینک چھین کر بجوکا کو لگا دے۔ عینک لگائے بجوکا کیسا لگے گا؟ بغیر عینک کے اشوک عجیب لگ رہا تھا۔

اسے بجوکا کو دیکھ کر ہمیشہ بڑی ہنسی آتی تھی اور جب بھی وہ کھیت کے پاس سے گزرتی، بجوکا کو ایک آدھ پتھر ضرور مارتی۔۔۔ اسے مزا آتا تھا بجوکا کو پتھر مارنے میں۔۔۔ ویسے جب پہلی

دفعہ اس نے بجو کا کو دیکھا تھا تو وہ کچھ ڈر بھی گئی تھی۔ وہ اس وقت بہت چھوٹی تھی۔

"بابا! یہ کپڑے کا آدمی کون ہے؟"

بابا نے ہنستے ہوئے کہا تھا "اری منیا! یہ آدمی نہیں بجو کا ہے۔"

"بجو کا کیا بابا؟"

"بجو کا کھیتوں کی رکھوالی کرتا ہے منیا!"

وہ ہنس دی "یہ کپڑے کا آدمی کھیت کی رکھوالی کیسے کرتا ہے بابا! یہ تو ہلتا ڈلتا بھی نہیں۔"

"وہ ہلتا ڈلتا نہیں مگر یہ پرندے اور جانور اس پتلے کو آدمی سمجھ کر کھیتوں سے دور رہتے ہیں۔"

تب سے جانے کیوں بجو کا کو دیکھتے ہی اس کے من میں اُسے پتھر مارنے کی خواہش جاگ اُٹھتی۔

"ٹن۔۔۔۔۔۔۔۔۔۔۔۔۔۔۔۔۔۔۔۔"

اوہو، ساڑھے پانچ۔۔۔ اب تو اُٹھ جانا ہوگا۔ اشوک آتا ہی ہوگا۔ وہ پلنگ پر اُٹھ کر بیٹھ گئی۔ سامنے الماری کے بڑے شیشے میں اُسے اپنی الجھی الجھی بکھری بکھری سی پرچھائیں دکھائی دی۔

کون ہے یہ؟ اس قدر بجھی بجھی، تھکی تھکی سی۔۔۔

اوہو، ایک برس میں کتنی بدل گئی ہے وہ۔ پہلے دن بھر کھیلتی کودتی، دوڑتی بھاگتی رہتی تھی۔ پھر بھی ذرا نہیں تھکتی تھی۔ اب تو وہ دن بھر لیٹی رہتی ہے پر کتنی تھک جاتی ہے ان چاہا آرام بھی کتنا تھکا دیتا ہے آدمی کو۔۔۔

اس کی نظر اپنے پیچھے لٹکتے اشوک کے بڑے سے فوٹو فریم پر پڑی۔ جو مسکراتا ہوا اسے گھور رہا تھا۔ ایک تیز خواہش اس کے دل میں چمک کر بجھ گئی، کہ وہ پتھر سے اس فوٹو پر ایسا نشانہ لگائے کہ فریم ایک تیز جھنکار کے ساتھ کے ساتھ چکنا چور ہو جائے۔۔۔ اور۔۔۔ ٹھک ٹھک۔

اس کا دل اُچھل کر اس کے حلق میں آ اٹکا۔ اوہو شاید اشوک آ گیا۔ وہ مرے مرے قدموں سے دروازے کی جانب مڑ گئی۔ ■■

زنجیر ہلانے والے

رات بے حد تاریک تھی، تاریک اور طویل۔ سڑکیں ویران اور گلیاں غیر آباد تھیں۔ بستی پر اس سرے سے اُس سرے تک ایسا سنّاٹا چھایا تھا کہ ایک گھر میں ذرا سا کھٹکا ہوتو پاس پڑوس کے دس گھر والے سُن لیں۔ نہ جھینگروں کی جھائیں جھائیں، نہ چمگادڑوں کی پھڑ پھڑاہٹ۔ حد تو یہ کہ عرصے سے کسی کتّے کے بھونکنے کی آواز بھی نہیں آئی تھی۔ مکانوں کی کھڑکیاں اور دروازے مضبوطی سے بند تھے۔ شاید بستی کے سبھی لوگ اپنے گھروں میں دُبکے سہمے کسی اَن ہونی کا انتظار کر رہے تھے۔

چندر بھان مکان کی کھڑکی دروازے بند کیے اپنے گھر والوں کے ساتھ چپ چاپ بیٹھا تھا۔ اس کی آنکھوں کے گرد سیاہ حلقے پڑ گئے تھے۔ جیسے کئی راتوں کا جاگا ہو۔ اُس کی بیوی ساری کے پلّو سے منہ ڈھانکے، دیوار سے ٹیک ٹیک اونگھ گئی تھی۔ ماں ایک طرف کو لڑھکی پڑی تھی۔ بچی بیوی کی گود میں اور بڑا لڑکا اپنی دادی کے سینے سے لگا لگا کر سو گیا تھا۔ باپ آرام کرسی پر آنکھیں بند کیے لیٹا تھا۔ مگر چندر بھان کو کوشش کے باوجود اپنی آنکھ نہیں جھپک پا رہا تھا۔ کمرے میں ایک ننھا سا بلب گدلی گدلی روشنی پھینک رہا تھا۔ پورے مکان پر عجیب دہشت بھری خاموشی

چھائی ہوئی تھی۔ چندر بھان نے کرسی پر پہلو بدلا اور اپنے بوڑھے باپ کی طرف دیکھا۔ اُسے بڑی دیر سے سگریٹ کی طلب محسوس ہو رہی تھی۔ مگر۔۔۔ باپ کی موجودگی مانع تھی۔ وہ دیر سے سوچ رہا تھا کہ اُٹھ کر کچن میں چلا جائے اور وہاں ایک آدھ سگریٹ پھونک کر واپس آ کر بیٹھ جائے۔ مگر اس پر کچھ ایسی تساہلی چھائی تھی کہ جگہ سے ہلنا بھی جان پر آ رہا تھا۔ ویسے وہ یقین سے نہیں کہہ سکتا کہ اس تساہلی میں خوف کو کتنا دخل تھا۔ سگریٹ کی خواہش کے ساتھ اس کی بے چینی میں اضافہ ہوتا جار ہا تھا۔ اس کے پھڑے سگریٹ کے دھویں کے بغیر خالی غباروں کی طرح سکڑتے جا رہے تھے۔ جب تک وہ دو چار کش نہیں لگائے گا، کوئی شئے اُسی طرح پھپھڑوں سے حلق کی راہ ہونٹوں پر آ کر مچلتی رہے گی۔ اس نے اُٹھ کر کچن میں جانے کا پکا ارادہ کر لیا۔ تبھی باہر اُسے ایک عجب سی سنسناہٹ سنائی دی۔ پہلے تو وہ کچھ سمجھ نہیں پایا کہ وہ کیسی آواز ہے۔ تھوڑی دیر تک غور کرتا رہا، مگر لاحاصل۔ بس کچھ ایسا لگ رہا تھا جیسے ہوا کسی بہت بڑے جہاز کے بادبان میں پھنس کر سسک رہی ہو۔ سنساہٹ کسی طرح تیز ہوتی جا رہی تھی۔ اچانک اس کے باپ نے بھی آنکھیں کھول دیں۔ اس کی بوڑھی آنکھیں تھوڑی دیر تک مچ مچ کرتی رہیں۔ پھر پھیلتی گئیں، پھیلتی گئیں۔ وہ گھبرا کر کرسی سے اُٹھ کھڑا ہو گیا۔ اُسے لگا باپ کی آنکھیں تھوڑی اور پھیلیں تو کان کی لوؤں سے جا لگیں گی۔

’’کیا ہے؟‘‘ بوڑھے کی گھبرائی ہوئی سرگوشی سنائی دی۔

’’آپ کی ۔۔۔ آ ۔۔۔‘‘ وہ کہتے کہتے رُک گیا۔

آنکھوں کے ڈھیلے دوبارہ اپنے غاروں میں لوٹ آئے تھے۔

’’میرا مطلب ہے ۔۔۔ شاید سائرن کی آواز ہے ۔‘‘

’’نہیں یہ سائرن کی آواز نہیں ہو سکتی ۔۔۔‘‘

’’پھر کیا ہے؟‘‘

’’پتا نہیں ۔۔۔ ایسی آواز میں نے پہلے کبھی نہیں سُنی ۔‘‘

پھر اس آواز میں ایک اور آواز شامل ہوتی سی معلوم ہوئی۔

کھد ٹرک، کھد ٹرک، کھد ٹرک، جیسے سیکڑوں ہزاروں گھوڑ سوار آندھی اور طوفان کی طرح

گھوڑے اڑاتے چلے آرہے ہوں ۔ دھیرے دھیرے سائرن جیسی آواز مدھم پڑتی گئی اور گھوڑوں کے ٹاپوں کی آواز کی ایک دم واضح سنائی دینے لگی ۔ اب سائرن جیسی آواز بالکل معدوم ہو چکی تھی اور گھوڑوں کی ٹاپیں کانوں میں دھمک ڈال رہی تھیں ۔

آواز قریب آتی گئی ۔۔۔قریب ۔۔۔قریب ۔۔۔۔۔

چندر بھان کی ماں اور بیوی ہڑبڑا کر اٹھ بیٹھیں ۔ بچے بھی اٹھ گئے اور سہمی سہمی نظروں سے چندر بھان کی طرف دیکھنے لگے ۔ گھوڑوں کی ٹاپیں جیسے چندر بھان کی کھوپڑی پر پڑ رہی تھیں ۔ پھر اسے لگا سیکڑوں گھڑ سوار ان کے گھر کے سامنے والی سڑک پر سے اڑے چلے جا رہے ہیں ۔ گھوڑوں کی دھمک سے مکان کی دیواریں کانپنے لگیں ۔ اسی شور کے درمیان چندر بھان نے محسوس کیا کہ ایک گھڑ سوار ٹھیک ان کے گھر کے سامنے آ کر رک گیا ہے ۔ پھر کوئی بھاری قدموں سے گھر کے سامنے والی پتھریلی سیڑھیاں چڑھنے لگا ۔ ان سب کے چہرے سفید پڑ گئے ۔ چندر بھان نے کچھ کہنا چاہا ۔ مگر اس کے گھر والوں کی خوف زدہ آنکھوں نے اس کے حلق میں پھندا لگا دیا ۔

اس نے اپنی جگہ سے ہلنا چاہا ۔ مگر اسے لگا اس کی ٹانگیں کسی بگلے کی ٹانگوں کی طرح پتلی ، لاغر اور لمبی ہو گئی ہیں اور یہ کہ اگر وہ ایک قدم بھی چلا تو لڑکھڑا کر وہیں ڈھیر ہو جائے گا ۔ باہر بھاری قدموں کی چاپ دروازے پر آ کر رک گئی ۔ پھر کوئی دروازے کی زنجیر ہلانے لگا ۔ کھڑکھڑ ۔۔۔ کھڑکھڑ ۔۔۔ اور دوسرے ہی لمحے ان کے جواب کا انتظار کیے بغیر پلٹ کر تیزی سے سیڑھیوں سے نیچے اتر گیا ۔ اس کے فوراً بعد گھوڑے کی ہن ہناہٹ سنائی دی اور ساتھ ہی گھوڑے کی ٹاپ جو دور جاتی سیکڑوں گھوڑوں کی ٹاپوں میں مدغم ہوتی جا رہی تھی ۔

پتا نہیں چندر بھان اور اس کے گھر والے آنکھیں پھاڑے اور منہ کھولے کب تک بیٹھے رہتے ۔ آخر چندر بھان ہی نے اپنے آپ کو سنبھالا اور کھنکار کر بولا ۔

’’کون ہو سکتا ہے؟‘‘

کوئی کچھ نہیں بولے ۔

’’میں دروازہ کھول کر دیکھتا ہوں ۔‘‘

"نہیں ۔۔۔ ؤیں ۔۔۔ ؤیں ۔۔۔" یک بہ یک اُس کی بیوی چیخ پڑی۔

ماں بولی "نہیں بیٹا، ہم تجھے یوں باہر نہیں جانے دیں گے۔"

باپ چُپ تھا۔

"مگر دیکھنا تو ہوگا کہ کون تھا ۔۔۔ اس طرح زنجیر ہلا جانے کا مطلب کیا ہے؟ ہوسکتا ہے ہمارا کوئی دوست ہو۔"

"دوست ۔۔۔!" باپ کی پیشانی سلوٹوں سے بھر گئی۔

"بہر کیف کوئی بھی ہو۔ ہمیں دروازہ تو کھولنا ہی ہوگا۔ کوئی ہمارے دروازے کی زنجیر ہلا جائے اور ہم بے حس بیٹھے رہیں۔ یہ کوئی اچھی بات تو نہیں ہے۔"

"نہیں بیٹا ۔۔۔ اتنی رات گئے ۔۔۔ کون دوست ہوسکتا ہے؟ پتا نہیں کوئی بلا ہو ۔۔۔"

"میں نہیں مانتا اور اب رات کا آخری پہر ہے۔ تھوڑی دیر میں صبح ہونے والی ہے۔"

"بیٹا، ضد نہ کرو۔" ماں گڑگڑائی۔

"بھگوان کے لیے آپ باہر مت جائیے۔" بیوی منت کرنے لگی۔

"ارے کمال کرتے ہیں آپ لوگ۔ آخر کب تک ہم اس اندھیرے میں ڈرے سہمے بیٹھے رہیں گے۔ مجھے پورا یقین ہے کہ وہ ہمارا دوست تھا۔

"چلو میں بھی تمھارے ساتھ چلتا ہوں۔" باپ آرام کرسی سے اٹھتا ہوا بولا۔

"چلیے ۔۔۔" دونوں دروازے کی سمت بڑھنے لگے۔ ماں اور بیوی بچوں کو چھاتی سے لگائے سہمی سہمی نظروں سے اُنھیں دیکھتی رہیں۔ باپ بیٹے دروازے کے پاس جا کر رک گئے۔ تھوڑی دیر تک آہٹ لیتے رہے۔ پھر جوں ہی چندر بھان نے آگے بڑھ کر دروازہ کھولنا چاہا۔ باپ نے اُس کا بازو پکڑ لیا۔

"نہیں پہلے ۔۔۔ کھڑکی سے جھانک کر دیکھو۔" باپ نے سرگوشی کی۔

چندر بھان نے اثبات میں گردن ہلا دی۔ پھر دبے قدموں کھڑکی کی طرف مُڑ گیا۔ ہلکے سے کھڑکی کی سٹکنی گرا دی اور کھڑکی کو ذرا سا کھول کر باہر جھانکنے لگا۔ باہر بہ دستور اندھیرا تھا۔ تھوڑی دیر تک اُسے کچھ بھی سجھائی نہیں دیا۔ آخر چند لمحوں بعد جب اس کی آنکھیں اندھیرے میں دیکھنے

کی عادی ہونے لگیں تو اُس نے دیکھا کہ اردگرد کے بہت سے مکانوں کی کھڑکیاں بھی کھلی ہیں اور اُن کھڑکیوں میں بھی بہت سی گردنیں لٹکی ہوئی ہیں۔ اُس نے جلدی سے کھڑکی بند کر دی اور باپ کی طرف مڑ کر بولا۔

’’پتا جی! لگتا ہے محلّے کے لوگ جاگ گئے ہیں۔‘‘

’’چلو دروازہ کھول کر دیکھتے ہیں۔‘‘

’’ہاں۔۔۔چلیے۔۔۔ایک عرصے سے پھپھیڑے تازہ ہوا سے محروم ہیں۔‘‘

چندر بھان نے آگے بڑھ کر دروازہ کھول دیا۔ باپ بیٹے دونوں باہر نکل آئے۔ انھوں نے محسوس کیا کہ دھیرے دھیرے اِردگرد کے مکانوں کے بھی دروازے کھل رہے ہیں اور لوگ ایک ایک دو دو کر کے باہر نکل رہے ہیں۔ چندر بھان اپنے مکان کی سیڑھیاں اُترنے لگا۔ اُس کے باپ نے پھر اُس کی قمیص کا دامن پکڑ لیا۔

’’رُکو! سڑک پر جانے کی کیا ضرورت ہے؟‘‘

چندر بھان سیڑھی ہی پر رُک گیا۔ دوسرے مکانوں کی سیڑھیوں پر بھی کچھ سائے کھڑے تھے۔ چندر بھان نے مڑ کر باپ کی طرف دیکھا اور پھر کھنکار کر ذرا بلند آواز میں بولا۔

’’اُدھر کون ہے؟‘‘

’’تم کون ہو؟‘‘ اُدھر سے آواز آئی۔

’’میں چندر بھان ہوں۔‘‘

’’میں سوریہ بھان ہوں۔‘‘

’’او ہو۔۔۔‘‘ چندر بھان نے اطمینان کا سانس لیا۔

’’بھئی، ابھی ابھی کوئی ہمارے دروازے کی زنجیر ہلا گیا ہے۔‘‘

’’ارے!‘‘ سوریہ بھان کی آواز آئی۔ ’’ہمارے گھر کے دروازے کی بھی کسی نے کنڈی کھٹ کھٹائی تھی۔‘‘

’’ہماری بھی۔۔۔‘‘

’’ہماری بھی۔‘‘

مختلف سمتوں سے آوازیں آنے لگیں اور لوگ اپنے مکانوں کی سیڑھیوں سے اُتر کر سٹرک پر آگئے۔

''آخر کون تھے وہ جنھوں نے اس اندھیرے میں ہمیں گھروں سے باہر نکلنے پر مجبور کر دیا؟''

''ہاں کون تھے وہ لوگ؟''

''کوئی دوست؟''

''دشمن بھی تو ہو سکتا ہے۔''

''کہیں رات کے آخری پہر نکلنے والا شیطانوں کا کوئی قافلہ تو نہیں۔''

''لٹیرے بھی تو ہو سکتے ہیں۔''

''کسی نے ان کے چہرے دیکھے تھے۔''

آخری سوال پر یک بہ یک چاروں طرف خاموشی چھا گئی۔۔۔تھوڑے توقف کے بعد کسی کونے سے آواز آئی ۔ ''نہیں''

اور پھر چاروں طرف سے اُسی نہیں، نہیں کی تکرار ہونے لگی۔

''آخر ہم اُن کے چہرے کیوں کر دیکھ سکتے تھے۔ ہم سب اپنے مکانوں میں بند تھے اور باہر اندھیرا پھیلا ہوا تھا''

''مگر ایک بات ہے۔ اتنی رات گئے ہماری زنجیریں ہلا کر بیدار کرنے والے دوست ہی ہو سکتے ہیں۔''

''مگر ہم لوگ سوئے ہی کب تھے کہ بیدار ہوتے۔ ہم تو محض خوف سے گھروں میں بند ہو گئے تھے۔''

''اُف! اندھیرا اب بھی کتنا گھنا ہے۔''

''اس اندھیرے میں دوست، دشمن کی تمیز کیسے ہو کہ ہم خود اپنے چہرے بھی نہیں دیکھ پا رہے ہیں۔''

ایک کونے سے کافی گمبھیر آواز اُبھری۔ ''شاستروں میں لکھا ہے ۔۔۔''

اِدھر اُدھر سے دو تین جنس آوازیں اُبھریں۔

”کیا لکھا ہے شاستروں میں؟“

مگر اس سے پہلے کہ وہ گمبھیر آواز اور آگے کچھ کہتی۔ ہوا کے دوش پر ویسی ہی سنسناہٹ پھر سنائی دینے لگی۔ جیسی کچھ دیر قبل سنائی دی تھی۔ جیسے ہوا اسی جہاز کے بادبان میں پھنسی سکیاں بھر رہی ہو۔ سنسناہٹ تیز ہونے لگی۔ تیز اور تیز۔ سائرن کی طرح کانوں کے پردے چھید دینے والی۔ پھر اسی سنسناہٹ کے سینے سے سیکڑوں ہزاروں گھوڑوں کے ٹاپوں کی دھمک اُبھرنے لگی۔

”اوہو! پھر وہی آوازیں۔“

”شاید وہی زنجیر ہلانے والے واپس ہو رہے ہیں۔“

”پتا نہیں۔“

”چلو اپنے اپنے گھروں کو لوٹ چلیں۔“

”نہیں ۔۔۔ یہ بڑی ناعاقبت اندیشی ہوگی۔“

”پھر کیا کریں؟“

”ہمیں دیکھنا ہوگا کہ یہ لوگ کون ہیں۔“

”کیا یہ ضروری ہے یہ وہی زنجیر ہلانے والے ہوں۔“

”ہوسکتا ہے ان میں زنجیر ہلانے والے بھی شامل ہوں۔“

”اگر وہ نہ ہوئے تو؟“

”اگر وہی ہوئے تب؟“

”کچھ بھی ہو ہمیں انتظار کرنا ہوگا۔“

”شاستروں میں لکھا ہے ۔۔۔۔“

”ہاں، ہاں کیا لکھا ہے شاستروں میں؟“ اِدھر اُدھر سے سیکڑوں مضطرب آوازیں اُبھریں۔

”شاستروں میں لکھا ہے کہ زنجیر ہلانے والے ۔۔۔۔“

جملہ پھر ادھورا رہ گیا۔ ٹاپوں کی زبردست دھمک نے ایک بار پھر اس آواز کا گلا گھونٹ دیا۔ چندر بھان کی رگوں میں ایک کپکپی سی دوڑ گئی۔ اندھیرے میں چندر بھان نے دوسروں کو

نہیں دیکھا مگر اسے یقین تھا کہ اُسی کی طرح دوسروں کے دل بھی اُن کی کنپٹیوں میں دھڑک رہے ہوں گے۔ ٹاپوں کی آواز قریب آتی جا رہی تھی اور اندھیرے میں وہ سب گردنیں اُٹھائے آواز کی سمت دیکھ رہے تھے۔ ایک پُرخوف تجسس کے ساتھ۔

■■

انجام کار

آج شام کو آفس سے گھر لوٹتے وقت تک بھی میں نہیں سوچ سکتا تھا کہ حالات مجھے اس طرح پیس کر رکھ دیں گے۔ میں چاہتا تو اس سانحے کو ٹال بھی سکتا تھا مگر آدمی کے لیے ایسا کر سکنا ہمیشہ ممکن نہیں ہوتا۔ کچھ باتیں ہمارے چاہنے یا نہ چاہنے کی حدود سے پرے ہوتی ہیں اور شاید ایسے غیر متوقع سانحات ہی کو دوسرے الفاظ میں ٗحادثہٗ کہتے ہیں۔ جو بھی ہو۔ میں حالات کے غیر مرئی شکنجے میں جکڑا ہوا تھا اور اب اس سے نجات کی کوئی صورت دکھائی نہیں دے رہی تھی۔

آج گھر لوٹنے میں مجھے دیر ہوگئی تھی اس لیے میں لمبے لمبے ڈگ بھرتا گھر کی طرف بڑھ رہا تھا۔ مجھے بیوی کی پریشانی کا بھی خیال تھا۔ وہ یقیناً کھڑکی کی جھری سے آنکھ لگائے میری راہ دیکھ رہی ہوگی اور ذرا سی آہٹ پر چونک چونک پڑتی ہوگی۔ سانجھ کی پرچھائیاں گہری آئی تھیں۔ میں جیسے ہی گلی میں داخل ہوا، اس جانے پہچانے ماحول نے مجھے چاروں طرف سے گھیر لیا۔ ٹین کی کھولیوں کے چھجوں سے نکلتا ہوا دھواں اِدھر اُدھر بہتی نالیوں کی بدبو اور ادھ ننگے بھاگتے دوڑتے بچوں کا شور، کتوں کے پلّے، مرغیاں اور بطخیں، دو ایک کھولیوں سے عورتوں کی گالیاں بھی سنائی دیں جو شاید اپنے بچوں یا پھر بچوں کے بہانے پڑوسیوں کو دی جا رہی تھیں۔

میں جب اپنی کھولی کے سامنے پہنچا تو دیکھا کہ میرے دروازے کے سامنے گندے پانی کی نکاسی کے لیے جونالی بنی تھی، اس میں شامو دادا کا ایک چھوکرا دیسی شراب کی کچھ بوتلیں چھپا رہا ہے۔ مجھے اپنے سر پر دیکھ کر پہلے تو وہ کچھ بوکھلایا۔ پھر سنبھل کر قدرے مسکرا دیا۔ دیسی شراب کی بُو میرے نتھنوں سے ٹکرا رہی تھی۔ میں نے ذرا تیز لہجے میں پوچھا۔

"یہ کیا ہو رہا ہے؟"

وہ اطمینان سے مسکراتا ہوا بولا۔ "دادا نے یہ بوتلیں یہاں چھپانے کو بولا ہے۔"

گلی کی گندگی جب تک گلی میں تھی تو کوئی بات نہیں تھی۔ مگر اب وہ گندگی میرے دروازے تک پھیل آئی تھی اور یہ بات کسی بھی شریف آدمی کے لیے ایک چیلنج تھی۔ لہذا میں چپ نہ رہ سکا۔ میں نے اسی تیز لہجے میں کہا۔

"یہ بوتلیں یہاں سے ہٹاؤ۔ یہ گٹر تمھاری بوتلیں چھپانے کے لیے نہیں بنی ہے۔"

لڑکا تھوڑی دیر تک مجھے گھورتا رہا۔ پھر بولا۔ "اپن کو نہیں معلوم، دادا نے یہاں چھپانے کو بولا تھا۔"

"میں کچھ نہیں جانتا۔ چلو اٹھاؤ یہاں سے۔"

لڑکے نے ہونٹوں ہی ہونٹوں میں کچھ بڑبڑاتے ہوئے بوتلیں اپنے میلے جھولے میں رکھ لیں۔ پھر جاتے جاتے مڑ کر بولا۔ "ساب! جاستی (زیادہ) ہو ساری دکھائے گا تو بھاری پڑے گا۔ یہ نہرو نگر ہے۔"

میں نے جواب میں کچھ نہیں کہا۔ اس آوارہ چھوکرے کے منہ لگنا بے کار تھا۔ وہ بوتلیں لے کر چلا گیا۔ یہی غنیمت تھا۔ میں اپنے کمرے کی طرف بڑھ گیا۔ میں نے کھڑکیوں سے دیکھا، میری اور لڑکے کی گفتگو سن کر ارد گرد کی کھولیوں کے دروازے کھلے اور کچھ عورتیں باہر جھانکتی ہوئی، دلچسپی اور تجسّس سے میری طرف دیکھ رہی تھیں۔ میں نے اس طرف دھیان نہیں دیا اور اپنے کمرے کے دروازے پر پہنچ گیا۔ بیوی بھی شاید میری آواز سن چکی تھی۔ وہ دروازے کھولے کھڑی تھی۔

"کیا ہوا؟" اس نے قدرے گھبراہٹ کے ساتھ پوچھا۔ میں کمرے میں داخل ہو گیا۔ بیوی

نے دروازے کے پٹ بھیڑ دیے۔

"کم بختوں کو دوسروں کی تکلیف یا عزت کا ذرا خیال نہیں۔" میں جوتے کی لیس کھولتے ہوئے بڑبڑایا۔

"کیا ہوا؟" بیوی کا لہجہ گھبرایا ہوا ہی تھا۔

"ارے وہ شامو دادا کا چھوکرا اپنے گھر کے سامنے والی نالی میں شراب کی بوتلیں چھپا رہا تھا۔"

بیوی تھوڑی دیر چپ رہی پھر بولی۔ "میں کہتی ہوں خدا کے لیے کوئی دوسری جگہ ڈھونڈ لیجیے۔ آج نل پر پچھے نمبر والی آنٹی بھی خواہ مخواہ مجھ سے الجھ پڑی تھی۔"

میں نے بش شرٹ کے بٹن کھولتے ہوئے پوچھا۔ "کیا ہوا تھا؟"

"ہوتا کیا، یہ لوگ تو جھگڑے کے لیے بہانہ تلاشتے رہتے ہیں۔ سب کو نمبر سے تین تین ہنڈے پانی ملتا ہے۔ میں نے صرف دو ہنڈے لیے تھے۔ وہ کہنے لگی، تمہارے گھر میں زیادہ ممبر نہیں ہیں، تم صرف دو ہنڈے لو۔ میں نے کہا سب کو تین ملتے ہیں تو میں بھی تین ہی لوں گی۔ دو کیوں لوں؟ بس اسی پر بات بڑھ گئی۔"

میں کھاٹ پر لیٹ گیا۔ میری سمجھ میں نہیں آ رہا تھا کہ آخر کیا کیا جائے۔ ابھی تین چار ماہ تک کھولی بدلنے جیسی میری حالت نہیں تھی اور یہاں ایک ایک دن گزارنا مشکل ہوتا جا رہا تھا۔ مجھے یہاں آئے ہوئے صرف تین مہینے ہوئے تھے۔ بیوی یہاں کے ماحول سے اس قدر پریشان ہو چکی تھی کہ روز رات کو سونے سے پہلے وہ اِدھر اُدھر کی باتوں کے درمیان گھر بدلنے کی بات ضرور کرتی۔ میں کبھی سمجھا کر، کبھی ڈانٹ کر اُسے ٹال دیتا۔ یہ بات نہیں تھی کہ وہ میری مالی حالت سے واقف نہیں تھی۔ مگر وہ بھی ایک عام گھریلو عورت کی طرح ایک اچھے گھر کی خواہش کو اپنے دل سے کسی طرح بھی الگ نہیں کر سکتی تھی۔ اس کی یہ خواہش اس وقت مزید شدّت اختیار کر جاتی جب گلی میں کوئی لڑائی جھگڑا یا دنگا فساد ہو جاتا۔ اس قسم کے دنگے یہاں تقریباً روز ہی ہوا کرتے تھے۔ بعض اوقات تو معمولی جھگڑے سے بھی خون خرابے تک نوبت آ جاتی۔ اتوار کے روز یہاں کے ہنگاموں میں خصوصیت سے اضافہ ہو جاتا۔ ہفتے کے پچھے دن تو زیادہ تر عورتیں آپس میں

لڑتی رہتیں۔ کبھی کبھی نل یا سنڈاس کی لائن میں دو چار عورتیں ایک دوسرے سے الجھ پڑتیں۔ جھوٹے پکڑ کر بھی کھینچے جاتے۔ مگر یہ جھگڑے گالی گلوچ یا معمولی نوچ کھسوٹ سے آگے نہ بڑھ پاتے۔ مگر اتوار کا دن ہفتے بھر کے چھوٹے موٹے جھگڑوں کا فیصلہ کن دن ہوتا کیونکہ اس دن ان عورتوں کے شوہروں، بیٹوں اور دوسرے عزیز رشتے داروں کی چھٹی کا دن ہوتا جو موٹر ورک شاپوں، ملوں اور دیگر چھوٹے موٹے کارخانوں میں کام کرتے تھے۔ اس دن شنکر پاٹل کا مٹکے کا کاروبار بھی کلوز رہتا۔ البتہ شامو دادا کے اڈے پر خاص رونق ہوتی۔ صبح ہی سے پینے والوں کا تانتا بندھا رہتا۔ اور لوگ نوٹانک، پاوسیر، پی پی کر گلی میں اس سرے سے اس سرے تک لڑکھڑاتے گالیاں دیتے اور ہنستے قہقہے لگاتے گھومتے رہتے۔ ہفتے بھر عورتیں انھیں اپنے چھوٹے چھوٹے جھگڑوں کی جو رپورٹیں دیتی تھیں وہ انھیں رپورٹوں کی بنیاد پر کسی نہ کسی بہانے لڑائی چھیڑ دیتے۔ ہفتے بھر کا حساب چکانے کے لیے مرد اپنے اپنے ٹین اور لکڑیوں کے ناپختہ جھونپڑوں سے نکل آتے۔ دن بھر خوب جم کر لڑائی ہوتی۔ دو چار کا سر پھٹتا اور دو چار کو پولیس پکڑ کر لے جاتی۔ یہ ہر اتوار کا معمول تھا۔

یہاں کے ماحول سے میں بھی کافی پریشان تھا۔ مگر صرف پریشانی سے کب کوئی مسئلہ حل ہوتا ہے۔ شہروں میں ایک صاف ستھرے ماحول میں، مناسب مکان کا حاصل کرنا مجھ جیسے معمولی کلرک کے لیے کتنا مشکل ہے، اس کا صحیح اندازہ بیوی کو نہیں ہو سکتا تھا۔ کیونکہ وہ گانو سے پہلی دفعہ شہر آئی تھی۔

اتنے میں بیوی چائے کا پیالہ لے کر ساڑی کے پلّو سے منہ پونچھتی میرے پاس آ کر بیٹھ گئی۔ تھوڑی دیر تک خاموش نظروں سے میری طرف دیکھتی رہی۔ پھر بولی لیجیے چائے پی لیجیے۔'' میں نے چائے کا پیالہ اٹھا لیا۔ وہ کہہ رہی تھی۔

''پرسوں تین نمبر والی زلیخا آئی تھی اس نے مجھ سے اُدھار آٹا مانگا۔ میں نے بہانہ کر دیا کہ گیہوں ابھی پسائے نہیں گئے ہیں۔ اُس وقت وہ چپ چاپ چلی گئی۔ مگر تب سے سنڈاس کی لائن میں، نل پر مجھے دیکھتے ہی ناک چڑھا کر آنکھیں مٹکاتی ہے اور میری طرف منہ کر کے تھوکتی ہے۔ کتیا کہیں کی۔''

بیوی نے منہ بناتے ہوئے تلخ لہجے میں کہا۔میری نظریں بیوی کے چہرے پر گڑی ہوئی تھیں۔میں نے چائے کا گھونٹ بھرتے ہوئے کہا''تھوڑا سا آٹا دے دینا تھا۔''

''کیا دے دیتی؟''اس کی آواز مزید تیکھی ہوگئی۔''آپ نہیں جانتے،ان لوگوں کی نہ دوستی اچھی،نہ دشمنی۔اسی لین دین پر تو آئے دن یہاں جھگڑے ہوتے رہتے ہیں۔''بیوی نے جیسے کسی بہت بڑے راز کا انکشاف کرنے والے انداز میں کہا۔میں چپ تھا،وہ کہہ رہی تھی۔

''آج آپ نے دیر کر دی۔خدا کے لیے آپ آفس سے جلد آیا کیجیے۔آپ کے آفس سے لوٹنے تک میری جان سوکھتی رہتی ہے۔یہاں پل، پل ایک جھگڑا ہوتا رہتا ہے۔آپ کے لوٹنے سے پہلے سامنے والی سکینہ اور رابو میں خوب گالی گلوچ ہوئی۔''

''کیوں؟''

''کچھ نہیں،سکینہ کے بچے نے رابو کی بٹخ کو کنکر مارا تھا۔بس اسی پر دونوں میں خوب جم کر لڑائی ہوئی وہ تو سکھو تائی نے دونوں کو سمجھا بجھا کر چپ کرایا۔ورنہ نوچ کھسوٹ تک کی نوبت آ گئی تھی۔''

میں سننے کو تو بیوی کی باتیں سُن رہا تھا۔مگر میرا ذہن شامو دادا کے چھو کرے کے ساتھ کے ساتھ ہوئی گفتگو میں الجھا ہوا تھا۔کمبخت ایک تو غلط کام کرتے ہیں اور لوٹو کو دھمکیاں دیتے ہیں۔دادا ہے نا۔قانون قاعدہ سب ان کا غلام ہے۔جس دن قانون کی گرفت میں آ جائیں گے ساری دادا گری دھری کی دھری رہ جائے گی۔اچانک بیوی بولتے بولتے چپ ہوگئی۔وہ کچھ سننے کی کوشش کر رہی تھی۔آوازیں میرے دروازے پر آ کر رک گئیں۔میں نے شامو دادا کی آواز سنی،وہ کہہ رہا تھا۔

''چل بے لالو! رکھ اس میں بوتلیں۔دیکھتا ہوں کون سالا روکتا ہے۔''

ایک لمحے کو میرا دل زور سے دھڑکا۔آخر وہی ہوا جس سے میں اب تک بچتا آیا تھا۔میں نے بیوی کی طرف دیکھا۔اس کا چہرہ پیلا پڑ گیا تھا۔اس نے میرا ہاتھ پکڑتے ہوئے کہا:

''جانے دیجیے،رکھ لینے دیجیے۔اپنا کیا جاتا ہے۔''

پیالے میں تھوڑی سی چائے بچی تھی۔میں نے پیالہ اسی طرح فرش پر رکھ دیا۔پھر اس سے

اپنا ہاتھ دھیرے سے چھڑاتا ہوا بولا۔

"تم چپ بیٹھی رہو۔ گھبرانے کی ضرورت نہیں۔ ہم اس طرح ان کی ہر بات برداشت کریں گے تو یہ لوگ ہمارے سر پر سوار ہو جائیں گے۔" میں کھاٹ پر سے اٹھ گیا۔

بیوی گھگھیائی۔ "نہیں خدا کے لیے آپ باہر مت جائیے۔ آپ اکیلے کیا کر سکیں گے۔ وہ بدمعاش لوگ ہیں۔"

میں نے اسے تسلّی دیتے ہوئے کہا۔ "پاگل ہوئی ہو۔ میں کیا جھگڑا کرنے جا رہا ہوں۔ آخر بات کرنے میں کیا حرج ہے۔"

میں دروازہ کھول کر باہر آ گیا۔ شامو دادا کمر پر دونوں ہاتھ رکھے کھڑا تھا۔ اس کے پاس اور دو چھوکرے جیبوں میں ہاتھ ڈالے کھڑے تھے۔ وہی چھوکرا جو پہلے بھی آیا تھا، جھولے سے بوتلیں نکال نکال کر گٹر میں دبا رہا تھا۔ میرے باہر نکلتے ہی وہ چاروں میری طرف دیکھنے لگے۔ شامو ایک لمحے تک مجھے گھورتا رہا۔ پھر چھوکرے سے مخاطب ہوا۔

"اے سالے! سنبھال کر رکھ، کوئی بوتل پھوٹ ووٹ گئی تو تیری بہن کی ۔۔۔ ایسی تیسی کر ڈالوں گا۔"

میں اپنے چبوترے کے کنارے پر آ کر کھڑا ہو گیا۔ وہ لوگ میری طرف مڑے۔ ان کی آنکھوں میں غصہ، نفرت اور حقارت کے بھاؤ اتر آئے۔ میں نے قریب پہنچ کر نہایت نرم لہجے میں شامو سے کہا۔

"آپ ہی شامو دادا ہیں؟"

"ہاں کیوں؟" شامو کسی کٹھنے کتے کی طرح غرّایا۔

"دیکھیے یہاں ان بوتلوں کو مت رکھیے، ہمیں تکلیف ہوگی۔"

"تکلیف ہوگی تو کوئی دوسری جگہ ڈھونڈو۔ اس جھونپڑ پٹی میں کیوں چلے آئے۔"

"میری بات سمجھنے کی کوشش کیجیے۔ یہ چیزیں ہمیں پسند نہیں ہیں۔ کسی دوسری جگہ کیوں نہیں رکھتے انھیں۔"

"یہ بوتلیں یہیں رہیں گی، تمہیں جو کرنا ہے کر لو۔"

اس کے باقی دونوں ساتھی میری طرف بڑھتے ہوئے بولے۔"یہ تھارے باپ کی گٹر ہے کیا؟"

اس وقت اندر ہی اندر اُبلتے غصّے کی وجہ سے میری جو حالت ہو رہی تھی وہ بیان سے باہر ہے۔ جی میں آ رہا تھا کہ ان تینوں کم بختوں کی ایک سرے سے لاشیں گرا دوں۔ مگر میں جانتا تھا کہ ایسی جگہوں پر اپنا ذہنی توازن کھونے کا مطلب سوائے پٹنے کے اور کچھ بھی نہیں۔ میں نے لہجے کو ذرا بھاری بناتے ہوئے کہا۔

"دیکھو باپ دادا کا نام لینے کی ضرورت نہیں۔ میں اب تک شرافت سے آپ لوگوں کو سمجھا رہا ہوں۔"

"ارے تو، تُو کیا کر لے گا ہمارا۔ تیری ماں کی ۔۔۔مادر۔۔۔۔سالا۔۔۔ایک جھاپڑ میں مٹی چاٹنے لگے گا اور ہم سے ہوشیاری کرتا ہے۔"شامو نے دو قدم میری طرف بڑھاتے ہوئے کہا۔ گالی سُن کر میرے تن بدن میں آگ لگ گئی۔ میں نے انگلی اُٹھا کر کہا۔"دیکھو شامو! اپنی حد سے آگے مت بڑھو۔ ایک تو غیر قانونی کام کرتے ہو اور او پر سے سینہ زوری کرتے ہو۔"

"ارے تیرے قانون کی بھی ماں کی ۔۔۔۔۔"شامو میری طرف لپکتا ہوا بولا۔ اُس کے ایک ساتھی نے اُسے پیچھے ہٹاتے ہوئے کہا۔"ٹھہر و دادا، اس سالے کو میں ٹھیک کرتا ہوں۔"

اس نے جیب سے ایک لمبا سا چاقو نکال لیا۔ کڑ، کڑ، کڑ، چاقو کھلنے کی آواز کے ساتھ ہی میرے جسم میں سر سے پیر تک چیونٹیاں رینگ گئیں۔ میری انتہائی کوشش کے باوجود حالات میرے قابو سے باہر ہو چکے تھے۔ ایک لمحے کو میں سر سے پیر تک کانپ گیا۔ اِرد گرد کے جھونپڑوں سے عورتیں، مرد اور بوڑھے سب نکل آئے تھے۔ سب کے سب اس جھگڑے کو بڑی دلچسپی سے دیکھ رہے تھے۔ شامو کے ساتھی کے چاقو نکالتے ہی دو تین عورتوں کے مُنہ سے چیخیں نکل گئیں اور ان چیخوں نے میری نس نس میں ایک کپکپاہٹ سی بھر دی۔ میں زندگی میں پہلی دفعہ اس قسم کی سچویشن سے دو چار ہوا تھا۔ میرا سارا غصہ ایک خوف زدہ بچے کی طرح سہم کر میرے اندر ہی دُبک گیا۔ میں اب صرف ایک گھبراہٹ بھرے پچھتاوے کے ساتھ اس غنڈے کے چمچماتے چاقو کی طرف دیکھ رہا تھا۔ میں اس وقت بھاگ کر اپنے کمرے میں

چپ سکتا تھا۔ مگر اب بھاگنا بھی اتنا آسان نہیں رہ گیا تھا۔ کیونکہ بیسیوں آنکھیں مجھے اپنی نظر کے ترازو میں تول رہی تھیں۔ بھاگنے کا مطلب تھا میں ہمیشہ کے لیے ان نگاہوں میں مر جاتا۔

وہ غنڈا چاقو لیے میری طرف بڑھا اور میں بے حس و حرکت وہیں کھڑا رہا۔ میں یہ نہیں کہتا کہ اس وقت میں بہت بہادری سے کھڑا تھا۔ بلکہ اس وقت اپنے پیروں کو اس جگہ جمائے رکھنے میں مجھے جس کش مکش اور تکلیف کا سامنا کرنا پڑ رہا تھا وہ میرا ہی دل جاتا ہے۔ میں اپنے کمرے کے چبوترے پر کھڑا تھا۔ وہ غنڈا بالکل میرے قریب پہنچ چکا تھا۔ قریب پہنچ کر وہ بھی ایک لمحے کو ٹھٹکا۔ شاید اُسے بھی توقع تھی کہ میں بھاگ کر کمرے میں گھس جاؤں گا۔ مگر جب خلافِ توقع اُس نے مجھے اسی طرح کھڑا پایا تو بجائے مجھ پر چاقو کا وار کرنے کے میری ٹانگ پکڑ کر مجھے نیچے کھینچ لینا چاہا۔ میں ایک قدم پیچھے ہٹ گیا۔ میری ٹانگ اس کے ہاتھ نہ آ سکی۔ اتنے میں پیچھے سے ایک چیخ سنائی دی اور کوئی آ کر مجھ سے لپٹ گیا۔ میں نے پلٹ کر دیکھا، میری بیوی میری کمر پکڑے مجھے اندر کھینچنے کی کوشش کرنے لگی۔ وہ بُری طرح رو رہی تھی۔

''چلیے اندر چلیے۔ خدا کے لیے آپ اندر چلیے'' اس نے مجھے کمرے کی طرف گھسیٹتے ہوئے کہا۔ بیوی میں اتنی طاقت نہیں تھی کہ وہ مجھے اندر گھسیٹ لے جاتی۔ مگر میرا شعور بھی شاید اسی میں اپنی عافیت سمجھ رہا تھا۔ بیوی نے مجھے کمرے میں دھکیل کر دروازہ اندر سے بند کر لیا اور زور زور سے پھوٹ پھوٹ کر رونے لگی۔ ایک لمحے تک باہر سنّاٹا چھایا رہا۔ صرف میری بیوی کی زور زور سے رونے کی آواز سنائی دے رہی تھی۔ پھر باہر سے مغلظات کا ایک طوفان اُمڈ پڑا۔ وہ سب مجھے بے تحاشا گالیاں دے رہے تھے۔ پھر ایسا بھی سنائی دیا جیسے کچھ لوگ انھیں سمجھا رہے ہوں۔ مگر دو تین منٹ تک گالیوں کا سلسلہ برابر چلتا رہا۔ بیوی دونوں میرے پیر پکڑے گھٹنوں پر سر ٹکائے بُری طرح رو رہی تھی۔ میں کھاٹ پر کسی بُت کی طرح چپ بیٹھا رہا۔ آخر مغلظات کا طوفان رُکا اور پھر ایسا لگنے لگا جیسے بھیڑ چھٹ رہی ہو۔ تھوڑی دیر بعد باہر مکمل سنّاٹا چھا گیا۔ صرف رہ رہ کر کسی کھولی سے کسی عورت کی کوئی تیکھی گالی اڑتی ہوئی آتی اور ایک طمانچے کی طرح کان پر لگتی۔ میں پتہ نہیں کتنی دیر تک اسی طرح چپ بیٹھا رہا۔ بیوی پتہ نہیں کب تک میری گود میں سر ڈالے روتی رہی۔ اس وقت مذامت غصہ اور خوف سے میری عجیب کیفیت تھی۔

ذہن گویا ہوا میں اڑا جا رہا تھا اور دل تھا کہ سینے میں سنبھلتا ہی نہیں تھا۔ میری ساری کوششوں کے باوجود معاملہ کسی کانچ کے برتن کی طرح میرے ہاتھوں سے چھوٹ کر ٹکڑے ٹکڑے ہو گیا تھا اور اب اس کی کرچیں میرے جسم میں اس طرح گڑ گئی تھیں کہ میرا سارا وجود لہولہان ہو گیا تھا۔ میری ساری تدبیریں ناکام ہو گئی تھیں اور اب میں بہت بلندی سے گرنے والے کسی بدنصیب شخص کی طرح ہوا میں معلّق ہاتھ پیر مار رہا تھا۔ کسی کاغذ کو چھوکنے یا کسی ٹھوس جگہ پر پانو جمانے کی بے نتیجہ کوشش ۔۔۔ آخر میں نے طے کر لیا کہ میں جلد ہی یہ کھولی چھوڑ دوں گا۔ مگر کھولی چھوڑنے سے پہلے اپنی توہین کا بدلا بھی لینا تھا۔ مگر میں اکیلا کیا کر سکتا تھا۔ میں بہت دیر تک اسی پیچ و تاب میں بیٹھا رہا۔ آج میں اپنی نظروں میں ذلیل ہو گیا تھا۔ رہ رہ کر غنڈوں کی گالیاں میرے کانوں میں گونج رہی تھیں اور میری بے بسی کا احساس بڑھتا جا رہا تھا اور اس بے بسی کے احساس کے ساتھ ہی میرا غصّہ بھی بڑھتا جا رہا تھا۔ بیوی کی سسکیاں اب تھم چکی تھیں مگر اس کا سر میری گود میں اسی طرح رکھا تھا۔ میں نے آہستہ سے اس کا سر اٹھاتے ہوئے کہا۔

"اٹھو چارپائی پر لیٹ جاؤ۔"

بیوی اسی طرح فرش پر بیٹھی ساری کے پلّو سے اپنی ناک سڑکنے لگی۔ میں اٹھ کر بش شرٹ پہننے لگا۔ بیوی نے میری طرف دیکھتے ہوئے پوچھا۔ "کہاں جا رہے ہو؟"

میں نے کہا۔ "تم آرام کرو۔ میں ابھی پولیس اسٹیشن سے ہو آتا ہوں۔"

"نہیں آپ کہیں نہ جائیے۔"

"گھبراؤ نہیں۔" میں نے تسلّی دیتے ہوئے کہا۔ "ابھی دس منٹ میں آ جاؤ نگا۔"

"نہیں خدا کے لیے آپ ان لوگوں سے نہ الجھیے۔ وہ لوگ بہت بدمعاش ہیں۔"

"تم خواہ مخواہ گھبرا رہی ہو۔ یہ لوگ سیدھے سادے لوگوں پر اسی طرح دھونس جماتے ہیں۔ کسی کو مارنا اتنا آسان نہیں ہوتا۔ تم دیکھنا دس منٹ بعد پولیس ان سب کے ہتھکڑیاں لگا کر لے جائے گی۔ کسی شریف آدمی کو اس طرح پریشان کرنا ہنسی کھیل نہیں ہے۔"

"مگر آپ اکیلے ہیں اور وہ بہت سارے ہیں۔ آپ اکیلے کتنوں سے لڑیں گے۔"

"ارے میں لڑنے کہاں جا رہا ہوں۔ پولیس میں شکایت درج کراؤں گا۔ پولیس خود آ کر

اُن سے سمجھ لے گی ۔ ہم اس طرح ان کی بدمعاشی کو سہتے رہیں تو جینا دوبھر ہو جائے گا ۔ انھیں ان کی بدمعاشی کی آخر کچھ تو سزا ملنی چاہیے ۔''

بیوی کی آنکھوں سے پھر آنسو بہنے لگے ۔ ''جب ہمیں یہاں رہنا ہی نہیں ہے تو پھر خواہ مخواہ ان کے منہ لگنے کی کیا ضرورت ہے ؟''

میں نے ذرا کڑے لہجے میں کہا ۔ ''تم اندر سے کنڈی لگا لو ۔ تم ان باتوں کو نہیں سمجھتیں ۔ وہ لوگ ہمارے دروازے پر آ کر ہمیں یوں ذلیل کر جائیں اور ہم پولیس میں شکایت تک نہ کریں ۔ اس سے بڑی بُز دلی اور کیا ہو سکتی ہے ۔ آج انھوں نے دروازے پر گڑبڑ کی ، کل گھر میں گھس سکتے ہیں ۔''

پھر لہجے کو تھوڑا نرم بناتے ہوئے کہا ۔ ''تم سمجھ دار ہو ۔ ہمت سے کام لو ۔ میں ابھی لوٹ آؤں گا ۔ چلو اٹھو دروازہ اندر سے بند کرو ۔''

یہ کہہ کر میں باہر نکل گیا ۔ بیوی مَرے قدموں سے چلتی میرے پیچھے پیچھے آئی ۔ میں نے دروازہ بند ہونے کے ساتھ ہی اس کی ہلکی ہلکی سسکیوں کی آواز بھی سنی ۔ گلی میں کافی اندھیرا تھا ۔ پاس کی کھڑکیوں کے دروازے بند ہو چکے تھے ۔ چاروں طرف ایک ناخوشگوار قسم کا سنّاٹا چھایا ہوا تھا ۔ میں گلی کو پار کر کے سڑک کے کنارے آ گیا ۔ یہاں لیمپ پوسٹ کی ملگجی روشنی اونگھ رہی تھی ۔ میں نے مڑ کر دائیں طرف نظر دوڑائی جہاں شامو کا شراب کا اڈّہ تھا ۔ چاروں طرف ٹاٹ سے گھرے اس اڈّے میں کافی روشنی ہو رہی تھی ۔ باہر بینچوں پر کچھ لوگ بیٹھے پیتے دکھائی دیے ۔ پاس ہی سیخ کباب والا اپنی انگیٹھی دہکائے بیٹھا تھا ۔ اڈّے سے رہ رہ کر ملکے ملکے قہقہوں اور گلاسوں کے کھنکنے کی ملی جلی آواز یں آ رہی تھیں ۔ پولیس اسٹیشن جانے کا راستہ اسی طرف سے تھا ۔ مگر میں اس طرف جانے کے بجائے دوسری طرف مڑ گیا اور ریل کی پٹری کراس کر کے بڑی سڑک پر نکل آیا ۔ میں دل ہی دل میں پولیس اسٹیشن میں انسپکٹر کے سامنے کی جانے والی شکایت کا خاکہ ترتیب دینے لگا کہ میں زندگی میں پہلی دفعہ پولیس اسٹیشن جا رہا تھا ۔ دل میں ایک طرح کی گھبراہٹ بھی تھی ۔ مگر ان بدمعاشوں کو مزہ چکھانے کا جذبہ اس گھبراہٹ پر کچھ ایسا حاوی تھا کہ پیر پولیس اسٹیشن کی طرف بڑھتے ہی گئے ۔ میں نے سُن رکھا تھا کہ وہاں شریف آدمیوں

سے کوئی سیدھے منہ بات تک نہیں کرتا میں ذہن میں ایسے جملوں کو ترتیب دینے لگا جن کے ذریعے پولیس انچارج کے سامنے اپنی بے بسی اور پریشانی کا واضح نقشہ کھینچ سکوں اور وہ فوراً متاثر ہو جائے۔ پولیس اسٹیشن کی عمارت آگئی تھی۔ گیٹ میں داخل ہوتے وقت ایک بار پھر میرا دل زور سے دھڑکا۔

میں عمارت کی سیڑھیاں چڑھ کر ورانڈے میں پہنچا۔ پاس ہی بچھی بنچ پر ایک کانسٹیبل بیٹھا ہتھیلی پر تمباکو اور چونا مسلتا نظر آیا۔ اس نے اپنی ٹوپی اتار کر بنچ پر رکھ لی تھی اور اس کی گنجی کھوپڑی بلب کی روشنی میں چمک رہی تھی۔ مجھ پر نظر پڑتے ہی اس نے استفہامیہ نظروں سے میری طرف دیکھا۔ میں اس کے قریب پہنچ کر ایک وقفے کے لیے رکا۔ پھر بولا ''مجھے ایک کمپلین لکھوانی ہے۔''

''کہاں سے آئے ہو؟'' اس نے تیوری چڑھا کر پوچھا۔

''نہر نگر سے۔''

''کیا ہوا؟'' اس کی نظریں سر سے پیر تک میرا جائزہ لے رہی تھیں۔

''وہاں کچھ غنڈوں نے مجھ پر حملہ کرنا چاہا تھا۔''

''ہم'' اس نے تمباکو کو اپنے نچلے ہونٹ کے نیچے دباتے ہوئے زور سے ہنکاری بھری۔ پھر ہاتھ جھاڑتا ہوا بولا ''جاؤ، ادھر جاؤ۔'' اس نے سیدھے ہاتھ کی طرف اشارہ کرتے ہوئے کہا اور دیوار سے ٹیک لگا کر بیٹھ گیا۔ میں اُس طرف مڑ گیا جدھر کانسٹیبل نے اشارہ کیا تھا۔ کچھ قدم چلنے کے بعد ایک کھلا دروازہ دکھائی دیا۔ میں دروازے میں ٹھٹک گیا اور سامنے کرسی پر بیٹھے ایک موٹے حوالدار کو دیکھنے لگا۔ وہ شاید ہیڈ کانسٹیبل تھا اور گردن جھکائے ہوئے کوئی فائل الٹ پلٹ رہا تھا۔ پاس ہی ایک دوسری میز پر کوئی کلرک کچھ ٹائپ کر رہا تھا اور ایک دوسرا کانسٹیبل ایک طرف کرسی پر بیٹھا جمائیاں لے رہا تھا۔ میں نے ایک لمحے کے بعد کھنکار کر کہا ''مے آئی کم اِن؟'' ہیڈ کانسٹیبل نے فائل سے گردن اٹھائی اور جمائی لینے والا کانسٹیبل چندھیائی آنکھوں سے مجھے دیکھنے لگا۔ ہیڈ کانسٹیبل نے گردن ہلا کر مجھے اندر آنے کی اجازت دی۔ میں اندر داخل ہوا اور میز کے پاس جا کر کھڑا ہوا۔

”کیا ہے؟“ ہیڈ کانسٹیبل نے فائل پر سے نظریں اٹھاتے ہوئے پوچھا۔

”جی۔۔۔جی۔۔۔مجھے ایک کمپلین لکھوانی ہے۔“

”کہاں رہتے ہو؟“

”نہر ونگر میں۔“

”کیا ہوا، جلدی بولو۔“ اس کا لہجہ بڑا اہانت آمیز تھا۔

میں نے دل میں الفاظ تولتے ہوئے کہا ”جی بات یہ ہے کہ میں نہر ونگر میں پانچ نمبر بلاک میں رہتا ہوں۔ وہاں شامو داد اکا شراب کا اڈہ ہے۔ اس کے چھوکروں نے آج مجھ پر چاقو سے حملہ کرنا چاہا تھا۔“

”کیوں؟ تم نے اُسے چھیڑا ہو گا۔“ ہیڈ کانسٹیبل نے کہا۔

میں اس ریمارک پر بوکھلا گیا۔ میں سمجھ رہا تھا شراب کے اڈے کا ذکر آتے ہی یہ لوگ ان غنڈوں کی غنڈہ گردی کو سمجھ جائیں گے۔ کیونکہ شامو ناجائز شراب کا کاروبار کرتا تھا۔ مگر اب حوالدار کے تیور دیکھ کر میرا دل ڈوبنے لگا۔ میں نے مسی صورت بنا کر کہا۔ ”جی میں نے کچھ نہیں کیا۔“

”پھر کیا اس کا دماغ خراب ہو گیا تھا جو خواہ مخواہ تم سے جھگڑا کرنے آ گیا۔“ اس کے درشت لہجے نے میرے رہے سہے حواس بھی غائب کر دیے تھے۔ پھر بھی میں نے سنبھلتے ہوئے کہا:

”جی بات یہ تھی کہ وہ ہمارے گھر کے سامنے والی نالی میں شراب کی بوتلیں چھپا رہا تھا۔ میں نے منع کیا۔ بسی اسی پر بگڑ گیا۔“

”ہم، یہ بات ہے۔ یہ بتاؤ تم نے منع کیوں کیا؟“

”جی!“ میں حیرت سے اس کی طرف دیکھنے لگا۔ ”صاحب وہ میرے گھر کے سامنے شراب چھپا رہا تھا۔ میں ایک شریف آدمی ہوں۔ مجھے اس پر اعتراض کرنے کا حق بھی نہیں۔“

ہیڈ کانسٹیبل نے ایک بار مجھے گھور کر دیکھا اور بولا۔ ”ارے شراب کی بوتلیں نالی میں چھپا رہا تھا نا، تمہارا کیا بگڑتا تھا اس سے۔“

مجھے اب سچ مچ غصہ آ گیا تھا۔ میں نے دل ہی دل میں اس موٹے حوالدار کو ایک موٹی سی

گالی دی مگر بظاہر اپنے لہجے کو حتی الامکان نرم بناتے ہوئے کہا۔''مگر حوالدار صاحب (حرامی صاحب) وہ غنڈہ آدمی ہے۔ اگر میں اس وقت اعتراض نہ کرتا تو وہ کل میرے گھر میں گھس سکتا تھا اور پھر اس کا دھندا بھی تو قانوناً ناجائز ہے۔''

''بس بس ہم کو معلوم ہے۔ یہاں قانون مت بگھارو۔ اُدھر جاؤ پہلے صاحب سے شکایت کرو۔ وہ کہے گا تو ہم کمپلین لکھ لے گا''اس نے بائیں طرف ایک کیبن کے بند دروازے کی طرف اشارہ کرتے ہوئے کہا۔ پھر وہ کرسی میں پڑے جمائی لیتے سپاہی سے مخاطب ہوا۔''بھالے راؤ اس آدمی کو صاحب کے پاس لے جاؤ۔''

بھالے راؤ نے ایک بار پھر منہ پھاڑ کر جمائی لی اور کچھ بڑبڑاتا ہوا ناگواری سے بولا۔''چلو۔'' وہ کرسی سے اٹھا اور لڑکھڑاتے قدموں سے چلتا ہوا کیبن کی چق ہٹا کر اندر چلا گیا۔ پھر چند سیکنڈ بعد ہی باہر نکلا اور میری طرف دیکھے بغیر بولا۔''جاؤ۔''اور خود دوبارہ اسی کرسی کی طرف مڑ گیا جہاں پہلے بیٹھا جمائیاں لے رہا تھا۔ میں چق ہٹا کر اندر داخل ہوا۔ سامنے ایک سخت چہرے اور بڑی بڑی مونچھوں والا   شخص مجھے گھور رہا تھا۔ میں نے تھوک نگلتے ہوئے دونوں ہاتھ جوڑ کر اُسے نمسکار کیا اور اس کے سامنے جا کھڑا ہوا (میرے دونوں ہاتھ نمسکار کی شکل میں اب بھی جُڑے ہوئے تھے) سامنے دو خالی کرسیاں پڑی تھیں۔ مگر میں اس قدر نروس ہو گیا تھا کہ کرسی پر بیٹھنے کے بجائے، میز کے کونے سے لگ کر کھڑا ہو گیا۔

''کیا بات ہے؟''اس سخت چہرے والے پولیس انسپکٹر نے (ہاں وہ صورت سے پولیس انسپکٹر لگتا تھا) اپنی موٹی آواز میں پوچھا۔

میں نے پھر اپنے خشک ہوتے گلے پر ہاتھ پھیرتے ہوئے کہا۔''صاحب میں ایک کمپلین لکھوانے آیا ہوں۔''

''کہاں رہتے ہو؟''اس نے مجھے سر سے پاؤں تک گھورتے ہوئے پوچھا۔

''نہرو نگر میں۔''میں نے انتہائی نرم اور ملتجی آواز میں جواب دیا۔

''بیٹھو۔''اس نے کرسی کی طرف اشارہ کیا۔

میں ایک کرسی پر بیٹھ گیا اور شام کے جھگڑے کی تفصیلات سنانے لگا۔ میری گفتگو کے دوران

وہ سگریٹ سلگا کر ہلکے ہلکے کش لیتا رہا۔ وہ میری باتیں اتنی بے دلی سے سن رہا تھا جیسے کوئی گھسا پٹا ریکارڈ سن رہا ہو۔ بس وہ سننے کے لیے سن رہا تھا۔ جب میں چپ ہوا تو ایک لمحے کو اس کی تیز نگاہیں میرے چہرے پر جمی رہیں۔ پھر اس کی آواز میرے کانوں سے ٹکرائی۔

’’اچھا تو اب تم کیا چاہتے ہو؟‘‘

’’جی!‘‘ میں اس کے سوال کا مطلب نہیں سمجھ سکا تھا۔ اس لیے جی کر کے رہ گیا۔ انسپکٹر نے شاید میرے لہجے میں چھپے استعجاب کو بھانپ لیا تھا۔ اس نے فوراً دوسرا سوال کیا۔

’’کیا کام کرتے ہو؟‘‘

’’جی صاحب میں سی وارڈ میں کلرک ہوں۔‘‘

’’گھر میں کون کون ہے؟‘‘

’’جی، میں اور میری بیوی۔‘‘

’’شاید نئے آئے ہو؟‘‘

’’جی ہاں، چھے سات مہینے ہوئے ہیں۔‘‘

’’اچھا دیکھو واقعی تمہارے ساتھ زیادتی ہوئی ہے اور مجھے اس کا بڑا افسوس ہے مگر۔۔۔‘‘

انسپکٹر کے ان جملوں سے میری ڈھارس بندھی اور میرا حوصلہ بھی بڑھا۔ میں نے درمیان میں جلدی سے کہا ’’سر! اگر آپ چاہیں تو۔۔۔‘‘

انسپکٹر کو شاید میرا اس طرح درمیان میں ٹوکنا برا لگا۔ اس نے قدرے سخت لہجے میں کہا۔

’’پہلے ہماری بات سنو!‘‘

’’جی سر!‘‘ میں سہم کر ایک دم سے چپ ہو گیا۔

’’دیکھو! ہم ابھی تمہارے ساتھ دو چار سپاہی روانہ کر سکتے ہیں اور ساتھ ہی اس کے آدمیوں کی مشکیں کسوا کر یہاں بلا سکتے ہیں۔ مگر سوچو اس سے کیا ہوگا۔ وہ دوسرے ہی دن ضمانت پر چھوٹ جائے گا اور پھر تمہیں وہیں رہنا ہے اور وہ ہے غنڈا آدمی۔ چھوٹنے کے بعد انتقاماً کچھ بھی کر سکتا ہے۔ کیا تم میں اتنی طاقت ہے کہ اس سے ٹکرا سکو؟‘‘

’’مگر سر! قانون۔۔۔‘‘

اس نے ہاتھ اٹھا کر مجھے چپ کرا دیا اور سگریٹ کی راکھ ایش ٹرے میں جھاڑتا ہوا بولا۔

’’قانون کی بات مت کرو۔ قانون ہم کو بھی معلوم ہے۔ پولیس تمھاری کمپلین پر ایکشن لے سکتی ہے۔ مگر چوبیس گھنٹے تمھاری حفاظت کی گارنٹی نہیں دے سکتی۔‘‘

میں گردن جھکائے چپ چاپ بیٹھا رہا۔ انسپکٹر نے دوسری سگریٹ سلگاتے ہوئے کہا۔

’’دیکھو! تم سیدھے سادے آدمی معلوم ہوتے ہو۔ ہو سکے تو وہ جگہ چھوڑ دو، اور اگر وہیں رہنا چاہتے ہو تو پھر ان غنڈوں سے مل کر رہو۔‘‘

’’مگر سر! وہ ناجائز شراب کا دھندا کرتا ہے کیا پولیس اس کا دھندا بند نہیں کرا سکتی؟‘‘ (مجھے فوراً احساس ہوا کہ مجھے یہ سوال نہیں پوچھنا چاہیے تھا) ایک پل کے لیے انسپکٹر کی آنکھوں میں غصہ اتر آیا۔ اس نے مجھے گھور کر دیکھا۔ پھر گمبھیر آواز میں بولا۔ ’’پولیس خوب جانتی ہے کہ اسے کیا کرنا چاہیے اور کیا نہیں۔ شامو کا دھندا بند ہونے سے سارے کالے دھندے بند ہو جائیں گے، ایسا نہیں ہے۔‘‘

جی میں آیا کہہ دوں۔ کالے دھندے تو بند نہیں ہوں گے۔ مگر شامو سے ملنے والا ہفتہ ضرور بند ہو جائے گا اور تم یہی نہیں چاہتے۔ مگر ایسا کچھ کہنا اپنے آپ کو اندھے کنویں میں گرانے جیسا ہی تھا۔ کیونکہ اگر یہ سامنے بیٹھا ہوا انسپکٹر ناراض ہو جائے تو الٹا مجھے اندر کرا سکتا ہے۔ میں نے کتنی ہی دفعہ شامو کے اڈے پر پولیس والوں کو کوکا کولا پیتے اور سیخ کباب اڑاتے دیکھا تھا۔ ایک دو دفعہ تو وہ باہر بیٹھا ہوا ہیڈ کانسٹیبل بھی دکھائی دیا تھا۔ یہ میری ہی بھول تھی کہ میں یہاں دوڑا چلا آیا تھا۔ مجھے سچ یہاں نہیں آنا چاہیے تھا۔ ان حرام خوروں سے منصفی کی توقع رکھنا، کنجوس سے سخاوت کی امید رکھنے جیسا ہی تھا۔ مجھے یوں گم سم بیٹھا دیکھ کر انسپکٹر نے سگریٹ کو ایش ٹرے میں رگڑتے ہوئے کہا۔

’’دیکھو! اب بھی کمپلین لکھوانا چاہتے ہو تو باہر جا کر لکھوا دینا۔ ایک کانسٹیبل تمھارے ساتھ جائے گا اور شامو کو یہاں بلا لائے گا۔ اب تم جا سکتے ہو‘‘ اتنا کہہ کر اس نے میز پر رکھی گھنٹی بجائی۔ جھٹ ایک حولدار اندر داخل ہوا۔ انسپکٹر نے رعب دار آواز میں کہا۔

’’دیکھو یہ کوئی کمپلین لاج کرانا چاہتے ہیں۔ پانڈے سے کہو ان کی کمپلین لکھ لے اور بھالے

راؤ کو ان کے ساتھ بھیج دے۔''

''یس ... سر ...!'' حولدار نے سر جھکا کر کہا۔ پھر میری طرف مڑ کر بولا۔''چلو۔''

میں حولدار کے پیچھے باہر نکل آیا۔ حولدار نے اُسی موٹے کانسٹیبل کو مخاطب کرتے ہوئے کہا۔

''پانڈے صاحب! بڑے صاحب نے اس آدمی کی کمپلینٹ لاج کرنے کو کہا ہے۔''

پانڈے نے خشونت آمیز نظروں سے میری طرف دیکھا۔ چڑچڑاہٹ اور بیزاری اس کے چہرے سے صاف پڑھی جاسکتی تھی۔ ایک لمحے کو اس کی اور میری نظریں ملیں۔ میں نے دھیرے سے کہا۔

''نہیں مجھے کوئی کمپلین نہیں لکھوانی ہے۔''

اتنا کہہ کر میں تیزی سے دروازے کے باہر نکل گیا۔ اپنے پیچھے میں نے پانڈے کی آواز سنی جو شاید بھالے راؤ سے کہہ رہا تھا۔

''ذرا ان کا حلیہ تو دیکھو۔ دَم تو کچھ بھی نہیں اور چلے ہیں دادا لوگوں سے ٹکر لینے۔''

میں تیز تیز قدم اٹھاتا ہوا پولیس اسٹیشن کے باہر نکل آیا۔ کلائی کی گھڑی دیکھی، دس بج رہے تھے۔ دکانیں قریب بند ہو چکی تھیں۔ صرف، نیو اسٹار، ہوٹل کھلا تھا اور پان والے کی دکان پر کچھ لوگ کھڑے نظر آ رہے تھے۔ میں نے جیب سے دس پیسے کا ایک سکّہ نکالا اور پان والے سے ایک پناما سگریٹ خرید کر پاس ہی جلتے ہوئے چراغ سے اُسے سلگایا۔

میرے قدم پھر اپنے محلّے کی طرف اٹھ گئے۔ میں اس وقت بالکل خالی الذہن ہو گیا تھا۔ نہ مجھے شامو پر غصہ آ رہا تھا نہ پانڈے حولدار پر نہ پولیس انسپکٹر پر۔ مجھے وہ تینوں ایک جیسے ہی لگے۔ انسپکٹر کی باتوں نے مجھے جھنجھوڑ کر رکھ دیا تھا۔ مجھے لگ رہا تھا، سچائی، انصاف اور شرافت سب کتابی باتیں ہیں۔ حقیقی زندگی سے ان کا دور کا بھی واسطہ نہیں۔ اس دنیا میں شریف اور ایمان دار آدمی کو لوگ اسی طرح نفرت و حقارت کی نظر سے دیکھتے ہیں جس طرح کسی زمانے میں برہمن، شدر لوگوں کو دیکھتے تھے۔ میں ریلوے پٹری کراس کر کے پتلی سڑک پر آ گیا تھا۔ نالیوں سے اٹھنے والے بدبو کے بھبکوں نے میرا استقبال کیا۔ میں پھر اپنے محلّے میں داخل ہو چکا تھا۔ سامنے شامو کے اڈّے پر ویسی ہی چہل پہل تھی۔ سیخ کباب والے کی انگیٹھی برابر دھک رہی

تھی اور گلاسوں کی کھنک اور پینے والوں کی بہکی بہکی گالیاں فضا میں تیرتی پھر رہی تھیں ۔
میں ایک پل کے لیے ٹھٹکا ۔ پھر اپنے گھر کی طرف مُڑنے کے بجائے شامو کے اڈے کی
طرف بڑھ گیا ۔ قریب پہنچ کر میں نے اڈے کا جائزہ لیا ۔ پانچ دس آدمی بینچوں پر بیٹھے، سیخ کباب
چکھتے، شراب کے گھونٹ لے رہے تھے ۔ سوڈا واٹر کی بوتلیں اور شراب کے گلاس اُن کے
سامنے رکھے تھے ۔ دیسی شراب کی تیز بو میرے نتھنوں سے ٹکرائی ۔ دو چھوکرے پینے والوں کو
سرو کر رہے تھے ۔ ان میں ایک وہی تھا، جس نے مجھ پر چاقو اٹھایا تھا ۔ میں جیسے ہی روشنی میں
آیا ۔ اس کی نظر مجھ پر پڑی ۔ ایک لمحے کے لیے وہ چونکا پھر اپنے ہاتھ میں دبی سوڈے کی بوتل
دوسرے چھوکرے کے ہاتھ میں تھماتا ہوا دھیمی آواز میں کچھ بولا ۔ اس چھوکرے نے بھی
پلٹ کر مجھے دیکھا اور پھر لپک کر اندر کے کمرے میں چلا گیا ۔ مجھ پر چاقو اٹھانے والا اپنی کمر پر
دونوں ہاتھ رکھے اسی طرح مجھے گھور رہا تھا ۔ میں دھیرے دھیرے چلتا ہوا قریب کی ایک
بینچ پر جا کر بیٹھ گیا ۔ اتنے میں شامو لنگی اور بنیان پہنے باہر نکلا ۔ اس کے ساتھ دو چھوکرے اور بھی
تھے ۔ شامو کے تیورا چھے نہیں تھے ۔

"کون ہے رے!" اس نے تیکھے لہجے میں مجھ پر چاقو اٹھانے والے چھوکرے سے
پوچھا ۔ پھر اس کے جواب دینے سے پہلے ہی اس کی نظر مجھ پر پڑ گئی اور وہ بھی ایک لمحے کے
لیے ٹھٹک گیا ۔ میری نظریں اس کے چہرے پر گڑی ہوئی تھیں ۔ اس نے اُن چھوکروں سے
کچھ کہا ۔ جسے میں نہیں سُن سکا ۔ پھر وہ دھیرے دھیرے چلتا ہوا میرے قریب آ کر کھڑا ہو گیا ۔
دوسرے چھوکرے چند قدم کے فاصلے سے مجھے نیم دائرے کی شکل میں گھیر کر کھڑے ہو گئے ۔
شراب پینے والے دوسرے ایک آدھ بھی اب بہکی بہکی باتیں کرنے کی بجائے ہماری طرف دیکھنے
لگے تھے ۔ شاید وہ بھی سمجھ گئے تھے کہ اب یہاں کچھ ہونے والا ہے ۔ میں اسی طرح بینچ پر بیٹھا
شامو کی طرف دیکھ رہا تھا ۔ شامو نے اپنی لنگی اوپر چڑھاتے ہوئے کرے لہجے میں پوچھا ۔
"اب کیا ہے؟"

معا اس کی اور میری نظریں ملیں ۔ اس کی آنکھوں سے چنگاریاں نکل رہی تھیں ۔ میں نے
نہایت پرسکون لہجے میں جواب دیا ۔

"پاؤ سیر موسمبی اور ایک سادا سوڈا۔"

شامو کے ہاتھ سے لنگی کے چھور چھوٹ گئے اور وہ حیرت سے میری طرف دیکھنے لگا۔ نیم دائرے کی شکل میں کھڑے اس کے چھوکرے بھی حیران نظروں سے ایک دوسرے کی طرف دیکھنے لگے۔ اُن کے لیے میرا یہ رویہ شاید قطعی غیر متوقع تھا۔ وہ سب پتھر کی مورتیوں کی طرح بے حس و حرکت کھڑے میری طرف دیکھ رہے تھے۔ ان کی آنکھوں میں اس وقت ایک عجیب قسم کی پریشانی جھلک رہی تھی۔ چند ثانیوں کے لیے ہی کیوں نہ ہو، اس وقت وہ مجھے بہت بے بس نظر آئے اور ان کی اُس بے بسی کو دیکھ کر مجھے اندر سے بڑی راحت کا احساس ہوا۔ چند سیکنڈ تک کوئی کچھ نہ بولا۔ میں نے اُسی ٹھہرے ہوئے لہجے میں آگے کہا۔

"اور ایک پلیٹ بھنی ہوئی کلیجی بھی دینا۔"

■■

وَاسُو

اس کے کپڑے میلے چیکٹ ہو رہے تھے، جوتوں پر دھول کی موٹی سی تہہ جمی ہوئی تھی اور پسینے سے سارا بدن چپ چپا ہو رہا تھا۔ چہرے سے اس قدر تھکن مترشح تھی کہ صاف لگتا تھا ایک طویل مسافت طے کر کے آ رہا ہے۔ کاندھے سے ایک میلا سا جھولا لٹک رہا تھا اور وہ اس طرح گھسٹ گھسٹ کر چل رہا تھا جیسے دو چار قدم چلنے کے بعد ہی لڑکھڑا کر گر پڑے گا۔ وہ جوں توں کر کے اپنے مکان کے سامنے پہنچ گیا۔ مکان کا دروازہ کھلا تھا، وہ لڑکھڑاتا ہوا اندر داخل ہو گیا۔ بیٹھک کے کمرے میں اس کی ماں بیٹھی رامائن کا پاٹھ کر رہی تھی۔ اس کی آہٹ پاتے ہی اس نے گردن اٹھائی اور چونک کر ایک دم سے رامائن پڑھنا بند کر دیا۔ وہ تھکے تھکے قدموں سے آگے بڑھا اور سامنے بچھی آرام کرسی میں ڈھیر ہو گیا۔ جھولے کو کاندھے سے اُتار کر فرش پر ڈالتے ہوئے آنکھیں بند کر لیں۔

”کون ہے؟۔۔کون ہو تم؟“

اس کی ماں کی گھبرائی ہوئی آواز اس کے کانوں سے ٹکرائی۔ وہ رامائن بند کر کے کھڑی ہو گئی تھی۔“

”میں ہوں ماں!“۔۔اس نے تھکے تھکے لہجے میں آنکھیں بند کیے ہوئے جواب دیا۔

”میں کون؟“ماں کے لہجے میں اضطراب برقرار تھا۔”اور اس طرح تم بغیر اجازت اندر کیسے آ گئے؟“

ماں کے آخری جملے پر وہ چونک پڑا۔آرام کرسی پر اٹھ کر بیٹھتے ہوئے بولا۔

”ارے ماں! میں ہوں۔۔۔واسو۔۔۔کب سے کہہ رہا ہوں چشمے کا نمبر بدل لو، دیکھو اب دن کے اُجالے میں بھی تمہیں دکھائی نہیں دے رہا ہے۔“

”ارے چل! تو کہاں سے آیا میرا واسو، اری بہو! دیکھ تو یہ کون مشٹنڈا گھر میں گھس آیا ہے۔“

اتنے میں اندر کے کمرے سے اس کی بیوی برآمد ہوئی۔اس کے ہاتھ میں جھاڑو تھی۔شاید وہ ماں کی آواز سُن کر جھاڑو دیتے دیتے باہر چلی آئی تھی۔اس پر نظر پڑتے ہی ٹھٹک کر دروازے ہی میں کھڑی ہوگئی۔ پھر ایک ہاتھ سے اپنے بائیں گال پر جھول آئی بالوں کی لٹ کو اُنگلی سے سرکاتی سینے پر پلّو کو درست کرتی بولی۔

”کون ہیں آپ؟“

”ارے کیا ہو گیا ہے تم لوگوں کو؟ کیا سفر نے میرا حلیہ اتنا بدل دیا ہے کہ تم لوگ مجھے پہچان ہی نہیں پار ہے ہو؟“

”اری بہو! اس موئے کی ہمت تو دیکھ، دن دہاڑے اپنے آپ کو واسو کہہ رہا ہے۔“

”کیا؟“اس کی بیوی بری طرح چونکی۔ایک بار اسے گھور کر دیکھا۔ پھر تیوریوں پر بل ڈال کر بولی۔”مسٹر کون ہیں آپ؟ یہ شریفوں کا مکان ہے۔ یہاں دھوکا دھڑی نہیں چلے گی۔“

”اری بہو! ذرا پڑوس سے وکرم یا اجے کو آواز دے تو دے۔ ابھی اس لباڑی کا لباڑ پن معلوم ہوا جاتا ہے۔“

”ارے کہیں تم لوگوں کے دماغ تو خراب نہیں ہو گئے۔ مُحمد! ماں کی آنکھ میں تو ویسے ہی موتیا ہے اُسے ٹھیک سے دکھائی نہیں دیتا۔تمہیں کیا ہو گیا ہے؟ بھئی میں بہت تھک گیا ہوں۔ ذرا پانی گرم کر دو۔ نہا کر سوؤں گا۔“

”اے ہے، پانی گرم کر دو۔ کون تیرے باوا کا مکان ہے رے جوتی خوار، دیکھو تو پرانی عورت کا کیسی بے شرمی سے نام لیتا ہے ۔ بہو! میں کہتی ہوں جلدی سے کسی کو آواز دے کر بُلا ۔ کہیں یہ بدمعاش کمرے سے کچھ اُچک کر بھاگ نہ نکلے۔“

اتنے میں اس کا پانچ سالہ بیٹا گٹو اسکول سے آ گیا۔ گٹو پر نظر پڑتے ہی اس کی آنکھوں میں ایک چمک سی لہرائی۔

”گٹو! اِدھر آؤ بیٹے! ہمارے پاس ۔ دیکھو تمہاری دادی اور ممی پاگل ہو گئی ہیں ۔ چلو اِنھیں ہسپتال میں بھرتی کروا دیں۔“

گٹو نے اس کی بات کا کوئی جواب نہیں دیا ۔ جلدی سے ماں کی کمر سے لگ کر کھڑا ہو گیا اور سہمی سہمی نظروں سے اسے دیکھتا ہوا بولا۔

”ممی یہ کون ہیں؟“

اب تو اس کے پیروں تلے کی زمین کھسک گئی تو کیا گٹو بھی اسے پہچان نہیں پا رہا ہے ۔ ایسا کیوں کر ہو سکتا ہے ۔ کیا وہ سچ مچ اتنا بدل گیا ہے ۔ مگر اسے یہاں سے گئے بہت لمبا عرصہ بھی تو نہیں ہوا۔

۔۔۔۔ پھر یہ لوگ اُسے کیوں نہیں پہچان پا رہے ہیں ۔ اسے تو سب کچھ یاد ہے ۔ ایک ایک چہرہ، ایک ایک بات، ایک ایک واقعہ ۔ کہیں ان چند دنوں میں گھر والے تو نہیں بدل گئے ۔ اس نے ماں، بیوی اور بیٹے کے چہروں کو دیکھا ۔ چہرے تو وہی تھے جو وہ پیچھے چھوڑ گیا تھا ۔ اس کی سمجھ میں کچھ نہیں آ رہا تھا ۔ اب اندر ہی اندر اُسے بھی ایک عجیب سا خوف محسوس ہونے لگا تھا۔

وہ کرسی سے اُٹھ گیا اور گٹو کی طرف بڑھتا ہوا پیار سے بولا۔

”گٹو بیٹے! اِدھر آؤ دیکھو ہم تمہارے لیے ٹافیاں لائے ہیں۔“

وہ جوں ہی آگے بڑھا اس کی بیوی نے ایک زور کی چیخ مار کر گٹو کو گھسیٹتی ہوئی اندر کی طرف بھاگ کھڑی ہوئی ۔ اِدھر ماں بھی زور زور سے چلّانے لگی ۔ اب وہ بری طرح خوف زدہ ہو گیا ۔ مارے گھبراہٹ کے کبھی دروازے کی طرف دیکھتا کبھی ماں کی طرف دیکھتا جو اپنی پیشانی پر دو ہتڑ مارتی ہوئی متواتر چلّا رہی تھی ۔ آخر ہی ہوا جس کا خدشہ تھا ۔ باہر سے کسی کی آواز آئی۔

”کیا ہوا اماؤسی؟ کیا بات ہے؟“ اور ساتھ ہی پڑوس کا اشوک اندر گھس آیا۔ اس کے ہاتھ میں ہاکی اسٹک تھی، شاید وہ ہاکی کھیلنے جا رہا تھا۔ ماں نے اس کی طرف اشارہ کرتے ہوئے کہا۔

”ارے دیکھ بیٹا، یہ کون لفنگا گھر میں گھس آیا ہے اور اپنے آپ کو واسو بتاتا ہے۔“ اشوک اس کے پڑوسی دوست اجے کا چھوٹا بھائی تھا۔ اس نے تیوریاں چڑھائیں اور ہاکی اسٹک پر اپنی گرفت مضبوط کرتا ہوا بولا۔

”کون ہو تم؟“ اب اس کی بوکھلاہٹ شباب پر تھی اس نے ہکلاتے ہوئے کہا۔

”ارے اشوک! میں ۔۔۔ میں ۔۔۔“

اتنے میں پڑوس کی دو تین عورتیں بھی کیا ہوا؟ کیا ہوا؟ کرتی ہوئی اندر گھس آئیں۔ مارے گھبراہٹ کے اس کے اس کے پسینے چھوٹ گئے۔ وہ حیران و پریشان نیچ کمرے میں کھڑا ایک ایک کا منہ تک رہا تھا۔ سب لوگ اسے گھیر کر کھڑے ہو گئے۔ تبھی باہر سے اس کے پتاجی اور چھوٹا بھائی رمیش بھی آ گیا۔ انھیں بھی صورتِ حال سے آگاہ کر دیا گیا۔ دیکھتے ہی سب نے مل کر اسے پکڑ لیا اور کرسی پر گرا کر رسّی سے جکڑ دیا۔ وہ چیخ چیخ کر احتجاج کرنے لگا مگر کسی نے اس کی ایک نہیں سُنی۔

اب بول بدمعاش! تو کون ہے؟“ اس کے پتاجی نے اس کے بال پکڑ کر جھنجھوڑتے ہوئے پوچھا۔

”پتاجی! یہ آپ لوگوں کو کیا ہو گیا ہے۔ آپ لوگ یقین کیوں نہیں کرتے کہ میں واسو ہوں ۔“

”شٹ اپ حرام زادے! تجھے ابھی پتا چل جائے گا کہ تو کون ہے۔ دن دہاڑے ہماری آنکھوں میں دھول جھونکتا ہے ۔“

”مگر پتاجی!“ اس کے چھوٹے بھائی رمیش نے کچھ سوچتے ہوئے کہا۔ ”یہ شخص تو ہم سب کے ناموں سے واقف ہے۔ سب کے رشتے بھی صحیح بتا رہا ہے ۔“

”ارے کوئی بہت بڑا ٹھگ معلوم ہوتا ہے۔ بہت دنوں سے ہمارے پیچھے رہا ہو گا ۔“

”آخر آپ لوگ مان کیوں نہیں لیتے کہ میں واسو ہوں ۔“

”کیسے مان لیں جب کہ تم واسو نہیں ہو ۔“

''اب میں آپ کو کیسے سمجھاؤں کہ میں واسو ہوں۔''

''بہو ذرا واسو کا کوئی فوٹو لانا۔ ابھی سارا بھید کھل جاتا ہے۔'' اس کے پتا نے بہو سے مخاطب ہو کر کہا۔

اس کی بیوی جلدی سے اندر کمرے میں چلی گئی اور تھوڑی دیر بعد بوکھلائی ہوئی سی لوٹ آئی۔

''بابو! ان کی ساری تصویریں غائب ہیں!''

''کیا۔۔۔؟'' بیک وقت کئی لوگوں کی زبان سے نکلا۔

''ہاں ۔۔۔ یہ دیکھیے یہ البم، اس میں ان کی ایک بھی تصویر نہیں ہے۔ دیوار پر جو فریم لگی تھی وہ بھی غائب ہے۔۔۔''

سب نے جلدی جلدی البم کو الٹ پلٹ کر دیکھا۔ سچ مچ البم میں اس کی ایک بھی تصویر نہیں تھی۔ پھر سارا گھر چھان مارا گیا۔ کہیں سے بھی اس کا کوئی فوٹو برآمد نہیں ہوا۔ تھک ہار کر سب لوگ پھر اس کے ارد گرد جمع ہو گئے۔

''ان سے دستخط کرنے کے لیے کہیے ابھی سب معلوم ہو جائے گا۔'' کسی نے تجویز رکھی۔ کاغذ قلم لایا گیا اور اس سے دستخط کرنے کو کہا گیا۔ اس نے فوراً کاغذ پر دستخط کر دیے۔ دستخط واسو ہی کے تھے۔ سب کے چہروں پر تحیّر اور کشمکش کے آثار دکھائی دینے لگے۔ ماں، باپ اور بیوی کے چہرے توقف ہو گئے۔ اس نے لوگوں کو اس گومگو کیفیت سے فائدہ اٹھاتے ہوئے کہا۔

''سمجھ میں نہیں آتا کہ آپ لوگوں کو کیا ہو گیا ہے۔ ارے میں واسو ہوں اور آپ لوگ یہ ثابت کرنے پر تلے ہیں کہ میں واسو نہیں ہوں۔ میں ایک ہزار ثبوت دے سکتا ہوں کہ میں واسو ہوں۔ مجھے پریشان مت کیجیے ورنہ میرا دماغ الٹ جائے گا۔ اف! انتہا ہو گئی، ماں اپنے بیٹے کو نہیں پہچانتی، بیوی اپنے شوہر کی انکاری ہے۔ بھائی بھائی کو نہیں جانتا حد ہو گئی۔'' اس کا گلا رندھ گیا۔

کوئی کچھ نہیں بولا۔ پھر اس کے پتا جی نے خاموشی کو توڑتے ہوئے کہا۔

''اچھا بتاؤ میں کون ہوں؟''

”آپ کون ہیں؟ ارے آپ میرے پتاجی ہیں ۔۔۔آپ کا نام گوپی ناتھ ہے ، آپ کے پتاجی کا نام امرناتھ ہے ۔ یہ میری ماتا ہیں ۔ یہ رمیش ہے ۔ میرا چھوٹا بھائی بی ۔ کام کے آخری سال میں ہے ۔ یہ گٹو ہے ، میرا بیٹا ۔ سینٹ میری میں فرسٹ اسٹینڈرڈ میں پڑھ رہا ہے ، یہ میری پتنی ہے کُمد ۔۔۔“

”ہٹ ۔۔۔ میں تیری پتنی کیوں ہونے لگی نگوڑے ۔“ اس کی پتنی نے غصے اور شرم سے سُرخ ہوتے ہوئے کہا۔ اس پر کچھ لوگ دبی دبی ہنسی ہنس دیے۔

”تم میری پتنی نہیں ہو؟“ اسے بھی غصّہ آ گیا۔

”کیا یہ جھوٹ ہے کہ ہماری شادی چودہ نومبر انیس سوستر کو ہوئی تھی ۔ یہ بھی جھوٹ ہے کہ پانچ جنوری بہتّر کو گٹو پیدا ہوا تھا اور ۔۔۔ اور ۔۔۔ یہ بھی جھوٹ ہے کہ تمھاری دونوں چھاتیوں کے بیچ میں ایک بڑا سا کالا تل ہے ۔“

”چوپ ۔۔۔ بدتمیز ۔“ اس کے پتاجی گرجے اور ایک زور کا چانٹا اس کے منہ پر رسید کر دیا۔ اس کی بیوی ’اوئی ماں‘ کہتی ہوئی دروازے کی اوٹ میں ہو گئی ۔ اور ایک بار پھر سب اس پر ٹوٹ پڑے اور اُسے مارتے گھسیٹتے مکان کے اندر ایک اندھیری کوٹھری میں لے گئے ۔ ہاتھ پانو باندھ کر ایک کونے میں پٹکا اور باہر سے کنڈی چڑھا دی ۔ دوبارہ سب بیٹھک کے کمرے میں جمع ہو گئے اور سر جوڑ کر اُس اِفتاد پر غور کرنے لگے ۔ گوپی ناتھ بابو تو بہت پریشان تھے ۔ اُس کا جھولا وہیں فرش پر پڑا تھا ۔ اُسے اُلٹا گیا ، اندر سے کچھ کاغذات ، ایک کتاب ، مسواک ، تولیا ، ایک جوڑی کپڑے اور ٹافیوں کا ڈِبّا برآمد ہوا۔ کاغذات پر عجیب عجیب نقشے اور زاوئیے بنے ہوئے تھے ۔ کہیں کہیں مختلف اعداد کو لکھ کر بار بار کاٹا گیا تھا ۔ سارا سامان وہی تھا جو واسو سفر پر جاتے وقت لے گیا تھا ۔ صرف ٹافیوں کا ڈِبّا زائد تھا۔

”سامان تو سب وہی ہے جو وہ ساتھ لے گئے تھے ۔“ اس کی بیوی نے چیزوں کو اُلٹتے پلٹتے کہا۔

”ہاں ، سامان تو وہی ہے ۔“ ماں نے تصدیق کی ۔

”پھر بھیا کہاں چلے گئے ۔“ رمیش نے پُرتشویش لہجے میں کہا۔

”کچھ سمجھ میں نہیں آتا کہ کیا چکر ہے۔“ اس کا باپ دونوں ہاتھوں سے سر تھامے بڑ بڑانے لگا۔

”انکل آپ پولیس میں اطلاع کر دیجیے۔“ واسو کے دوست اجے نے مشورہ دیا۔

”کیا اطلاع کی جائے ۔۔۔ ہمارے پاس بھی کیا ثبوت ہے کہ وہ واسو نہیں ہے۔“

”ارے ہم سب گواہ ہیں کہ وہ واسو نہیں ہے۔“

”مگر وہ جس تفصیل اور باریکی سے ایک ایک بات بتا رہا ہے وہ تو صرف واسو ہی بتا سکتا ہے۔“

”سو تو ہے پھر بھی ۔۔۔“

”بات بڑھانے سے سبکی کے سوا کچھ حاصل نہیں ہوگا۔ بس کسی صورت اس سے یہ قبول کروا لینا ہے کہ وہ واسو نہیں ہے یا پھر واسو کے لوٹنے تک ہمیں انتظار کرنا ہوگا۔“

”واسو نے کب تک لوٹنے کو کہا تھا؟“

”ٹھیک چالیس روز بعد ۔۔۔ آج اماوس ہے نا۔ بس آج رات تک لوٹ آنا چاہیے کیوں بہو، تم سے بھی کچھ کہا تھا؟“

”نہیں ۔۔۔ بس اماوس تک لوٹنے کی بات کہی تھی۔“

”مگر انکل سفر کی نوعیت کیا تھی؟“

”نوعیت! اس کے پتا جی سوچ میں پڑ گئے۔ نوعیت تو مجھے بھی نہیں معلوم بیٹا۔ بس ایک دن اچانک کہنے لگا میں شہر سے باہر جا رہا ہوں اور پورے چالیس دن بعد لوٹوں گا۔ ہم نے پوچھا کہاں جا رہے ہو؟ بولا یہاں کے ماحول نے میری روح کو بیمار کر دیا ہے میں اپنی آتما کی کھوج میں جا رہا ہوں ۔ مجھے تلاش کرنے کی کوشش نہ کیجیے گا میں خود لوٹ آؤں گا۔“

”اوہو ۔۔۔“ اجے کے ہونٹ تشویش کے سے انداز میں سکڑ گئے۔ ”انکل، آپ کو یہ بات مجھے بہت پہلے بتانا چاہیے تھی۔“

”ہاں بیٹا، اب میں بھی یہی سوچ رہا ہوں ۔ شاید اس کے یوں اچانک چلے جانے سے میری مت ماری گئی تھی۔“

”خیر۔۔۔تو پھر آج کا ایک دن اور دیکھ لیجیے۔‘‘

”یہی کرنا ہوگا۔‘‘

اس کے بعد پڑوس کے لوگ ایک ایک دو دو کر کے اپنے گھروں کو لوٹ گئے اور گھر کے افراد اس طرح گم سم جہاں کے تہاں بیٹھے رہ گئے جیسے ابھی کسی عزیز کی موت کی خبر سنی ہو۔

شام ہوئی، شام سے رات ہوئی، پھر صبح بھی ہوگئی۔ ایک دن، دو دن، تین دن، واسو نہیں لوٹا۔۔۔۔

اس عرصے میں وہ لوگ صبح شام اس کی کوٹھری میں جا کر اس سے قبولوانے کی کوشش کرتے کہ وہ واسو نہیں ہے اور ہر بار وہ ان سے گڑ گڑا کر کہتا۔

”تم لوگ کیوں مجھے زندہ درگور کیے ہوئے ہو۔ اگر میں واسو نہیں ہوں تو مجھے زہر دے کر مار دو۔ قتل کر کے یہیں کوٹھری میں دفن کر دو۔ یا پھر مجھے پولیس کے حوالے کر دو تا کہ مجھے اس عذاب سے نجات ملے۔‘‘

مگر اس کی کوئی سننے کو تیار نہیں تھا۔ جب بھی کوٹھری کا دروازہ کھلتا اس سے پوچھا جاتا۔

”سچ سچ بتاؤ کیا تم واسو ہو؟‘‘

”بتاؤ واسو کہاں ہے؟ کہیں تم نے اسے قتل تو نہیں کر دیا؟‘‘

اور ہر بار وہ جواب دیتا۔ ”میں واسو ہوں، میں واسو ہوں، ہزار بار واسو ہوں۔ میں خود اپنا قتل کیسے کر سکتا ہوں۔‘‘

اسی طرح مزید چند روز گزر گئے۔ اس کے بعد انھوں نے اسے زدوکوب کرنا شروع کر دیا۔ بید اور چابک سے اتنا مارا کہ سارے بدن پر نیل پڑ گئے۔ گرم گرم سلاخوں سے داغا۔ بال پکڑ کر پوری کوٹھری میں گھسیٹا، سوئیوں سے چھیدا۔ مگر وہ یہی کہتا رہا، میں واسو ہوں، میں واسو ہوں، مجھے مت مارو، میں واسو ہوں۔

پتا نہیں پھر کیا ہوا، شاید وہ لوگ اسے سزا دیتے دیتے تھک گئے یا پھر اسے سزا دینا ان کے نزدیک روز کا ایک بے کیف معمول بن کر رہ گیا۔

جو بھی ہو، صبح شام، رات دن، اسے دیکھتے دیکھتے، مارتے کاٹتے، گالیاں دیتے غالباً اب وہ سب لوگ اسکے وجود کے عادی سے ہوتے جا رہے تھے۔ اسے دیکھتے ہی اب بھی ان کی آنکھوں میں خون اُتر آتا۔ مگر جوں جوں دن گزرتے جا رہے تھے، انھوں نے محسوس کیا کہ نفرت اور غصے کی اُن دبیز تہوں کے نیچے اُنسیت اور ہم دردی کا ایک ننھا سا چشمہ بھی کروٹیں لینے لگا ہے۔ ہر چند کہ اُس کا سُر ابھی مدھم تھا۔ تاہم دھیرے دھیرے اس کی دھمک وہ لوگ اپنے لہو میں محسوس کرنے لگے۔

آخرا ایک دن سب لوگ بیٹھک کے کمرے میں جمع ہوئے۔ باپ، ماں، بیوی، بھائی، پڑوسی، دوست، احباب سبھی موجود تھے۔ بہت دیر تک تکرار و بحث کے بعد یہ طے پایا کہ اُسے واسو تسلیم کر لیا جائے۔ اس کے سوا کوئی چارہ نہیں تھا۔ انھوں نے صحیح کہہ رہا ہو وہ واسو ہی ہو اور یہ لوگ کسی بھیانک غلط فہمی کی وجہ سے اُسے واسو تسلیم کرنے سے انکار کر رہے ہوں۔ سب لوگ اس کی کوٹھری کے سامنے آ کھڑے ہوئے۔ ماں اس کے لیے ہاتھوں میں کھانے کی تھالی لیے کھڑی تھی۔ بیوی ایک دُھلا دُھلایا کپڑوں کا جوڑا لیے دروازہ کھلنے کی منتظر تھی۔ ایک طرف بھائی، دوست اور دوسرے عزیز کھڑے تھے۔ سب کی نظریں کوٹھری کے دروازے پر جمی تھیں۔

آخرا اس کے باپ نے آہستہ سے کوٹھری کا دروازہ کھولا۔ کوٹھری میں اندھیرا تھا۔ کسی نے ٹارچ روشن کی۔ ٹارچ کی محدود روشنی میں لوگوں نے دیکھا کہ وہ ایک کونے میں گھٹنوں میں سر ڈالے بیٹھا ہے۔ کمرے میں ایسا تعفّن پھیلا تھا کہ دو منٹ رکنا محال تھا۔ اس پر ٹارچ کی روشنی پڑتے ہی اس نے وحشی جانور کی طرح چونک کر گردن اٹھائی۔

اُف! آنکھیں تھیں کہ لہو کے جمے ہوئے ڈلے ڈلے۔ باپ نے دھیرے سے پکارا۔

’’بیٹا واسو! چلو، باہر چلو، ہم تمھیں لینے آئے ہیں۔‘‘

اس آواز پر وہ یک بارگی بری طرح چونکا۔۔۔ چونک کر گردن اٹھائی، پھر چندھیائی آنکھوں سے ایک ایک کو تکتا ہوا اجنبی لہجے میں بولا۔

’’واسو؟ میں واسو نہیں ہوں۔ آپ لوگ کون ہیں۔‘‘

چھن ۔۔۔ن ۔۔۔ن ۔۔۔ن ۔۔۔ن ۔۔۔،،

ماں کے ہاتھ سے کھانے کی تھالی چھوٹ کر فرش پر گرگئی۔ اور وہ سب ایک دوسرے کو حیرت اور استعجاب سے دیکھتے رہ گئے۔

■■

ننگی دو پہر کا سپاہی

اس کا جنم ہوا تو اس کا سر عام بچوں کے سر سے کم از کم تین گنا بڑا تھا۔ ماں کی کوکھ سے برآمد ہوتے ہوتے اس کی کوکھ کے پرنچے اڑ گئے تھے اور زمین پر اس کی پہلی چیخ کے ساتھ ہی اس کی ماں نے آخری ہچکی لی اور آسمانوں کے سفر پر روانہ ہوگئی۔ وہ فرش پر پڑا گلا پھاڑے جا رہا تھا اور اس کی بانچھوں سے گرم گرم خون کی دھاریں بہہ رہی تھیں۔ دائی اسے وہیں چھوڑ کر بھاگ کھڑی ہوئی اور اس کی چیخوں سے کوٹھی کے در و دیوار کانپ اُٹھے۔

”یہ بالک بہت ادبھُت ہے۔ بڑا ہو کر بہت بڑا ودوان بنے گا“

”اگر سنسار کے کاروبار میں من نہ لگا تو سادھو سنت بن جائے گا۔۔۔“

”یا بہت بڑا اسیلانی بنے گا“

جوتشیوں نے شروع ہی سے اس کے بارے میں مختلف رائیں قائم کی تھیں۔

جب وہ گھر سے چلا تھا تو اچھی خاصی دھوپ پھیل چکی تھی۔ مگر دھوپ کی اُنگلیاں ابھی بہت ملائم اور گدگدی تھیں۔ اس نے یاد کرنے کی کوشش کی کہ وہ گھر سے کب نکلا تھا۔ مگر اسے سچ سچ کچھ بھی یاد نہیں آیا۔ نہ تاریخ، نہ دن، نہ مہینہ، نہ سال، بس اتنا یاد تھا کہ جب وہ چلا تھا تو دھوپ

پھیل چکی تھی اور سورج کی کرنیں ابھی سان پر نہیں چڑھی تھیں۔ مگر جوں جوں وہ آگے بڑھتا گیا۔ برچھیاں چمکنے لگیں، تیر سنسنائے اور سورج ننگی تلوار کی طرح اس کے سر پر معلّق ہوگیا۔

اس نے گردن اٹھا کر دیکھا۔ وہ شہر کے بیچ چوراہے پر کھڑا تھا۔ لوگ چاروں دشاؤں میں اس طرح گھبرائے گھبرائے بھاگ رہے تھے جیسے اگلے ہی لمحے کسی بھاری بم باری کا خدشہ لاحق ہو۔

اس نے لپک کر اپنے قریب سے گزرتے ایک شخص کا ہاتھ پکڑ لیا۔

’’اے! تم اتنے گھبرائے ہوئے ہو کیوں ہو؟‘‘

وہ شخص پہلے تو چونکا پھر اسے نیچے سے اوپر تک گھور کر دیکھا اور بولا۔

’’تم اس شہر میں نئے آئے ہو شاید؟‘‘

’’ہاں، مگر یہ سب لوگ ایسے گھبرائے گھبرائے کہاں بھاگے جا رہے ہیں؟‘‘

’’سائے کی تلاش میں ۔۔۔۔ دیکھتے نہیں دھوپ، کس قدر تیز ہے۔‘‘

’’وہ تو میں دیکھ رہا ہوں مگر سایہ کہاں ہے ۔۔۔؟‘‘

اس کا سوال ختم ہونے سے پہلے ہی وہ شخص آگے بڑھ گیا اور اس کا سوال اس کے ہونٹوں میں دب کے ٹوٹ گیا۔

’’عجیب ہے ۔۔۔‘‘ وہ زیرِ لب بڑبڑایا اور اِدھر اُدھر دیکھنے لگا۔ اس کے چاروں طرف اونچی اونچی عمارتیں ایستادہ تھیں جن کے دروازوں پر سنتری پہرہ دے رہے تھے اور دروازوں کے سامنے انسانوں کی لمبی لمبی قطاریں لگی تھیں۔ لوگ اپنی پیشانیوں سے پسینہ پونچھتے اور گرمی سے ہائے وائے کرتے ان دروازوں تک پہنچنے کی کوشش کرتے، پھر باری باری اندر داخل ہو جاتے۔ اندر داخل ہونے سے پہلے دربان آگے بڑھتا اور ایک بڑا سا طوق اندر داخل ہونے والے کے گلے میں ڈال دیتا۔

وہ بڑی دیر تک کھڑا یہ سب کچھ دیکھتا رہا۔ وہ سوچ رہا تھا، اندر جانے والوں میں سے باہر نکلے تو اس سے اندر کا احوال پوچھے۔ مگر کافی دیر انتظار کرنے کے بعد بھی اندر جانے والوں میں سے کوئی باہر نہیں نکلا۔

دھوپ کی تمازت بڑھتی جارہی تھی اور اب پسینہ اس کے ایک ایک مسام سے پھوٹ نکلا
تھا۔ایک لمحے کو اس کے جی میں آیا کہ وہ بھی قطار میں کھڑا ہو جائے اور کسی عمارت میں داخل ہو کر
گھڑی دو گھڑی کو سستالے۔دھوپ ڈھلتے ہی دوبارہ سفر شروع کر دے گا۔جوں ہی اس کی نظر
اس طوق پر پڑی جو اندر جانے والوں کے گلے میں پہنایا جا رہا تھا اس کے قدم رک گئے۔اس
نے آگے بڑھ کر قطار میں کھڑے ایک شخص سے پوچھا''اے تم قطار میں کیوں کھڑے ہو؟''

''اندر جانے کے لیے۔''

''اندر کیا ہے؟''

''اندر چھانو ہے۔ٹھنڈک ہے،اندر۔۔۔''

''مگر جو لوگ اندر جاتے ہیں وہ واپس کیوں نہیں لوٹتے؟''

''کیوں لوٹیں؟ باہر دھوپ میں جھلسنے کے لیے؟''

''مگر دروازے پر گلے میں ڈالا جانے والا وہ طوق؟''

''کون سا طوق؟''

''وہ دیکھو جو اندر داخل ہونے سے پہلے ہر ایک کو پہنایا جا رہا ہے۔''

''محض وہم ہے تمہارا۔تم قطار کے باہر کھڑے ہونا اس لیے تمہیں دکھائی دے رہا ہے،قطار
میں کھڑے ہو جاؤ پھر دیکھو اندر پہنچنے کی خواہش ہر احساس پر غالب آ جائے گی۔''

''لعنت ہے۔زندگی احساس ہی کا تو نام ہے۔تم سب مردہ ہو چکے ہو مردہ۔''اُس نے طیش
میں آ کر کہا۔

''اے بھائی! تم قطار میں ہو کیا؟''پیچھے سے کسی نے آواز لگائی۔اُس نے مُڑ کر دیکھا۔اس
کے پیچھے مزید کچھ لوگ آ کر کھڑے ہو گئے تھے۔اس نے سختی سے کہا۔

''نہیں۔''

''تو پھر ایک طرف ہٹ کر کھڑے ہو جاؤ۔ہمیں آگے جانے دو۔۔۔''

وہ ایک طرف کو ہٹ گیا اور اس کے پیچھے آنے والے بھی قطار میں شامل ہو گئے۔اس کی
جھنجلاہٹ بڑھتی جا رہی تھی۔اس کے جی میں آیا مشین گن سے قطار میں کھڑے ان سارے

لوگوں کو بھون کر رکھ دے اور ان عمارتوں کو ڈائنا مائٹ سے اُڑا دے۔ مگر اس کے پاس نہ مشین گن تھی نہ بارود۔ پیٹھ پر جو جھولا لدا تھا اس میں موٹی موٹی ادق کتابوں کے سوا کچھ نہیں تھا۔ حتیٰ کہ توشہ دان اور پانی پینے کا پیالہ تک وہ راستے میں کہیں چھوڑ آیا تھا جو سفر اسے درپیش تھا اس میں یہ چیزیں بھی بہت ذیلی حیثیت رکھتی تھیں۔ اُس نے آگے قدم بڑھائے۔ آسمان اس کے سر پر کسی فولادی چادر کی طرح تنا ہوا تھا اور دھوپ لشکارے مار رہی تھی۔ تھوڑی دیر سستانا تو وہ بھی چاہتا تھا کہ ذرا تازہ دم ہو لے تو دو گنی رفتار سے آگے بڑھے مگر کہاں سُستائے راستے میں نہ کوئی سایہ تھا نہ درخت۔ ۔ ۔ اور کسی عمارت میں داخل ہو کر اس طوق کو گلے میں ڈالنا اس کے لیے موت کے مترادف تھا۔ دھوپ تھی کہ سان پر چڑھی کٹار کی طرح تیز ہوتی جا رہی تھی۔ وہ چلتا رہا۔ آخر اسے سامنے ایک ایسی عمارت نظر آئی جس کے آگے کوئی قطار نہیں لگی تھی۔ اس نے سوچا اس میں دو گھڑی کو سُستا لیتے ہیں۔ وہ کھلے دروازے سے اندر داخل ہو گیا۔ چاروں طرف گھپ اندھیرا تھا۔ مگر اندر فرش پر قدم رکھتے ہی ایک عجیب سی ٹھنڈک رگ رگ میں سرایت کر گئی اور دماغ غنودگی کی دھن میں غوطے کھانے لگا۔ البتہ ایک پُر اسرار گونج اسے سنائی دیتی رہی جیسے اس کے اطراف ہزاروں مکھیاں بھن بھنا رہی ہوں۔ اندھیرا اس قدر گھنا تھا کہ کچھ سجھائی نہیں دے رہا تھا۔ وہ انتظار کرنے لگا کہ شاید تھوڑی دیر بعد کی آنکھیں اندھیرے کی عادی ہو جائیں تو اسے کچھ دکھائی دے۔ اتنے میں ایک آواز اس کے کانوں سے ٹکرائی۔

"خوش آمدید۔ ۔ ۔" اور ساتھ ہی عمارت بھک سے روشن ہو گئی۔ چاروں طرف دیواروں سے تقدس کی شعاعیں پھوٹ رہی تھیں۔ اس نے تیورا کر اِدھر اُدھر دیکھا۔ کہیں کوئی متنفس دکھائی نہیں دیا۔ خاموش دیواروں سے پاکیزگی جھرنوں کی طرح بہہ رہی تھی۔ اب مکھیوں کی بھن بھناہٹ بھی تیز ہو گئی تھی۔

"خوش آمدید۔ ۔ ۔ یہاں تم کڑی سے کڑی دھوپ سے محفوظ رہ سکتے ہو۔"

آواز اوپر سے آئی تھی۔ اب جو اُس نے نظر اٹھا کر دیکھا تو اسے چھت میں ایک بڑا سا جالا تنا ہوا دکھائی دیا۔ جس میں بہت سے لوگ الٹے لٹکے ہوئے تھے۔ ان کی آنکھیں بند تھیں اور ہونٹ کسی قسم کے ورد میں دھیرے دھیرے ہل رہے تھے۔ وہ مکھیوں کی بھن بھناہٹ غالباً اسی

ورد کی وجہ سے پیدا ہور ہی تھی ۔ ایک کونے سے ایک بڑا سا مکڑا رینگتا ہوا اس کی طرف بڑھا جس کا سر انسانوں کا سا تھا ۔ شاید اسی نے اسے خوش آمدید کہا تھا ۔ وہ اپنے بڑے بڑے بازو پھیلائے اس کی طرف بڑھ رہا تھا جیسے اسے اپنی آغوش میں لے لینے کو بے تاب ہو ۔ وہ گھبرا کر پلٹا اور سرپٹ بھاگتا ہوا عمارت کے باہر آ گیا ۔ باہر دھوپ اسی طرح پھیلی ہوئی تھی اور لوگ سائے کی تلاش میں سرگرداں اِدھر اُدھر بھاگتے پھر رہے تھے ۔ اس نے طے کر لیا کہ اب وہ کسی عمارت میں پناہ نہیں لے گا ۔ چلتا رہے گا ۔ چلتا رہے گا ۔ حتّا کہ چلتے چلتے اس کے تلوؤں میں آبلے پڑ جائیں گے ، ٹانگیں شل ہو جائیں گی اور اس کا بدن جھلس جھلس کر کوئلہ ہو جائے گا مگر وہ چلتا رہے گا ۔۔۔ اچانک اسے کچھ شور سنائی دیا ۔ ساتھ ہی فضا نعروں سے تھرا گئی ۔ اس نے نظریں اُٹھا کر دیکھا ۔ بیچ سڑک پر ایک جلوس اس کے آگے آگے چلا جا رہا تھا ۔ لوگوں کے ہاتھوں میں جھنڈے تھے ۔ ان کی مُٹھیاں بھنچی ہوئی تھیں اور دہانوں سے کف اُڑ رہا تھا ۔ دو رویہ عمارتوں کی کھڑکیاں کھلیں ۔۔۔ عمارتوں کے مکینوں نے خوف زدہ نظروں سے اس جلوس کو دیکھا ۔ اِدھر فٹ پاتھ پر چلنے والے لوگ آپس میں سرگوشیاں کرنے لگے ۔ اسے لگا ان جلوس والوں کے ساتھ اس کا سفر آسان ہو سکتا ہے ۔ وہ تیز تیز قدم اُٹھاتا آگے بڑھا اور جلوس میں شامل ہو گیا ۔ سب کے ساتھ اس کی بھی مٹھیاں بھنچ گئیں ، گردن کی رگیں تن گئیں اور اس نے بھی ہوا میں ہاتھ اُچھال کر ایک فلک شگاف نعرہ لگایا ۔ پھر دوسرا ، پھر تیسرا ۔ عمارتوں کی کھڑکیاں لرز لرز گئیں ۔ چھتیں کانپ اُٹھیں ۔ اس نے انتہائی حقارت سے عمارتوں کے ان مکینوں کو دیکھا جو کھڑکیوں سے گردنیں نکالے خوف اور تجسّس سے جلوس والوں کو تک رہے تھے ۔

تھوڑی دیر جلوس کے ساتھ چلنے کے بعد اسے کچھ خیال آیا اور اس نے اپنے ساتھ چلتے ایک پُر جوش نوجوان سے پوچھا ۔

’’یہ جلوس کہاں جا رہا ہے؟‘‘

نوجوان نے چونک کر اس کی طرف دیکھا ۔ تھوڑی دیر تک اس کے سوال پر غور کرتا رہا ۔ پھر کاندھے اُچکا کر بولا ۔

’’مجھے نہیں معلوم ، اس شخص سے پوچھو ۔ شاید اسے معلوم ہو ۔‘‘

نوجوان نے اپنے آگے چلتے ایک گنجے شخص کی طرف اشارہ کیا جو مٹھیاں بھینچ بھینچ کر نعرے لگا رہا تھا۔ اُس نے دو قدم بڑھ کر اس شخص کو روکا۔

"بھائی! یہ جلوس کہاں جا رہا ہے؟"

اس شخص کی بھچی ہوئی مٹھی ہوا میں معلق رہ گئی اور منہ کھلا کا کھلا۔ گنجے ماتھے کے نیچے جڑی اس کی حیران آنکھیں تھوڑی دیر تک اس کا جائزہ لیتی رہیں۔ پھر بڑی مشکل سے وہ بولا۔

"مجھے۔۔۔۔ مجھے معلوم نہیں۔ اس شخص سے پوچھو۔ شاید وہ بتا سکے۔"

اس نے اپنے آگے چلتے ایک دوسرے معنک شخص کی طرف اشارہ کیا۔ اس نے عینک والے کا بازو تھام کر پوچھا۔

"بھائی! یہ جلوس ۔۔۔۔"

"مجھے نہیں معلوم۔"

"یہ جلوس ۔۔۔۔"

"مجھے نہیں معلوم۔"

وہ بڑھتے بڑھتے جلوس کے ایک دم آگے نکل آیا۔ ایک شخص پر چم اٹھائے آگے آگے چل رہا تھا۔ اس نے اس سے اس سے بھی وہی سوال کیا۔

"یہ جلوس کہاں جا رہا ہے؟"

"مجھے بھی نہیں معلوم۔ مگر ہاں کچھ دیر پہلے ہمارے آگے ایک اور جلوس گزرا تھا۔ شاید انھیں پتا ہو۔"

جلوس کے آگے ایک اور جلوس ۔۔۔۔ پھر اس کے آگے ایک اور ۔۔۔۔ وہ تھک ہار کر جلوس سے باہر نکل آیا۔

"کہاں جا رہے ہو؟" جلوس میں سے کسی نے پکارا۔

"نہ تم جانتے ہو کہ تم کہاں جا رہے ہو؟ نہ میں جانتا ہوں کہ میں کہاں جا رہا ہوں۔ کوئی نہیں جانتا کہ ہم سب کہاں سے چلے تھے، کہاں جا رہے ہیں۔ جب سفر ہی زندگی کی شرط ٹھہری تو پھر یہ سفر اکیلے بھی جاری رکھا جا سکتا ہے۔ بھیڑ کا احسان کیوں لوں۔"

پکارنے والے کا منہ لٹک گیا۔ اس نے اپنے پیٹھ پر لدا کتابوں کا جھولا سنبھالا اور چپ چاپ
دوسری سڑک پر مڑ گیا۔ اس سڑک پر بھیڑ نسبتاً کم تھی۔ اکا دکا لوگ گردنیں جھکائے اپنی اپنی
سوچوں میں گم کسی سمت چلے جا رہے تھے۔ خاموش خاموش اور کھوئے کھوئے سے۔ وہ بھی چلتا
رہا۔ گلی اور سڑکیں، نکڑ اور چوراہے۔ دھوپ ہر جگہ اس کے سر پر مسلط رہی۔

اچانک بچوں کی قلقاریوں نے اس کے قدم روک لیے۔ اس نے دیکھا کہ سڑک کے
دائیں طرف ایک پارک میں کچھ بچے کھیل رہے ہیں۔ معصوم، بھولے بھالے، گل گوتھنے سے بچے
اسے بڑے اچھے لگے۔ کچھ بچے تتلیاں پکڑ رہے تھے۔ کچھ سبزے پر لوٹیں لگا رہے تھے اور بعض
خواہ مخواہ ایک دوسرے کے پیچھے بھاگ رہے تھے۔ وہ ایک طرف کھڑے ہو کر ان کی معصوم
حرکتیں دیکھتا اور شوخ قلقاریاں سنتا رہا۔ تبھی ایک شخص پارک میں داخل ہوا۔ اس کے چہرے
پر بھی بچوں ہی کی سی معصومیت تھی اور گلے میں ایک جھولا لٹک رہا تھا۔ اسے دیکھتے ہی بچے
ہنستے قلقارتے اس کے گرد جمع ہو گئے۔ نووارد نے اپنے جھولے سے میٹھی میٹھی گولیاں، ٹافیاں اور کچھ
کھلونے نکالے اور بچوں میں تقسیم کرنے لگا۔ بچوں کے چہرے کھلے کھلے پڑ رہے تھے اور نووارد کا
چہرہ اس مسرت کے آئینے میں دمک رہا تھا۔ دیکھتے ہی دیکھتے اس نے اپنا جھولا خالی کر دیا۔
بچے ہنستے کھل کھلاتے دوبارہ اپنے کھیلوں میں منہمک ہو گئے اور نووارد مسکراتا ہوا جدھر سے آیا
تھا ادھر لوٹ گیا۔

اس کے بھی جی میں آیا کہ وہ بھی بچوں کو قریب سے دیکھے، ان کے پھول جیسے جسموں کو
چھوئے، ان کی معصوم ہنسی کو اور پاس سے سنے۔ مگر وہ ان سے قریب کیوں کرہو؟ انھیں دینے
کے لیے اس کے پاس کچھ بھی تو نہیں تھا۔ نہ کھلونے، نہ مٹھائی۔ اس نے اپنے سفر کے دوران
زندگی کے اس رخ پر غور ہی نہیں کیا تھا۔ اس نے اپنی پیٹھ پر لدے جھولے کو ٹٹولا مگر وہاں
موٹی موٹی مجلد کتابوں کے سوا کیا تھا۔ آخر اس نے ڈرتے ڈرتے ایک بچے کو اشارے سے
اپنے پاس بلایا۔ بچہ ایک تتلی کے پیچھے بھاگ رہا تھا۔ اس کا اشارہ پاتے ہی ٹھٹک کر کھڑا ہو گیا۔
پھر دھیرے دھیرے چلتا ہوا اس کے پاس آیا مگر جیسے ہی اس نے اس کے گال پر تھپکی
دینے کو ہاتھ بڑھایا وہ خوف زدہ آواز میں چیخا۔

”بھ۔۔بھو۔۔۔ت۔۔“اورایک طرف کو بھاگا۔

سارے بچے چونک چونک کر اسے دیکھنے لگے۔ پھر تو سبھی بھوت بھوت چلاتے ہوئے بھاگ کھڑے ہوئے۔ وہ بہت حیران ہوا۔ شاید سفر نے اس کا حلیہ ہی بگاڑ دیا ہو۔ ابھی وہ اسی تذبذب میں کھڑا سوچ رہا تھا کہ کیا کرے۔۔۔ دو چار لوگوں نے آ کر اسے پکڑ لیا۔

”کیوں بے! بچوں کو ڈراتا ہے؟“

ایک نے اس کے جھولے کو تپ تھپاتے ہوئے کہا۔

”کیوں بچے پکڑتا ہے؟ جھولے میں کیا ہے؟“

وہ گونگا بہرا بنا ایک ایک کا منہ تک رہا تھا۔ اس کی سمجھ میں کچھ نہیں آ رہا تھا کہ وہ ان لوگوں کے سوالوں کا کیا جواب دے۔ اتنے میں پولیس کا ایک سپاہی ہجوم کو چیرتا ہوا اس کے پاس آیا۔ اس کا حلیہ دیکھا۔ لوگوں کی شکایت سنی۔ کتابوں کے جھولے میں جھانکا اور اعلان کیا۔

”ارے کچھ نہیں ۔۔۔۔۔ جانے دو پاگل ہے۔ جھولے میں بچہ وچہ نہیں خالی ردّی ہے ۔۔۔۔۔ اے جا۔۔۔۔ ادھر جا۔۔۔ چل راستہ پکڑ۔۔۔۔“

اور وہ ایک طرف مڑ کر راستہ پکڑے چلنے لگا۔ غصے، ندامت اور انتقام کے جذبے سے اس کا بدن کانپ اٹھا۔ مٹھیاں بھنچ گئیں اور گردن کی رگیں پھر پھرانے لگیں۔ وہ ایک ایک سے چیخ چیخ کر کہنا چاہتا تھا۔ ”تم جاہل ہو، دنیا کے اسیر، تم میری عظمت کو کیا سمجھو۔ تم سب کنویں کے مینڈک ہو، سمندر کی موجوں کے تھپیڑے تمہارے نصیب میں کہاں؟ چہار دیواری کے تابوتوں میں دفن لاشیں، زندہ لاشیں۔ مگر وہ غصے کو کڑوی دوا کی طرح گھونٹ گیا کہ جاہلوں سے گرمی سے نہیں نرمی سے گفتگو کرنا ہی پیمبروں کا شیوہ رہا ہے۔

وہ ایک نکڑ پر رک گیا۔ پھر سڑک کے کنارے ایک ٹوٹے ہوئے چبوترے پر چڑھ کر اپنی پوری قوت سے چلّایا۔

”لوگو!“ سڑک اور فٹ پاتھ سے گزرتے لوگ چونک کر اس کی طرف دیکھنے لگے۔

”لوگو! اِدھر آؤ۔۔۔۔“ وہ چیخ رہا تھا۔

”میں زندگی کے رازہائے سر بستہ سے واقف ہوں۔ جنہیں تم اپنی جہالت کے کارن سمجھنے

سے قاصر ہو۔''

لوگ جمع ہونے لگے۔ایک شخص نے پوچھا''تم کون ہو؟''

''میں۔۔۔۔میں۔۔۔۔''وہ تھوڑا ست پٹایا۔پھر سنبھل کر بولا۔

''یہ سوال ہی فضول ہے۔میں کوئی بھی ہوں۔اس کی کوئی اہمیت نہیں۔میں کیا کہہ رہا ہوں اسے غور سے سنو۔۔۔''

''تم سب کچھ جانتے ہو؟''

''ہاں میں نے علم کو شراب کی طرح پیا ہے اور کتابوں کو کا روچ کی طرح چاٹا ہے۔میں نے۔۔''

''اچھا تو پھر کوئی ایسی ترکیب بتاؤ کہ ہمارے پیٹوں سے بندھے یہ پتھر موم بن کر پگھل جائیں۔''

''ہمیں بتاؤ کہ ہماری دمیں تو جھڑ گئیں۔آخر ہمارے ناخن اور دانت کب جھڑیں گے؟''

''ہمارے گرد روز بہ روز تنگ ہوتی یہ دیواریں کب گریں گی؟''

''یہ دھوپ کب ڈھلے گی؟''

وہ ہر سوال پر اپنی پیٹھ سے بندھی ایک کتاب کھولتا،ان کے ورق الٹا پلٹتا پھر حیران نظروں سے ایک ایک کا منہ تکنے لگتا۔۔۔وہ کیا جواب دے۔اس نے ایسے نامعقول سوالوں پر تو کبھی غور ہی نہیں کیا تھا۔اسے خاموش اور حیران دیکھ کر لوگ چیخ پڑے۔

''تم جھوٹے ہو،تم کچھ نہیں جانتے۔تم زندگی کے بارے میں کچھ نہیں جانتے۔''

لوگوں کی بھیڑ چھٹنے لگی اور وہ گو نگا بنا ا نھیں منتشر ہوتا دیکھتا رہا۔دیکھتے ہی دیکھتے مجمع غائب ہو گیا اور وہ تنہا حیران پریشان اس ٹوٹے چبوترے پر کھڑا دھوپ کو اپنے مساموں میں اُترتا محسوس کرتا رہا۔اس کی پیٹھ کتابوں کے بوجھ سے دہری ہوئی تھی۔آخر وہ اس بوجھ کو کب تک ڈھوئے ڈھوئے پھرے گا۔اس نے جھولا پیٹھ سے اتار کر زمین پر پٹکا۔سیدھا کھڑے ہو کر دو چار گہری سانسیں لیں پھر جھک کر جھولے سے ایک کتاب نکالی،کچھ دیر تک اسے الٹ پلٹ کر دیکھتا رہا، پھر دوسرے ہی لمحے چر۔۔۔چر۔۔۔چر۔۔۔اس کے ورق پھاڑ کر ہوا میں اچھال

دیے۔

ایک کتاب ۔۔۔ دوسری کتاب ۔۔۔ پھر تیسری کتاب ۔۔۔

اتنے میں اسے دور سے ایک شخص آتا دکھائی دیا۔ وہ شخص لمبے لمبے ڈگ بھرتا اسی کی طرف آ رہا تھا اور ہاتھ کے اشارے سے اسے کتابیں پھاڑنے سے منع کر رہا تھا۔ وہ رُک گیا۔ وہ شخص قریب آیا۔ اس کے سینے سے بھی کچھ کتابیں بندھی ہوئی تھیں۔ اس شخص نے قریب پہنچ کر ہانپتے ہوئے کہا۔ "یہ تم کیا کر رہے ہو؟"

"کیا ہوا؟" اس نے سرخ سرخ آنکھوں سے اس شخص کو گھورتے ہوئے پوچھا۔

"تم کتابوں کو کیوں پھاڑ رہے ہو؟"

"یہ ساری کتابیں جھوٹ کا پلندا ہیں۔"

"تم پچھتاؤ گے۔ آگے سفر میں یہی کتابیں تمہاری رہنمائی کر سکتی تھیں۔"

"میں کتابوں کی رہنمائی میں تو یہاں تک آیا ہوں۔ مگر اب میں اپنا آگے کا سفر بغیر کتابوں کی مدد کے جاری رکھنا چاہتا ہوں۔"

"ناممکن۔"

"کچھ بھی ناممکن نہیں۔ کیا کتابوں سے پہلے لوگ سفر نہیں کرتے تھے۔ تم بھی یہ ڈھونگ بند کرو۔"

اس نے ہاتھ بڑھا کر اس شخص کے سینے سے بندھی کتابوں کو نوچ لینا چاہا۔ وہ شخص گھبرا کر پیچھے ہٹ گیا۔

"نہیں، نہیں میں کتابوں کے بغیر ایک قدم بھی نہیں چل سکتا۔"

"تو پھر ہٹو ۔۔۔ میرا راستہ چھوڑو ۔۔۔"

وہ شخص گھبرا کر ایک طرف کو ہٹ گیا اور وہ تیز تیز قدم اٹھاتا آگے بڑھ گیا۔ اس نے پلٹ کر دیکھا۔ وہ شخص اپنے سینے پر جھکا کتاب میں کچھ ٹٹول رہا تھا۔ وہ اب شہری کی اونچی اونچی عمارتوں، پُرہجوم سڑکوں اور خوش نما باغات کو پیچھے چھوڑتا جا رہا تھا۔ اس کے دائیں بائیں آگے پیچھے چلنے والوں کی تعداد بھی گھٹنے لگی۔

لوگ چلتے چلتے اچانک دور یہ اونچی اونچی پتھریلی عمارتوں میں داخل ہوجاتے۔ بعض سُستانے کو دیواروں کے سایے میں کھڑے ہوجاتے۔ اس کے دیکھتے ہی دیکھتے دیواریں شق ہوجاتیں اور سایے میں ضم ہوجاتے۔ اسے لگ رہا تھا وہ راستے بھر بے شمار میتوں کو اپنے ہاتھوں قبر میں سلاتا آیا ہے۔ جنازے ڈھوتے ڈھوتے اس کے کاندھے ٹوٹنے لگے ہیں اور اب وہ کسی بھی قسم کا بوجھ ڈھونے کا اہل نہیں۔ حتّا کہ اپنا وجود بھی اسے اپنی ٹانگوں پر گراں گزر رہا تھا۔

سب دھوکا، سب فریب۔ دوست احباب، عزیز رشتے دار، گھر، جائداد، خاندان، عزت، یہاں تک کہ کتابیں بھی دھوکا ہیں۔۔۔ اور زندگی؟ نہیں۔۔۔ زندگی ایک سوال کی شکل میں اس کے آگے آگے چل رہی تھی اور وہ دیوانہ وار اس کے پیچھے لپکا جا رہا تھا۔ چلتے چلتے اس کا سانس پھولنے لگا تھا۔ مگر ایک پُراسرار کشش ایک نامعلوم تجسّس اس کے قدم رکنے نہیں دے رہا تھا۔ وہ راستے میں پڑنے والی ہر دل فریب چیز سے نظریں چُراتا، دامن بچاتا ایک بگولے کی طرح اڑا جار ہا تھا۔

اب اسے صاف اور سیدھے راستوں سے بھی چڑسی ہوگئی تھی۔ وہ سیدھی سڑک سے اتر کر ایک اوبڑ کھابڑ راستے پر ہو لیا جہاں دونوں جانب خاردار جھاڑیاں اُگی ہوئی تھیں اور رقم قدم نکیلے پتھر بچھے تھے۔ جھاڑیوں سے الجھ الجھ کر اس کے کپڑے تار تار ہو گئے۔ اتنی ٹھوکریں لگیں کہ پیروں کی انگلیاں لہولہان ہوگئیں۔ مگر وہ چلتا رہا۔ اب چلنا ہی اس کا مقدر تھا۔ پیاس کے مارے اس کے حلق میں کانٹے سے پڑ گئے۔ خاردار جھاڑیوں کا سلسلہ ختم ہو چکا تھا اور اب سامنے تاحدِ نظر خشک ریت کے تودوں کے سوا کچھ دکھائی نہیں دے رہا تھا۔ آسمان پر سورج اب بھی ننگی تلوار کی طرح ٹنگا ہوا تھا اور حلق میں کٹیلی جھاڑیاں پھیلتی جا رہی تھیں۔
پانی۔۔۔ صرف دو گھونٹ پانی۔۔۔

راستے میں کتنے کنویں، جھرنے چھوڑ آیا تھا وہ۔ مگر کسی جگہ رک کر اپنا حلق تر کرنا اس نے مناسب نہیں سمجھا تھا کہ زندگی مسلسل سفر کا نام ہے اور اب وہ سفر میں اتنی دور نکل آیا تھا کہ واپسی کا راستہ تک بھول گیا تھا۔

کاش، کاش ۔ کہیں سے دوگھونٹ پانی مل جائے کہ اس کے حلق میں اُگے کانٹے پھول بن جائیں ۔

تبھی ایک معجزہ رونما ہوا۔ اس کی نظر ایک سیاہ نقطے پر پڑی ۔ نقطہ متحرک تھا۔ اس نے غور سے دیکھا۔ نقطے کا حجم دم بہ دم پھیلتا جار ہا تھا ۔ پھر نقطہ لکیر بنا اور وہ لکیر دیر تک سکرین پر کانپتے کسی برقی خط کی طرح ایتھر میں لرزتی رہی ۔ رفتہ رفتہ لکیر کا حجم بھی پھیلنے لگا اور دیکھتے دیکھتے وہ لکیر پر چھائیں میں تبدیل ہوگئی ۔ پر چھائیں ڈولتی، لڑکھڑاتی اسی کی سمت بڑھ رہی تھی۔ اس نے دھوپ سے بچنے کے لیے پیشانی پر ہاتھ رکھ کر جب آ نکھوں پر زور دیا تو دیکھا کہ ایک انسانی وجود ہے جو اسی کی طرح خستہ اور تباہ قدم قدم اسی کی سمت بڑھ رہا ہے ۔ قریب اور قریب ۔ اب وہ اسے صاف صاف دیکھ سکتا تھا۔ وہ ایک عورت تھی جس کے بال شانوں پر بکھرے تھے ۔ چہرہ دھوپ سے جھلسا ہوا تھا اور کپڑے بدن پر چیتھڑوں کی شکل میں جھول رہے تھے ۔ البتہ اس کی آ نکھیں! ایسی ممتا، ایسی شفقت اس نے بہت کم آ نکھوں میں دیکھی تھی ۔ جیسے صحرا میں دو پھول کھلے ہوں ۔ عورت اس کے قریب آ کر رُک گئی ۔ ان شبنمی آ نکھوں کی ٹھنڈک اسے بھیتر تک شاداب کر گئی ۔ اس نے اپنے خشک ہونٹوں پر زبان پھیری ۔ پھر پھنسی پھنسی آ واز میں بولا۔

”پانی ۔ ۔ ۔ پانی ہے تمہارے پاس؟“

عورت کے تھکے ہوئے چہرے پر سکون اور اطمینان کی لہر سی دوڑ گئی ۔ آ نکھوں سے شفقت کے سوتے اُبل پڑے ۔ اس نے جھٹ اپنی قبا کے بند کھول دیے ۔ بھری بھری چھاتیاں خرگوشوں کی طرح پھدک کر باہر نکلیں ۔ چھاتیاں دودھ سے تنا گئی تھیں اور ان کی بونڈیوں سے دودھ کی ننھی ننھی بوندیں ٹپک رہی تھیں ۔

عورت نے اپنی باہیں پھیلا دیں ۔ اس نے تڑپ کر اس کے سینے میں اپنا چہرہ چھپا لیا ۔ عورت وہیں جلتی ہوئی ریت پر پھسکڑا مار کر بیٹھ گئی ۔ وہ اس کے سینے میں منہ گڑائے، آ نکھیں بند کیے کسی بھوکے بچے کی طرح چسر چسر دودھ پینے لگا اور عورت اس پر اپنے پھٹے پھٹے آ نچل کا سایہ کیے پیار سے اس کے بالوں میں انگلیاں چلانے لگی ۔

۔ ۔ ۔ چلاتی رہی ۔ ۔ ۔ ۔ ■■

نَدی

ندی بہت بڑی تھی کسی زمانے میں اس کا پاٹ کافی چوڑا رہا ہوگا۔ مگر اب تو بے چاری سوکھ ساکھ کر اپنے آپ میں سمٹ کر رہ گئی تھی۔ ایک زمانہ تھا جب اس کے دونوں کناروں پر تاڑ اور ناریل کے آسمان گیر درخت اُگے ہوئے تھے جن کے گھنے سائے ندی کے گہرے، شانت اور شفّاف پانی میں یوں ایستادہ نظر آتے جیسے کسی پُر جلال بادشاہ کے دربار میں مصاحب سر نیوڑھائے کھڑے ہوں۔ مگر اب درختوں کی ساری شادابی لُٹ چکی تھی اور ان کے ٹنڈ مُنڈ خشک صورت تنے کسی قحط زدہ علاقے کے بھوکے کنگال لوگوں کی طرح بے رونق اور نادار لگ رہے تھے۔

ندی بہت بڑی تھی اور اُس کا پاٹ اب بھی اپنی گزری ہوئی عظمت اور وسعت کی غمّازی کرتا نظر آتا۔ مگر اب اس طرح خشک ہو گئی تھی کہ جگہ جگہ چھوٹے چھوٹے بے ڈھنگے ٹاپُو اُبھر آئے تھے۔ حدِ نظر تک چھوٹے بڑے بے شمار ٹاپُو۔

اب اُن ٹاپُوؤں پر کہیں کہیں خود رو گھاس اور جنگلی جھاڑیاں بھی اُگ آئی تھیں۔ جن میں ہزاروں لاکھوں ٹڈے اور جھینگر شب و روز پھُد کتے رہتے۔ گھاس کے نیچے کیچڑ میں لاکھوں

کیڑے رینگتے کلبلاتے رہتے اور جب دو پہر کی تپاد دینے والی دھوپ میں کم کم گدلا بدبودار پانی تپنے لگتا تو ندی کی مچھلیاں اس طرح اِدھر اُدھر منہ چھپاتی پھرتیں جیسے کسی پردہ دار گھرانے کی بہو بیٹیاں بھرے بازار میں بے نقاب کر دی گئی ہوں۔ مچھلیوں کی تعداد دن بہ دن کم ہوتی جا رہی تھی اور ٹڈے، جھینگر، کیڑے مکوڑوں اور مینڈکوں کی تعداد میں اضافہ ہوتا جا رہا تھا۔ دو پہر ڈھلے ندی کے نیم گرم، گدلے پانی سے چھوٹے بڑے بے شمار مینڈک نکلتے اور اُن ٹاپوؤں پر بیٹھ کر ٹرّاتے رہتے۔ ہر ٹاپو پر ایک بڑے مینڈک کا قبضہ تھا اور ہر ایک کے چھوٹے چھوٹے سیکڑوں معتقد یا حلقہ بگوش تھے۔ جو ہر دم اُس کی ٹرّاہٹ کی تائید میں خود بھی ٹرّاتے رہتے۔

"میں اس ندی کا وارث ہوں۔" بڑا مینڈک۔

"ہاں، آپ اس ندی کے وارث ہیں۔" چھوٹے مینڈک۔

"اس ندی کے ایک ایک ٹاپو پر میرا اختیار ہے۔"

"اس ندی کے ایک ایک ٹاپو پر آپ کا اختیار ہے۔"

"میں۔۔۔ میں۔۔۔ چاہوں تو۔۔۔"

بڑا مینڈک مناسب دعوے کے لیے آنکھیں مٹکا مٹکا کر ادھر اُدھر دیکھتا اور ذرا سے توقف کے بعد کہتا۔

"میں چاہوں تو ایک جست میں اس چمکتے سورج کو آسمان سے نوچ کر پاتال میں پھینک دوں۔"

"آپ چاہیں تو۔۔۔" چھوٹے مینڈک دھوپ سے اپنی آنکھوں کو میچاتے ہوئے حسبِ عادت بڑے مینڈک کی تائید کرتے کہ بڑے مینڈک کی خوشنودی ان کی زندگی کا واحد مقصد تھا۔

پھر پاس ہی کے کسی ٹاپو سے ایک موٹے پیٹ اور پتلی ٹانگوں والا کوئی بڑا مینڈک گمبھیر آوام میں اپنے کسی معتقد سے پوچھتا۔

"کون ہے یہ؟ کون ہے یہ احمق؟"

ایک طرّار مینڈک پھدک کر کہتا۔

"وہی ہمارا ذلیل پڑوسی ہے ۔ جس کے اجداد حضور کے کفش بردار رہ چکے ہیں ۔"

"اوہو، اس نمک حرام سے کہو کہ سورج پر کمند ڈالنے سے پہلے ہمارے پہلے قدم چومے کہ خورشید ہمارے نقشِ کف پا کے سوا کچھ نہیں ۔"

اس کی لن ترانی کے جواب میں کسی تیسرے ٹاپو سے آواز آتی ۔

"یہ کون گستاخ ہے ۔ اسے آگاہ کر دو، اپنی زبان کو قابو میں رکھے کہ ہم زبان درازوں کی زبانیں یوں کھینچ لیتے ہیں جیسے ملک الموت جسم سے رُوح ۔"

"خاموش، خاموش، اس ندی کا ایک ایک ٹاپو ہماری زد میں ہے ۔"

اس کے بعد ہر ٹاپو سے ایک نئی آواز بلند ہونے لگتی ۔ ہر آواز پہلی آواز سے زیادہ تیز ہر دعویٰ پہلے دعوے سے زیادہ بلند و رافع ۔ ایسا شور مچتا کہ بے چاری مچھلیاں خوفزدہ ہو کر بچہ بچوں کی تہوں میں جا چھپتیں ۔ درختوں کی شاخوں پر بیٹھے پرند پھڑ پھڑا کر اُڑتے اور جدھر جس کا سینگ سماتا چلا جاتا، ٹرّا ٹرّا کر مینڈکوں کے گلے رُندھ جاتے، پھول پھول کر پیٹ پھٹ جاتے، اور بیسوں مینڈک اپنے ہی بلند بانگ دعووں کے وزن تلے دب دب کر کچل جاتے ۔ اور پھر دھیرے دھیرے تمام ٹاپوؤں پر ایک خوفناک سکوت طاری ہو جاتا نہ کسی مینڈک کی ٹرّ نہ کسی جھینگر کی جھائیں جھائیں ۔ مگر یہ سکوت ایک مختصر سے وقفے کے لیے ہوتا ۔ دوسرے دن پھر مینڈک اپنے اپنے ٹاپوؤں پر جمع ہوتے اور پھر وہی لاف گزاف ۔ ایک دن اسی طرح بڑے چھوٹے مینڈک اپنے اپنے ٹاپوؤں سے گلا پھاڑ پھاڑ کر چیخ رہے تھے، ایک دوسرے پر کیچڑ اُچھال رہے تھے ۔ ایک دوسرے کو ذلیل کر رہے تھے، گالیاں بک رہے تھے ۔ مچھلیاں چھوٹے چھوٹے بچوں میں اوپری سطح پر تیرتی اس لڑائی کو خوف اور حیرت سے دیکھ رہی تھیں ۔ چھوٹے چھوٹے کیڑے مکوڑے گھاس اور پودوں کی جڑوں میں دُبک گئے تھے ۔ ندی کے کنارے بھدُ کتی چڑیاں ۔ دم بخود اس بحث کو سُن رہی تھیں ۔

تبھی ندی کے ایک گوشے میں کچھ ہلچل سی ہوئی ۔ پہلے تو سطح آب پر بڑے بڑے بُلبلے پیدا ہوئے اور پھر دیکھتے ہی دیکھتے کوئی پانی کی سطح پر نمودار ہوا ۔ یہ ایک بے حد بوڑھا مگر مچھ تھا ۔ اتنا بوڑھا کہ اس کی کیچلیاں جھڑ چکی تھیں ۔ دُم کے دانتے گُھند گئے تھے اور اس کی پشت پر

باریک باریک سبزہ اُگ آیا تھا۔اُس نے اپنی پوری قوت سے دُم کو اُس کیچڑ آلو دپانی کی سطح پر دے مارا۔ایک زور کا چھپاکا ہوااور پانی کے چھینٹے اُڑ کر دور دور تک پہنچے۔مختلف ٹاپوؤں پر شور مچاتے مینڈک ایک بیک چپ ہو گئے۔سب اپنی پچھلی ٹانگوں پر اُچک اُچک کر اس آواز کی سمت دیکھنے لگے۔آخر سبوں نے بوڑھے مگر مچھ کو دیکھ لیا۔سبھی مینڈک بوڑھے مگر مچھ کا بے حد احترام کرتے تھے بلکہ بعض اس سے خوف زدہ بھی رہتے تھے۔کیونکہ اُن کے آبا واجداد کے مطابق بوڑھا مگر مچھ اس ندی کی بدلتی ہوئی تاریخ کا چشم دید گواہ تھا۔

اس کی عمر کا کوئی اندازہ نہیں تھا کہ اس کی ہستی صدیوں کے دوش پر قرنوں کا فاصلہ طے کر چکی تھی۔تمام مینڈکوں نے ٹرا ٹرا کر بوڑھے مگر مچھ کی بجے جے کار کی۔بوڑھے مگر مچھ نے اپنی بھاری دُم پٹک کر اور اپنا لمبا چوڑا جبڑا کھول کر خوشی کا اظہار کیا۔پھر رینگتا ہوا ایک اونچی چٹان پر چڑھ گیا۔ چٹان پر پہنچ کر اس نے ندی کے اطراف نگاہ ڈالی ۔۔۔۔اب ندی ۔۔۔۔ندی کہاں تھی؟ وہ تو بس چند ٹاپوؤں اور چہ بچوں کا مجموعہ ہو کر رہ گئی تھی ۔جگہ جگہ ریت کے خشک تودے اُبھر آئے تھے۔کہیں کہیں گڈھوں میں پانی کے بجائے صرف کیچڑ تھا۔ندی کے دونوں کناروں پر خود رو گھاس ضرور اُگی ہوئی تھی مگر پانی کی کمی کے کارن گھاس کا رنگ بھی زرد پڑتا جا رہا تھا۔ناریل، سپاری اور تاڑ کے درخت بانس کے جنگل کی طرح خشک اور ویران لگ رہے تھے۔ندی کی اس بدلی ہوئی کیفیت کو دیکھ کر مگر مچھ کا دل بھر آیا۔قریب تھا کہ اس کی آنکھوں سے آنسوؤں کے جھر نے بہہ نکلتے۔اس نے کمال ضبط سے اُن آنسوؤں کو روکا۔مبادا ندی کے یہ بے ضمیر باسی انھیں حسبِ روایت مگر مچھ کے آنسو کہہ کر ان کی تضحیک نہ کریں ۔پھر اس نے اپنے دیدے گھما کر اِدھر اُدھر ٹاپوؤں پر بیٹھے مینڈکوں کو دیکھا۔سارے مینڈک دم سادھے بیٹھے تھے۔مگر مچھ نے پھنکار کر گلا صاف کیا، پھر بھرائی آواز میں بولا:

’’اے ندی کے باسیو! کبھی تم نے اس بلند چٹان سے ندی کو دیکھا ہے؟‘‘

تمام مینڈک ایک دوسرے کی طرف دیکھنے لگے۔پھر سبوں نے یک زبان اعتراف کیا۔

’’نہیں ۔۔۔۔ہم نے اس بلند چٹان سے کبھی ندی کو نہیں دیکھا۔‘‘

’’دیکھو! یہاں سے ندی کو دیکھو تو تمھارے بے بضاعت ٹاپوؤں کی حقیقت آشکار

ہوجائے گی۔"

"مگر ہم وہاں سے ندی کو کیوں دیکھیں کہ ندی تو ہمارے لہو میں جاری و ساری ہے۔"

"عریاں حقیقتوں کو سیمابی لفظوں کا لباس نہ پہناؤ کہ الفاظ جذبے کے اظہار کا بہت ادنیٰ ذریعہ ہیں۔ خود تسلّی، عارضی اطمینان کی سبیل ضرور ہے مگر یہی اطمینان مکمل تباہی کا پہلا بگل بھی ہے۔"

تبھی ایک کونے سے ایک پِستہ قد زرد فام مینڈک نے ٹرّا کر کہا:

"میں دیکھ سکتا ہوں۔ بلندی سے میں ندی کا نظارہ کر سکتا ہوں۔"

تمام مینڈک اُس زرد فام مینڈک کی طرف مُڑے۔ وہ پندرہ بیس مینڈکوں کے کاندھوں پر چڑھا سینہ پھلائے نہایت حقارت سے اُن کی طرف دیکھ رہا تھا۔ پھر اس نے مگر مجھ سے مخاطب ہو کر کہا:

"اے دانائے راز! کیا میں ان تمام سفالی ہستیوں سے سربلند نہیں ہوں کہ یہ ندی کراں تا کراں میری نگاہ کی زد میں ہے؟"

ابھی اس کے الفاظ فضا میں گونج ہی رہے تھے کہ مینڈکوں کا اہرام لرزا اور ایک دوسرے کے کاندھوں پر چڑھے ہوئے مینڈک دھپ دھپ نیچے لڑھک گئے۔ دو چار کمزور مینڈکوں کی تو آنتیں نکل آئیں۔ بعض وہیں ڈھیر ہو گئے۔ ارد گرد کے ٹاپوؤں کے مینڈک بے تاشا قہقہے لگانے لگے۔ ہنسی، قہقہے، فقرے بازی اور شور و غوغا سے تھوڑی دیر تک کان پڑی آواز سنائی نہیں دی۔

آخر مگر مجھ کو مداخلت کرنی پڑی۔

"خاموش، خاموش اے ندی کے باسیو! خاموش، یہ جائے مسّرت نہیں مقامِ عبرت ہے کہ تمھاری چھوٹی چھوٹی نفرتوں نے تمھارے قد گھٹا دیے ہیں اور تم۔۔۔ تم سب اپنی ہی لاشوں پر قہقہے لگانے کے لیے زندہ ہو۔"

"اے صاحبِ عقل و دانش! کیا ہمیں اپنے دشمن کی مات پر خوش ہونے کا حق نہیں۔ یہ فتنہ حرام عرصۂ دراز سے دوسروں کے کاندھوں پر چڑھ کر ہمیں دھمکاتا رہتا تھا۔"

''دشمن!'' مگر مجھ نے ایک گہری سانس کھینچی۔

''تم نہیں جانتے کہ بعض اوقات دشمنی بھی تمہارے ظرف کا پیمانہ بن جاتی ہے۔ آنکھیں کھول کر دیکھو، مرنے والے کی صورت میں تمہیں اپنی صورت دکھائی دے گی۔ کان کھول کر سنو۔ اس کی آواز میں تمہیں اپنی آواز سنائی دے گی۔ دشمن کی شناخت مشکل ہے اس لیے کہ دوست کی شناخت مشکل ہے۔''

''اے مدبرِ وقت! تو ہی ہمیں کوئی تدبیر بتا کہ ہمارے دل نفرتوں کے غبار سے دُھل جائیں اور ہمارے سینے محبتوں کے نور سے معمور ہو جائیں۔ تجھے ہم عقل و فہم کا پُتلا اور تجربات کا مرقع جانتے ہیں۔''

''اگر ماحول سازگار نہ ہو تو تدبر تضحیک کا نشانہ اور تجربہ تہمت کا بہانہ بن جاتا ہے یاد رکھو گھورے پر کبھی گلاب نہیں کھلتے۔ تم نے نفرت بوئی نفرت ہی کاٹو گے۔۔۔''

''مگر تیرے سوا کون ہماری رہنمائی کر سکتا ہے کہ ہم بالاتفاق رائے تجھے اپنا مُربّی سمجھتے ہیں۔''

ایک چنگبرا مینڈک پھُدک کر مگر مچھ کے قریب ہوتا ہوا مکھن چپڑے لہجے میں بولا۔ اور پھر اس انداز سے چاروں طرف دیدے گھمائے جیسے اپنے ہم جلیسوں سے کہہ رہا ہو۔ میرا کاٹا کبھی بھُولے سے نہ پانی مانگے۔

بوڑھا مگر مچھ اس چالاک مینڈک کی نیت بھانپ گیا۔ ایک نگاہِ غلط انداز اُس پر ڈالی اور پھر دوسرے مینڈکوں سے مخاطب ہوا۔

''مُربّی ایک ایسے بدطینت شخص کو کہتے ہیں جو زیر دستوں کی دست گیری محض اس لیے کرتا ہے کہ وہ تاحیات اس کی غلامی کا دم بھرتے رہیں۔''

مگر مچھ کے اس کرارے جواب نے مختلف ٹاپوؤں میں ایک غلغلہ ڈال دیا۔ دیر تک مینڈک ٹرّاتے اور قہقہے لگاتے رہے اور وہ چت کبرا مینڈک غصے اور ندامت سے پیچ و تاب کھانے لگا۔ جب شور ذرا کم ہوا تو چت کبرا مینڈک ہوا میں قلابازی کھاتا ہوا چنخا۔

''انا۔۔۔ اے ناصح نامہربان، تیری تلخ نوائی نے میری انا کو لہو لہان کر دیا ہے۔ اپنی انا کی

حفاظت میری زندگی کا مقصدِ اعلیٰ ہے۔ میں تلوار کا گھاؤ سہہ سکتا ہوں۔ اپنی آنا پر ضرب نہیں سہہ سکتا۔''

''آنا''۔۔۔۔ مگر مچھ نے اس چھوٹے سے مینڈک کی طرف غور سے دیکھتے ہوئے حقارت سے کہا۔

''چیونٹی اپنے مُنہ میں شکر کا دانہ لیے چلتی ہے تو اپنی دانست میں سات پہاڑوں کا بوجھ اس پر لدا ہوتا ہے۔ تم اپنی ڈیڑھ ڈھائی انچ کی انانیت کو آخر اس قدر اہمیت کیوں دیتے ہو جو پانی کے ایک ریلے سے بہہ جاتی ہے، ہوا کے ایک معمولی جھونکے سے اُڑ جاتی ہے۔ جب تک تمھاری انانیت تمھارے وجود کا حصہ نہیں بنتی، وہ چھپکلی کی کٹی دُم کی مانند بے حقیقت اور حقیر ہے۔ تمھاری مشکل یہ ہے کہ تم سب چھوٹے چھوٹے جزیروں میں بٹے ہو اور ہر کوئی اپنے جزیرے کو کرہ ارض کے برابر سمجھتا ہے۔''

مگر مچھ کا یہ وار بہت صاف اور تیکھا تھا۔ شدید تکلیف سے ان کے لہو میں گرہیں پڑ گئیں۔ اُنھوں نے ایک دوسرے کی طرف دیکھا۔ غصہ، ذلت اور ندامت نے ان کی عجیب کیفیت کر دی تھی۔ انھیں لگ رہا تھا کوئی انھیں رسی کی طرح بٹتا جا رہا ہے۔ مگر وہ کیا کر سکتے تھے کہ ان کے پاس نہ سانپ کا سا پھن تھا، نہ بچھو کا سا ڈنک۔ البتہ وہ چیخ سکتے تھے کہ اب ان کی چیخ ہی اُن کے وجود کی گواہی بن سکتی تھی۔ لہٰذا ایک لمحے کی خاموشی کے بعد وہ بیک زبان ٹرّانے لگے۔ اپنی ہستی کی انتہائی بنیادوں سے ٹرّانے لگے۔ مگر مچھ ضبط و تحمل سے ان کی ٹرّاہٹ سنتا رہا۔ اور خاموشی سے ان کے گلوں کی پھولتی پچکتی جھلیوں کو دیکھتا رہا۔ جب ٹرّاتے ٹرّاتے ان کی گردنوں کی جھلیاں لٹک گئیں، پیٹ پچک گئے۔ تب مگر مچھ نے آہستہ سے گردن اُٹھائی۔ یہاں سے وہاں تک بکھرے ہوئے مینڈکوں پر ایک متاسفانہ نگاہ ڈالی، چھوٹے بڑے، نیلے پیلے، کالے، سفید، دُبلے پتلے، موٹے تگڑے۔ سارے کے سارے مینڈک منہ کھولے، گردنیں ڈالے گہری گہری سانسیں لے رہے تھے۔ اب اُن کی آخری چیخ بھی اُن کے سینے کی لحد میں سو چکی تھی۔ آخرا یک طویل وقفے کے بعد مگر مچھ گویا ہو گیا ہوا۔

''اے ندی کے باسیو! تم میں سے ہر کوئی خود غرضی کے محور پر پھر کی طرح گھوم رہا ہے۔

تمھاری نظروں میں سارے رنگ یوں گڈ مڈ ہو گئے ہیں کہ اب رنگوں کی تمیز ممکن نہیں ۔لہٰذا اب میرے پاس تم سب کے لیے ایک سقّا کے دعا کے سوا کچھ نہیں ہے ۔ میں دعا مانگتا ہوں ۔ دُعا کے اختتام پر بآوازِ بلند ’’آمین‘‘ کہنا۔ یہی تمھاری نجات کا آخری حیلہ ہے ۔‘‘

مینڈکوں نے مگر مجھ کی بات کا کوئی جواب نہیں دیا ۔بس اپنے کرچی کرچی وجود کے ساتھ ٹکر ٹکر اسے گھورتے رہے ۔اب اُجالے کے پر سمٹنے لگے تھے ۔سورج ایک کیکر کے دو شاخ میں پھنسا پھڑ پھڑا رہا تھا ۔اُس کے خون کی لالی قطرہ قطرہ ندی کے چہ بچوں میں سونا گھول رہی تھی ۔فضا میں ایک عجب سی دل کو مسوس دینے والی اُداسی بس سی گئی تھی ۔تبھی مگر مجھ نے آسمان کی طرف منہ اٹھایا ۔آنکھیں بند کر لیں اور دُعا مانگنے لگا ۔

’’اے بحر و بر کے مالک! اے خشکی کو تری اور تری کو خشکی میں بدلنے والے ۔۔۔۔ زمانہ بیت گیا یہ ندی سوکھتی جا رہی ہے اور ہم کہ جنھیں ایک ہی ندی کے باسی کہلانا تھا، الگ الگ ٹاپوؤں میں بٹ گئے ہیں ۔اے قطرے سے دریا بہانے اور ندیوں کو سمندر سے ملانے والے ہمارے رب! ہماری اس سوکھی ندی میں کسی صورت باڑھ کا سامان پیدا کر، تا کہ ہم جوان چھوٹے چھوٹے ٹاپوؤں میں تقسیم ہو گئے ہیں پھر اسی ندی میں گھل مل جائیں ۔اور اس کے وسیع دامن میں جذب ہو کر اسی کا ایک حصّہ بن جائیں!

سیلاب! صرف ایک تند و تیز سیلاب!!‘‘

مگر مجھ دُعا ختم کر کے تھوڑی دیر تک آنکھیں موندے مینڈکوں کے ’’آمین‘‘ کہنے کا منتظر رہا۔ مگر جب کافی دیر گزر جانے کے بعد بھی کہیں سے ’’آمین‘‘ کی صدا نہیں آئی تب اُس نے آنکھیں کھول دیں ۔ارد گرد کے ٹاپو خالی پڑے تھا ۔تمام مینڈک ندی کے کم کم، گدلے اور بدبو دار پانی میں ڈبکیاں لگا چکے تھے ۔۔۔۔

■■

یک لویہ

ہر نیہ دھنیش بھیل اپنے اکلوتے لڑکے یک لویہ کو ساتھ لیے جنگل بیابان، ندی نالے، پہاڑ، وادیاں طے کرتا ہفتوں مہینوں کی صعوبتیں جھیلتا اندر پرستھ پہنچ گیا۔

جب وہ شہر میں داخل ہوا تو کافی دن چڑھ آیا تھا، اور سایے سمٹ رہے تھے۔ صاف ستھری سڑکوں پر خاصی چہل پہل تھی، بازار سج گئے تھے اور لوگ خرید و فروخت میں مصروف تھے، پُروہت اپنے چوڑے ماتھوں پر تلک لگائے، لمبی لمبی چوٹیاں ڈالے جنّے اُو پہنے، کھڑاؤں کھٹکھٹاتے مندروں سے نکل رہے تھے، لوگ اُنھیں دیکھتے اور پرنام کے لیے ہاتھ جوڑ دیتے اور وہ ہاتھ اُٹھا کر اُن کا پرنام سویکار کرتے۔ کبھی کبھی کوئی سپاہی کمر میں تلوار لٹکائے، طُرے دار مُکٹ پہنے گھوڑے پر بیٹھا، ٹپ ٹپ کرتا گزر جاتا۔ کچھ بال بھکشو گیرو رنگ کی دھوتی باندھے، ننگے شریر، مُنڈے سر، کُڈّی پر چھوٹی سی چٹیا رکھے، ماتھے پر بھبھوت ملے، ہاتھوں میں بھکشا پاتر لیے بھکشا مانگتے دکھائی دے رہے تھے۔

اتنے میں ہر نیہ بھیل اپنے لڑکے یک لویہ کی اُنگلی پکڑے سڑک پر نمودار ہوا۔ اُسے دیکھتے ہی پُروہتوں کی تیوریوں پر بل پڑ گئے۔ خرید و فروخت میں مصروف لوگ مُڑ مُڑ کر بھیل اور اُس

کے لڑکے کو دیکھنے لگے۔ایک گھڑسوار سپاہی کی بھی نظر اُس پر پڑ گئی۔اُس نے گھوڑے کو ایڑ لگائی اور ہرنیہ کے قریب پہنچ کر چابک لہرایا اور گرج دار آواز میں پوچھا۔

”اے چانڈال! سویرے سویرے شہر میں کیا لینے آیا ہے؟ اور پھر آج تو بر ہسپتی وار بھی نہیں“۔

”میں کوئی وستو خریدنے یا بیچنے نہیں ۔۔۔۔ بلکہ ویدوریہ گُرو راج درونا چاریہ سے ملنے آیا ہوں“۔

تب تک وہاں کئی لوگ جمع ہو چکے تھے۔سب نے بیک زبان دہرایا۔

”گُرو راج درونا چاریہ سے ملنے؟“

جیسے اُنھیں اپنے کانوں پر یقین نہ آ رہا ہو۔

”جی ۔۔۔۔ جی ۔۔۔۔ ہاں ۔۔۔۔“

ہرنیہ کا حلق خشک ہوا جا رہا تھا۔لوگوں کی برچھیوں جیسی تیز نظروں کی تاب لانا اُس کے لیے ناممکن ہو رہا تھا۔

سپاہی گرجا۔”تم ایک ذلیل شُدر ہو کر گُرو راج سے ملنے کی بات کرتے ہو؟ جانتے ہو یہ اپرادھ ہے“۔

ہرنیہ دونوں ہاتھ جوڑ کر گڑ گڑایا۔”کشتری پُتر! میں جانتا ہوں یہ اپراھ ہے۔ پرنتو، سنتان کی ہٹ نے مجھے یہ اپرادھ کرنے پر وِوش کیا ہے“۔

”کس کی سنتان نے ۔۔۔۔؟“

”میری اپنی سنتان نے راج رکشک!“

ہرنیہ نے اپنی اُنگلی پکڑے یک لویہ کی طرف دیکھتے ہوئے کہا۔

”کیا ہٹ ہے اِس کی؟“

سپاہی نے کالے ڈبلے یک لویہ کی طرف غور سے دیکھتے ہوئے پوچھا۔جس کے ہاتھ میں ایک چھوٹی سی کمان تھی اور کاندھے سے لگا ترکش تیروں سے پُر تھا۔

”یہ سرومہان پرم گُرو درونا چاریہ سے دھنُر وِدّیا لینا چاہتا ہے کشتری پُتر!“

ہر نیہ کی بات سنتے ہی پہلے تو سپاہی نے اِدھر اُدھر لوگوں کی طرف دیکھا لوگ ایک بھیل کے اس ڈساہس پر حیران کھڑے تھے۔ سپاہی نے کھنکار کر کہا۔

''اے چانڈال پُتر! گرو ورہ درونا چاریہ یا کیول برہمن اور کشتری پُتر کو سکھاتے ہیں۔ تو برہمن ہے نہ کشتری پھر تو دھنر ودیا کیسے پراپت کرے گا؟''

اب کی ایک لویہ نے گردن اُٹھا کر جواب دیا۔

''میں اپنی شمتا سے گرو راج کو راضی کرلوں گا''

''ذرا ہمیں بھی تو بتاؤ اپنی شمتا؟''

اُس نے اِرد گرد کھڑے لوگوں کی طرف دیکھ کر طنز سے مسکراتے ہوئے کہا۔ لوگ بھی مضحکہ اڑانے والے انداز میں گردنیں ہلا کر سپاہی کی تائید کرنے لگے۔

یک لویہ نے جھٹ سے کمان سیدھی کی ترکش سے تیر کھینچا اور اپنی مضطرب نگاہوں سے اِدھر اُدھر تاکا۔ آسمان پر ایک مُرغابی اُڑتی جا رہی تھی۔ بھیل بچے نے بجلی کی سُرعت کے ساتھ تیر کمان پر چڑھایا۔ بایاں پاؤں آگے رکھا، دائیں پاؤں کا گھٹنا زمین پر ٹیکا اور نشانہ باندھ کر چلا چھوڑ دیا۔ تیر سنسناتا ہوا نکلا۔ اور چشم زدن میں مُرغابی تیر میں بندھی پھڑ پھڑاتی یک لویہ کے قدموں میں آ گری۔ سپاہی سمیت وہاں موجود سبھی لوگ حیرانی سے آنکھیں پھاڑ پھاڑ کر کبھی مرغابی کو دیکھتے، کبھی یک لویہ کو۔۔۔۔۔ بعض لوگوں کی زبان سے تو بے ساختہ واہ واہ نکل گئی۔ چند لمحے تڑپ کر مُرغابی ٹھنڈی ہو گئی۔ لوگوں میں تحسین اور تجسس کی مِلی جلی سرگوشیاں ہونے لگیں۔

''واہ، کیا نشانہ ہے۔''

''کون ہے یہ بھیل پُتر۔۔۔؟''

''کہاں سے آ رہے ہیں یہ لوگ۔۔۔؟''

''کس سے ملنے آئے ہیں؟''

''راج گرو درونا چاریہ سے۔''

''راج گرو سے؟''

''ہاں سنا ہے یہ بھیل پُتر راج گرو سے دھنر ودیا لینا چاہتا ہے۔''

”بھیل پُتر ہو کر راج گرو سے دھنرو ڈیا۔۔؟ یہ تو دُساہس ہے۔“

”راج گرو کبھی اِسے دھنرو ڈیا نہیں دیں گے۔“

”کہاں یہ بھیل پُتر اور کہاں راج گرو درونا چاریہ!۔۔۔“

”دیکھو کیا ہوتا ہے۔“

گھڑ سوار تھوڑی دیر تک بُت بنا ایک لویہ کو دیکھتا رہا۔ پھر کھنکار کر بولا۔

”ہم۔۔۔جا۔۔۔ملنا ہے تو جا کر راج گرو سے مل لے۔ مگر کہے دیتا ہوں۔ وہ تجھے و ڈیابِڈّ یا کچھ نہیں سکھائیں گے۔ جو و ڈیا ارجن اور بھیم جیسے راجکمار سیکھ رہے ہوں تجھے کون سکھائے گا۔“

”مگر ایک بار گرو راج کے درس ہو جاتے تو سہرا آنا سپھل ہو جاتا۔“

ہرنیہ دھنش نے عاجزی سے کہا۔

”اِس سمے گرو راج راج محل کے رانگن میں راجکماروں کو پریکٹشکشن دے رہے ہوں گے، کسی طرح وہاں پہنچ جاؤ گرو راج کے درس ہو جائیں گے۔“

اتنا کہہ کر گھڑ سوار نے گھوڑے کو ایڑ لگائی، گھوڑا جھٹکا کھا کر آگے بڑھا۔ بھیڑ نے گھوڑے کو راستہ دے دیا۔ سوار دلکی چال چلتا ایک طرف کو روانہ ہو گیا۔

ہرنیہ یک لویہ کی انگلی پکڑے راج محل کی طرف چل پڑا۔

جب وہ لوگ رانگن کے بڑے دوار پر پہنچے تو وہاں دوار پال نے اُنھیں ٹوکا۔

”اے چانڈال! کہاں گھسے چلے آ رہے ہو؟ جانتے نہیں یہاں دُشٹ آتماؤں کو آنا منع ہے۔“

”سرکار! دیا کیجئے، ایک بار راج گرو درونا چاریہ جی کے درس کرا دیجئے۔ ایسور کے لیے اتنا اپکار کیجئے بس۔“

”چپ کر دُشٹ! ایک پشاچ ہو کر مہا گرو درونا چاریہ کے درس کرنا چاہتا ہے۔ جانتا ہے تو نے اپنی اپوتر زبان سے مہا گرو کا نام لے کر ایک گھور پاپ کیا ہے۔ اس پاپ کے بدلے تیرے منہ میں دس اُنگل لوہے کی سلاخ گرم کر کے گھسیڑی جا سکتی ہے۔“

”دیا کھتری پُتر دیا۔“ ہرنیہ نے دونوں ہاتھ جوڑ کر ماتھا زمین سے لگا دیا۔

ہرنیہ کو یوں بے طرح گڑ گڑاتے دیکھ کر دوار پال کا غصّہ کم ہوا۔ اُس نے اپنی بھویں تان کر پوچھا۔

”تو آچاریہ دیو سے کیوں ملنا چاہتا ہے؟“

”اس ہٹی بالک کے لیے سرکار، یہ آچاریہ دیو سے دھنر ودّیا سیکھنا چاہتا ہے۔“

دوار پال نے اس پر زور سے ایک قہقہہ لگایا۔ پھر دیر تک ہنستا رہا۔

”تم کچھ پاگل بھی معلوم ہوتے ہو۔ ارے آچاریہ دیو ایک بھیل پُتر کو دھنر ودّیا سکھائیں گے۔ ہا۔۔۔۔ہا۔۔۔۔ہا۔۔۔۔“

وہ دوبارہ زور زور سے ہنسنے لگا۔

”سرکار! میں جانتا ہوں یہ دُساہس ہے مگر بال ہٹ کے کارن وِش ہو گیا اور یہاں چلا آیا۔ ایک بار آچاریہ دیو کے درشن ہو جاتے تو اُن کے چرنوں میں گر کر نویدن کرتا۔ پھر وہ جیسی آگیا دیں گے ویسا ہی کروں گا“

”اے چانڈال پُتر!“ اچانک دوار پال یک لویہ سے مخاطب ہوا۔

”کیا تو تیر چلانا جانتا ہے؟“

”سرکار بس چلا کھینچ لیتا ہے۔“ ہرنیہ بھیل نے جلدی سے کہا۔

”سامنے پیپڑ پر جس پھل کی آور آپ سنکیت کریں آپ کے چرنوں میں گرا دوں گا۔“ یک لویہ نے سامنے آم کے پیڑ کی طرف اشارہ کرتے ہوئے کہا۔

ہرنیہ جلدی سے بولا۔

”سرکار! بچہ ہے ایسے ہی بکتا ہے۔“

مگر دوار پال نے ہرنیہ کی بات کی طرف دھیان نہیں دیا۔ اور یک لویہ کو گھور کر دیکھتا ہوا بولا۔

”دیکھ اگر تو ان تین آموں کے گُچھے کو پہلے ہی تیر میں نہ گرا پایا تو تیرا دھنشیہ بان چھین کر تیرے اور تیرے باپ کے سر پر دس دس جوتے لگائے جائیں گے۔“

”منظور ہے۔“

یک لویہ نے کمان سیدھی کرلی اور ترکش سے تیر نکال کر بایاں پیر آگے بڑھائے پیڑ کی اور منہ کرکے کھڑا ہوگیا۔ ہرنیہ دھنیش بوکھلاگیا۔

"سرکار، جانے دیجئے، شما کردیجئے ۔ یہ ابھی نادان ہے۔"

پھر یک لویہ کا دھنشیہ پکڑ بولا۔

"یک لویہ! تجھے شرم نہیں آتی سرکار سے زبان لڑاتا ہے۔"

"نہیں اُسے روکو مت، اُسے تیر چلانے دو۔ اگر نشانہ چوک گیا تو دس جوتے کھانے کو تیار ہوجاؤ۔"

"سرکار! آپ مالک ہیں، ابھی دس جوتے لگا دیجئے۔ اس میں شرط کی کیا بات ہے۔"

"نہیں ۔۔۔ یہ تیر چلائے گا ۔۔۔ ہاں ۔۔۔ چلاؤ تیر ۔۔۔"

دوار پال نے یک لویہ کی طرف دیکھتے ہوئے کہا۔

یک لویہ نے تیر چلّے پر چڑھایا اور نشانہ باندھ کر چلّے کو اپنے کان کی لَو تک کھینچا۔

"سن ۔۔۔" کی آواز کے ساتھ تیر نکلا اور چشم زدن میں آموں کا گُچھا لہراتا ہوا اُن کے پاس آ گرا۔ دوار پال مُنہ کھولے آم کے گُچھے کو دیکھتا رہ گیا۔

یک لویہ جھک کر اُسے پرنام کر رہا تھا۔

اتنے میں اندر سے کچھ شور سنائی دیا۔ دوار پال نے چونک کر گردن گھمائی۔

"اوہو، اچاریہ دیوی کی پالکی آرہی ہے۔"

اُس نے ہرنیہ دھنش اور یک لویہ کو پرے ہٹنے کا اشارہ کیا۔ اور خود نیام سے تلوار سے کھینچ کر تلوار کو اپنے چہرے کے مقابل پکڑے چاق و چوبند کھڑا ہوگیا۔

تھوڑی ہی دیر میں چار کہار ایک سنہری پالکی اُٹھائے تیز تیز قدموں سے دوار کے باہر نکلے۔ پالکی میں راج گرو درونا چاریہ براجمان تھے۔

ریشمی دھوتی، گلے میں جنَیو، ماتھے پر تلک، سر پر مُگٹ، ہاتھوں میں باہوتران، کانوں میں جگ مگ کرتے رتن جڑت نا بھوشن ۔۔۔ راج گرو کے مُکھ پر ایسا تیج تھا کہ نظر نہیں ٹھہرتی تھی۔ پالکی کے پیچھے دو انگ رکشک لمبے لمبے نیزے تھامے چل رہے تھے۔ معاً ہرنیہ پالکی

کے سامنے آگیا اور اُس نے راج گرو کے سامنے دونوں ہاتھ جوڑ کر زمین پر ماتھا ٹیک دیا۔

نیزہ بردار سپاہی لپکے اور اُسے فرش سے کھینچ کر اُٹھایا۔

ہرنیہ گڑگڑایا۔

"گرو دیو ایک بنتی سُن لیجئے"۔

سپاہی اُسے کھینچ کر ایک طرف لے جانے لگے مگر وہ بار بار گڑگڑا رہا تھا۔

"گرو دیو صرف ایک بار۔۔۔میری بنتی سُن لیجئے صرف ایک بار۔۔۔ پھر چاہے جو سزا دیجئے"۔

راج گرو تھوڑی دیر تک اپنی چمکیلی آنکھوں سے ہرنیہ کو دیکھتے رہے۔ پھر ہاتھ اُٹھا کر اُسے چھوڑ دینے کا اشارہ کیا، سپاہیوں نے اُسے چھوڑ دیا۔

ہرنیہ نے ایک بار پھر فرش پر لوٹ لگائی۔ اور دونوں ہاتھ جوڑ کر گڑگڑانے لگا۔

"دیو راج میں ہرنیہ دھنش بھیل ہوں۔ یہ میرا اکلوتا لڑکا یک لویہ ہے۔ دھنر ودیا سیکھنے کی بڑی اِچھا ہے اس کی۔ سرکار اگر اپنے چرنوں میں جگہ دے دیتے تو یہ اپنی منو کامنا پوری کر سکتا تھا۔ سرکار گرو دھنر نہ کریں۔ میں جانتا ہوں یہ دُساہس ہے۔ مگر بال ہٹ کے آگے وِش ہوں گرو راج!"

راج گرو درونا چاریہ نے نظر اُٹھا کر یک لویہ کی طرف دیکھا، یک لویہ نے تُرنت جھک کر پرنام کیا۔ راج گرو نے اُسے پاس آنے کا سنکیت کیا۔

"تم دھنر ودیا سیکھ کر کیا کرو گے؟"

"جنگل میں پشوؤں سے اور بستی میں شتروؤں سے اپنی رکشا کروں گا"۔

"جانتے ہو دھنر ودیا کیول کشتری کماروں کو سکھائی جاتی ہے، بھیل ہو کر دھنر ودیا سیکھنے کی بات کرتے ہو۔ اس اپرادھ کے بدلے تمہیں دنڈ دیا جاسکتا ہے"۔

"گرو دیو! آپ آگیا دیجئے۔ میں ابھی آپ کے چرنوں میں اپنے پران نچھاور کر دوں گا"۔

راج گرو درونا چاریہ بے ساختہ مسکرا دیئے۔

”بھیل پُتّر تم بہت چالاک ہو۔ ہم تمہیں دھنر ودّیا نہیں سکھا سکتے۔ یہ ہمارے نیموں کے
ورُودھ ہے۔ پر تو تمہیں آشیرواد دیتے ہیں۔“

گرو دیو درونا چاریہ نے سپاہیوں کو سنکیت کیا۔ سپاہی بھیل کو چھوڑ کر ہٹ گئے۔ کہار پالکی لیے
آگے بڑھ گئے۔ یکلویہ اپنے باپ کے ساتھ گرو دیو درونا چاریہ کی پالکی کو جاتے دیکھتا رہا۔
جب پالکی نظروں سے اوجھل ہوگئی تو دونوں باپ بیٹے جنگل کو لوٹ گئے۔

کہتے ہیں کہ بعد میں یکلویہ نے جنگل میں گرو دیو درونا چاریہ کی مٹی کی مورتی بنائی اور اُسے
ساکشات گرو مان کر دھنر ودّیا کا ابھیاس کرتا رہا اور سچ مچ ایک دن دھنر ودّیا میں لاثانی ہوگیا۔

پھر یوں ہوا کے ساڑھے تین ہزار برس کے بعد یکلویہ نے ایک غریب مزدور کے گھر
میں جنم لیا۔ اُس مزدور کا نام بھی ہرنیہ دھنش تھا۔ یکلویہ جب پانچ برس کا ہوا تو ہرنیہ دھنش نے
اُسے ایک میونسپل اسکول میں داخل کیا۔ یکلویہ بڑا ہونہار طالب علم تھا۔ وہ رات دن دل لگا کر
پڑھتا۔ خوب محنت کرتا اور ہمیشہ اوّل نمبر سے کامیاب ہونے کی کوشش کرتا۔ اُس کی زبردست
خواہش تھی کہ وہ بڑا ہو کر ڈاکٹر بنے۔ جب اُس نے ہائر سیکنڈری میں ٹاپ کلاس کر لیا تو ہرنیہ
اُسے لے کر ایک میڈیکل کالج میں پہنچا۔

اتفاق کی بات گرو دیو درونا چاریہ ہی اُس کالج کے پرنسپل تھے۔

یکلویہ نے داخلہ فارم پُر کیا۔ اُس کے نمبر اتنے اچھے تھے کہ گرو دیو درونا چاریہ نے اُسے
اپنے کیبن میں بُلایا۔ اُنہوں نے ہرنیہ دھنش اور یکلویہ کو پہلی نظر میں ہی پہچان لیا۔ اور مسکرا
کر بولے۔

”آؤ یکلویہ آؤ۔۔۔“ پھر ہرنیہ سے بولے۔ ”کیوں ہرنیہ کیسے ہو؟“

”ایشور کی کرپا ہے مہاراج!“

”آج کل کیا کرتے ہو ہرنیہ۔۔۔؟“

”ایک مل میں مجوری کرتا ہوں سرکار!“

”ہم۔۔۔ مزدوری کرتے ہو اور اپنے بیٹے کو ڈاکٹر بنانا چاہتے ہو کیوں؟“

”آپ کی کرپا درشٹی ہوئی تو یہ جرور ڈاکٹر بن جائے گا مہاراج!“

”ایسا نہ کہو ہرنیہ۔۔۔تم نہیں جانتے ہم آج بھی کتنے مجبور ہیں۔“

”آپ کی کیا مجبوری ہو سکتی ہے سرکار؟“

”ہرنیہ تم ساڑھے تین ہزار برس کے بعد بھی مورکھ ہی رہے۔“

”سرکار، چھوٹا منہ بڑی بات۔ اُس بکھت ہمارا جنم شُدروں میں ہوا تھا مگر آج ہم تو شُدر نہیں ہیں۔ یک لویہ کو اپنا شیشیہ بنانے میں اب کیا کٹھنائی ہو سکتی ہے۔“

”یہی تو گڑبڑ ہے ہرنیہ! زمانہ بدل چُکا ہے۔ تم آج بھی شُدر یا ہریجن ہوتے تو میں آنکھیں بند کر کے یک لویہ کو بی سی کے کوٹے سے سیٹ دے دیتا۔ مگر اب اڑچن یہی ہے کہ تم شُدر نہیں ہو۔ یک لویہ بڑا ابھاگا ہے۔ جب اُسے کسی برہمن یا کشتری کے گھر میں جنم لینا چاہیے تھا اُس نے شُدر کے گھر جنم لے لیا۔ اور جب اُسے ہریجن کے گھر میں جنم لینا تھا تو پیدا ہوا اوگیر ہریجن کے گھر میں۔ اب تم ہی بتاؤ ہم کیا کر سکتے ہیں؟“

”سرکار کچھ بھی کیجئے۔ اس بار نراش مت لوٹائیے۔ بڑی آشائے لے کر آیا ہوں آپ کے چرنوں میں۔۔۔۔“

”ہم مجبور ہیں ہرنیہ۔۔۔۔“

”سرکار۔۔۔“

”چپراسی۔۔۔“ پرنسپل درونا چاریہ نے چپراسی کو آواز دی۔

چپراسی لپک کر اندر آیا۔

”دوسرے اُمیدوار کو بھیجو۔“

درونا چاریہ نے ہرنیہ اور یک لویہ کی طرف سے منہ پھیر لیا۔

چپراسی نے ہرنیہ اور یک لویہ کو باہر چلنے کا اشارہ کیا اور دوسرے اُمیدوار کا نام پکارنے لگا۔

■■

تصویر

وہ شام بھی اور شاموں جیسی شام تھی ۔ رنگین، اداس، روشن، ملیح، کچھ الساتی، کچھ جاگتی، کچھ گہراتی، کچھ جگمگاتی ۔ اُس شام بھی وہ چاروں اس بار میں داخل ہوئے جس میں برسوں سے آتے اور پیتے رہے تھے اور اُس میز کے گرد بیٹھ گئے جو عرصے سے اُنہیں کے لیے مخصص تھی، اُنہوں نے بیزار مسکراہٹوں کے ساتھ ایک دوسرے کا استقبال کیا، ڈھیلے ڈھالے انداز میں ایک دوسرے سے ہاتھ ملایا ۔ گھسے پٹے فقروں میں ایک دوسرے کی خیریت پوچھی اور ٹانگیں پھیلا کر کرسیوں کی پُشت سے ٹِک کر بیٹھ گئے ۔ وہ چاروں الگ الگ ٹھکانوں پر رہتے تھے ۔ اُن کے نام اور ذاتیں الگ تھیں ۔ مذہب اور مسلک بھی الگ الگ تھے ۔ حُلیے اور حُبثے کے اعتبار سے بھی وہ مختلف تھے مگر روزانہ شام کو اس بار میں وہ چاروں اس طرح وارد ہوتے جیسے وہ ایک دوسرے کی پرچھائیں ہوں اور ایک دوسرے کا تعاقب کرتے ہوئے وہاں پہنچے ہوں ۔ بار کے دوسرے گاہک بھی ان چاروں کو ایک ساتھ دیکھنے کے اس قدر عادی ہو گئے تھے کہ وہ انہیں الگ الگ ناموں سے یاد کرنے کی بجائے فوراً اسکوائر کے اجتماعی نام سے یاد کیا کرتے تھے ۔ پتہ نہیں وہ چاروں حالات کے سمندر میں غوطے کھاتے ۔ پاٹ پاٹ ڈوبتے گھاٹ گھاٹ ابھرتے، رُلتے، گھلتے کس طرح اس بار میں اکٹھا ہو گئے تھے ۔ مگر اب چاروں ایک دوسرے

کے اس قدر قریب آگئے تھے کہ لوگوں کے نزدیک ایک جان چار قالب ہو کر رہ گئے تھے۔

ان چاروں کے پیشے الگ الگ تھے مگر ان میں ایک بات مشترک تھی کہ چاروں اپنے اپنے پیشے میں ہر لحاظ سے ناکام تھے غالباً یہی ناکامی ان کی قربت کا سبب بھی بن گئی تھی۔ مگر ایسا نہیں تھا کہ وہ کامیابی کے لیے کوشاں نہیں تھے۔ اُن کی صبحیں اور ان کی شامیں، ان کے دن اور ان کی راتیں، ان کے ماہ اور ان کے سال شدید کوشش اور جستجو میں گزرے تھے اور گزر رہے تھے۔ تاہم ان کی ہر جدوجہد کا نتیجہ ناکامی اور ہر کوشش کا انجام نامرادی کے سوا کچھ نہیں تھا۔ چاروں شادی شدہ تھے۔ چاروں کے بیوی بچے تھے۔ عزیز و اقارب تھے۔ مگر اب ان کی بیویاں ان سے بیزار، بچے متنفّر اور عزیز و اقارب بدگمان ہو چکے تھے۔ وہ چاروں بھی ایک دوسرے سے بیزار اور بدگمان تھے مگر وہ کیا کر سکتے تھے کہ چاروں ایک ہی کشتی میں سوار تھے اور کشتی کے بادبان ٹوٹ چکے تھے، پتوار چھوٹ چکے تھے اور رات اندھیری تھی اور سمندر متلاطم تھا اور طوفان کے جھکڑ چل رہے تھے اور چاروں اپنی کشتی کے خود ہی مسافر تھے اور خود ہی ملّاح۔

وہ چاروں روزانہ بلاناغہ اس بار میں جمع ہوتے، اپنی مخصوص میز پر بیٹھتے، شراب کا آرڈر دیتے اور دن بھر کی تھکن، ذلّت، ناکامی اور نامرادی کو گھونٹ گھونٹ حلق سے نیچے اتارنے لگتے۔ پہلی سپ کے ساتھ ہی اُس نامہربان، ستم پیشہ، عربدہ جو، وفانا آشنا کا گیت چھیڑ دیتے جس کا وصل اُن کے لیے ایک خواب تھا اور جس کی تعبیر کی حسرت اُن کا مقدر تھی اور اس خواب اور حسرتِ تعبیر کے درمیان کے پل کو عبور کرتے اُن چاروں کے جسم بھُر بھُرا گئے تھے۔ جذبے ماند پڑ گئے تھے اور ذہنوں پر پچھوند جم گئی تھی۔ گیت کے اختتام کے بعد اُن کی جھلّاہٹ اور ان کا غصہ، ان کی ناکامیاں اور ان کی نامرادیاں خاک بسر لفظوں اور کف درد ہان جملوں کی شکل میں ان کے ہونٹوں سے خارج ہونے لگتیں۔ وہ اپنی شکستگی، بدحالی مایوسی اور خانماں بربادی کو ایک دوسرے کے سامنے اس طرح گلوری فائی کرتے کہ ایک دوسرے کے لیے قابل نفرت ہیرو بن جاتے۔ وہ شراب کے ایک ایک جُرعے کے ساتھ عضو عضو ٹوٹتے اور پارہ پارہ بکھرتے، بار کے دوسرے گاہگ بھی حیرت اور دلچسپی سے ان کا گیت سُنتے، گفتگو پر غور کرتے ان کے ایک ایک لفظ پر داد و تحسین کے ڈونگرے برساتے۔ آہ اور واہ کے نعرے بلند کرتے،

اپنا اپنا کوٹہ پورا کرکے کبھی ہنستے کبھی روتے اپنے اپنے گھروں کو سدھار جاتے۔ مگر وہ اپنی میز پر اُس وقت تک جمے رہتے جب تک بار کا ویٹر آ کر بار کے بند ہونے کا اعلان نہ کرتا۔ ویٹر کا اشارہ پاتے ہی چاروں میز سے اُٹھ جاتے، ایک دوسرے کا سہارا لیتے، سہارا دیتے، لڑکھڑاتے، سنبھلتے اور سنبھلنے کی کوشش میں مزید لڑکھڑاتے بار سے باہر نکلتے پھر کسی ٹھیلہ گاڑی پر بریڈ آملیٹ یا پاؤ بھاجی زہر مار کرتے۔ اگر کسی کی جیب میں فالتو پیسے ہوتے تو کسی سیکنڈ گریڈ ریسٹورنٹ میں جا کر بریانی پایا اڑاتے، کلکتہ نورتن پان کے بیڑے پان کے بیڑے کلوں میں دبا کر سگریٹوں کے کش کھینچتے، اپنے اپنے روٹ کی بسوں اور رکشوں پر سوار ہو کر اپنے ٹھکانوں پر روانہ ہو جاتے۔ گھروں پر بھی اُن سب کی اکٹی ویڈیز ایک جیسی تھیں۔ چاروں جھومتے جھامتے، گرتے سنبھلتے، اپنے اپنے گھروں پر پہنچتے۔ اُن کی سوتی جاگتی۔ نیم غنودہ بیویاں یا گہری نیندوں میں ڈوبے اُن کے سرکش بچے اُٹھ کر اِن کے لیے دروازہ کھولتے۔ وہ مجرموں کی طرح گردنیں جھکائے، اپنے دن بھر کے اعمال اپنی بغلوں میں دبائے، گھروں میں داخل ہوتے۔ بیویوں کی جھنجھلاہٹ اور بچوں کی نفرت کو اُتار کر ہینگروں پر ٹانگ دیتے اور اِس بات کی پرواہ کیے بغیر کہ اُن کے بچے مسہریوں کے نیچے دُبکے سو رہے ہیں یا سونے کا سوانگ کر رہے ہیں، اپنی اپنی بیویوں کے چپ چپے گُد از، بدہیئت سڈول بر فیلے آگ جیسے جسموں سے لپٹ کر سو جاتے۔ اُن کی بیویاں بھی بیویوں کی طرح تُندخو، زودِ رنج مجبور، مظلوم اور حسرتوں کی اسیر تھیں۔ ہر چند کہ روزانہ وہ اپنے صحیح و سالم وجود کے ساتھ بیویوں کے پہلوؤں میں لیٹ جاتے مگر ان کی معصوم، ہونق، وفا پرست مجبور بیویاں ان کے اندرونی ملال اور باطنی شکست سے یکسر بے خبر تھیں۔ وہ تو صرف اِتنا جانتی تھیں کہ روزانہ رات کی تاریکی میں دروازے کی کُنڈی بجا کر، لڑکھڑاتے قدموں سے اُن کے گھر میں داخل ہونے والا، دن بھر کی تھکن، ذلّت اور دھتکار کو اُن کی تھل تھل، چربخ، پھولی پچکی باسی کوکھوں میں ڈال کر اُن کے معطّر، متعفّن، بدہیئت، سڈول، بر فیلے آگ جسموں سے لپٹ کر سو جانے والا سوائے اُن کے شوہر کے اور کوئی نہیں ہو سکتا۔

تو وہ شام بھی اور شاموں جیسی شام تھی۔ رنگین اُداس، روشن ملیح، کچھ الساتی، کچھ جاگتی، کچھ گہراتی، کچھ جگمگاتی، اُس شام بھی وہ چاروں اس میز کے گرد آ کر بیٹھ گئے۔ جو اُنہیں کے لیے

مخصص تھی۔ انہوں نے حسبِ معمول بیزار مُسکراہٹوں کے ساتھ ایک دوسرے کا استقبال کیا۔ ڈھیلے ڈھالے مصافحوں کا تبادلہ کیا، گھسے پٹے فقروں میں ایک دوسرے کی خیریت پوچھی اور ٹانگیں پھیلا کر کرسیوں کی پُشت سے ٹک کر بیٹھ گئے۔ ویٹر نے آ کر اُن کی میز پر شراب اور لوازماتِ شراب سجا دیئے۔ ایک نے ہاتھ بڑھا کر گلاسوں میں شراب ڈھالی، دوسرے نے برف کے ڈلے چھوڑے، تیسرے نے سوڈا واٹر ملایا۔ تب تک چوتھے نے گُز ک کو پلیٹوں میں چُن دیا۔ پھر چاروں نے اپنے اپنے گلاس بلند کیے پیپرزؔ کی غم رُبا آواز کے ساتھ چاروں نے سُست و سبک، سادہ و پُرکار شراب کے تلخ و شیریں گھونٹ اپنے اپنے حلق سے نیچے اتارے۔ چاروں کے چہرے تاب ناک ہو گئے۔ ہونٹوں پر مسکراہٹ کے دیے لو دینے لگے۔ چاروں نے حسبِ معمول اس عربدہ جو، ستم پیشہ، نامہربان، وفانا آشنا کا گیت چھیڑ دیا۔

وہ دن سونا اور رات چاندی

صبح مُطلّا، شام مُجلّا

روش روش، قدم قدم

سورج اگاتی، چاند جگاتی

یاس کی دہلیز پر آس کے دیے جلاتی

رُلاتی، ہنساتی، ہنسا کر رُلاتی

آتی ہے مگر نہیں آتی

نہ وہ لُعبتِ چین ہے، نہ فتنہ فرنگ

نہ حورِ عرب ہے نہ ماہِ عجم

نہ وہ شیریں ہے نہ لیلیٰ

نہ سوہنی ہے نہ ہیر

اُس کا کوئی نام نہیں ۔۔۔۔۔ ہر نام اس کا ہے

اُس کا کوئی گھر نہیں ۔۔۔۔۔ ہر گھر اس کا ہے

بار کے دوسرے لوگ اسی حیرت و مسرت سے ان کا گیت سنتے رہے۔ گیت کے اختتام پر

اِدھر اُدھر سے آہ اور واہ کی صدائیں بلند ہوئیں۔ کاؤنٹر کے پیچھے سے بار کے موٹے بھدّے مالک نے ٹوٹیں گنتے گنتے ہاتھ روک لیا۔ کچھ دیر تک اپنا کند دماغِ شنید ن بچھائے ہمہ تن گوش کھڑا رہا۔ مگر جب کوشش کے باوجود ابلاغ کا ایک بھی مرغ زیرِ دام نہ آیا تو بڑا ستپٹایا، کچھ کھسیا یا، کچھ جھنجھلایا اور دوبارہ نوٹیں گننے میں محو ہو گیا۔ گیت ختم کر کے چاروں نے ایک ہی سانس میں اپنے اپنے گلاس خالی کیے۔ پھر ایک دوسرے کی طرف کچھ اپنائیت، کچھ اجنبیت، کچھ نفرت، کچھ محبت سے دیکھا۔ گلاسوں کو میز پر رکھا، ایک دوسرے کی سگریٹ سے اپنی اپنی سگریٹ جلائی اور حسبِ معمول اپنی روزانہ کی ناکام سرگرمیوں کا جائزہ لینے لگے۔ گفتگو کی ٹکسال میں لفظوں کے سکّے ڈھلنے لگے۔ رات کے اندھیرے کی طرح نشہ بھی دھیرے دھیرے گہرا نے لگا۔ چاروں نشے کے سمندر میں کبھی ڈوبتے، کبھی ابھرتے، کبھی جاگتے، کبھی سوتے، جام پر جام لنڈھاتے رہے۔ ایک ایک کر کے بار کے سارے گاہک رخصت ہو گئے۔ چاروں بار میں اپنی میز پر تنہا رہ گئے۔ تبھی ایک بیک بار کا دروازہ کھلا، اور ایک نسوانی پیکر بار میں داخل ہوا۔ وہ آنکھیں پھاڑے حیرت اور استعجاب کے سمندر میں غوطے کھاتے ایک آنکھ حیران ایک آنکھ پریشان ایک دوسرے کی صورت دیکھنے لگے۔ نسوانی پیکر کسی جل پری کی مانند تیرتا ہوا ان کے قریب آ گیا۔۔۔

"تو۔۔۔ تو کون ہے؟"

انہوں نے ہکلاتے ہوئے پوچھنا چاہا۔

"میں وہی خواب ہوں جو تمہاری پلکوں پر منجمد ہو گیا ہے اور جس کی حسرتِ تعبیر سے تمہارے دل مسلسل دھڑکتے رہتے ہیں"۔

چاروں تھوڑی دیر تک اس شہرِ بدن کے بُرج و مینار، منبر و محراب کا نظارہ کرتے رہے۔ ان کی نظریں اس کے جسم کے قوسین کا جائزہ لیتیں، ڈھلوانوں سے پھسلتیں، چٹانوں سے ٹکراتیں اس کی نگاہوں کے جال میں آ کر اُلجھ گئیں۔ اس کی نگاہوں میں کچھ ایسا بلاوا تھا کہ اُن کی خوابیدہ حسرتیں انگڑائی لے کر بیدار ہونے لگیں، اُن کی آنکھیں چمک اُٹھیں، باچھیں چِر گئیں، دانت جھانکنے لگے، منہ سے کف اڑنے لگا۔ برسوں کے ناآسودہ جذبے سینے کی لحد میں لیٹے لیٹے

ڈراکیولا بن گئے تھے۔ چاروں نے جھپٹ کر اُسے اپنی آغوش میں کھینچ لیا۔ صراحی گردن، پھول رخسار، ہرنی آنکھیں، صندل بانہیں، چندن ٹانگیں۔۔۔ وہ اُسے اس طرح نوچنے کھسوٹنے لگے کہ چشمِ زدن میں وہ شیشہ بدن چور چور اُن کے سامنے ڈھیر تھا۔

جب بار کا ویٹر خالی گلاس سمیٹنے اِن کی میز کے پاس آیا تو خوف اور حیرت سے دیکھا کہ چاروں آنکھیں موندے، ہونٹوں کو مقفل اور کانوں کو بند کیے گُم سُم بیٹھے ہیں۔ ویٹر نے انہیں جھنجھوڑا، چاروں چونک پڑے، چونک کر آنکھیں کھولیں، خالی خالی نگاہوں سے ویٹر کو دیکھنے لگے۔ چاروں کے چہرے پر اس مسافر کی سی تھکن تھی جسے ایک طویل سفر درپیش ہوا اور جس کے پاؤں زخمی ہو چکے ہوں اور راستہ پُر خار ہو اور سر پر دھوپ کی چادر تنی ہوئی ہو۔ ویٹر نے میز سے خالی گلاسوں کو سمیٹا، اس پر بکھرے پھول رخساروں، ہرنی آنکھوں، صندل بانہوں اور چندن ٹانگوں کو اُٹھا کر ڈسٹ بن میں ڈال دینا چاہا مگر انہوں نے اسے ایسا کرنے سے روکا۔ پھر چاروں نے اس ریزہ ریزہ بدن کو اُٹھایا۔ اُٹھا کر اپنے جھولے میں ڈالا اور جھومتے لڑکھڑاتے کھڑے ہو گئے۔ ویٹر نے آگے بڑھ کر دروازہ کھولا۔ چاروں باہر نکلے۔ باہر نکل کر ایک دوسرے کا سہارا لیتے، سہارا دیتے، لڑکھڑاتے سنبھلتے اور سنبھلنے کی کوشش میں مزید لڑکھڑاتے اپنے گھروں کو روانہ ہو گئے۔

شام اب بھی آتی ہے۔ ویسی ہی رنگین اُداس، روشن ملیح، کچھ الساتی کچھ جاگتی، کچھ گہراتی کچھ جگمگاتی۔ وہ چاروں اب بھی روزانہ اس بار میں اُسی میز کے گرد آ کر بیٹھتے ہیں۔ جوان کے لیے مختص ہے۔ مگر اب وہ اس عربدہ جو، ستم پیشہ، نامہربان، وفا نا آشنا کا گیت نہیں گاتے، بلکہ گُم سم، مہر بہ لب بیٹھے شراب پیتے رہتے ہیں۔ شراب پیتے پیتے اپنے جھولے سے ایک پھٹی ہوئی تصویر کے پُرزے نکالتے ہیں۔ اور اُن پُرزوں کو کمالِ احتیاط سے اپنے سامنے میز پر پھیلا دیتے ہیں۔ پھر بڑے اہتمام سے اِن پُرزوں کو جوڑ جوڑ کر ایک تصویر بنانے کی کوشش کرتے رہتے ہیں۔ مگر ہر بار جوڑ غلط لگ جاتے ہیں آنکھوں کی جگہ ہونٹ، ہونٹوں کی جگہ گردن، بانہوں کی جگہ ٹانگیں، ٹانگوں کی جگہ بانہیں، ہزار کوشش کے باوجود وہ تصویر کو صحیح طور سے جوڑ نہیں پاتے۔ حتیٰ کہ بار کے بند ہونے کا وقت ہو جاتا ہے۔ ■■

مُعَبَّر

قیدی کے ہاتھ اس کی پشت پر بندھے تھے۔ اور وہ پچھلے کئی گھنٹوں سے ان اوبڑ کھابڑ اور تنگ پگڈنڈیوں پر مسلسل چل رہا تھا۔ تھکن اس کی رگ رگ میں سرایت کر گئی تھی۔ اور پیاس کی شدّت سے گلے میں پھندے سے پڑتے جا رہے تھے۔ اس نے مڑ کر سپاہی کی جانب دیکھا جو بندوق تانے اس کے پیچھے پیچھے چل رہا تھا۔ قیدی کے یوں اچانک مڑتے ہی سپاہی نے فوراً بندوق کی نال اس کی جانب اُٹھا دی۔

"کیا تم اپنے چھاگل سے مجھے دو گھونٹ پانی دے سکتے ہو؟"

اس نے سپاہی کے کاندھے سے لٹکتی چھاگل کی طرف حسرت آمیز نگاہوں سے دیکھتے ہوئے پوچھا۔

سپاہی اس کی جانب بندوق تانے بے حس و حرکت کھڑا تھا۔ بندوق کی نال اس کے سینے کی طرف اُٹھی ہوئی تھی۔ سپاہی کا چہرہ پتھر کی سل کی مانند سپاٹ تھا۔ اس نے دوبارہ پھنسی پھنسی آواز میں کہا۔

"مجھے صرف اپنا حلق تر کرنے کے لیے دو گھونٹ پانی دے دو۔ مجھے معلوم ہے کہ تمہاری

چھاگل میں کافی پانی موجود ہے۔‘‘

مگر سپاہی جس پوزیشن میں کھڑا تھا۔ اسی پوزیشن میں کھڑا رہا۔ اس نے جنبش تک نہ کی۔ نہ جواب میں اس کی زبان سے ایک لفظ ہی ادا ہوا۔ جیسے ان لفظوں کا تعلق کسی اور کی ذات سے ہو۔ یا وہ الفاظ اس کی سماعت کے تاروں کو چھیڑنے سے قبل ہی ہوا میں تحلیل ہو گئے ہوں۔

’’دیکھو!‘‘۔۔۔ ہزار ضبط کے باوجود قیدی کی آواز رقت سے تھرتھرا رہی تھی۔ چند لمحے خاموش رہنے کے بعد اس نے سپاہی کو دوبارہ مخاطب کیا۔

’’ذبح کرنے سے قبل جانور کو بھی پانی پلایا جاتا ہے۔ کیا تم مجھے انسانیت کے ناطے چند قطرے پانی۔۔۔۔۔‘‘

سپاہی کے ہونٹ ہلے اور اس کے حلق سے پتھر کے چٹخنے جیسی آواز پیدا ہوئی۔

’’مجھ سے کسی چیز کا مطالبہ مت کرو۔ میں اپنا فرض انجام دے رہا ہوں۔ تمہیں پانی پلانا میرے فرائض میں شامل نہیں ہے۔‘‘

سپاہی کا چہرہ اسی طرح سپاٹ اور جذبات سے عاری تھا۔

’’تمہارا فرض۔۔۔۔‘‘ قیدی نے تلخ لہجے میں دہرایا۔

’’ٹھیک ہے۔ مگر ایک بات یاد رکھو کہ نہ تم کسی مشین کے پرزے ہو نہ میں راستے کا پتھر ہوں۔ ہم دونوں میں بحیثیت انسان کچھ قدریں مشترک ہیں۔ جن کا احترام ہم پر لازم ہے۔‘‘

’’وعظ مت کرو۔ تم کیا ہو اس سے مجھے کوئی سروکار نہیں۔ البتہ میں قانون کا محافظ ہوں۔ اور قانون کی حفاظت کرنا ہی میرا فرض ہے۔ جب تک میرے جسم پر یہ وردی ہے۔ مجھ سے کسی بھی قسم کی رعایت کی توقع رکھنا فضول ہے۔‘‘

قیدی نے سپاہی کی وردی کی جانب دیکھا۔ پھر اپنی جانب اٹھی بندوق کی نال پر سے ہوتی اس کی نگاہ سپاہی کی نگاہوں سے ٹکرائی۔ پتھریلے چہرے پر شیشے کی دو گولیاں اب بھی غیر متحرک تھیں۔

’’گویا تم بھی میری طرح قیدی ہو۔ فرق صرف اتنا ہے کہ میری مشکیں رسی سے بندھی ہیں اور تم اپنے ہی اصولوں کی زنجیروں میں قید ہو۔‘‘

سپاہی نے کوئی جواب نہیں دیا۔اس نے سختی سے ہونٹ بھینچ رکھے تھے۔وہ تھوڑی دیر تک سپاہی کو بے بس نگاہوں سے دیکھتا رہا پھر چپ چاپ مڑ کر لڑکھڑاتے قدموں سے آگے بڑھ گیا۔ اس نے مڑ کر نہیں دیکھا۔مگر پیچھے سے آتی قدموں کی چاپ سے اس نے اندازہ لگا لیا کہ سپاہی اس کے پیچھے برابر چلا آ رہا ہے۔سورج ٹھیک ان کے سروں پر چمک رہا تھا۔اور پسینے کی تلیاں اس کے گلے، سینے اور پیٹھ پر سپولوں کی طرح رینگ رہی تھیں۔اس نے گردن بڑھا کر اپنے دھول میں اٹے کپڑوں کو دیکھا۔جوتوں پر بھی دھول کی ایک موٹی سی تہہ جمی ہوئی تھی۔ اس کے جی میں آیا کہ پیروں کو فرش پر پٹک کر جوتوں کی دھول اڑائے۔مگر پھر اپنا ارادہ بدل دیا۔دفعتاً سپاہی کی آواز سنائی دی۔

’’رک جاؤ۔۔۔‘‘وہ رک گیا۔

’’کیا بات ہے؟‘‘اس نے مڑ کر سپاہی کی جانب دیکھا۔

’’وہ اُدھر دیکھو‘‘سپاہی کی انگلی ایک جانب کو اٹھی ہوئی تھی۔اس نے گردن اٹھا کر دیکھا۔ سامنے سبز گھنی جھاڑیوں کے اس پار سچ مچ ایک عالیشان عمارت دکھائی دے رہی تھی۔جس کے چاروں کناروں پر چار او نچی اونچی برجیاں بنی ہوئی تھیں۔برجیوں کے نکیلے سرے برچھیوں کی طرح آسمان کی سمت تنے ہوئے تھے۔آسمان کانچ کی طرح بے داغ اور چمکیلا تھا۔ایک چیل اڑتی ہوئی آئی اور کاوا کاٹ کر ایک محتاط بانکپن کے ساتھ بائیں سامنے طرف برجی پر بیٹھ گئی۔دونوں گھنی جھاڑیوں کو پار کر کے عمارت کے سامنے آ کر کھڑے ہوگئے۔عمارت کا کوئی پھاٹک نہیں تھا۔البتہ داخلہ کے لیے ایک بہت بڑی کمانی بنی تھی۔اور اس کے او پر دونوں جانب دو شیروں کی شبہیں یوں ایستادہ تھیں جیسے اگلے ہی لمحے جست لگا دیں گے۔اس نے ایک نظر شیروں کی شبہیہ پر ڈالی۔اور مڑ کر سپاہی کی طرف دیکھا۔سپاہی نے اپنے اسی لاتعلق انداز میں کہا۔

’’اب آگے تم اکیلے ہی جاؤ گے۔‘‘

’’اور تم؟‘‘

’’میرا کام تمہیں یہاں تک لانا تھا۔سو میں چلے آیا۔اب آگے کا مجھے کوئی علم نہیں۔ یہاں

سے میرے اختیارات کی حد ختم ہو جاتی ہے۔''

اور اس سے پہلے کہ قیدی مزید کچھ پوچھتا۔ سپاہی اپنی ایڑیوں پر گھوما اور ایک طرف کو چل دیا۔ وہ کچھ دیر تک سپاہی کو جاتے ہوئے دیکھتا رہا۔ اب سوائے تنہا عمارت میں داخل ہونے کے کوئی چارہ نہیں تھا۔ اندر قدم رکھنے سے پہلے اس نے گردن اٹھا کر ایک بار پھر شیروں کی شبیہہ کو دیکھا۔ چند لمحے کھڑا سوچتا رہا۔ پھر خاموشی سے اندر داخل ہو گیا۔ سامنے بہت بڑا پائیں باغ تھا۔ جس کے درمیان ایک خوبصورت فوّارہ بنا تھا۔ فوارے کے بیچوں بیچ ایک عورت کا مجسمہ نصب تھا۔ جس کے سر پر مٹکی تھی۔ مٹکی سے ست رنگی پانی کی پھواریں پھوٹ رہی تھیں۔ دور سے یوں معلوم ہو رہا تھا۔ جیسے آسمانی دھنک کے بل کھل کھل کر اس کے ساتوں رنگ فضا میں بکھر گئے ہوں۔ وہ قریب پہنچ کر تھوڑی دیر تک اس فوّارے کو دیکھتا رہا۔ اس نے اپنے چہرے پر بھی بوندوں کی ہلکی سی نمی سی محسوس کی۔ اور اس کا دل مسرت سے بھر گیا۔ اسے بڑا تعجب ہوا کہ اس کی وہ شدید پیاس یکلخت ختم ہوگئی تھی۔ وہ اسی مسرت سے سرشار ایک خوبصورت سی روش سے ہوتا ہوا عمارت کے صدر دروازے کی جانب بڑھنے لگا۔ روش کے دونوں طرف رنگ برنگی پھولوں کے گملے سجے تھے۔ فضا میں پرندوں کی چہچہار اور پھولوں کی بھینی بھینی خوشبو تیرتی پھر رہی تھی۔ اس نے خوشبو کو سینے میں بھرا۔ پرندوں کی چہچہاہٹ کے چشمے میں اپنی سماعت کو غوطے دیئے۔ آنکھوں میں باغ کے ایک ایک منظر کو قید کیا۔ اور عمارت کے صدر دروازے پر آ کر کھڑا ہو گیا۔ دروازے پر کوئی پہرے دار یا سنتری نہیں تھا۔ اس نے جھجکتے ہوئے عمارت کے وسیع و عریض دالان میں قدم رکھا۔ قدم رکھتے ہی چاروں طرف سے ہلکی ہلکی گھنٹیاں بجنے لگیں۔ یوں معلوم ہو رہا تھا آوازیں چھت اور دیواروں سے پھوٹ رہی ہوں۔ وہ ایک لمحے کو ٹھٹکا۔ مگر گھنٹیوں کی آواز اتنی مترنم تھی کہ وہ بعد ازاں اسی کی لے پر قدم قدم آگے بڑھنے لگا۔ عمارت کی چھت سے بڑے بڑے فانوس لٹک رہے تھے۔ جن سے سرخ نیلی پیلی سبز مختلف قسم کی روشنیاں پھوٹ رہی تھیں۔ پوری عمارت میں تا حدِ نظر اونچے اونچے ستون قائم تھے۔ ہر ستون ایک قوی ہیکل راکشش کی شکل میں تراشا گیا تھا۔ یہ سارے مجسمے ایک جیسے بد ہیئت، ڈراؤنے اور عریاں تھے۔ ہر مجسمہ اپنے دائیں ہاتھ کی چٹکی سے اپنی زبان کو کھینچ کر پکڑے ہوئے تھا۔ اور بائیں ہاتھ

کی انگلی سے اپنے زیرِ ناف کی طرف اشارہ کر رہا تھا۔ اب گھنٹیوں کی آواز بند ہو چکی تھیں۔ اور پوری عمارت میں ایسا سناٹا چھایا ہوا تھا کہ اسے اپنے سانسوں کی آواز صحرا کی سرگوشیوں کی مانند سنائی دے رہی تھی۔ اس نے زور سے آواز دی۔ ”ارے کوئی ہے؟“

ہر ستون کے پیچھے سے آواز آنے لگی۔ ”ارے کوئی ہے؟ کوئی ہے؟ کوئی ہے“

اس نے گھبرا کر اپنے ارد گرد نگاہ دوڑائی۔ اس کے چاروں طرف بے جان اور مہیب ستونوں کے سوا کوئی نہیں تھا۔ وہ دو قدم آگے بڑھا۔ اس کے قدموں کی چاپ ہال میں یوں گونج رہی تھی۔ جیسے سیکڑوں، ہزاروں لوگ اس کے ساتھ قدم سے قدم ملا کر چل رہے ہوں۔ وہ رُک گیا۔ چاپ بھی تھم گئی۔ وہ پھر دو قدم چلا۔ چاپ پھر گونجنے لگی۔ چٹ ۔۔۔ چٹ ۔۔۔ اس نے ایک بار پھر آواز لگائی۔

”میں آگیا ہوں ۔۔۔“

تھوڑی دیر تک اس کی یہ آواز بھی ہال میں گونجتی رہی، ’میں آگیا ہوں ۔۔۔ میں آگیا ہوں ۔۔۔ میں آگیا ہوں ۔“ دھیرے دھیرے آواز کنویں میں ڈوبتے پتھر کی مانند تہہ آب ہوتی چلی گئی۔ اس نے دیکھا وہ ایک بہت بڑے ہال میں پہنچ گیا ہے۔ مگر ہال خالی پڑا تھا۔ اور چاروں طرف مہین سی دھند پھیلی ہوئی تھی۔ جس سے ہال کی پراسراریت میں مزید اضافہ ہو گیا تھا۔ معاً اس کے کانوں میں آواز آئی۔

”تم آگئے! مجھے تمہارا ہی انتظار تھا۔“ اس نے تیورا کر سامنے نگاہ ڈالی۔ ہال کے دوسرے سرے پر کوئی شخص ایک اونچی کرسی پر بیٹھا اسی سے مخاطب تھا۔ وہ کرسی نشیں اچانک یوں نمودار ہوا تھا۔ جیسے ہال کی پراسرار دھند نے اُسے اُگل دیا ہو۔ اس کے سر پر چھت سے ایک بڑا سا تراز دو لٹک رہا تھا۔ جس کے دونوں پلڑے فضا میں ساکت تھے۔ اس کے جسم پر ایک عجیب سا دوشالہ تھا۔ جس کا رنگ دھوپ چھاؤں کے امتزاج کا نتیجہ معلوم ہوتا تھا۔ اس کی آنکھوں پر سیاہ پٹی بندھی تھی۔ اس کرسی نشیں شخص کے چہرے کے نقوش کچھ اس طرح اس طرح بن بگڑ رہے تھے کہ انھیں نظروں کی گرفت میں لینا بہت مشکل تھا۔ ہلکی سی دھند کا پردہ بدستور دونوں کے درمیان حائل تھا۔

اس نے کرسی نشین سے پوچھا۔"مجھے یہاں کیوں لایا گیا ہے؟"

کرسی نشین نے ایک طرف انگلی اٹھاتے ہوئے تحکمانہ لہجے میں کہا۔"جو کچھ کہنا ہے وہاں کھڑے ہو کر کہو"اس نے ادھر دیکھا جدھر کرسی نشین کی انگلی اٹھی ہوئی تھی۔ وہاں ایک کٹہرا بنا تھا۔ اس نے ایک نظر کٹہرے پر ڈالی۔ پلٹ کر کرسی نشین کی جانب دیکھا۔ پھر خاموشی سے کٹہرے میں جا کر کھڑا ہو گیا۔

کرسی نشین کی آواز آئی۔"کہو کیا کہنا چاہتے ہو؟"

"مجھے کٹہرے میں کیوں کھڑا کیا گیا ہے؟"

"تم ملزم ہو۔"

"یعنی میں کٹہرے میں کھڑا ہوں اس لیے ملزم ہوں یا ملزم ہوں اس لیے کٹہرے میں کھڑا کیا گیا ہوں؟"

کرسی نشین ایک گردا بھری ہنسی ہنسا۔

"لگتا ہے تمہیں لفظوں کا کھیل بہت پسند ہے۔ مگر یاد رکھو۔لفظ بڑے دغا باز ہوتے ہیں۔ یہ آستین کے سانپ ہیں۔ ذرا غافل ہوئے پلٹ کر ڈس لیتے ہیں۔"

"لفظوں کے تعلق سے میرا تجربہ تم سے مختلف ہے"قیدی کا لہجہ اعتماد سے پُر تھا۔

"میں نے ہمیشہ لفظوں سے اس طرح معنی کشید کیے ہیں۔ جس طرح سڑے گلے پھلوں سے شراب کشید کی جاتی ہے۔ میں مُعبر ہوں لوگوں کو ان کے خوابوں کی تعبیر بتاتا ہوں۔ کیا میں پوچھ سکتا ہوں کہ کس جُرم کی پاداش میں مجھے یہاں لایا گیا ہے؟"

"ابھی تم نے اعتراف کیا ہے کہ تم لوگوں کو ان کے خوابوں کی تعبیر بتاتے تھے۔"

"ہاں بتاتا تھا۔"

"یہی تمہارا جرم ہے۔"

"یعنی خوابوں کی تعبیر بتانا؟"قیدی کے لہجے میں استعجاب تھا۔

"ہاں خوابوں کی تعبیر بتانا ہمارے نزدیک نا قابل معافی جُرم ہے۔"

"اور خواب دیکھنا؟"

”نہیں خواب دیکھنا جرم نہیں ۔ چونکہ خواب تو معصوم لوگ دیکھتے ہیں اور تم تعبیر بتا کر ان سے ان کے خوابوں کی معصومیت تک چھین لیتے تھے ۔لہٰذا۔۔۔۔‘‘ کرسی نشین چند لمحوں کے لیے رکا پھر اپنے کھراتے لہجے میں بولا۔

”عدالت اس خطرناک جرم کی پاداش میں تمھارے لیے سزائے موت تجویز کرتی ہے ۔‘‘

”سزائے موت!‘‘ اس نے تڑپ کر پوچھا۔

”ہاں سزائے موت ۔‘‘

”مگر یہ سراسر ظلم ہے ۔ناانصافی ہے ۔‘‘

”اس کرسی پر بیٹھنے کے بعد ہماری زبان سے نکلا ہوا ہر لفظ انصاف ہے ۔‘‘

”میں ۔۔۔۔ میں اس ناانصافی کے خلاف احتجاج کرتا ہوں ۔‘‘

”احتجاج ۔۔۔۔‘‘ کرسی نشین حقارت آمیز ہنسی ہنسا۔

”شاید تمھیں پتہ نہیں ۔تمھارے اندر پھنکارنے والے سانپوں کا سارا زہر کشید کیا جا چکا ہے ۔اور تمھارے لہو میں دوڑنے والے بچھوؤں کے ڈنک توڑ دیئے گئے ہیں ۔لہٰذا اِس وقت تمھارا احتجاج اس جانور کی آخری چیخ کی ماند ہے ۔جو قصائی کی چھری کے نیچے آنے سے قبل اس کے حلق سے آزاد ہوتی ہے ۔‘‘

اتنا کہہ کر کرسی نشین کھڑا ہو گیا۔ اور دھیرے دھیرے چلتا ہوا۔ ہال کے دائیں طرف ایک ستون کے پیچھے غائب ہو گیا۔ قیدی کی پیشانی پسینے سے بھیگ گئی۔ وہ کافی دیر تک گردن نیوڑھائے چپ چاپ کھڑا رہا۔ معاً اسے کل رات دیکھا ہوا خود اپنا ہی ایک خواب یاد آ گیا۔ صبح وہ اسی خواب کی تعبیر پر غور کر رہا تھا کہ اسی وقت سپاہی نے اس کے دروازے پر دستک دی تھی۔ وہ خواب ایک بار پھر اپنی جزئیات کے ساتھ اس کی آنکھوں میں گھوم گیا۔ ایک لق و دق صحرا جس پر تاحدِ نگاہ دھول اور ریت کے چھوٹے چھوٹے بگولے اٹھ رہے ہیں ۔ایک طرف سے بھیڑوں کا ایک ریوڑ آ تا دکھائی دیتا ہے ۔ریوڑ کی حفاظت کی خاطر دائیں بائیں آگے پیچھے چند خونخوار کتے لمبی لمبی زبانیں نکالے رال ٹپکاتے دوڑ رہے ہیں، بھیڑوں کی معمولی سی معمولی حرکت پر بھی ان کی کڑی نظر ہے ۔دفعتاً اس نے دیکھا کہ ایک بھیڑ ریوڑ سے کٹ کر دوسری سمت مڑ گئی ہے ۔

ابھی وہ چند قدم ہی چلی ہوگی کہ ایک محافظ کتّے کی نگاہ اس پر پڑ جاتی ہے اور وہ غرّا کر اس پر جست لگا دیتا ہے۔ وقتے کے تیز اور نکیلے دانت بھیڑ کی گردن میں پیوست ہو جاتے ہیں۔ دوسرے کتّے بھی غرّاتے ہوئے اسی گمراہ بھیڑ پر ٹوٹ پڑتے ہیں۔ اور دیکھتے ہی دیکھتے اسے اس طرح بھنبھوڑ کر رکھ دیتے ہیں کہ چند لمحوں بعد وہاں ادھ چبھوڑی ہڈیوں، ریت میں جذب لہو کے بڑے بڑے دھبوں اور بھیڑ کی بھوری کھال کے خون آلود چیتھڑوں کے سوا کچھ باقی نہیں رہتا۔ دیگر بھیڑیں سہمی ہوئی نظروں سے اس منظر کو دیکھتی ہیں اور خوف و دہشت سے ایک دوسرے میں یوں سمٹ سکڑ جاتی ہیں کہ دور سے پورا ریوڑ زمین پر رینگتے ایک بھورے بادل کی مانند دکھائی دیتا ہے۔

محافظ کتے اپنی لمبی سرخ زبانوں سے بانچھوں پر لگے لہو کو چاٹتے دوبارہ دائیں بائیں آگے پیچھے پھیل جاتے ہیں۔ ریوڑ آگے بڑھ جاتا ہے۔ اس کی نگاہیں دور تک اس ریوڑ کا تعاقب کرتی رہتی ہیں۔ جو دھیرے دھیرے گرد و غبار کی کوکھ میں سما جاتا ہے۔

وہ کھڑے میں کھڑا اپنے اس عجیب و غریب خواب کے تانے بانے بن رہا تھا کہ دفعتاً دور کسی کتّے کے بھونکنے کی آواز آئی۔ اس نے چونک کر گردن اٹھائی۔ ایک طویل القامت شخص سر سے پاؤں تک سیاہ لباس میں ملبوس اس کے سامنے کھڑا تھا۔ صرف اس کی آنکھوں کی جگہ دو سوراخ بنے تھے، جن میں دو انگارے سے دہک رہے تھے۔ سیاہ پوش دو قدم اس کی جانب بڑھا اور کڑکتی آواز میں بولا۔

”میں یہاں کا جلّاد ہوں۔ تمہارے آخری سفر کا انتظام میرے سپرد ہے۔“

دور سے کتوں کے بھونکنے کی آوازیں برابر آ رہی تھیں۔ قیدی کچھ دیر تک سیاہ پوش کی جانب خالی خالی نظروں سے تکتا رہا۔ پھر خود ہی زیر لب بڑبڑایا۔

”یعنی اب کوئی امید باقی نہیں رہی۔“

جلّاد اس سے چند قدم کے فاصلے پر کھڑا تھا۔ تھوڑی دیر تک دونوں کے درمیان خاموشی کی چادر تنی رہی۔ پھر جلّاد سماعت کو چھیل دینے کی حد تک گونجتی آواز میں اس سے مخاطب ہوا۔

”تمہارا آخری وقت آ چکا ہے۔ اس وقت کسی بھی قسم کا مشورہ تمہارے لیے فضول ہے۔ پھر

بھی اگر تم اطمینان سے مرنا چاہتے ہو تو میری بات کو غور سے سنو۔"

قیدی لاتعلق انداز میں خاموش کھڑا تھا۔ جلّاد کہہ رہا تھا۔

"انسان کے لیے امید ہی سب سے بڑا دکھ ہے۔ جب ساری مشعلیں بجھ چکی ہوں تو محض جگنوؤں کی روشنی کے سہارے سفر جاری نہیں رکھا جا سکتا۔ میں اب تک سیکڑوں ہزاروں لوگوں کو موت کے گھاٹ اتار چکا ہوں۔ میں اپنے اس تجربے کی بنیاد پر تم سے کہہ سکتا ہوں کہ مرنے سے پہلے اپنے اندر کے سارے چراغ گل کر دو۔ تا کہ اندھیرے میں تم جسم سے روح کے جدا ہونے کے منظر کو نہ دیکھ سکو۔ جو لوگ اپنی آخری سانسوں تک امید کو گلے لگائے رکھتے ہیں۔ ان کی جان بڑی کشمکش سے نکلتی ہے۔ کیونکہ روح جسم سے علیحدہ ہونا چاہتی ہے۔ مگر امید خاردار جھاڑیوں کی طرح اس کے دامن سے لپٹ جاتی ہے۔ نتیجہ کے طور پر روح دھجی دھجی ہو کر جسم سے جدا ہو جاتی ہے۔ اس لیے مرنے سے پہلے اپنی ساری امیدوں کا گلا گھونٹ دو۔ تا کہ موت براہ راست تمہیں گلے لگا سکے۔"

سیاہ پوش جلّاد خاموش ہو گیا۔ قیدی صورت حال کو اچھی طرح سمجھ گیا تھا۔ اس نے حقارت سے جلّاد کی جانب دیکھا۔ اور پرسکون لہجے میں بولا۔

"تم موت کے ہرکارے ہو۔ تم امید کے بارے میں کچھ نہیں جانتے اس لیے کہ تم زندگی کے بارے میں کچھ نہیں جانتے۔ امید تو زندگی کا محور ہے۔ جو لوگ امید کا دامن چھوڑ دیتے ہیں وہ موت سے پہلے مر جاتے ہیں۔ میں ایک معبر ہوں جو خوابوں کو بھی حقیقت کے روپ میں دیکھتا ہے۔ میرے نزدیک زندگی اور موت دونوں اٹل حقیقتیں ہیں۔ لہذا تم اپنا وقت ضائع مت کرو۔ میں اپنے آخری سفر کے لیے تیار ہوں۔"

"کیا تم واقعی موت سے خوف زدہ نہیں ہو؟"

جلّاد نے بے یقینی سے پوچھا۔

"اس زمین اور آسمان کے درمیان ایسی کوئی جگہ نہیں ہے۔ جہاں انسان کو موت کا خوف نہ ہو۔ مگر جب مرنے والے پر موت کی حقیقت آشکار ہو جاتی ہے تو خوف دور کھڑا کسی پالتو کتے کی طرح زبان لٹکائے ہانپتا رہتا ہے۔"

اتنے میں دور کہیں گجر کی آواز سنائی دی۔

''کیا یہ صبح کا گجر ہے؟'' قیدی نے بے تابی سے پوچھا۔

''ہاں یہ صبح کا گجر ہے۔ تمہاری زندگی کا آخری گجر۔ صبح کی پہلی کرن کے ساتھ ہی تمہاری زندگی کا چراغ گل کر دیا جائے گا۔ پھانسی کا پھندا تمہارے گلے میں ڈالنے سے پہلے رسم کے مطابق میں تم سے تمہاری آخری خواہش دریافت کرنا چاہتا ہوں۔''

قیدی بے ساختہ ہنس دیا۔ تھوڑی دیر تک ہنستا رہا۔ پھر ایک بیک جلاد کی آنکھوں میں آنکھیں ڈالتا ہوا بولا۔

''واقعی تم میری آخری خواہش پوری کرو گے؟''

''اگر ممکن ہوا تو تمہاری آخری خواہش پوری کی جاسکتی ہے۔''

''تو پھر سنو! میری آخری خواہش یہ ہے کہ میں تمہاری صورت دیکھنا چاہتا ہوں۔''

''نہیں ۔۔۔'' جلاد لڑکھڑا کر دو قدم پیچھے ہٹ گیا۔

''کیوں؟ گھبرا گئے۔'' قیدی کے لہجے میں تمسخر تھا۔

سیاہ پوش جلاد زمین میں گڑی میخ کی طرح بے حس و حرکت کھڑا تھا۔

''یعنی میرا شبہ سچ نکلا'' قیدی کے ہونٹوں پر ایک بے باک مسکراہٹ تھی۔

''کیسا شبہ؟'' جلاد کے لہجے میں ہلکی سی پپکپی تھی۔

''دراصل تم، جج اور سپاہی تینوں ایک ہی شخصیت کے تین الگ الگ روپ ہو۔ آؤ میرے گلے میں پھندا ڈال دو۔ تم دیکھو گے کہ میں کتنے اطمینان سے مرتا ہوں۔ کیونکہ میرے آخری خواب کی تعبیر بھی سچ نکلی۔ اب موت میرے لیے ایک معمولی سی پھانس سے بھی کم تکلیف دہ ہے۔''

قیدی براہ راست سیہ پوش جلاد کی آنکھوں میں جھانک رہا تھا۔ نقاب کے پیچھے جلاد کی آنکھوں کے دیے ہواؤں کی زد پہ رکھے چراغوں کی طرح کانپ رہے تھے۔

اور دور کہیں سے بھونکنے کی آواز لمحہ لمحہ تیز ہوتی جا رہی تھی۔

■ ■

خَصّی

پرس رام نے دور ہی سے دیکھ لیا۔ گبرا چھیدی رام اپنا خصّی کا سامان سمیٹ رہا تھا اور وہ میلا کچیلا بھکیا جو خصّی کرنے میں اُس کا ہاتھ بٹایا کرتا تھا سامان سمیٹنے میں اُس کی مدد کر رہا تھا۔

پرس رام اُس کی نظریں بچا کر نکل جانا چاہتا تھا مگر اُس کے بیلوں کے گلے میں بندھی گھنٹیوں کی ٹن ٹن سے گبرا چھیدی رام اُس کی طرف متوجہ ہو گیا۔ اور دور ہی سے اپنے غلیظ دانتوں کی مسوڑوں سمیت نمائش کرتا ہوا چلّایا۔

”پرسو دادا! میں کل پھر آؤں گا۔ آج رات بھر سوچ لو۔ اگر ارادہ ہو جائے تو سبیر سے بیلوں کو لے آنا۔ سب سے پہلے تمھارا ہی لمبر لگا دیں گے۔“

اور پھر بلا وجہ دیر تک ہی ہی کرتا رہا۔ پرس رام نے جلتی نگاہوں سے چھیدی رام کی طرف دیکھا۔ چھوٹے چھوٹے خشک کھجری بال، سیاہ بھجنگ چہرہ، اندر کو دھنسی مجھاتی آنکھیں۔ گالوں کی اُبھری ہڈیاں، بستہ قد، میلی چکٹ بنڈی، غلیظ دھوتی، چھوٹے چھوٹے مگر غضب کے مضبوط اور پھرتیلے ہاتھ پاؤں۔ گلے میں ایک ڈوری سے بندھا کسی جنگلی جانور کا ناخن، اور سب سے بڑھ کر اُس کی پیٹھ پر اُبھرا ہوا وہ بدہیئت کُبھ ۔۔۔ پرس رام نے زندگی میں چھیدی سے زیادہ بدصورت

آدمی دوسرا نہیں دیکھا تھا۔ اس پر جب وہ ہی ہی کرکے ہنستا اور اپنے غلیظ دانتوں کو مسوڑوں تک اُگھاڑ دیتا جو پان اور کتھے سے سیاہ پڑ چکے تھے تو بے انتہا نفرت انگیز لگتا۔۔۔نفرت انگیز، گھناؤنا اور خوفناک۔

پرس رام نے اپنے بیلوں کی راسوں کو مٹھی میں مضبوطی سے تھامتے ہوئے کہا۔

''چھیدی! میں نے تیرے کو سبیرے ہی کہہ دیا تھا کہ مجھے اپنے بیلوں کی کھجی کرانی نہیں ہے۔ پھر تُو بار بار کیوں پوچھتا ہے۔''

''دادا! ناراج ہونے کی بات نہیں۔ کھجی کرانا تو اپنا دھندا ہے۔ اس سے اپنی دال روٹی چلتی ہے۔ پوچھنا اپنا کام ہے۔ کرانا نہ کرانا تمھاری مرجی۔۔۔اور پھر اس بار تو تمھارا دھیلا بھی کھرچ نہیں ہونے والا۔۔۔سارا کھرچا گرام پنچایت دے رہی ہے۔۔۔۔''

''میرے کو سب مالوم ہے۔ پن میرے کو اپنے بیلوں کی کھجی نہیں کرانے کی ہے۔ پھوکٹ میں بھی نہیں۔''

''پن پرسو دادا! میری سمجھ میں نہیں آتا تم اپنے جانوری کھجی کرانے کو کیوں نا بولتے ہو۔ ارے تمھارے باپ دادا بھی تو اپنے جانوروں کی کھجی کراتے تھے۔ اور پھر دیکھو گاؤں والے سب راجی کھسی اپنے اپنے جانوری کھجی کرا رہے ہیں۔''

''اگر گاؤں والے کرا رہے ہیں تو کیا جروری ہے کہ میں بھی کرالوں؟ میں نے تم سے کہہ دیا نا کہ میرے پیچھے مت پڑو۔''

''پیچھے پڑنے کی بات نہیں۔ کھجی کرانا تو اپنا دھرم ہے۔ یہ پرمپرا تمھارے ہمارے پُرکھوں کے بیچ نہ جانے کب سے چل رہی ہے۔''

''میں نہیں مانتا ایسی ہلکٹ پرمپرا کو۔ یہ تو اپنے جانوروں کے پرتی اتیا چار ہے۔ کھلا اتیار چار۔۔۔''

''نہیں نہیں دادا! کھجی کرنا اتیا چار نہیں جانور پر اُپکار ہے۔ ارے اس سے جانوری کی جندگانی بڑھ جاتی ہے۔'' چھیدی رام بولا۔

پرس رام نے طنزیہ ہنسی ہنستے ہوئے کہا۔

"مگر چھیدی! نامردی کی جندگانی جینے سے تو مر جانا اچھا ہے۔"

"پر اس کالا بھی تو تم ہی کو ملے گا۔"

"پاپ بھی تو لگے گا۔"

"نا۔۔۔نا۔۔۔اچھی کرنے کو پاپ مت بولو۔۔۔"

"میرے بجیک یہ پاپ ہے۔ بہت بڑا پاپ اور دیکھو آگے سے تم مجھے مت ٹوکنا۔ ورنہ اچھا نہ ہو گا۔"

پرس رام اپنے بیلوں کو لیے ہوئے آگے بڑھ گیا۔ چھیدی کے ہونٹوں پر ایک زہریلی مسکراہٹ پھیل گئی۔ اور وہ آہستہ سے بڑبڑایا۔

"اچھی بات ہے پرس رام! میں بھی دیکھوں گا کہ تم اپنے بیلوں کو کب تک بچاتے ہو۔"

مگر پرس رام نے نہ اُس کی زہریلی مسکراہٹ دیکھی۔ نہ اُس کی بڑبڑاہٹ سُنی۔ وہ اپنے بیلوں کو لیے آگے بڑھتا چلا گیا۔

سورج ڈوب چکا تھا۔ دور سے مندر کے گھنٹے کی مسلسل ٹن ٹن سنائی دے رہی تھی۔ کسان اور مویشی اپنے اپنے گھروں کو لوٹ رہے تھے۔ بلکہ اکثر لوٹ چکے تھے۔ پچھواڑوں اور آنگنوں سے بیلوں کے ڈکرانے اور بکریوں کے ممیانے کی آوازیں آ رہی تھیں۔ یوں تو گاؤں میں بجلی آ چکی تھی۔ سڑکوں پر لیمپ پوسٹ بھی لگ چکے تھے۔ مگر ابھی تک بتیاں نہیں جلی تھیں۔ بجلی اکثر دیر سے آتی۔۔۔اور اگر آتی بھی تو ایک آدھ گھنٹے کے بعد فیل ہو جاتی اور پھر گھنٹوں نہیں آتی۔ اس لیے سبھی لوگ اپنی اپنی پُرانی لالٹین اور ڈھبریوں میں تیل بھر کر تیار رکھتے اور سورج کے ڈوبتے ہی چراغ جلنے شروع ہو جاتے۔ گلیوں میں سائے گہرے ہونے لگے تھے۔ اِدھر اُدھر اِکا دُکا چراغ بھی ٹمٹمانے لگے تھے۔ پرس رام اپنے بیلوں کی راسیں تھامے دو تین تنگ گلیاں مُڑنے کے بعد اپنے گھر کے دروازے پر پہنچ گیا۔ و کرم اور رو یینی گھر کے وراندے میں بیٹھے کسی بات پر جھگڑ رہے تھے۔ بیلوں کے گلے کی گھنٹیوں کی آواز سنتے ہی دونوں جھگڑا بھول کر بھاگتے ہوئے آئے اور پرس رام کے ہاتھ سے و کرم نے لالو اور رو یینی نے کالو کی راسیں لیں اور اُنھیں کھینچتے ہوئے لا کر گھر کے چوڑے آنگن میں ایک طرف کو گڑی مضبوط کھونٹیوں

سے باندھنے لگے۔ پرس رام گھر کے سامنے بنے مٹی کے کچّے چبوترے پر بیٹھ گیا۔ سر سے لپیٹے
مچّھے کو کھول کر ایک طرف ڈال دیا۔ پھر بنڈی کی جیب سے بیڑی اور ماچس نکالی۔ بیڑی کو دو
اُنگلیوں سے اک ذرا سا مسل کر ہونٹوں میں دبا لیا اور ماچس کی تیلی اُنگلیوں میں دبائے تھوڑی
دیر تک اپنے بیلوں کو دیکھتا رہا جن کی گردنوں سے اُس کے دونوں بچے لپٹے جھول رہے تھے۔
پھر تیلی کو ماچس پر رگڑ کر بیڑی جلانی چاہی مگر تیلی بجھ گئی۔ اُس نے دوسری تیلی نکالی اور بیڑی
سلگائی۔ دو تین گہرے کش لیے اور چلایا۔۔۔''وکرم، روہینی، بیلوں کو تنگ مت کرو۔ جاؤ اُن
کے لیے پانی لے آؤ۔۔۔'' وکرم اور روہینی بیلوں کی گردنیں چھوڑ کر بھاگتے ہوئے گھر میں داخل
ہو گئے۔ پرس رام بیڑی کے کش لیتا ہوا کسی سوچ میں گم نیم وا آنکھوں سے بیلوں کو دیکھتا رہا۔
بیل کبھی دُم لہرا کر کبھی گردنیں ہلا کر مکھیوں کو بھگاتے رہے۔ وہ جب بھی گردن کو جھٹکا دے کر کسی
مکھی یا مچّھر کو اُڑانے کی کوشش کرتے گلے میں بندھی گھنٹی ٹن سے بول پڑتی۔

تھوڑی ہی دیر میں وکرم اور روہینی پانی کے ایک بڑے سے ٹب کو اُٹھائے ہوئے آئے۔
ٹب وزنی تھا۔ دونوں مُنہ سے آوازیں نکالتے۔ ہنستے، کلکارتے بڑی مشکل سے ٹب کو اُٹھا
پا رہے تھے۔ ٹب کا پانی چھلک چھلک کر اُن کے کپڑے بھگو رہا تھا۔ دونوں نے ٹب بیلوں کے
سامنے لے جا کر رکھ دیا۔ لالو اور کالو پانی پینے لگے۔

پرس رام نے بیڑی کا آخری کش لیا۔ بچی ہوئی بیڑی کو چبوترے کی دیوار پر رگڑ کر بجھا دیا اور
ٹُکڑے کو وہیں پھینک کر گھر کے سامنے بنے گوٹھے میں گیا۔ اندر کافی اندھیرا تھا۔ مگر وہ اُٹھا کا
اس قدر دیکھا بھالا تھا کہ اندھیرے میں بھی اُس میں رکھی ایک ایک چیز کو وہ اپنے جسم کے
اعضاء کی طرح پہچان سکتا تھا۔

اندر سے اُس نے دو ھمیلے اُٹھائے، بالٹی لی اور باہر نکل آیا۔ پھر گھر کے پچھواڑے پہنچا۔
پچھواڑے اناج کی کھولی کا دروازہ کھولا۔ وہاں اُس کی پتنی نے پہلے ہی ایک بڑی سی بالٹی میں
چنا گُڑ اور کھلی بھگو کر رکھ دی تھی اُس نے بالٹی سے گُڑ دانہ ھمیلوں میں اُنڈیلا اور دونوں ھمیلے لا کر
لالو اور کالو کے آگے رکھ دیے۔ لالو اور کالو نے اظہارِ مسرّت کے طور اپنی گردن کو زور سے
ہلایا، دُموں کو لہرایا اور ھمیلوں میں مُنہ کھبا دیے۔ وکرم اور روہینی اب بیلوں کو چھوڑ کر وہیں

آنگن میں ایک دوسرے کے پیچھے بھاگ رہے تھے۔ پرس رام دونوں بیلوں کی گردنوں کے
کُبوں پر ہاتھ رکھے اُنھیں شفقت سے دھیرے دھیرے سہلا رہا تھا۔ بیل بڑی رغبت سے بھوسا
کھلی کھا رہے تھے۔ پرس رام تھوڑی دیر تک اُنھیں پیار بھری نظروں سے دیکھتا رہا۔ پھر جانے
کیوں ایک ٹھنڈا سانس کھینچ کر دوبارہ چبوترے پر آ کر بیٹھ گیا۔ جیب سے بیڑی نکالی دانتوں میں
دبائی اور اُسے جلائے بغیر ہی خلاء میں گھورتا رہا۔

”پرسیا!“

پرس رام روٹی کھا کر باہر نکل رہا تھا کہ باپو کی آواز آئی۔ وہ چونک کر مُڑا۔ اُس کا باپ
سامنے آم کے نیچے چارپائی پر بیٹھا چلم کھینچ رہا تھا۔

”کیا ہے باپو!“ پرس رام باپ کے پاس چلا گیا۔

”آج چھیدی آیا تھا نا گاؤں میں ۔۔۔؟“

”ہاں ۔۔۔۔“

”تو پھر تو نے لالو کی پُچھی کیوں نہیں کرائی ۔۔۔؟“

”نہیں کرائی ۔۔۔۔“

”پَن کیوں؟“

”میرے کو اچھا نہیں لگتا ۔۔۔۔“

”اچھا نہیں لگتا؟“

”ہاں ۔۔۔۔“

”ارے مگر یہ تو پُرانی پرمپرا ہے۔ باپ دادا کے جمانے سے چلی آئی ہے۔ سب کراتے
ہیں ۔۔“

”کراتے ہوں گے۔ پَن میرے کو اچھا نہیں لگتا۔“

”تو پھر بھیما پاٹل ٹھیک کہتا تھا۔“

”کون بھیما؟ وہ گرام سیوک؟“

"ہاں ۔۔۔"

"پھن یہ بھیما کون ہوتا ہے میری چُغلی (چغلی) کھانے والا۔اُس کو اتنی پنچایت کیوں؟"

"ارے وہ گرام پنچایت کا آدمی ہے۔اُس کو پنچایت نہیں ہوگی تو کس کو ہوگی۔۔۔"

"پھن گرام پنچایت کو میرے بیلوں کی کُھچی سے کیا لینا دینا۔۔۔"

"تیرے کو نہیں مالوم،اس سال گرام پنچایت نے ہی چھیدی رام کو کُھچی کرنے کا کنٹراک دیا ہے۔"

"پھن باپو! کیا ہر بیل کی کُھچی کرنا جروری ہے۔"

"بالکل جروری ہے۔کُھچی نہیں کریں گے تو بیل کمجور پڑ جائے گا۔گائے کو دیکھ دیکھ کے ہُڑ کے گا اور ایک دن جھُر جھُر کے مر جائے گا۔دیکھ پرسو! ہم گریب لوگ ہیں۔گھڑی گھڑی بیل خریدنے کی ہماری ہستی نہیں۔کُھچی کرنے سے بیل اپنی ساری شکتی کام میں لگا تا ہے۔وہ جتنا کام کرے گا ہمارا اتنا پھائدہ ہے۔۔۔ہے کہ نہیں۔۔۔؟"

"بات تو تمھاری ٹھیک ہے باپو۔"پرس رام نے سر کھجاتے ہوئے دبی زبان سے کہا۔

"مگر میرا جی نہیں مانتا۔۔۔سوچو باپو! ہم اپنے پھائدے کے لیے بیل سے اُس کی جندگانی کا کتنا بڑا سکھ چھین لیتے ہیں۔"

"ارے کچھ نہیں چھینتے۔۔۔کیا ہم اُسے کھانے کو نہیں دیتے۔بیل کو اور کیا چاہیے۔"

"رام ۔۔۔ رام گوپی کا کا!" بھیما باڑے میں داخل ہوتا ہوا بولا۔رام ۔۔۔رام ۔۔۔ پرسو دادا!"

"رام ۔۔۔ رام ۔۔۔ ارے آؤ بھیما۔۔۔ میں ابھی تمھاری ہی یاد نکال رہا تھا۔۔۔آؤ بیٹھو۔۔۔"

پرس رام کے باپ نے بھیما پاٹل کو اپنے پاس بٹھا لیا۔

"کیا کھانا پینا ہو گیا۔۔۔؟"

"ہاں ۔۔۔"

"لو چِلم کھینچو۔۔۔"

”نہیں کاکا۔۔تمھاری چلم بہت کڑک ہوتی ہے ۔بیڑی ہوتو دو۔پی لوں گا۔“

”ارے پرسو! پاٹل کو بیڑی دے۔“

پرس رام نے جیب سے بیڑی اور ماچس نکالی اور بھیما کو دے دی۔بھیما نے بیڑی ہونٹوں میں دبائی اور تیلی کو ماچس پر رگڑ کر اپنی بیڑی جلا لی۔پھر جلتی تیلی کو چٹکی میں پکڑ کر پرس رام کی طرف دیکھتے ہوئے بولا۔

”تم نہیں پیئو گے۔۔۔“

”نہیں۔۔۔“ پرس رام نے اپنے باپ کی طرف دیکھتے ہوئے کہا۔

”اچھا۔۔۔اچھا۔۔کاکا کے سامنے نہیں پیتے۔“گوپی نے چلم کا کش کھینچتے ہوئے کہا۔

”بھیما میرا پرسو بہت سیدھا ہے ۔وہ اپنے بڑوں کے سامنے بیڑی نہیں پیتا۔“

”اچھا ہے۔۔۔اچھا ہے۔۔۔“بھیما نے بیڑی کا دھواں حلق سے خارج کرتے ہوئے کہا۔

”بڑوں کا آدر کرنا چاہیے۔یہی ہمارا دھرم ہے۔یہی ہمارے سنسکار ہیں۔“

”پاٹل میں نے پرسو کو سمجھا دیا ہے کل وہ لالو اور کالو کو لے کر چھیدی کے پاس چلا جائے گا۔ پیسے ویسے تو نہیں دینے پڑیں گے نا۔۔۔“

”ارے نہیں کاکا! چھیدی کو تو گرام پنچایت پیسہ دے گی۔“پھر وہ پرس رام سے مخاطب ہوا۔

”پرسو دادا! بیلوں کی کھجی کروانے کے بعد اپنا نام گرام پنچایت کے آفس میں آ کر لکھوا دینا۔ پنچایت بیلوں کو تین دن کے چارے پانی کا پیسہ بھی دے گی۔تین دن تک بیل کھیت پر نہیں جائیں گے۔“

”پن پاٹل! میں اپنے بیلوں کی کھجی نہیں کروانا چاہتا۔“

پرس رام نے پھر ہاتھ پاؤں مارے۔

”مگر ابھی تو کاکا بولتے تھے۔۔۔“

”پرسیا! یہ کیا پاگل پن ہے۔ساری بستی اپنے جانوروں کی کھجی کروا رہی ہے۔اور تم اپنی وہی مُرگے کی ایک ٹانگ لے کر بیٹھے ہو۔۔۔“

”پرسو بھیا! بے کار کی ضد چھوڑ و۔کل صبح اپنے جانور لے کر چوپال پر آ جانا۔کھجی تو تم کو کرانی

پڑے گی۔"

"جبردستی۔۔۔"

"نہیں زبردستی تو نہیں۔۔۔مگر سرکار کا آرڈر ہے۔جو لوگ اپنے جانور کی کھچی نہیں کرائیں
گے اُن کا نام اور پتہ اوپر بھیجنے کا حکم ہے۔"

"اوپر کدھر؟"

"اوپر یعنی اوپر۔۔۔یہ سرکاری راز ہے۔سب کو نہیں بتا سکتے۔"

"پرسیا! کیوں بے کار میں بکھیڑا کرتا ہے۔جو سب کرتے ہیں وہ تو بھی کر۔۔۔اور چپ چاپ
کل جانور لے کر چلے جا چھیدی کے پاس۔۔۔"

"اچھا کا کا! میں چلتا ہوں۔اور بھی جگہ جانا ہے مجھ کو۔۔۔"

بھیما پاٹل اپنی بیڑی پھینک کر اُٹھ کھڑا ہوا۔

"ارے بیٹھو پاٹل! چائے تو پی کر جاؤ۔۔۔گڑ اور ہری پتی کی چائے ابھی بن جاتی ہے۔بہو
لاتی ہی ہوگی۔"

"نہیں کا کا! پھر کبھی پی لوں گا۔آج کام ہے۔"

"کیا ناراج ہو گئے؟"گوپی بولا۔

"نہیں ایسی بات نہیں۔"پاٹل نے ٹالنا چاہا۔

"دیکھو پاٹل۔"گوپی نے سمجھاتے ہوئے کہا۔

"پرسیا بھی جوان ہے۔خون میں گرمی ہے۔تم پھر مت کرو۔میں اُسے راجی کروں گا۔"

"مجھے کیوں چنتا ہونے لگی۔یہ میرے گھر کا کام تو ہے نہیں۔جو سرکاری حکم نہیں مانے گا وہ
بھگتے گا۔"

"اب چلوں۔۔۔"بھیما چلنے لگا۔

"اچھا پاٹل! ایک بات تو بتاتے جاؤ۔۔۔"

پرس رام بولا۔بھیما چلتے چلتے رُک گیا۔

"کیسی بات؟"

"اگر بستی کے سارے بیل بچھی ہو گئے تو ہمارے جانوروں کی اگلی نسل کا کیا ہوگا۔ پھر تو کوئی بھی گائے کا بھن نہیں ہو سکتی۔"

"یہ تم کیسے کہہ سکتے ہو۔۔۔تم کیا سرکار کو اتنا مورکھ سمجھتے ہو کہ اُسے تمھاری گایوں کی چنتا ہی نہیں ۔۔۔تمھارے جانوروں کی اگلی نسل کا انتظام بھی سرکار کرے گی۔"

"سرکار کرے گی؟"

پرس رام نے حیرت سے بھیما پاٹل کو دیکھا پھر اپنے باپ گوپی کی طرف دیکھنے لگا۔ گوپی بھی بھیما پاٹل کی طرف دیکھ رہا تھا۔ اُس کی آنکھوں کے بھاؤ سے لگ رہا تھا وہ بھی اس جواب پر کچھ سٹ پٹا سا گیا ہے۔ مگر بھیما پاٹل نہایت اطمینان سے کہہ رہا تھا۔

"ہاں ۔۔۔سرکار کرے گی، سرکار کے پاس ایسے پالتو نر پشو موجود ہیں جو صرف ایک ہی باری میں ساری ماداؤں کو گابھن کر دیں گے۔"

گوپی اور پرس رام دونوں یوں چپ ہو گئے جیسے اچانک پتھر کے ہو گئے ہوں ۔

"اور کچھ پوچھنا ہے؟" پاٹل نے پرس رام سے پوچھا۔

پرس رام تو چپ ہی رہا مگر گوپی بے خیالی میں نفی میں گردن ہلانے لگا۔

دونوں باپ بیٹے جانے کتنی دیر تک چپ چاپ کھڑے رہے۔ پاٹل لمبے لمبے ڈگ بھرتا اُن کے باڑے سے کب کا جا چکا تھا۔ آخر دونوں ونجا کی آواز پر چونکے۔ پرس رام کی پتنی ونجا چائے کے پیالے لیے کھڑی تھی۔

"بابا! چائے لو۔۔۔"

"آں ۔۔۔ہاں ۔۔۔دے ۔۔۔مگر پاٹل تو چلا گیا۔"

گوپی نے بہو کے ہاتھ سے چائے کی پیالی لے لی۔

ونجا نے دوسری پیالی پرس رام کی طرف بڑھائی "تم پی لو۔۔۔"

مگر پرس رام چائے کی پیالی لینے کی بجائے مُڑ کر تیز تیز چلتا ہوا گھر میں داخل ہو گیا۔ ونجا پیالی ہاتھ میں لیے اُسے دیکھتی رہ گئی۔ اُسے بڑا بھی لگا مگر وہ دوسرے ہاتھ سے اپنا پلّو سنوارنے لگی۔

”آج اس کا سر پھر گیا ہے“ گوپی خود ہی بڑ بڑانے لگا۔

”کیا ہوا؟ پاٹل سے کچھ کہا سنی ہو گئی کیا؟“

”نہیں ۔۔۔ کچھ نہیں ۔۔۔ تُو جا ۔۔۔“

ونچا پیالی لیے واپس مُڑ گئی ۔۔۔ گوپی چائے سُڑ کنے لگا۔

پرس رام اپنی چارپائی پر چت لیٹا چھت کی کڑیاں گن رہا تھا۔ ونچا پانی کا لوٹا لے کر اندر آئی تب بھی وہ اسی طرح چھت پر آنکھیں گڑائے بے حس و حرکت لیٹا رہا۔ ونچا نے پانی کا لوٹا ایک کونے میں رکھ دیا۔ پلٹ کر گئی اور دروازہ بند کر دیا۔ واپس آ کر دیوار میں لگے آئینے میں اپنا چہرہ دیکھا۔ آئینے کے ایک کونے میں پرس رام لیٹا ہوا دکھائی دے رہا تھا۔ ونچا نے آئینے میں ایک نگاہ اُس پر ڈالی مگر وہ اُسی طرح چپ چاپ لیٹا رہا۔ ونچا نے بھی اُس سے کچھ وہ بھی خفا تھی۔ آخر اُس نے بابا کے سامنے اُس کے ہاتھ سے چائے کا پیالہ کیوں نہیں لیا۔ بنا کچھ کہے ایسے چلا گیا جیسے وہ اُس کی پتنی نہیں مول کرنی ہو ۔۔۔ اوہہ ۔۔۔ ونچا نے گردن کو ہلکا سا خم دیا اور اپنے بالوں کا جوڑا کھول دیا۔ اُس کی پیٹھ پر کالے پانی کا آبشار سا گرا۔ وہ پرس رام کی ساری کمزوریاں جانتی تھی۔ اُسے راہ پر لانے کا یہ پہلا اُپائے تھا۔ وہ اُس کے کالے گھنے بالوں کا ایسا دیوانہ تھا کہ کھلے بال دیکھتے ہی مست بیل کی طرح اُس کے نتھنے پھڑکنے لگتے تھے۔ مگر اُس نے آئینے کے کونے سے جھانکا تو وہ اب بھی اُسی طرح پڑا ہوا تھا۔“

کیا ہو گیا ہے اسے آج ۔۔۔ کوئی گمبھیر بات لگتی ہے۔ ونچا نے دل میں سوچا۔ اُس نے اپنا کاشٹا کھولا اور اپنی نو گز کی ساری اُتارنے لگی۔ ساتھ ہی وہ کنکھیوں سے پرس رام کو نہارتی بھی جا رہی تھی۔ پوری ساری کھل گئی ۔۔۔ آخری گھیر باقی تھا اُس کے کمر کے قوسین لشکارے مارنے لگے اور رانوں میں بجلیاں تڑپنے لگیں مگر پرس رام کی نگاہیں اُسی طرح چھت پر ٹنگی رہیں۔ ونچا نے ساری اُتار کر رسّی پر ڈال دی اور وہیں سے ایک مہین سی دھوتی اُٹھا کر لپیٹ لی اور چارپائی پر پرس رام کی پائینتی پر آ کر بیٹھ گئی۔ پرس رام ایسے چونکا جیسے اب تک اُس کے وجود سے بالکل ہی بے خبر ہا ہوں۔

”کیا بات ہے؟ کسی سے کوئی جھگڑا ہوا ہے کیا؟“

پرس رام کی اس غیر معمولی چپی نے آخرو نچا کو بولنے پر مجبور کر ہی دیا۔

”آں ۔۔۔ نہیں ۔۔۔ کوئی جھگڑا وگڑا نہیں ۔۔۔“

”پھر اتنے چپ چپ کیوں ہو ۔۔۔ باڑے میں بھی میں نے چائے کا پیالہ دیا تو پیالہ لینے کے بدلے بنا بولے اندر آ گئے۔“

”چائے کا پیالہ ۔۔۔ او ہو ۔۔۔ ارے میں نے دھیان ہی نہیں دیا۔“

”اور اب بھی کہاں دھیان دے رہے ہو۔“

ونچا نے خواہ مخواہ اپنے سینے پر پڑی بالوں کی لٹ کو پیچھے کی طرف اُچھال دیا۔ سینے کے دباؤ سے اُس کی تنگ چولی پھٹی جا رہی تھی۔

”آج کچھ بھی اچھا نہیں لگ رہا ہے۔“

پرس رام اُس کے سینے کے کساؤ کو نظر انداز کرتے ہوئے بڑبڑایا۔

”میں بھی نہیں؟“ ونچا چار پائی پر او پر کی طرف کھسک کر اُس کے سینے پر جھک گئی۔ چار پائی اک ذرا سی چُرمرائی۔

”نہیں یہ بات نہیں ۔۔۔“ پرس رام دھیرے سے مسکرایا۔ پھر اس نے ونچا کو کھینچ کر اپنی بانہوں میں کس لیا۔ ونچا اُس کی بانہوں سے نکلنے کے لیے جھوٹ موٹ کسمسائی۔

”نہیں پہلے یہ بتاؤ کہ آج اتنے گمبھیر کیوں ہو؟“

”ارے کوئی خاص بات نہیں ۔۔۔ باپو لالو اور کالو کی کھچی کرانے کو بولتے ہیں ۔۔۔ میں منع کر رہا ہوں۔“

”پاٹل کیوں آیا تھا۔“

”وہ بھی یہی بولنے کو آیا تھا کہ کھچی کرا لو۔“

”تو پھر کروا لو نا۔“

”نہیں ونچا تو نہیں سمجھتی یہ جلم ہے۔ بے جبان جانوروں پر اتیاچار ہے۔“

”مگر سب تو کرواتے ہیں۔“

"ہاں یہی تو بات ہے۔ جب کوئی کچھ نہ بولے تو دھیرے دھیرے سب کو ظلم سہنے کی عادت پڑ جاتی ہے۔"

"اگر کچھی نہیں کرائیں گے تو کیا ہوگا؟"

"پاٹل کہتا ہے۔ میرا نام اور پر سرکار کے پاس بھیج دیا جائے گا۔"

"اس سے کیا ہوگا؟"

"ہوگا کیا۔۔۔ سرکار نجر میں رکھے گی۔۔۔ دانہ کھاد کی جو سہولت ہے وہ بند ہو سکتی ہے۔ اور بھی بہت کچھ ہو سکتا ہے۔"

"تو پھر جانے دو نا۔۔۔ تم کیوں کھڑ میں پڑتے ہو۔۔۔ کچھی کرانے سے تمہارا کیا بگڑتا ہے۔"

"ونچا تم بھی ایسا کہتی ہو۔۔۔ ارے جانور بے جبان جرور ہوتے ہیں بے جان نہیں ہوتے۔ اُن کی بھی بھاؤ نائیں ہوتی ہیں۔ وہ بھی دُکھ سکھ انو بھو کرتے ہیں۔ وہ بھی ہنستے روتے ہیں۔ مگر ہمیں دکھائی نہیں دیتا پاشاید ہم اُن کے دُکھ کو سمجھ نہیں پاتے۔ ہم جانور کی کچھی کراتے ہیں۔ ذرا سوچو کل کوئی ہماری کچھی کرنا چاہے تو ہم کرائیں گے؟"

"بولو! کل پنچایت میری کچھی کرنے کا حکم دے تو تم مان جاؤ گی؟"

"چھی۔۔۔" ونچا ہنستی ہوئی دوہری ہو کر بولی "کیسی بات کرتے ہو۔۔۔"

"نہیں میں سچی پوچھتا ہوں۔ بولو! کوئی میری کچھی کرنا چاہے تو تم مان جاؤ گی۔"

"چپ کرو۔۔۔ کیا اسگون بکتے ہو۔۔۔" ونچا نے لپک کر پرس رام کے منہ پر ہاتھ رکھ دیا۔

"جنا ور اور انسان میں پھرک ہوتا ہے۔ اور پھر بیلوں کی کچھی ہی تو کرتے ہیں کسائی کھانے تو نہیں بھیج رہے ہیں۔ ہم گریب لوگ ہیں۔ بال بچے دار ہیں۔ سرکار کا حکم نہیں مانیں گے تو پریشانی میں پڑ جائیں گے۔ پھر تم اکیلے کر بھی کیا سکتے ہو۔ جیسا سب کرتے ہیں تم بھی کرو۔ تم پنچایت سے باہر تو نہیں ہو۔۔۔"

پرس رام خالی خالی نظروں سے ونچا کو دیکھتا رہا۔ ونچا نے مسکرا کر لاگوٹ سے اُسے دیکھا اور اُس کی ناک پکڑ کر کھینچتی ہوئی بولی۔

"چلو اب سو جاؤ رات جادہ ہو گئی ہے۔ سویرے اُٹھنا ہے۔ بتی بجھا دوں۔۔۔؟"

پرس رام اب بھی چپ تھا۔ ونچانے اُٹھ کر بتّی بجھا دی اور پھر آ کر پرس رام کی بغل میں لیٹ گئی۔

سویرے پرس رام تیار ہو کر لالو اور کالو کی راسیں تھامے چوپال پر پہنچ گیا۔ کبڑا چھیدی رام بھکیا کے ساتھ وہاں پہلے ہی پہنچ چکا تھا۔ پرس رام پر نظر پڑتے ہی چھیدی لہک کر بولا:
"آؤ پرس دادا آؤ۔ میں تمہاری ہی بات دیکھ رہا تھا۔ آہا۔ کیا جوڑی ہے۔ سچی پرس دادا! ایسی کھلاڑی جوڑی آس پاس سو کوس تک نہیں ہو گی۔"

پھر بھکیا کی طرف مُڑا "چل رے بھکیا! سامان نکال۔"

بھکیا ترنت جھولے میں سے سامان نکالنے لگا۔ مضبوط رسّی کے دو پلّچھے، لکڑی کا بڑا سا کندہ، لکڑی کی ہتھوڑی۔ اور ایک بڑا سا چمٹا۔ چھیدی رام نے آگے بڑھ کر پرس رام کے ہاتھ سے پہلے لالو کی راس لے لی اور ایک طرف کو مُڑ گیا۔ پرس رام کو لگا جیسے کسی نے اُس کے کلیجے کو مٹھی میں جکڑ لیا ہو۔

بھکیا نے ترنت پھندا لگا کر لالو کو فرش پر گرا دیا اور اُس کی دونوں سینگیں تھام، گردن دبوچ کر بیٹھ گیا۔ چھیدی نے جھٹ پٹ لالو کے چاروں پیر کس کر باندھ دیے۔ پھر لکڑی کے کندے پر لالو کے خصیوں کو جما کر رکھا۔ چمٹے سے خصیوں کو جڑوں کے پاس سے پکڑ کر دھیرے دھیرے اُنھیں اس طرح دبایا کہ لالو کی دونوں آنکھیں سیتا پھل کے بیجوں کی طرح نکل آئیں۔ پھر لکڑی کی ہتھوڑی سے خصیے پر پہلی ضرب لگائی۔ لالو زلزلے کی زد میں آئی کسی عمارت کی طرح کانپا۔

جب بعض لوگوں کو پتہ چلا کہ پرس رام بھی اپنے بیلوں کی خصّی کرانے آیا ہے تو آس پاس کے گھر والے یوں ہی تماشا دیکھنے آ کر کھڑے ہو گئے۔ بیشتر کے چہروں سے ایک کینی قسم کی آسودگی بھی جھلک رہی تھی۔ چھیدی رام اطراف کے ماحول سے بے نیاز نہایت سکون اور اطمینان سے بیل کے خصیوں پر لکڑی کی ہتھوڑی سے ہلکی ہلکی ضرب لگا رہا تھا۔ اور ہر ضرب پر بیل اس طرح جھر جھری لیتا جیسے اُسے رہ رہ کر بجلی کا ننگا تار چھوایا جا رہا ہو۔ بیل کے خصیوں کا رنگ پہلے گلابی، گلابی سے سرخ ہوا۔ اُس کے بعد دھیرے دھیرے نیلا پڑتا گیا۔ چھیدی رام کی ضربیں ایک تواتر کے ساتھ جاری تھیں مگر اب لالو کی جھر جھریوں میں بتدریج کمی ہوتی چلی گئی۔

آخر ایک لمحہ ایسا آیا کہ ہتھوڑی کی چوٹ کے باوجود لالو نے کوئی جھر جھری نہیں لی۔ تب چھیدی رام رسّی کی گرہیں کھولتا ہوا اُٹھ کھڑا ہوا۔ لالو پہلے تو زمین پر اُلٹے پڑے تل چٹے کی طرح چھٹ پٹایا۔ پھر ایکبارگی چاروں پیروں پر کھڑا ہو گیا۔ کُبڑے چھیدی رام نے لالو کی راس پرس رام کے حوالے کر دی۔

پرس رام ایک سکتے کے سے عالم میں کھڑا تھا۔ پھر بھکیا نے کالو کو بھی اُسی طرح پھندا لگا کر گرا دیا اور چھیدی نے لالو ہی کی طرح کالو کی بھی خصّی کر دی۔

”پرسو دادا!“ کُبڑے چھیدی کی کھر کھراتی آواز نے پرس رام کو چونکا دیا۔

”آں ۔۔۔۔“

پرس رام نے خالی خالی نظروں سے چھیدی کی طرف دیکھا۔

”اب تم اپنے بیلوں کو لے جا سکتے ہو۔“ چھیدی کی بے ہنگم ۔۔۔ہی ہی اُس کے کانوں میں کن کھجورے کی طرف گھومنے لگی۔

پرس رام کچھ نہیں بولا۔ دونوں بیلوں کی راسیں تھامے اپنے گھر کی طرف اس طرح چلا جیسے خواب میں چل رہا ہو۔

لوگوں نے دیکھا کہ لالو اور کالو تو ٹھیک چل رہے تھے۔ مگر پرس رام بڑی طرح لڑکھڑا رہا تھا۔

■■

کام دھینو

وہ مارچ کی ایک صاف وشفاف صبح تھی اور سورج پہاڑی کے پیچھے سے یوں طلوع ہو رہا تھا جیسے کوئی نٹ کھٹ بالک کسی نئی شرارت کی فکر میں دیوار کی اوٹ سے جھانک رہا ہو۔ صبح کی ہوا کے لطیف اور خوش گوار جھونکے جواری کی پکّی فصل کو ہولے ہولے چھیڑتے گزر رہے تھے، جیسے ماں اپنے بچے کے بالوں میں پیار سے انگلیاں پھیر رہی ہو۔ فضا میں جواری کی مہک بسی ہوئی تھی اور درختوں پر چڑیاں چہچہا رہی تھیں۔ بھرت پور کی اکلوتی بڑی سٹرک اور گلیاں تقریباً سنسان تھیں۔ البتہ گھروں کے آنگنوں سے بیلوں کے ڈکرانے اور بکریوں کے ممیانے کی آوازیں آ رہی تھیں۔ کسی گھر سے ایک آدھ بچے کی چیخ کر رونے کی آواز بھی آ جاتی۔ ایک بنیا اپنی دُکان کا ایک پٹ کھولے دُکان کی چوکھٹ پر بیٹھا دانتون کر رہا تھا۔ دودھ والے سروں پر دودھ کی کین رکھے لپ جھپ لپ جھپ گزر رہے تھے۔ سامنے سے ایک گوالا سائیکل پر سوار چلا آ رہا تھا۔ اُس کی سائیکل کے ہینڈل سے دودھ کی خالی کینیں لٹکی ہوئی تھیں جو سائیکل کے مڈگاڈوں سے ٹکرا ٹکرا کر کھٹر پٹر کھٹر پٹر کر رہی تھیں۔

تبھی بھرت پور میں ایک جیپ گاڑی داخل ہوئی۔ جیپ گاڑی کی باڈی پر چاروں طرف

سے بڑے بڑے بینرس لگے ہوئے تھے جن پر جلی حرفوں میں مختلف نعرے لکھے تھے اور ہر بینر پر سورج کا نشان بنا ہوا تھا۔ جیپ گاڑی کے دائیں بائیں پارٹی کے جھنڈے سے فر فر اہے تھے۔ پیچھے دو بڑے سے بھونپو بھی فٹ تھے۔ جیپ گاڑی میں چار پانچ نوجوان بیٹھے تھے۔ جیپ گاڑی دھول اُڑاتی سٹرک پر آ گئی۔ اور اُسی وقت بھونپو سے آواز آئی۔

”بھرت پور کے باسیو! جاگو غفلت سے جاگو۔۔۔ ابھی نہیں جاگے تو کبھی نہیں جاگو گے۔ دیکھو رات بیت گئی۔ اندھیرا چھٹ گیا۔ ناانصافی، نابرابری، بھوک اور بے کاری کا اندھیرا۔۔۔ نیا سورج طلوع ہو رہا ہے۔ یاد رکھو سورج صرف اونچی عمارتوں اور محل دو محلوں کو روشن نہیں کرتا۔ وہ جھونپڑوں، جھگیوں میں بھی اپنا نور بکھیرتا ہے۔ یہ سورج تمہاری خوش حالی اور مسرتوں کا ضامن ہے۔ یاد رکھو سورج کا نشان ۔۔۔ جاگ اُٹھا ہندوستان ۔۔۔ جاگو تم بھی جاگو اور اپنے محبوب لیڈر الحاج مرزا اُتراب علی کو ووٹ دو“

”مرزا اُتراب علی ۔۔۔ زندہ باد ۔۔۔“

بھونپو کی آواز سے سب سے پہلے تو بوڑھے اپنی اپنی اونگھ سے جاگے۔ پھر جوان آنکھیں ملتے ہوئے اُٹھے۔ بلکہ بعض کو اُن کی بیویوں، ماؤں اور بہنوں نے جھنجھوڑ جھنجھوڑ کر جگایا۔ سب اپنے اپنے بستروں سے اُٹھ بیٹھے۔ دروازے وا ہونے لگے۔ لوگ دروازے کھول کھول کر ورانڈوں، چبوتروں، گیلریوں اور سیڑھیوں پر آ آ کر کھڑے ہو گئے۔ کھڑکیوں کے پٹ کھلے اور عورتیں گردنیں نکال نکال کر جھانکنے لگیں۔ بچے ماؤں کے کاندھوں کے اوپر سے اور باپوں کی ٹانگوں کے بیچ میں سے نکل نکل کر اپنی بچ بھری آنکھوں کو ملتے، بہتی ناکوں کو اُلٹی ہتھیلیوں سے پونچھتے کچھ تجسّس، کچھ استعجاب، کچھ خوف، کچھ اضطراب کی کیفیت میں اِدھر اُدھر تاکنے لگے۔ بوڑھے آنکھوں پر اپنی لرزتی ہتھیلیوں کا چھجا بنائے اور نوجوان پیشانیوں پر بل ڈالے اُس طرف نہارنے لگے جدھر سے بھونپو کی آواز آ رہی تھی۔ جیپ گاڑی بھرت پور کی بڑی سٹرک پر دھول اُڑاتی آگے ہی آگے بڑھتی جا رہی تھی۔ جیپ کی رفتار بہت دھیمی تھی۔ جیپ کے بھونپو سے اعلان نشر ہو رہا تھا۔

”صاحبو! آئیے، گرام پنچایت کے میدان میں بابائے قوم الحاج مرزا اُتراب علی یہ نفس نفیس

آپ سے خطاب کرنے تشریف لا رہے ہیں۔''

ایک بوڑھے نے اپنی پیچ بھری آنکھیں مچکاتے دوسرے بوڑھے سے پوچھا۔

''یہ مرزا تراب علی کون صاحب ہیں؟''

''کوئی نیتا لگت ہیں۔'' دوسرے کا جواب۔

''نیتا، ہمارے زمانے میں تو گاندھی بپّا، جواہر لال، مولانا آزاد جیسے لوگ نیتا ہوتے تھے یہ کیسے نیتا ہیں؟''

''یہ نئے زمانے کے نیتا ہیں چاچا!'' ایک نوجوان۔

''کتاب کرنے آ رہے ہیں۔ کیا مطلب؟''

''کتاب نہیں۔ خطاب۔''

بھرت پور کے اکلوتے کالج، کیرتی مہاودیالے کے لیکچرار بولے جو کالج میں اُردو پڑھاتے تھے۔

''ہاں ۔۔ ہاں، وہی کھتاب کرنے آ رہے ہیں۔ مطلب کیا کرنے آ رہے ہیں؟''

''بھاشن دینے آ رہے ہیں۔''

''آچھا۔۔۔ بھاشن دینے۔۔۔ ہم سمجھے ۔۔۔ کھتاب مانے کوئی پاٹھ واٹھ کرنے آ رہے ہیں۔''

''پاٹھ تو پنڈت لوگ کرتے ہیں کا۔۔۔ نیتا لوگ بھاشن دیتے ہیں۔''

''ہاں ۔۔۔ ہاں معلوم ہے ۔۔۔'' کاکا کو نوجوان لیکچرار کی علمیت ناگوار لگی۔

گرام پنچایت کے اکلوتے میدان میں ایک بڑا سا چوکور سرکاری چبوترا بنا ہوا تھا جس پر ایک چھت بھی پڑی ہوئی تھی۔ اکثر رام لیلا کے ناٹک اور نوٹنکیاں وغیرہ اُسی چبوترے پر کھیلے جاتے۔ ہولی کے موقع پر میدان میں بڑا سا گڑھا کھود کر اُس میں آگ روشن کی جاتی اور ہولیکا کو جلایا جاتا۔ گنتی کے موقع پر یہاں ایک بہت بڑا گنپتی بھی بٹھایا جاتا۔ محرم میں اسی چبوترے سے تعزیے بھی اُٹھتے اور اُنھیں یہیں لا کر ٹھنڈا کیا جاتا۔ عید میلاد کا جلوس بھی اسی میدان سے نکلتا تھا۔ اور اگر کوئی چھوٹا موٹا منتری یا نیتا اُس گاؤں سے گزرتا تو اُس کے اعزاز میں اسی میدان

میں جلسہ منعقد ہوتا اور وہ منتری یا نیتا اسی چبوترے سے گاؤں والوں کو خطاب کرتا۔ بھرت پور ایک چھوٹا سا گاؤں تھا جس میں ہندو مسلم کی ملی جلی آبادی تھی۔ مگر ان میں پیشے کے اعتبار سے اکثریت گوالوں کی تھی جن میں ہندو بھی تھے اور مسلمان بھی۔ دس پندرہ کرسچنوں کے بھی گھر تھے اور اُن کا ایک مختصر سا چرچ بھی تھا جہاں وہ اپنی اتوار کی عبادت کر لیا کرتے تھے۔

بھرت پور کی دوسری خصوصیت یہ تھی کہ یہاں آج تک کوئی فساد نہیں ہوا تھا۔ ملک میں آئے دن ہونے والے فسادات کی خبریں یہاں بھی پہنچتیں۔ ٹی وی اور ریڈیو سے خبریں نشر ہوتیں مگر بھرت پور کے لوگوں پر ان فسادات کی خبروں کا کوئی خاص رِدِّ عمل نہ ہوتا۔ بیچارے اپنے مویشیوں میں اور کھیتی باڑی میں ایسے منہمک رہتے کہ اُنہیں اِن خرافات کی طرف دھیان دینے کی فرصت ہی نہیں ملتی۔

ایسا نہیں تھا کہ بھرت پور میں جھگڑے فساد نہیں ہوتے تھے۔ جھگڑے زیادہ تر روز مرّہ کی معمولی باتوں پر ہوتے اور بڑے بزرگوں کے بیچ بچاؤ یا پنچوں کے کہنے پر فوراً ختم بھی ہو جاتے۔ اِن میں مذہبی فسادات کی بربریت اور شدّت پسندی نہ ہوتی۔ دو ایک دفعہ مذہبی معاملوں پر بھی گرما گرمی ہوئی تھی مگر گاؤں والوں نے خود ہی مل ملا کر اُسے طے کر لیا تھا۔

سورج آسمان پر اب کئی گز اوپر آ چکا تھا۔ ایک ایک دو دو کر کے گرام پنچاییت کے میدان میں جمع ہونے لگے۔ میدان کے چبوترے کو رنگ برنگی جھنڈوں اور تپاکوں سے سجا دیا گیا تھا۔ چبوترے پر چار پانچ کرسیاں اور ایک میز بھی رکھ دی گئی تھی میز پر غلاف بچھا تھا اور اُس پر ایک گلدان رکھا تھا۔ لوگ میدان میں آ آ کر چبوترے کے سامنے بیٹھتے جا رہے تھے۔ جن میں بوڑھے اور جوان بھی شامل تھے۔ کچھ نو عمر لڑکے میدان میں اِدھر سے اُدھر بھاگ دوڑ رہے تھے۔ ایک طرف بوڑھوں کے درمیان چلم بھی چل رہی تھی۔ نوجوان ایک دوسرے کو کہنیوں سے ٹھوکے دیتے کسی مذاق پر رہ رہ کر قہقہے لگا رہے تھے۔ تبھی میدان میں ایک طرف وہی صبح والی جیپ آ کر کھڑی ہوئی جو بھونپو پر بار بار تُراب علی کی آمد کا اعلان کر رہی تھی۔ جیپ کے پیچھے تین چار کاریں بھی تھیں۔ کاروں کے دروازے کھلے اور چند کُرتے پاجامے پہنے موٹے تازے لوگ باہر نکلے جو لباس کے اعتبار سے تو سفید پوش تھے مگر جانے کیوں اُن کے کرخت

چہرے اُن کے لباس سے ہم آہنگ نہیں تھے۔ سب خراماں خراماں چبوترے کی طرف بڑھے۔ سب سے آگے مزاج تُراب علی چل رہے تھے جو کالی شیروانی اور سفید چوڑی دار پاجامہ زیب تن کیے ہوئے تھے اور جن کے سر پر فر کی بھوری ٹوپی تھی۔ چبوترے پر کھڑے نوجوانوں نے آگے بڑھ کر اُن کا استقبال کیا اور اُنھیں چبوترے پر بچھی گدیوں پر بٹھایا۔ تُراب علی کی کرسی سب سے اُونچی تھی۔ ایک نوجوان نے مختصر طور پر مہمانوں کا تعارف کرایا۔ جلسے کی غرض و غایت بتائی۔ دو ایک چھوٹی موٹی تقریریں ہوئیں پھر تُراب علی کے نام کا اعلان ہوا۔

تُراب علی اپنی شیروانی کا دامن سنبھالتے مائک پر آئے۔ میدان میں خاموشی چھا گئی اِدھر اُدھر اُچھلتے کودتے بچوں کو چند لوگوں نے ڈپٹ کر چپ کرایا۔ تُراب علی نے گلا صاف کر کے کہنا شروع کیا۔ ''بھرت پور کے باسیو! ہمارا نام تُراب علی ہے۔ ہم اس گاؤں کے نہیں ہیں۔ اور نہ ہی اس سے پہلے کبھی ہم اِس گاؤں میں آئے۔ ممکن ہے آپ نے پہلے کبھی ہمارا نام بھی نہ سُنا ہو۔ مگر یقین جانیے ہم نے خواب میں بار ہا اس گاؤں کو دیکھا ہے آپ کے چہرے دیکھتے ہوئے ہمیں محسوس ہو رہا ہے ہم ایک ایک چہرے سے آشنا ہیں۔ ہم نے جب بھرت پور آنے کا قصد کیا تو ہمیں بتایا گیا کہ بھرت پور کے باسیوں نے یہ طے کیا ہے کہ وہ صرف اُسی اُمیدوار کو ووٹ دیں گے جو گوالا برادری سے تعلق رکھتا ہوگا۔ بڑا اچھا فیصلہ ہے۔ اس معاملے میں ہم بھی آپ کے حامی ہیں۔ مگر ہم آپ کو بتا دینا چاہتے ہیں کہ اس حلقے سے چودہ اُمیدوار کھڑے ہیں اور اُن میں ایک بھی گوالا یعنی آپ کی برادری سے تعلق نہیں رکھتا۔ میں بھی گوالا نہیں ہوں مگر میں جو بات کہنے جا رہا ہوں اُسے ذرا غور سے سُنیے۔ میں ایک سچا ہندوستانی ہوں ساتھ ہی ایک پکّا مسلمان بھی ہوں۔ ایک طرف مجھے اس بات پر ناز ہے کہ میرے اجداد نے اس سرزمین سے اتنا پیار کیا ہے کہ اِسے فردوس بریں بنا دیا تو دوسری طرف مجھے فخر ہے کہ میں اُس رسول کا کلمہ پڑھتا ہوں جس نے دائی حلیمہ کی آغوش میں پرورش پائی تھی۔ دائی حلیمہ کون تھیں؟ ایک گوالن ہی تو تھیں۔ میرا رسولؐ۔ میرا کالی کمبلی والا گوالا نہیں تھا مگر اُس نے دائی حلیمہ کی بکریاں چرائی ہیں، اپنے مقدس ہاتھوں سے بکریوں کا دودھ دوہا ہے، اُن کی مینگنیاں صاف کی ہیں۔ اُنھیں ڈلار اور دُلار سے ٹکارا رہے ہیں۔ بے شک وہ گوالا نہیں تھا مگر اُس نے گوالے کے سارے کام

انجام دیے ہیں اب آپ ہی بتائیے جب میرے نبیؐ دو جہاں کے سردار نے دودھ دوہا ہے اور بکریوں کے گلّے کی نگہبانی کی ہے تو پھر اُن کی اُمت کا ایک گنہگار خادم بھلا اس کام سے اپنے آپ کو علاحدہ کیوں کر سمجھ سکتا ہے؟"

چبوترے کے اس پاس کھڑے چند نوجوانوں نے مرزا تُراب علی زندہ باد کا نعرہ لگایا۔

تُراب علی نے ایک لمحہ توقف کیا پھر آگے اُسی جوش سے بولے۔

"آج اِس بھرت پر میں ۔۔۔ گوالوں کی اس چھوٹی مگر قدیم بستی میں ۔۔۔ میں اپنے آقائے نامدار سرکار دو عالم حضرت محمدؐ کی خاکِ پا کے صدقے میں اپنے آپ کو گوالا برادری میں شامل کرنے کا شرف حاصل کرتا ہوں، میں آپ کے سامنے اپنے ہاتھوں سے دودھ دوہ کر یہ ثابت کر دوں گا کہ میں گوالا نہیں ہوں مگر گوالوں سے الگ بھی نہیں ہوں ۔"

ایک بار پھر تالیوں کی کڑ کڑاہٹ سے میدان گونج اُٹھا تُراب علی کہہ رہے تھے ۔

"مجھے معلوم ہوا ہے کہ اس مبارک کام کے لیے بیبیوں حضرات اپنی اپنی گائیں، بھینسیں پیش کرنا چاہتے ہیں ۔ مگر اس مرحلے میں بھی میرا نبیؐ میری رہنمائی کرے گا۔ یاد کیجیے خدا کے رسولؐ جب مکّہ سے ہجرت کر کے مدینے پہنچے تھے تب مدینے کا ہر شخص اُنہیں اپنا مہمان بنانا چاہتا تھا مگر آپؐ نے اعلان کیا تھا کہ ۔۔۔

'ہماری اونٹنی جس مکان کے سامنے ٹھہرے گی ہم اُس کے گھر مہمان ہوں گے'

اور آپؐ کی اونٹنی شہر کے آخر میں ایک غریب انصاری کے گھر کے سامنے رُکی تھی اور آپؐ اُسی صحابی کے مہمان ہوئے تھے ۔۔۔ ہم بھی حضور کے نقشِ قدم پر چلیں گے اور گاؤں کے آخر میں جس گوالے کا گھر پڑے گا اُسی کے آنگن میں دودھ دوہ کر خود کو آپ کی برادری کا ایک رُکن بنا لیں گے ۔"

ایک بار پھر مرزا تُراب علی زندہ باد کا نعرہ لگا۔

تُراب علی کا چہرہ خوشی سے دمک رہا تھا۔

جلسہ ختم ہوا۔ تُراب علی چبوترے سے نیچے اُترے۔ پارٹی کے رضاکاروں نے اُنہیں گھیر لیا۔

اُن کے گلے میں اُن کی ناک تک پھولوں کی مالائیں پڑی ہوئی تھیں۔ تُراب علی دونوں ہاتھ جوڑ کر سب کو نمسکار کرتے اور سب کے نمسکار قبول کرتے ایک طرف چلنے لگے۔ لوگ بھی ایک جلوس کی شکل میں اُن کے پیچھے پیچھے چل رہے تھے۔ ہر دس بارہ قدم پر پارٹی کے رضا کار ''تُراب علی زندہ باد'' کے نعرے لگا رہے تھے۔ جلوس گاؤں کی اکلوتی بڑی سڑک سے گزر رہا تھا۔ سڑک کے دونوں طرف لوگ اپنے اپنے گھروں کے سامنے کھڑے متجسس نگاہوں سے جلوس کو دیکھ رہے تھے۔ عورتیں کھڑکیوں اور نیم وا دروازوں کے پیچھے حیرت اور دلچسپی سے جلوس کا نظارہ کر رہی تھیں۔ تُراب علی آگے آگے دونوں ہاتھ جوڑے سراپا نمسکار، بنے چل رہے تھے۔ سب کو یہی فکر تھی کہ دیکھیں تُراب علی کس کے گھر چل کر دودھ دو ہتے ہیں۔

آخر جلوس گاؤں کے باہر آ گیا۔ گاؤں کے باہر ہریجنوں کی بستی تھی۔ اب جلوس ہریجن واڑے سے گزر رہا تھا۔ تھوڑی دور چل کر ہریجن واڑہ بھی ختم ہو گیا اور تُراب علی ایک بے حد شکستہ اور معمولی مکان کے سامنے جا کر کھڑے ہو گئے۔ یہ مادھو گوالے کا مکان تھا جس کی دیواریں کچّی مٹّی کی تھیں اور جس کی چھت ناریل اور تاڑ کے پتوں سے چھائی ہوئی تھی۔ باہر اپنے مکان کے کچّے چبوترے پر بیٹھا مادھو بیڑی پی رہا تھا۔ اُس کی بیوی دیوار پر گوبر کے اُپلے تھاپ رہی تھی۔ اور پاس ہی دروازے کے سامنے کھونٹے سے ایک چتکبری گائے بندھی ہوئی تھی۔ اُس کی سیاہ پیشانی پر دو سینگوں کے بیچ میں سفید ہلال کا سانشان بنا ہوا تھا۔ تُراب علی نے مادھو کو بھلا کر نام کیا۔ مادھو بوکھلا کر کھڑا ہو گیا۔ اُس کی بیوی نے بھی گھبرا کر اُس ہجوم کو دیکھا اور اپنے گوبر سے سنے ہاتھوں ہی سے آنچل درست کرتی ہوئی گھر میں چلی گئی۔ تُراب علی مادھو کے قریب آئے۔ اُس کے کاندھے پر ہاتھ رکھا اور پلٹ کر گائے کو عقیدت اور پیار بھری نظروں سے دیکھتے ہوئے بولے۔

''ساتھیو! ہم اسی گیّا کا دودھ دو ہیں گے۔ ہم سمجھتے ہیں یہی گاؤں کا آخری مکان ہے۔''

اِدھر اُدھر سے آوازیں آنے لگیں۔

''ہاں یہی ہے ۔۔۔ یہی ہے۔''

مادھو اُن سب کو حیرت اور خوف سے دیکھ رہا تھا۔ اُس کی سمجھ میں کچھ نہیں آ رہا تھا۔ اتنے

میں ایک رضا کار نے بڑھ کر مادھو کو حقیقتِ حال سے آگاہ کیا اور بتایا کہ اگر تُراب علی نے اُس کی گائے کا دودھ دوہ دیا تو اُس کی یعنی مادھو کی قسمت ہی سنور جائے گی۔

مادھو مٹی کا مادھو بنا منہ کھولے آنکھیں پھاڑے ایک ایک کا منہ تک رہا تھا۔ پوری بات تو اُس کی سمجھ میں نہیں آئی مگر وہ اتنا سمجھ گیا کہ اُس کی گائے کا دودھ دوہنے کی بات ہو رہی ہے۔ وہ منع کرنا چاہتا تھا کیونکہ ابھی صبح ہی اُس نے گائے کا دودھ دوہا تھا۔ اُس نے منع کرنے کے لیے نہیں میں گردن ہلانی چاہی مگر اپنی عادت کے مطابق جلدی جلدی ہاں میں گردن ہلا دی جو گردن پُشت ہا پُشت سے ہاں میں ملنے کی عادی ہو وہ یکلخت نا میں کیوں کر ہل سکتی تھی۔

رضا کاروں نے ایک دم سے ہولّا کیا کہیں سے چم چم کرتی پیتل کی ایک کلسی آ گئی۔ کوئی ایک بالٹی میں پانی لے آیا۔ تُراب علی نے اپنی شیروانی کی دونوں آستینیں چڑھائیں اور مادھو کی گائے کے پیروں کے پاس بیٹھ گئے۔ ہجوم نے اُنھیں اور گائے کو چاروں طرف سے گھیر لیا۔ رضا کاروں نے ایک دوسرے کے ہاتھ تھام کر ایک حلقہ سا بنایا اور ہجوم کو آگے بڑھنے سے روکنے لگے۔ لوگ ایک دوسرے کے کاندھوں پر سے اُچھل اُچھل کر تُراب علی کو دودھ دوہتا دیکھ رہے تھے۔ بعض لڑکے آس پاس کے درختوں پر چڑھ کر نظارہ کرنے لگے۔ تُراب علی نے لوٹے میں پانی لیا پہلے اپنے ہاتھ دھوئے، پھر گائے کے تھنوں پر پانی ٹپکایا۔ گائے ذرا کسمسائی مگر تُراب علی نے پچکار کر اُسے شانت کیا۔ پیتل کی کلسی کو اُس کی ٹانگوں کے نیچے رکھا اور کسی مشاق گوالے کی طرح دونوں ہاتھوں سے اُس کے تھن سہلانے لگے۔ لوگ سانسیں روکے کھڑے تھے۔ سہلاتے سہلاتے تُراب علی نے دفعتاً دونوں مٹھیاں کس کر جو زور سے کھینچا تو پُر زور آواز کے ساتھ سانپ کی زبان کی طرح پتلی مگر پچھلی ہوئی چاندنی جیسی سفید دودھ کی دھار پیتل کی کلسی میں گری۔ کئی لوگوں کی زبان سے بے ساختہ، واہ نکلی۔ مجمع میں جیسے حیرت اور خوشی کی لہر دوڑ گئی۔

تُراب علی ''چر چر۔۔۔۔ چر چر۔۔۔۔'' دودھ دوہ رہے تھے اور چاروں طرف سے نعرہ ہائے تحسین کی آوازیں بلند ہو رہی تھیں۔ مادھو یہ سب دیکھ رہا تھا وہ کہنا چاہتا تھا ''بس کرو بھائی، میری گیّاں ابھی بیائی ہے بچھڑے کے لیے بھی تو کچھ دودھ رہنے دو۔'' مگر وہ کچھ نہ کہہ سکا۔

چپ چاپ کھڑا حیران ان آنکھوں سے تُراب علی کو دودھ دوہتا دیکھتا رہا۔ جب کلسی تقریباً ایک تہائی بھر گئی تب تُراب علی اپنے ہاتھ دھوتے ہوئے اُٹھ کھڑے ہوئے۔ ایک رضا کار نے آگے بڑھ کر تولیہ پیش کیا۔ تُراب علی تولیہ سے ہاتھ خشک کرتے مادھو کی طرف مُڑے۔

’’بھائی مادھو! ہم تمھارے بہت شکر گزار ہیں کہ تم نے اپنی گیّاں ہمیں دودھ دوہنے کا موقع فراہم کیا۔ تمھاری اس کُشادہ دلی کا ذکر ہم ودھان سبھا میں بھی کریں گے اور تمھیں زندگی بھر یاد رکھیں گے۔‘‘

پھر وہ مجمع کی جانب مُڑ کر گویا ہوئے۔

’’بھائیو! اب تو آپ لوگوں کو یقین ہوگیا نا کہ تُراب علی آپ کا اپنا بندہ ہے۔‘‘

بیشتر لوگ تو چپ رہے مگر پارٹی کے رضا کار ’جی ہاں‘ ’جی ہاں‘ کہتے ہوئے گردنیں ہلانے لگے۔ رضا کاروں نے مجمع کو ہٹا کر تُراب علی کے لیے راستہ بنایا۔ اور تُراب علی تیز تیز چلتے ہوئے اپنی کار میں جا کر بیٹھ گئے۔ پارٹی کے دوسرے لوگ بھی اپنی اپنی گاڑیوں میں سوار ہو گئے۔ اور کاروں کا یہ قافلہ تُراب علی زندہ باد کے نعروں کی گونج میں دھول اُڑاتا ایک طرف کو روانہ ہوگیا۔ گاؤں کے بچے شور مچاتے تھوڑی دور تک کاروں کے پیچھے بھاگے مگر کاریں جلد ہی دور نکل گئیں۔ سب لوگ اپنے اپنے گھروں کو لوٹنے لگے۔ مادھو اپنی گائے کے پاس کھڑا اس غبار کی جانب دیکھ رہا تھا جس کے پیچھے تُراب علی اور اُن کی کاروں کا قافلہ رُوپوش ہوگیا تھا۔ گائے اپنی دُم سے مکھیاں اُڑاتی، کنوتیاں ہلاتی دھیرے دھیرے جگالی کر رہی تھی۔ اُس کی آنکھوں میں ایک عجیب سی لاتعلقی تھی اور اُس کے پیروں کے پاس وہ پیتل کی کلسی لڑھکی پڑی تھی جس میں ابھی ابھی تُراب علی نے دودھ دوہا تھا۔ کلسی کا دودھ بہہ بہہ کر فرش پر مٹی میں جذب ہو چکا تھا اور آس پاس مکھیاں بھنبھنا رہی تھیں۔ مادھو دھیرے دھیرے چلتا ہوا گائے کے پاس آیا پیار سے اُس کی پیٹھ پر ہاتھ رکھا۔ گائے نے ایک جھر جھری سی لی۔ مادھو دوبارہ اپنے چبوترے پر آ کر بیٹھ گیا۔ مادھو کی گھر والی جو ابھی تک دروازے کی اوٹ سے سارا تماشہ دیکھ رہی تھی دروازہ کھول کر باہر آئی۔ اُس کی گود میں اُن کا تین سال کا کالا کلوٹا میریل سا بچہ تھا۔ جس کے ہاتھ پاؤں سوکھ کر کانٹا ہو گئے تھے مگر پیٹ ڈھول پر مڑھے چمڑے کی مانند تنا ہوا تھا۔ بچہ متواتر

ریں ریں کیے جا رہا تھا۔ بیوی نے مادھو سے پوچھا۔

’’کون تھے یہ لوگ؟‘‘

’’معلوم نہیں ۔۔۔‘‘ مادھو نے جیب سے بیڑی نکالی۔

’’اُنہوں نے اپنی گیّاں کا دودھ کیوں دوہا۔۔؟‘‘

’’معلوم نہیں ۔۔۔‘‘ مادھو نے بیڑی ہونٹوں میں دبالی۔

’’تم نے پوچھا نہیں؟‘‘

’’پوچھا تھا۔۔ مگر اُنہوں نے جو کچھ بتایا میری سمجھ میں نہیں آیا۔۔۔‘‘ مادھو نے بیڑی سلگا کر ایک گہرا کش لیا۔

’’ارے اُنہوں نے جبردستی اپنی گیّاں کا دودھ نکالا اور تم بولتے ہو میرے کو مالوم نہیں ۔ اور اُس پر ظُلم یہ کہ بنا کھائے پیّے پورا دودھ گرا دیا اور چلے گئے۔‘‘

مادھو کچھ نہیں بولا۔ وہ دور خلاء میں دیکھتا بیڑی کے کش لے رہا تھا۔ اُس کی بیوی تھوڑی دیر تک بک بک جھک جھک کرتی رہی جب دیکھا کہ مادھو اُس سے مس نہیں ہو رہا ہے تو اپنے ریں ریں کرتے بچے کی پیٹھ پر ایک دھپ لگائی اور پیر پٹکتی ہوئی اندر چلی گئی۔

ابھی سورج نصف النہار پر نہیں آیا تھا۔ بھرت پور کے چھوٹے سے بازار کی ساری دُکانیں کھل گئی تھیں ۔ جن کی کل تعداد چار چھ سے زیادہ نہیں تھی۔ روزانہ صبح سڑک کے کنارے سے سبزی بیچنے والی عورتیں اپنی ٹوکریاں تقریباً خالی کر چکی تھیں بلکہ دو ایک نون تیل اور بچوں کے لیے چنا سینگ خرید کر اپنے گھروں کو سدھار بھی چکی تھیں ۔ کاشی رام کے سدانند ہندو ہوٹل میں تھامس ایلوا ایڈیسن کے زمانے کا پُرانا گرامو فون بج رہا تھا۔ آئیں نہ بھری شکوے نہ کری، کچھ بھی نہ زباں سے کام لیا۔ کاشی رام کرسی پر بیٹھا کاؤنٹر ٹیبل پر اپنی انگلیوں سے بے آواز تال دے رہا تھا۔ ہوٹل میں چار پانچ میلی کچیلی میزیں لگی تھیں جن پر ڈھیر ساری مکھیاں بھن بھن رہی تھیں ۔ صرف دائیں کونے کی ایک میز پر بنڈی دھوتی پہنے دو لوگ بیٹھے چائے پی رہے تھے۔ ہوٹل کا اکلوتا ویٹر چڈّی بنیان پہنے، دائیں کاندھے پر میلا سا تولیہ ڈالے ایک کونے میں پیر پر

پیر رکھے کھڑا کگانے کی دُھن پر اپنا گھٹنا ہلا رہا تھا۔ ہوٹل کے سامنے جمنا داس پان والے کی پان پٹی کی دُکان تھی۔ دُکان میں ٹرانسٹر پر کسی نئی فلم کا کوئی انتہائی شور انگیز گیت بج رہا تھا۔ سڑک کے کنارے املی کے درخت کے نیچے شمسو ٹانگے والا اپنے ٹانگے میں بیٹھے بیٹھے اونگھ گیا تھا۔ اور اُس کے ٹانگے میں جُتی کنگال کنگھوڑی کبھوتیاں پھٹ پھٹاتی، اپنی دُم سے بار بار مکھیاں اڑار ہی تھی۔ پاس ہی تین چار لونڈے ایک دوسرے کے کاندھے پر ہاتھ رکھے صبح تراب علی کے دودھ دوہنے والے واقعہ کو لے کر ہنسی ٹھٹھا کر رہے تھے۔

یکا یک کہیں سے شنکھ پھونکنے کی آواز آئی۔ شنکھ پھونکنے کے فوراً بعد ڈھم ڈھم ڈھول بجنے لگا۔ لونڈے چونک کر آواز کی سمت دیکھنے لگے۔ شمسو ہڑبڑا کر نیند سے جاگا۔ جمنا داس نے ٹرانزسٹر کا کان اینٹھا۔ کاشی رام نے بھی گراموفون بند کر دیا۔ اتنے میں سامنے سے بیل گاڑیوں کا ایک جلوس آتا دکھائی دیا۔ سب سے آگے جو بیل گاڑی تھی اُس پر ایک شخص کھڑا بھونپو منہ سے لگائے چیخ رہا تھا۔

"بھرت پور کے باسیو! کبھی کبھی ایک صحیح فیصلہ اِتہاس کا رُخ موڑ دیتا ہے۔ اور اب سے آ گیا ہے کہ آپ پنڈت اونکار ناتھ کو ووٹ دے کر ایک نئے اِتہاس کی شروعات کریں۔ پنڈت جی بھرت پور والوں کے لیے اجنبی نہیں ہیں۔ پنڈت جی کے پتا شری پنڈت ہزاری پرساد کے نام سے کون واقف نہیں۔ یہ وہی ہزاری پرساد ہیں جنہوں نے آنند پور میں مہا لکشمی کا بھویہ مندر بنایا ہے اور جس کی سالانہ جاترا میں آپ لوگ بھی شریک ہوتے ہیں۔ پتا شری تو دھرم کی سیوا کر رہے ہیں مگر پنڈت اونکار ناتھ لوک سیوا میں وشواس رکھتے ہیں۔ اگر آپ چاہتے ہیں کہ آپ کی آواز ودھان سبھا تک پہنچے تو پنڈت اونکار ناتھ ہی کو ووٹ دیجئے کیوں کہ پنڈت اونکار ناتھ کی آواز آپ کی آواز ہے۔ پنڈت جی کا نشان ہے رُتھ جو ہمارے دھرم، ہماری سنسکرتی اور ہمارے راشٹر کا پرتیک ہے۔ پنڈت اونکار ناتھ زندہ باد' اُس بیل گاڑی کے پیچھے تقریباً بیس پچیس بیل گاڑیاں چلی آ رہی تھیں۔ ہر گاڑی میں دس دس بارہ بارہ نو جوان کھڑے چیخ چلا رہے تھے، ناچ رہے تھے، اور ڈھم مچا رہے تھے۔ ایک بیل گاڑی پر ایک بہت بڑے رتھ کا ماڈل بنا ہوا تھا، اُس رتھ میں پنڈت اونکار ناتھ سفید دھوتی کرتا پہنے ماتھے پر تلک

لگائے گلے میں پھولوں کی مالا ڈالے، ہونٹوں پر ایک عدد دل آویز مسکان چپکائے دونوں ہاتھ جوڑے کھڑے تھے۔ اور جھک جھک کر سڑک کے دونوں طرف کھڑے لوگوں کو پرنام کر رہے تھے۔

گاؤں کے بے کار نوجوان اور آوارہ چھوکرے گاڑیوں کے آس پاس آ کر کھڑے ہو گئے۔ ایک بار پھر گھروں کی کھڑکیوں ورانڈوں اور مکانوں کے چھجوں کے نیچے انسانی سروں کا جنگل اُگ آیا۔

ڈھم ڈھم ڈھول بج رہا تھا۔ شنکھ پھونکے جا رہے تھے اور بار بار پنڈت اونکارناتھ کی جے کار ہو رہی تھی۔ یکا یک پنڈت جی نے اپنے دونوں ہاتھ بلند کیے۔ دفعتاً ڈھول اور شنکھ خاموش ہو گئے، نعرے رُک گئے۔ اور چاروں طرف سنّاٹا چھا گیا۔ ایک نوجوان نے لپک کر بھونپو پنڈت جی کے سامنے کر دیا اور پنڈت جی نے گلا صاف کرکے کہنا شروع کیا۔

’’بھرت پور کے باسیو! ہمارا آپ کا سمبندھ بہت پرانا ہے۔ میرا پرچہ تو ابھی ابھی دیا جا چکا ہے۔ میں اپنے بارے میں زیادہ باتیں کرنا یا سُننا پسند نہیں کرتا۔ میں اپنا اصلی پرچہ تو آپ لوگوں کو اُسی وقت دے سکوں گا جب آپ مجھے چُن کر و دھان سبھا میں بھیجیں گے۔ میں جانتا ہوں بھرت پور والے بڑے کام کا جی ہیں لوگ ہیں وہ فالتو راج نیتی میں اپنا سمے نشٹ نہیں کرتے مگر یہ بھی سچ ہے کہ راج نیتی کے بنا اس دیش کا کارو بار نہیں چل سکتا۔ ایک صاف ستھری حکومت بنانے کے لیے آپ جیسے بے غرض لوگوں کو آ گے بڑھنا ہوگا۔ دو گھنٹے پہلے جو مہاشے یہاں بھاشن دینے آئے تھے اُن کا بھرت پور سے دور دور تک کوئی سمبندھ نہیں۔ میں کہتا ہوں صرف دودھ دوہنے سے کوئی جاتی برادری والا نہیں ہو جاتا ہو۔ انہوں نے محمد پیغمبر کی مثال دی کہ وہ بکریاں چراتے تھے اور دودھ دوہتے تھے اُس پر ہمیں کیا اعتراض ہو سکتا ہے۔ مگر میں پوچھتا ہوں اِن مثالوں کے لیے آخر سمندر پار جانے کی کیا ضرورت ہے۔ ہمارے پُرانوں میں سب سے بڑی مثال تو ماکھن چور نند لال ہری گوپال کی ہے۔ مجھے بتائیے شری کرشن سے بڑا گوالا اس دھرتی پر پیدا ہوا ہے؟ نہیں نا۔۔۔ تو پھر سُن لیجئے یعنی ہمارا پنڈت اونکارناتھ کا رشتہ سیدھے کرشن گوپال ہی سے جُڑتا ہے۔‘‘

'پنڈت اونکارناتھ کی جَے کے نعرے سے پورا میدان گونج اٹھا۔ پنڈت جی لمحہ بھر کو رُکے پھر بولے۔ "ہم اسی وقت چل کر اپنے ہاتھوں سے آپ کو دودھ دوہ کر بتائیں گے۔ اور اُسی گئو ماتا کا دودھ دوہیں گے جس کا اس سے پہلے دوہا گیا۔ ارے پرائے آکر ہماری ماتا کا دودھ دوہ لیں اور ہم جو اُس کی سنتان ہیں اپنی ماتا کے کشیر امرت سے محروم ہو جائیں۔ ایسا نہیں ہو سکتا۔"

ایک بار پھر بیل گاڑیوں کا جلوس مادھو کے گھر کی طرف بڑھا۔ چھوکرے بالے گاڑیوں کے پیچھے ہو لیے کچھ اور لوگ بھی جو مفت کی تفریح کے دلدادہ تھے اپنے گھروں سے نکل کر مادھو کے گھر کی طرف چلے۔ ڈھول بجاتا، شنکھ پھونکتا اور نعرے لگاتا ہوا جلوس مادھو کے گھر کے سامنے پہنچ کر رُک گیا۔ مادھو جلوس کو دیکھ کر ایک بار پھر سٹپٹا گیا۔ سٹپٹا کر کھڑا ہو گیا۔ پنڈت اونکارناتھ دھوتی کا چھور سنبھالتے اپنی رتھ گاڑی سے اُترے۔ مادھو کے پاس آئے۔ مادھو منہ کھولے آنکھیں پھاڑے اُنھیں دیکھ رہا تھا۔ پنڈت جی سفید براق لباس میں آ کاش دوت معلوم ہو رہے تھے۔ اُن کی چوڑی روشن پیشانی پر سُرخ تلک اُن کی شخصیت کو مزید جاذب نظر بنار ہا تھا۔ پنڈت جی مادھو کے سامنے آ کھڑے ہو گئے۔ پھر دونوں ہاتھ جوڑ کر بولے۔

"مادھو! ہم تم سے پرارتھنا کرتے ہیں کہ ہمیں اپنی گئیاں کا دودھ دوہنے کی اجازت دو۔ ہم اپنے ہاتھوں سے دودھ دوہ کر یہ ثابت کر دینا چاہتے ہیں کہ اصلی گوالے ہم ہیں۔"

اور اس سے پہلے کہ مادھو ہاں یا نا کہتا پھر کوئی ایک پیتل کا بھانڈا لے آیا۔ پنڈت اونکارناتھ نے کہا۔ "ہم دودھ دوہنے سے پہلے گئو ماتا کی شدھی کریں گے۔ پرائے ہاتھوں کے لمس سے ماتا اپوتر ہو گئی ہے۔" تُرنت کوئی دوڑ کر مندر کے پجاری سے پنچ پاتر میں گنگا جل لے آیا۔ پنڈت اونکارناتھ نے اپنے گلے سے سونے کی زنجیر نکالی اور اُسے گنگا جل میں ڈبویا۔ پھر خود زیرِ لب کوئی منتر پڑھتے ہوئے گائے پر گنگا جل کے چھینٹے دینے لگے۔ تھوڑا سا گلال گائے کی پونچھ پر لگایا۔ اور دودھ دوہنے بیٹھ گئے۔ صبح سے دو دفعہ دودھ دوہا جا چکا تھا۔ تھنوں میں ہاتھ لگاتے ہی گائے نے پچھلا پاؤں جھٹکا اور بھانڈا لڑھک کر دور جا پڑا۔ پنڈت اونکارناتھ منتر بُدبُداتے ہوئے اُٹھے۔ گائے کے پٹھے پر ہاتھ رکھ کر اُسے چمکارا۔ دونوں ہاتھ جوڑ کر گائے کو پرنام کیا۔ ایک

رضاکار نے بھانڈا اُلٹا کر پھر گائے کے تھنوں کے پاس رکھ دیا ور پنڈت جی دوبارہ دودھ دوہنے بیٹھ گئے۔ گائے کو پچکارتے پچکارتے تھنوں کو تھام لیا۔ گائے نے کوئی تعرض نہیں کیا۔ تھوڑی دیر تک اُس کے تھنوں کو سہلا کر اُنھوں نے جو کھینچا تو پتلی سفید دودھ کی دھار سیدھی بھانڈے میں گری، ہر ہر مہادیوُ کے نعرے سے بھرت پور گونج اُٹھا۔ تقریباً پاوُ بھانڈا دودھ دوہنے کے بعد پنڈت جی اُٹھ کھڑے ہوئے۔ پنڈت جی نے محسوس کر لیا کہ گائے کے تھنوں میں اب دودھ کا ایک قطرہ بھی باقی نہیں ہے۔ اُدھر گائے بھی دوبارہ پاوُں جھٹکنے لگی تھی۔

کچھ لوگوں نے بڑھ کر پنڈت جی کے گلے میں پھول مالائیں ڈالیں۔ پنڈت جی نے وہ ساری پھول مالائیں گائے کے گلے میں ڈال دیں۔ ایک بار پھر پنڈت جی کی جے جے کار ہوئی۔ پنڈت جی نے اِدھر اُدھر دیکھتے ہوئے پوچھا۔

”مادھو کہاں ہے؟“

”وہ کھڑا ہے۔“ کسی نے اشارہ کیا۔

مادھو اپنے شکستہ مکان کے دروازے میں حیران و پریشان کھڑا یہ سارا منظر دیکھ رہا تھا۔ اُس کے ہونٹ ایک دوسرے پر اِس قدر سختی سے جمے ہوئے تھے کہ لگتا تھا اب وہ قیامت تک ایک دوسرے سے جدا نہیں ہوں گے۔ پنڈت جی بڑی اپنائیت سے آگے بڑھے اور مادھو کے کاندھے پر ہاتھ رکھ کر بولے۔

”دھنیہ ہو مادھو! تم اور تمھاری گائے آج پورے راشٹر کی آتما کا پرتیک بن گئے ہیں۔“

مادھو کچھ نہ بولا۔ وہ بولتا بھی کیا۔ پوری صورتِ حال اُس کے لیے ناقابل برداشت ہوتی جا رہی تھی۔ پنڈت اور کار ناتھ اپنی رتھ گاڑی میں آ کر بیٹھ گئے۔ بیل گاڑیوں کا قافلہ نعروں کی گونج میں دھول اُڑاتا، شنکھ پھونکتا، ڈھول بجاتا ایک طرف کو روانہ ہو گیا۔ بیل گاڑیوں کے ساتھ آئے ہوئے گاوُں والے اور چھوکرے بالے بھی واپس اپنے اپنے گھروں کو لوٹ گئے۔

اب سورج مغرب کی طرف جھکنے لگا تھا اور سایے لمبے ہوتے جا رہے تھے۔ لوگ دوپہر کا بھوجن کر کے چار پائیوں اور انڈوں اور آنگنوں میں پیڑوں کے نیچے بیٹھے بیڑی اور چلم پیتے اور تمباکو چونا کھاتے ہوئے آج کے جلسوں اور جلوسوں اور نیتاوُں کے دودھ دوہنے کی باتوں

کولے کرائے اپنی اپنی سوجھ بوجھ کے مطابق خیال آرائیاں کر رہے تھے۔ کچھ لوگ مرزا اثر اب علی کی بھلمنسا ہٹ اور سادگی کی تعریف کر رہے تھے اور کچھ پنڈت اونکار ناتھ کے علمی گھرانے اور اُن کی قومی اسپرٹ کے گُن گا رہے تھے۔ اُدھر مادھو اپنے گھر کے دروازے کے سامنے فکرمند بیٹھا تھا۔ آج اُس نے دو پہر کی روٹی بھی ٹھیک سے نہیں کھائی تھی۔ بیوی نے جوار کی دو موٹی روٹیوں کے ساتھ بینگن کا ساگ پروسا تھا۔ آدھی پیاز کی ڈلی بھی رکھی تھی مگر وہ بڑی مشکل سے صرف ایک روٹی اور تھوڑا سا ساگ حلق سے اُتار سکا۔ پھر غٹ غٹ آدھی لوٹا پانی پی کر دھوتی سے مُنہ پونچھتا ڈہلیز میں آ کر بیٹھ گیا تھا۔ سامنے بندھی گائے کو غور سے دیکھا گائے اپنے آگے پڑی خشک گھاس کی پتیوں کو دھیرے دھیرے چبا رہی تھی۔ اُس کی آنکھوں میں کوئی بھاؤ نہیں تھا۔ مادھو کی نگاہ اُس کے تھنوں پر پڑی۔ اُسے لگا آج اُس کے تھن معمول سے زیادہ لٹکے ہوئے ہیں۔ مادھو نے اُسے تشویش سے دیکھا۔ بیڑی کے دو تین کش لیے اور گھٹنوں میں سر ڈال کر بیٹھ گیا۔ بیوی نے روٹی کھائی، بچے کو روٹی کھلائی۔ برتن سمیٹ کر ایک طرف رکھے اور ایک کونے میں بوریا ڈال کر بچے کو پہلو میں لیے لیٹ گئی۔ اُس نے مادھو سے اُس کی چِنتا کا سبب بھی نہیں پوچھا۔ پوچھنا بھی فضول تھا۔ مادھو ایک ہی جواب دیتا۔ ”مالوم نئیں ۔۔۔“
مادھو دروازے میں بیٹھے بیٹھے اپنے گھٹنے پر ٹھوڑی رکھے اونگھنے لگا۔

اتنے میں چاروں طرف سے تیز ہوا کے جھکڑ چلنے لگے۔ جیسے زبردست آندھی آ رہی ہو۔ مادھو کا شکستہ مکان خشک ٹہنی کی طرح کانپنے لگا۔ تھوڑی ہی دیر میں اُس نے دیکھا کہ بے شمار مویشی جن میں گائیں، بیل، بھینسیں اور سانڈ بھی شامل تھے دندناتے چلے آ رہے ہیں۔ تب اُسے پتا چلا کہ دراصل وہ آندھی نہیں تھی بلکہ اُن جانوروں کے دوڑنے کی دھمک سے زمین کانپ رہی ہے۔ مگر یہ کیا؟

اُن جانوروں میں سب سے آگے اُس کی اپنی گائے تھی اُس کی آنکھیں اُلٹی ہوئی تھیں، نتھنے پھر پھرا رہے تھے اور مُنہ سے جھاگ نکل رہا تھا۔ وہ سر کو جھکائے دونوں سینگیں آگے کیے سیدھے، اُسی کی طرف دوڑتی چلی آ رہی تھی۔ گویا صرف ایک ہی ٹکر میں اُسے دھرتی کے دوسرے سرے پر اُچھال دے گی۔ وہ گھبرا کر کھڑا ہو گیا۔ اُس نے دونوں ہاتھ پھیلا کر اُسے رُکنے

کا اشارہ کیا مگر گائے کی رفتار میں رتی برابر فرق نہیں آیا۔ گائے قریب آتی جا رہی تھی۔ قریب اور قریب ۔ مارے خوف کے اُس کے حلق سے گھٹی گھٹی سی چیخ نکل گئی۔ اچانک اُسے ٹھسکا لگا اور اُس نے کھانستے ہوئے آنکھیں کھول دیں۔ سامنے گائے اُسی طرح کھونٹی سے بندھی دُم سے مکھیاں اُڑاتی آہستہ آہستہ منہ چلا رہی تھی۔ مادھو نے اپنی پیشانی سے پسینہ پونچھا اور ہونٹوں پر دو انگلیاں رکھ کر اُنگلیوں کی جھری میں سے مُنہ میں بھر آئے لُعاب کو 'پچ' سے تھوکا۔

اچانک اُسے ایک بار پھر لوگوں کے نعروں کی آواز یں سنائی دیں۔ اُس نے کسی متوحش جانور کی طرح اِدھر اُدھر نگاہ ڈالی۔ نعروں کی آواز آتی قریب آتی جا رہی تھی۔ تبھی اُس نے دیکھا کہ گاؤں کی اُسی اکلوتی سڑک پر ایک جلوس اور چلا آ رہا ہے۔ آگے آگے کوئی شخص دھوتی کرتا پہنے گلے میں پھولوں کی مالائیں ڈالے چل رہا تھا اور اُس کے پیچھے کچھ لوگ مُٹھیاں بھینچ بھینچ کر نعرے لگا رہے تھے۔ چند لمبے بالوں اور ڈبلے جسموں والے نوجوان کسی چالو فلم کی دُھن پر ناچ رہے تھے۔

مادھو ایک دم سے کھڑا ہو گیا۔ جلوس والے اُس کے گھر کے سامنے آ کر رُک گئے۔ دھوتی گرتے والے نے دونوں ہاتھ جوڑ کر مادھو کو پرنام کیا اور اپنے زردی مائل دانتوں کی نمائش کرتا خواہ مخواہ ہی ہی کرنے لگا۔ پھر بولا۔

''مادھو بھائے! میرا نام بابو راؤ ہے۔ غریب لوگوں کی سیوا کے واسطے الیکشن میں کھڑا ہوں ۔ میں بھی پہلے تھارے مافک غریب تھا۔ ابھی اپنے کو بھگوان نے دو پیسہ دیا ہے پن میں غریبی کو نہیں بھولا ۔۔۔ غریب ہی غریب کے کام آتا ہے۔ یہ پیسے والے ایک نمبر کے حرامی ہوتے ہیں۔ غریب کا خون چوستے ہیں۔ سالے جونک ہوتے ہیں جونک ۔۔۔ میں نے سُنا ہے میرے سے پہلے اِدھر دو نیتا لوگ آ کر گئے۔ تھاری گائے کا دودھ بھی نکالا ۔ دونوں پاکھنڈی تھے۔ خالی دودھ نکالنے سے کوئی گوالا ہو جاتا ہو نہیں ہے۔ ارے میں تو بچپن سے گو ماتا کی سیوا کرتا آیا ہوں، اُس کا گوبر اُٹھانا، اُسے نہلانا، اُس کا دودھ نکالنا اپنی گھٹی میں پڑا ہے۔ یہی اپنا کام ہے ۔ دودھ کیسے نکالا جاتا ہے میرے سے پوچھو ۔۔۔ مادھو بھائے میرے کو اپنی گائے کا تھوڑا سا دودھ نکالنے دو ۔۔۔۔''

مادھو نے تُرنت بات کاٹتے ہوئے کہا۔

’’نہیں، بھگوان کے لیے ۔۔۔اب اور نہیں ۔۔۔گائے کے تھن میں اب ایک بوند بھی دودھ نہیں ہے۔میں اب اُسے ہاتھ لگانے نہیں دوں گا۔‘‘

’’مادھو بھائے! بات کو سمجھنے کی کوشش کرو۔اگر میں نے تمھاری گائے کا دودھ نہیں نکالا تو بڑی بے اِجتی ہو گی کیوں کہ وہ لوگوں کہ تمھاری گائے نے دودھ نکالا ہے۔میں تھوڑا سا نکالوں گا جادا نہیں ۔۔۔مادھو بھائے! غریب کی اِجت غریب کے ہاتھ میں ہوتی ہے۔‘‘

مادھو نے بہت منع کیا مگر بابو راؤ ہاتھ جوڑ کر ایک ہی بات دوہراتا رہا۔

’’غریب کی اِجت غریب کے ہاتھ میں ہوتی ہے۔‘‘ بابو راؤ کے ساتھیوں نے بھی مادھو کو سمجھایا۔دو چار اُسے گھیر کر کھڑے ہو گئے۔ہر کوئی اُسے سمجھا رہا تھا۔وہ بار بار منع کر رہا تھا۔اس کی سمجھ میں نہیں آ رہا تھا، اُنھیں کیسے سمجھائے۔کیسے منع کرے کیوں کہ وہ تو اُس کی سن ہی نہیں رہے تھے صرف اپنی ہی کہے جا رہے تھے۔

پھر پتا نہیں کب اور کیسے ایک لوٹا منگوا لیا گیا۔اور مادھو نے دیکھا کہ بابو راؤ اُس کی گائے کے پیروں کے پاس بیٹھا اُسے پچکار رہا ہے۔مادھو لوگوں کے نرغے میں گھرا ایک عجیب سی بے بسی کے ساتھ یہ سب دیکھ رہا تھا۔گائے بے چینی سے پچھلے پاؤں جھٹک رہی تھی۔بار بار دُم ہلا رہی تھی۔دائیں بائیں سینگ چلا رہی تھی مگر بابو راؤ بھی کافی ضدی تھا۔اُس نے کسی نہ کسی طرح اُس کے تھنوں سے تھوڑا سا دودھ نچوڑ ہی لیا۔بابو راؤ کے چھوکرے ایک بڑا سا دائرہ بنا کر ’’گوِندا آلا رے آلا‘‘ گانے لگے ۔۔۔مادھو آنکھیں پھاڑے یہ سب دیکھتا رہا۔پھر جانے کب بابو راؤ نے اُسے دھنیہ واد کہا۔کب وہ لوگ وہاں سے رخصت ہوئے۔مادھو کو کچھ بھی یاد نہیں ۔

جب اُس کے حواس ذرا درست ہوئے تو اُس نے دیکھا کہ سب لوگ جا چکے ہیں اور پچھم کی طرف سورج چند گز اور جھک گیا ہے اور پہاڑی کے پیچھے جیسے کسی نے بہت بڑا اُلاؤ روشن کر دیا ہے۔پھر اُس نے اپنی گائے پر نگاہ ڈالی اور ایک دم سے چونک گیا۔گائے اب زمین پر بیٹھ چکی تھی بلکہ لیٹ چکی تھی۔اُس کا جگالی کرتا منہ بھی بند تھا اور اُس کی سفید شیشہ آنکھوں کے ڈھیلے کافی پھیل گئے تھے۔اُس نے اُس کے تھنوں کی طرف دیکھا۔تھن سوجے ہوئے سے لگ

رہے تھے اور رنگ بھی گہرا گلابی ہوگیا تھا۔ اُسے لگا اگر اب کے اُنھیں کسی نے ذرا سا بھی چھیڑا تو بجائے دودھ کے خون کے سُرخ قطرے ٹپکنے لگیں گے۔ وہ گائے کے پاس جا کر بیٹھ گیا اور اُس کا ماتھا سہلانے لگا۔ پھر قریب پڑی خشک گھاس کے چند تنکے اُس کی طرف بڑھائے گائے گھاس کھانے کی بجائے اُس کا ہاتھ چاٹنے لگی۔ مادھو کا دل بھر آیا۔ اور وہ مُنہ سے چ۔۔۔چ۔۔۔چ کی آواز نکالتا ہوا اُسے پچکارنے لگا۔۔۔جانے وہ کتنی دیر تک گائے کے پاس بیٹھا اُسے پچکارتا چمکارتا رہا۔ شام کے سائے لمبے ہونے لگے تھے۔ آسمان پر بگلوں کی ایک ڈار اُڑتی ہوئی کسی طرف کو جا رہی تھی۔ پہاڑ اور جنگل سے ڈھور لوٹ رہے تھے۔ گڈریے چھوکروں کی ایہہ، ایہہ، ٹر، ٹر، ٹر کی آوازیں آ رہی تھیں۔ مادھو گائے کے پاس سے اُٹھ کر دوبارہ اپنی دہلیز پر آ کر بیٹھ گیا۔ اُس کی خوف زدہ نظریں گاؤں کی سڑک پر جمی ہوئی تھیں۔۔۔اگرچہ سڑک پر دور تک کوئی راہ گیر دکھائی نہیں دے رہا تھا مگر نہ جانے کیوں اُس کا دل بُری طرح دھڑک رہا تھا۔

■■

مسٹر نوبڈی

”بھارت میرا ملک ہے سب بھارتی میرے بھائی اور بہنیں ہیں مجھے اپنے وطن سے پیار ہے اور میں اس کے عظیم اور گوناگوں ورثے پر فخر محسوس کرتا ہوں میں ہمیشہ اس ورثے کے قابل بننے کی کوشش کرتا رہوں گا۔ میں اپنے والدین، استادوں اور بزرگوں کی عزت کروں گا اور ہر ایک سے خوش اخلاقی کا برتاؤ کروں گا۔ میں اپنے ملک اور اپنے لوگوں کے لیے خود کو وقف کرنے کی قسم کھاتا ہوں۔ ان کی بہتری اور خوشحالی میں ہی میری خوشی ہے۔“

تمام بچے ہاتھ اٹھا کر عہد کر رہے تھے اور مدن ایک ایک کے چہرے کو غور سے دیکھ رہا تھا۔ سب کے چہروں پر بھولپن تھا۔ اور آنکھوں سے انتہائی معصومیت مترشح تھی۔ نہیں، ان میں سے کوئی نہیں ہو سکتا۔ مگر ان کے علاوہ پھر کون ہو سکتا ہے؟ انہیں میں سے کوئی ہے مگر اس وقت کس قدر معصوم بنا کھڑا ہے جیسے کچھ نہیں جانتا، کچھ نہیں کرتا، شیطان ۔۔۔ نہیں اسے ڈھونڈ نکالنا ہوگا۔ ورنہ ساری کلاس کا ڈسپلن برباد ہو جائے گا۔

عہد ختم ہو چکا تھا۔ مدن نے پورے کلاس پر ایک گہری نگاہ ڈالی۔ اور گمبھیر لہجے میں بولا۔

”سٹ ڈاؤن“ سب اپنی اپنی سیٹ پر بیٹھ گئے۔

وہ چاک لے کر مُڑا اور بلیک بورڈ پر تاریخ لکھنے لگا اُسی وقت ایک کاغذ کا تیر اُس کے کان کے پاس سے سراٹا بھر کر نکلا اور بلیک بورڈ سے ٹکرا کر اس کے گریبان میں اٹک گیا مدن کا بلیک بورڈ پر چلتا ہوا ہاتھ رُک گیا۔ اُس نے ذرا سا گردن جھکا کر کاغذی تیر کو دیکھا پھر اسے بائیں ہاتھ کی چٹکی سے پکڑ کر کلاس کی طرف مڑا پوری کلاس اسی طرح شانت اور گمبھیر تھی۔

"یہ کس کی حرکت ہے؟"

کوئی کچھ نہیں بولا۔

"میں پوچھتا ہوں یہ کس کی حرکت ہے؟" اس کی آواز تیز ہوئی۔ مگر کلاس میں خاموشی برقرار تھی۔

"تم لوگ یوں نہیں مانو گے؟" مدن نے غصّے سے کہا۔ "چلو سب اپنی اپنی سیٹوں پر کھڑے ہو جاؤ۔"

تمام بچے فوراً ہی اپنی اپنی سیٹوں پر کھڑے ہو گئے۔ اس نے خشونت آمیز نگاہوں سے ایک ایک کے چہرے کا جائزہ لینا شروع کیا۔ جوں ہی اس سے آنکھیں چار ہوتیں بچے سہم کر اپنی نظریں نیچی کر لیتے۔ کلاس کا چکر لگا کر وہ بلیک بورڈ کے پاس آ کر کھڑا ہو گیا اور اپنے لہجے کو حتی الامکان گمبھیر بنا کر بولا۔

"ابھی ابھی تم لوگوں نے عہد کیا تھا کہ میں اپنے والدین استادوں اور بزرگوں کی عزت کروں گا مگر یہ۔۔۔" کاغذی بان اس نے چٹکی میں پکڑے کاغذ کے تیر کو اپنے سر سے اوپر اٹھایا۔ "یہ بتا رہا ہے کہ تم اپنے عہد کے پابند نہیں ہو۔"

کئی بچوں نے ایک ساتھ آواز بلند کہا۔

"مگر سر! یہ ہم نے نہیں پھینکا۔"

"ٹھیک ہے تم نے نہیں پھینکا، مگر پھینکنے والا تمہیں میں سے ایک ہے مجھے بتاؤ کہ وہ کون ہے؟"

اس سوال پر سب نے اپنی گردنیں جھکا لیں، وہ تھوڑی دیر تک ان کے جواب کا منتظر رہا۔ پھر چاک لے کر بلیک بورڈ کی طرف مڑتا ہوا بولا۔

آج سزا کے طور پر تم لوگ پورا پریڈ یوں ہی کھڑے رہ کر پڑھو گے۔ چلو سبق نمبر ۲۴ نکالو، میں کون ہوں؟''

ابھی وہ بلیک بورڈ پر سبق کا نام ہی لکھ پایا تھا کہ پیچھے سے سیٹی کی آواز گونج اٹھی۔ مدن جھٹکے سے مڑا۔ مگر کلاس کے سارے بچے اسی طرح گردنیں جھکائے کھڑے تھے۔

''کون تھا؟ بتاؤ کون تھا؟''

وہ چیخا۔۔۔ چیختا رہا۔۔۔ اور بچے اسی طرح گردنیں جھکائے نظریں نیچی کیے خاموش کھڑے تھے۔ چیختے چیختے مدن کا گلا رُندھ گیا۔ بدن پر رعشہ طاری ہوگیا۔ آنکھیں اُبل پڑیں۔ اور چہرہ سُرخ ہوگیا۔ مگر بچوں پر اس کے اس غصے کا کوئی اثر نہیں تھا۔ نہ جانے وہ کب تک ان پر برستا گرجتا رہتا کہ 'ٹن' دوسرے پریڈ کا گھنٹہ بجا۔ وہ بولتے بولتے اچانک رُک گیا، بچے اسی طرح کھڑے تھے۔ وہ چند لمحے خاموشی کے ساتھ ہانپتا رہا۔ پھر اپنا فائل سنبھالتا ہوا کلاس سے باہر نکل گیا۔

مدن کچھ دنوں سے محسوس کر رہا تھا کہ کوئی ہے جو چپکے چپکے اس کے خلاف سازش کر رہا ہے کوئی اسے اس قدر پریشان کرنا چاہتا ہے کہ وہ ذہنی طور پر مفلوج ہو کر رہ جائے۔

وہ تھکے تھکے قدموں سے اسٹاف روم میں آ کر بیٹھ گیا۔ اسٹاف روم خالی تھا۔ اُس کے ساتھی ٹیچر غالباً اپنا اپنا پریڈ پڑھانے کلاسوں میں جا چکے تھے۔ اس نے راحت کا سانس لیا۔ اور فائل کو میز پر پٹخ کر ایک کرسی میں ڈھیر ہوگیا۔ پھر کرسی کی پشت سے ٹک کر آنکھیں بند کرلیں۔ ابھی اسے آنکھیں بند کیے پانچ سیکنڈ بھی نہیں ہوئے ہوں گے کہ کسی کے ہنسنے کی آواز پر وہ چونک گیا۔ اس نے آنکھیں کھول کر دیکھا کمرے میں تو کوئی بھی نہیں تھا۔ وہ اٹھا تیزی سے دروازے کی طرف لپکا باہر جھانک کر دیکھا پورا کاری ڈور یہاں سے وہاں تک سنسان پڑا تھا کوئی بھی تو نہیں تھا۔ بغل کے کمرے سے شاستری کے پڑھانے کی آواز ہی آ رہی تھی۔

I KNOW THE FUNNY LITTLE MAN

AS QUIET AS A MOUSE

WHO DOES THE MISCHIEF THAT IS DONE

IN EVERYBODY'S HOUSE

THERE'S NO ONE EVER SEEN HIS FACE

AND YET WE ALL AGREE
THAT EVERY PLATE WE BREAK
WAS CRACKED
BY MR. NOBODY...

وہ پلٹ کر کمرے میں آیا۔ کچھ دیر کھڑا اِدھر اُدھر دیکھتا رہا پھر کچھ سوچ کر دبے قدموں باتھ روم کی طرف بڑھا۔ باتھ روم کا دروازہ بھڑا ہوا تھا۔ اسے شبہ ہوا کہ ضرور اس میں کوئی چھپا ہے۔ اس نے ہینڈل پکڑا، ایک لمحہ رکا، پھر ایک جھٹکے سے دروازہ کھول دیا۔ باتھ روم خالی پڑا تھا۔ دروازہ بھیڑ کر وہ واپس مڑا۔ وار یہ دیکھ کر حیران رہ گیا کہ کمرے میں کسی کے چھوٹے چھوٹے پیروں کے نشان سے بنے ہوئے ہیں جیسے ابھی ابھی کوئی گیلے قدموں کے ساتھ وہاں سے گزرا ہو۔ "کمال ہے" بے ساختہ اس کی زبان سے نکلا۔ اس نے یوں ہی گردن اٹھا کر چھت کی طرف دیکھا چھت میں پنکھا گھر گھر رہا تھا۔ اور بائیں کونے میں ایک موٹی سی چھپکلی اب آہستگی ایک پتنگے کی طرف رینگ رہی تھی۔ وہ دوبارہ آ کر کرسی میں ڈھیر ہو گیا۔ اس کی سمجھ میں نہیں آ رہا تھا کہ آخر یہ سب کیا ہو رہا ہے۔ وہ کون ہے جو اُسے اس طرح پریشان کر رہا ہے؟ آخر وہ چاہتا کیا ہے؟ پھر اس نے سوچا یہ محض اس کا وہمہ نہ ہو۔ دماغ کا خلل ۔۔۔ کیا اسے کسی ڈاکٹر سے اپنا علاج کرانا چاہیے؟ یا کسی سائیکری ٹیٹ سے رجوع کرنا چاہیے۔ مگر یہ محض وہمہ کیونکر ہو سکتا ہے ۔ سب کچھ اس کے سامنے ہو رہا تھا۔ پھر اچانک ایک خیال سے وہ چونک گیا کیا جو کچھ اس کے ساتھ ہو رہا ہے وہ دوسروں کے ساتھ بھی ہو رہا ہے؟ مگر یہ بات وہ کس سے پوچھے؟ کہیں لوگ اس کا مذاق نہ اڑانے لگیں۔ مگر نہیں اسے کسی نہ کسی طرح تو معلوم کرنا ہی ہو گا کہ ان اَن دیکھی شرارتوں کا وہ اکیلا ہی شکار ہو رہا ہے یا دوسرے بھی اسے محسوس کر رہے ہیں۔ کچھ نہ کچھ تو کرنا ہی ہو گا۔

اتنے میں اسٹاف روم کا دروازہ کھلا۔ اور شاستری جی اندر داخل ہوئے۔ مدن کو لگا وہ کچھ پریشان سے ہیں ۔ دونوں کی آنکھیں چار ہوئیں۔ شاستری جی کے ہونٹوں پر جھپنی جھپنی مسکراہٹ آ گئی۔ وہ اپنا فائل میز پر رکھتے ہوئے بولے،

"ہیلو! مدن!"

اس نے بھی جواب میں ہیلو کہا۔

شاستری جی ایک کرسی پر بیٹھ گئے۔مدن نے شاستری جی کی طرف غور سے دیکھا۔شاستری جی رومال سے اپنے چہرے کا پسینہ پونچھ رہے تھے۔پسینہ پونچھ چکنے کے بعد انہوں نے رومال میز پر پھیلا دیا اور جیب سے پان کی ڈبیہ نکالی اور ایک پان کا بیڑا منہ میں ڈال لیا۔پھر ڈبیہ مدن کی طرف بڑھاتے ہوئے بولے۔''پان ۔۔۔''

مدن نے نفی میں گردن ہلا دی۔اس نے سوچا پہلے شاستری جی ہی سے شروعات کرے۔مگر کیا کہے۔شاستری جی منہ چلاتے ہوئے ادھر ادھر دیکھ رہے تھے۔وہ کچھ بے چین سے دکھائی دے رہے تھے۔مدن نے پوچھ لیا۔

''کیوں شاستری جی! کیا بات ہے؟ آپ کچھ پریشان ہیں؟''

''کون؟''شاستری جی چونک گئے،ان کا چلتا منہ رک گیا۔

''نہیں تو۔۔۔''پھر اوپر چلتے پنکھے کی طرف دیکھ کر بولے''آج گرمی کچھ زیادہ ہے،پھر اٹھ کر پنکھے کے ریگولیٹر کو گھما دیا۔پنکھے کی اسپیڈ بڑھ گئی۔شاستری دوبارہ اپنی کرسی پر آ کر بیٹھ گئے۔مدن شاستری کی ایک ایک حرکت کو بغور دیکھ رہا تھا۔شاستری کرسی پر بیٹھ گئے، پھر اپنے کرتے کے بٹن کو کھول کر ہوا کھانے لگے۔اچانک شاستری جی کی آنکھیں مدن کی آنکھوں سے ٹکرائیں۔مدن کو یوں اپنی طرف گھورتا دیکھ کر شاستری جی جھینپ سے گئے۔

''کیا بات ہے؟ تم مجھے اس طرح کیوں گھور رہے ہو؟''

''آپ مجھ سے کچھ چھپا رہے ہیں،''مدن نے بدستور شاستری کے چہرے پر نگاہیں جمائے رکھیں۔

''کچھ نہیں۔۔۔کچھ بھی تو نہیں ۔۔۔''شاستری جلدی جلدی پان چباتے ہوئے بولے۔

''پھر بھی''

شاستری کرسی کی پشت سے ٹک گئے اپنے چکنے ماتھے پر ہاتھ پھیرا۔اور ایک گہری سانس لے کر بولے۔

''آج کلاس میں ایک عجیب واقعہ ہوا۔''

”کیا ہوا؟“

”میری تیس سال کی سروس میں ایسا کبھی نہیں ہوا تھا۔“

”آخر بتائیے تو کے ہوا؟“

”میں دسویں کلاس میں انگریزی کی نظم پڑھا رہا تھا کہ اچانک پیچھے سے کوئی لڑکا چیخا’یو آر اے فول‘ میں نے کتاب پر سے نظریں اٹھا کر پیچھے دیکھا تمام بچے شانت بیٹھے تھے میں نے پوچھا ابھی ابھی کون بولا تھا۔سب بچے خاموش تھے۔میں نے غصے سے پوچھا سچ بتاؤ ابھی ابھی پیچھے سے کون بولا تھا مگر بچے اسی طرح خاموش بیٹھے رہے۔جب کافی دیر تک کوئی کچھ نہیں بولا تو میں نے سب کو سخت سُست کہا اور نظم کو آگے پڑھانا شروع کر دیا۔تھوڑی دیر بھی نہیں گذری تھی کہ پھر پیچھے سے آواز آئی’یو آر اے میڈ‘اب تو میرے غصے کی انتہا نہ رہی۔میں نے پوری کلاس کو کھڑا کر دیا اور سختی سے بولا بتاؤ وہ کون ہے جو پیچھے بیٹھا مجھے گالیاں دے رہا ہے تمام بچوں نے بیک زبان کہا۔

”سر! ہم نے تو کوئی آواز نہیں سنی۔“ مجھے بڑا غصہ آیا۔میں نے کہا کیا میں پاگل ہوں ۔میں نے خود اپنے کانوں سے سنا ہے کوئی پیچھے سے مجھے گالیاں دے رہا تھا۔مگر بچوں نے پھر بڑی معصومیت سے اس کی تردید کر دی۔تب میں نے انہیں بیٹھنے کا اشارہ کیا اور پھر پڑھانا شروع کر دیا۔ابھی میں نظم کا پہلا بند بھی نہیں ختم کر پایا تھا کہ پیچھے سے ایک زور کا پٹاخہ چھوٹا۔میں نے گھبرا کر اس طرف دیکھا مگر وہاں سب پُرسکون بیٹھے تھے۔میں نے گرج کر کہا۔

”بتاؤ۔۔۔کون ہے وہ۔۔۔؟ کون یہ شرارتیں کر رہا ہے؟“

ایک بچے نے پوچھا۔”اب کیا ہوا؟“

جس نے پوچھا تھا میں نے اسی کو بینچ پر کھڑا کر دیا۔اور دہاڑ کر بولا۔

”کلاس میں پٹاخہ چھوڑتے ہو اور کہتے ہو اب کیا ہوا۔“

اس بچے نے بلکہ کلاس کے سبھی بچوں نے مجھے حیرت سے دیکھا کیونکہ ان کے مطابق کلاس میں کسی نے بھی ان میں سے پٹاخے کی آواز نہیں سنی تھی۔تب میں نے غصے سے پیر پٹختا ہوا کلاس سے باہر نکل آیا۔میری سمجھ میں نہیں آ رہا ہے ایسے شیطان بچوں کو بھلا کیوں کر پڑھایا جا سکتا

ہے۔"

شاستری سانس لینے کو رُکے۔ تب مدن نے بھی شاستری کو وہ سب کچھ بتا دیا جو اس کے ساتھ بیتا تھا۔

دونوں کافی دیر تک بیٹھے صورتِ حال پر غور کرتے رہے آخر دونوں نے طے کیا کہ پرنسپل سے چل کر بچوں کی شکایت کرنا چاہیے۔ ورنہ معاملہ اور بڑھ سکتا ہے۔ دونوں اُٹھے اور پرنسپل کے آفس میں پہنچے۔ آفس میں پرنسپل نہیں تھے چپراسی سے پوچھا تو اس نے بتایا کہ وہ باتھ روم گئے ہیں۔ اور کسی وجہ سے کافی برہم ہیں۔ دونوں وہیں آفس میں بیٹھے پرنسپل کا انتظار کرنے لگے۔ تھوڑی دیر بعد پرنسپل صاحب باتھ روم سے برآمد ہوئے۔ اور آفس میں داخل ہوئے ان کا موڈ واقعی ٹھیک نہیں تھا۔ ان دونوں نے انہیں سلام کیا۔ اُنہوں نے اسی برہمی کے ساتھ ان کے سلام کا جواب دیا۔ اور بڑبڑانے لگے۔

"آخر آپ لوگ بچوں کو کیا پڑھاتے ہیں اگر تعلیم سے ان میں معمولی مینرس بھی پیدا نہ ہو سکیں تو تعلیم کا فائدہ کیا؟"

شاستری اور مدن ایک دوسرے کا منہ دیکھنے لگے۔ آخر مدن نے ڈرتے جھجکتے پوچھ ہی لیا کہ کیا ہوا؟

"کیا ہوا؟" پرنسپل بھڑک گئے۔

"ارے میں آفس میں بیٹھا لکھ رہا تھا کہ اس طرف کھڑکی میں سے کوئی بچہ منہ ڈال کر گدھے کی طرح رینکنے لگا۔ اس سے پہلے کہ میں اٹھ کر کھڑکی تک پہنچتا، وہ غائب ہو چکا تھا۔ میں نے چپراسی کو کہا، اس بچے کو پورے اسکول میں تلاش کیا جائے وہ ساری کلاسیں چھان آیا یا کوئی اپنی خطا قبولنے کو تیار ہی نہیں۔"

وہ دونوں چپ ہی رہے۔ پرنسپل تھوڑی دیر تک نظم و ضبط پر لیکچر دیتے رہے۔ اور آخر میں ان سے پوچھا کہ وہ کس کام سے آئے ہیں۔ دونوں نے مختصر مگر اپنے تلخ لفظوں میں اپنی اپنی بپتا سنا دی۔ دونوں کی باتیں سن کر پرنسپل سوچ میں پڑ گئے۔ اور بولے۔

"کل مسٹر راناڈے بھی بچوں کی شکایت کر رہے تھے ہر کلاس میں ایک دو شریر بچے ایسے

ہیں جو پورے اسکول کا نظام بگاڑنے پر تلے ہیں ۔ انہیں ڈھونڈ نکالنا ضروری ہے ورنہ پورا اسکول تباہ ہو جائے گا۔''

انہوں نے اسی وقت نوٹس نکالا کہ لنچ بریک سے پہلے اسٹاف روم میں میٹنگ ہے تمام ٹیچر حاضر رہیں ۔ چپراسی نوٹس بک پر تمام ٹیچروں کے دستخط لے کر آیا۔

مدن اور شاستری واپس اسٹاف روم میں آ کر بیٹھ گئے ابھی لنچ بریک میں آدھا گھنٹہ باقی تھا۔

''ہم سمجھ رہے تھے ۔ صرف ہمارے ساتھ ہی شرارتیں ہو رہی ہیں ۔ یہاں تو لگتا ہے پورا اسکول ہی اس کا شکار ہے ۔''

''خود پرنسپل کو چھیڑا جا رہا ہے، یہ تو کمال ہو گیا۔ اس سے پہلے اس اسکول میں ایسا کبھی نہیں ہوا۔''

شاستری نے پان کی ڈبیہ سے دوسرا پان نکال کر کلّے میں دبا لیا۔

''آپ کا کیا خیال ہے شاستری جی؟ اگر بچے شرارت کر رہے ہیں تو کیوں کر رہے ہیں؟''

مدن نے بھی جیب سے سگریٹ نکال کر سلگا لی ۔ شاستری نے تو پہلے ادھر اُدھر محتاط نگاہوں سے دیکھا ۔ پھر مدن کی طرف ذرا جھکتے ہوئے بولے ۔

''کیوں نہ کریں جی، اس اسکول میں ان کے لیے رکھا ہی کیا ہے؟ لیباریٹری، لائبریری تو دور کی بات ہے ۔ پانی پینے کے لیے ڈھنگ کا واٹر روم تک تو نہیں ۔ پیشاب گھر ہے تو اتنا چھوٹا ہے کہ بچوں کی تعداد کو دیکھتے ہوئے ایک دم ناکافی ہے ۔ پیشاب کے لیے بیچارے بچے باہر اسکول کی نالی پر جاتے ہیں ۔ پتہ ہے نا! چار روز پہلے ایک بچہ نالی میں گر گیا تھا ۔ اچھا ہوا کہ ایک راہ گیر کی نظر پڑ گئی ورنہ پتا نہیں اُس بیچارے کا کیا حشر ہوتا ۔ اسکول کے لیے نہ کوئی کھیل کا میدان ہے نا کوئی کھیل کا سامان ۔۔۔ جب بچوں کو اپنے بہتر چھپی صلاحیتوں کو صحیح ڈھنگ سے اُجاگر کرنے کا موقع نہیں ملتا تو وہ اسی طرح شرارتیں کرنے لگتے ہیں ۔ یہ تو چائیلڈ سائیکولوجی کا معمولی سا نکتہ ہے جو تم بھی جانتے ہو اور ہم بھی ۔''

''آپ ٹھیک کہتے ہیں شاستری جی! آپ یہی باتیں میٹنگ میں کہہ دیجئے ۔''

اچانک شاستری کو ٹھسکالگا اور وہ منہ پر رومال رکھے کھانسنے لگے۔تھوڑی دیر تک کھانستے رہنے کے بعد منہ پونچھتے ہوئے بولے۔

”ہاں۔۔۔ہاں کہوں گا۔۔۔میں کیا ڈرتا ہوں۔۔۔ضرور کہوں گا“

”کیا کہیں گے شاستری جی؟“

بھالے راؤ اندر آتے ہوئے بولا۔بھالے راؤ کو دیکھتے ہی شاستری جی سٹپٹا گئے۔کیونکہ مشہور تھا کہ بھالے راؤ پرنسپل کا چمچہ ہے۔اور اِدھر کی اُدھر کرتا رہتا ہے۔

”کچھ نہیں۔۔۔کچھ نہیں۔۔۔آج لنچ بریک میں پرنسپل صاحب نے اسٹاف میٹنگ رکھی ہے۔

یہی کہہ رہا تھا۔شاستری جی کی ساری ہوا نکل گئی۔

”ہاں نوٹس آیا تھا۔“

”بھالے راؤ تم جانتے ہو کہ میٹنگ کس تعلق سے بلائی گئی ہے؟“مدن نے پوچھا۔

”ہاں۔۔۔ہاں۔۔۔اچھی طرح جانتا ہوں۔“

بھالے راؤ مسکرایا۔

”تو کیا۔۔۔تمہارے ساتھ بھی کوئی شرارت ہوئی ہے۔“

”میرے ساتھ کیا،اسکول کے ہر ٹیچر کے ساتھ ہوئی ہے۔۔۔ہو رہی ہے۔“

”تمہارا کیا خیال ہے بھالے راؤ؟“

”میں کیا بول سکتا ہوں آپ لوگ اس اسکول کے سینئیر ٹیچر ہیں۔آپ لوگ مجھ سے زیادہ جانتے ہیں۔آپ لوگ ہی بتائیے کہ ایسا کیوں ہو رہا ہے؟“

”شاستری جی کا خیال ہے۔۔۔“مدن نے کہنا چاہا۔

”نہیں۔۔۔نہیں۔۔۔میرا کوئی خیال ویال نہیں۔“شاستری نے جلدی سے کہا۔

”ہاں۔۔۔ہاں۔۔۔شاستری جی کیا خیال ہے آپ کا؟“بھالے راؤ بولا۔

”شاستری جی کا خیال ہے کہ۔۔۔“

”ارے تم کمال کرتے ہو۔تم اپنا خیال کیوں نہیں بتاتے میرے ماتھے پر تلک کیوں لگاتے ہو۔نہیں۔۔۔میرا کوئی خیال نہیں۔“

اتنے میں ٹن ٹن گھنٹی بجی، لنچ بریک ہو گیا تھا۔ باہر ایک دم سے بچوں کا شور ہونے لگا۔

"میں ذرا باہر دیکھوں۔ آج نگرانی کی ڈیوٹی میری ہے۔"

کہتا ہوا بھالے راؤ باہر چلا گیا۔

"یار تم بھی کمال کرتے ہو۔۔ میرا نام لینے کی کیا ضرورت تھی۔ تم تو جانتے ہو یہ سالا پرنسپل کا کتنا بڑا چمچ ہے۔"

"مجھے معلوم ہے شاستری جی، مگر اس سے کب تک ڈر کر رہیں گے۔"

"ڈرنے کی بات نہیں مجھے ریٹائرڈ ہونے میں دو سال باقی ہیں۔ اب آخری عمر میں، میں کسی جھنجھٹ میں نہیں پڑنا چاہتا۔ پھر تم خود بھی تو کہہ سکتے ہو مجھ سے کہلوانا کیوں چاہتے ہو۔"

"میں کیا کہوں، یہاں کون کس کی سنتا ہے۔ سب کو اپنی اپنی دال روٹی کی فکر ہے۔"

اتنے میں چق ہٹی اور اسٹاف کے لوگ ایک ایک دو دو کر کے اندر آنے لگے۔

"ہیلو۔"

"ہاؤ آر یو"

"تمہارا تیسرا پریڈ کہاں تھا مسٹر شرما؟"

"آج صبح سے تین انا سین لے چکا ہوں پھر بھی سر درد کم نہیں ہوا۔"

"ارے گاؤ سکر کا اسکور کیا ہوا؟ پونے بارہ تک تھرٹی سکس ہوئے تھے۔"

"آج پھر بینک میں ڈاکے کی خبر ہے۔"

"سالا یہ فسادات کا سلسلہ رکنے کا نام ہی نہیں لیتا، آج چھ جگہ فسادات ہوئے۔"

"ہونے دے یار۔۔۔ اسی بہانے سالی کچھ تو آبادی گھٹے گی۔"

"مونڈن کرنے سے مردے کا بوجھ کم نہیں ہوتا مسٹر جھگجیت۔"

"سب چھوڑو یار۔۔۔ یہ سالا میٹھا تیل تیس روپے کلو ہو گیا ہے۔ آخر آدمی کھائے تو کیا کھائے۔"

"اس مہینے مہنگائی بھتے میں ساڑھے سات روپے کا اضافہ ہو گیا۔"

"ہاں۔۔۔ اونٹ کے منہ میں زیرہ۔"

"خبر ہے کہ آتنک وادی اپنے شہر میں گھس آئے ہیں۔"

"گھس آنے دو تم کیوں چنتا کرتے ہو ان کا نشانہ تو بڑی بڑی ہستیاں ہیں ایک پھٹیچر پچر کے خون سے وہ اپنے ہاتھ کیوں خراب کرنے لگے۔"

"آج یہ ایمرجنسی میٹنگ کیوں بلائی گئی ہے؟"

"پتہ نہیں،۔۔۔بھالے راؤ کو معلوم ہوگا۔"

"ہاں بھالے راؤ کو تو یہ تک معلوم ہے کہ پرنسپل صاحب دن میں کتنی بار سانس لیتے ہیں۔اور کتنی بار ہوا خارج کرتے ہیں۔"

"مگر بھالے راؤ ہے کہاں؟"

"ہوگا کہاں! وہیں آفس میں بیٹھا لیموپنچور رہا ہوگا۔"

اتنے میں جق ہٹی اور پرنسپل صاحب روم میں داخل ہوئے۔بھالے راؤ ان کے پیچھے ہی تھا۔تمام لوگ اپنی اپنی کرسیوں سے کھڑے ہو گئے۔پرنسپل صاحب باوقار انداز سے چلتے ہوئے اپنی مخصوص کرسی پر جا کر بیٹھ گئے۔اور سب کو بیٹھنے کا اشارہ کیا۔سب بیٹھ گئے۔انہوں نے چلتی سی ایک نگاہ اپنے پورے اسٹاف پر ڈالی۔پھر کھنکار کر گلا صاف کیا اور ٹھہرے ہوئے لہجے میں کہنا شروع کیا۔

"ساتھیو! میں رسمی تمہید باندھنے کی بجائے سیدھے بات شروع کرتا ہوں۔ دراصل مجھے شکایتیں ملی ہیں کہ ہمارے اسکول کا ڈسپلن بہت خراب ہوگیا ہے بلکہ دن بدن خراب ہوتا جا رہا ہے یہ ہم زیادہ دنوں تک برداشت نہیں کر سکتے۔اسکول ۔۔۔۔میں۔۔۔۔بلکہ ہر کلاس میں کچھ ایسے بچے داخل ہو گئے ہیں جو اپنی حرکتوں سے اسکول کو بدنام کرنا چاہتے ہیں آپ جانتے ہیں کہ پچھلے دو سال سے رزلٹ بھی تسلّی بخش نہیں آ رہے ہیں۔اِس بات کو اخباروں میں بھی اچھالا گیا تھا۔آخر یہ سب کون کر رہا یا کرا رہا ہے؟ اس کے پیچھے کن لوگوں کا ہاتھ ہے؟ ہمارے اسکول کی بدنامی سے کن لوگوں کو فائدہ پہنچے گا۔ہم اس بحث میں پڑنا نہیں چاہتے۔مگر اتنا ضرور کہیں گے کہ وہ جو بھی ہوں اسکول ہی کے نہیں قوم کے دشمن ہیں۔کیونکہ اس سے یہ ہوگا کہ جب اسکول بہت بدنام ہو جائے گا تو انکوائری ہوگی پھر ہو سکتا ہے ہماری گرانٹ بند ہو جائے گرانٹ بند ہوگی

تو یہ اسکول بھی بند ہو جائے گا۔ وہ دن ہمارے حق میں بہت بُرا دن ہوگا۔ اس دن کو ٹالنے کے لیے مجھے آپ تمام لوگوں کے تعاون کی ضرورت ہے۔ ہم نے تہیّہ کرلیا ہے کہ اسکول سے گندے اور شریر بچوں کا صفایا کرکے رہیں گے۔ ہم نے تمام چپراسیوں کو اسکول کے اسکاؤٹ گارڈز کو سختی سے حکم دیا ہے کہ وہ ایسے بچوں پر کڑی نظر رکھیں اور جہاں بھی کوئی شرارت کرتا نظر آئے ہمیں فوراً اطلاع دیں۔ آپ لوگوں کو بھی ہدایت کی جاتی ہے کہ ایسے طلبا کی ایک خفیہ فہرست تیار کریں اور آفس میں پیش کریں ان کے خلاف سخت کاروائی کی جائے گی۔ میں آپ لوگوں کا زیادہ وقت نہیں لوں گا۔ آپ لوگوں کو بھوک لگی ہوگی۔'' پرنسپل لمحے بھر کے توقف کے بعد بولے۔

''کسی کو کچھ کہنا ہے؟''

پرنسپل کی سوالیہ نگاہیں ایک ایک کا جائزہ لینے لگیں۔ سب خاموش تھے۔

مدن نے شاستری کی طرف دیکھا۔ شاستری نے بھی مدن کی جانب دیکھا۔ دونوں کی نگاہیں چار ہوئیں اور دونوں نے نظریں جھکا لیں۔ اس کے بعد دونوں ایک دوسرے سے نظریں نہ ملا سکے۔

تبھی کہیں سے ایک کاغذ کی گولی میز پر آ کر گری۔ سب چونک کر اِدھر اُدھر دیکھنے لگے۔ پرنسپل کی تیوریوں پر بل پڑ گئے۔

''یہ کیا بدتمیزی ہے؟ اب ان لوگوں کی یہ جرأت کہ۔۔۔''

بھالے راؤ نے لپک کر گولی اٹھا لی، اِسے کھولا۔''سر اس میں کچھ لکھا ہوا ہے۔''

''کیا لکھا ہے پڑھو'' پرنسپل کی آواز میں بر ہمی تھی۔

بھالے راؤ نے مڑی تڑی گولی کو کھول کر پڑھنا شروع کیا۔

''جب تک۔۔۔''

''نہیں ٹھہرو۔۔۔'' اچانک پرنسپل نے چٹھی بھالے راؤ کے ہاتھ سے لے لی۔ پھر اسٹاف کی طرف دیکھ کر بولے۔

''ذرا کوئی باہر جھانک کر دیکھو۔۔۔ باہر تو کوئی نہیں۔''

مدن کی کرسی دروازے کے قریب تھی طوعاً و کرہاً اُسی کو اُٹھنا پڑا۔ چِق ہٹا کر باہر جھانکا۔ باہر اسٹول پر چپراسی سنگت رام بیٹھا اونگھ رہا تھا۔ اور دونوں طرف کی گیلریاں اِس کونے سے اُس کونے تک سنسان پڑی تھیں۔

■ ■

اندیشہ

شیخ رضی الدین نے سامنے نگاہ ڈالی۔ عظمت نگر کی نیو کالونی کو جاتی ہوئی چھوٹی سی کچّی پکّی سڑک آگے جا کر دور وہ یہ سرکنڈوں کی جھاڑیوں میں گم ہوگئی تھی۔ شیخ رضی الدین نے کلائی کی گھڑی دیکھی۔ پونے سات ہو رہے ہیں تھے۔ سورج بس ابھی ابھی غروب ہوا تھا۔ مگر آسمان پر بادلوں کی وجہ سے شام کچھ زیادہ ہی گہری آگئی تھی۔ سامنے دائیں طرف کے موڑ سے انہیں کچّی سڑک پر اتر جانا تھا۔ وہ ترپاٹھی کے ٹھیّے سے ساڑھے چھ بجے کے قریب اُٹھ گئے تھے اس کا مطلب ہے کہ انہوں نے پندرہ بیس منٹ میں تین کلو میٹر کی مسافت طے کر لی تھی۔ آگے کے شارٹ کٹ سے وہ تیس چالیس منٹ میں عظمت نگر پہنچ جائیں گے۔ انہوں نے سائیکل کو کچّی سڑک پر ڈالتے ہوئے آسمان کی طرف دیکھا۔ مشرقی افق کی جانب سے بادلوں کے پرے اُمڈے چلے آ رہے تھے۔ دور کہیں ہلکی سی بجلی بھی چمکی۔ جیسے کسی بچے نے سلیٹ پر ٹیڑھی میڑھی لکیر کھینچ دی ہو۔ اگر راستے میں بارش آ گئی تو بڑی فضیحت ہوگی۔

شیخ رضی الدین نے سوچا۔ مگر اب واپس مڑنے کا سوال ہی نہیں تھا۔

'نہ جانے ماندن نہ پائے رفتن کا معاملہ تھا۔ اگر وہ ترپاٹھی کے ٹھیّے سے آدھا گھنٹے پہلے اُٹھ گئے ہوتے تو یہ پریشانی نہیں ہوتی۔ مگر اٹھتے کیسے؟

جہاں کامریڈ احسن بخاری جیسا باتونی شخص موجود ہو تو مجال ہے کوئی آسانی سے اپنا دامن چھڑا لے۔اس پر طرہ یہ کہ وہاں کمل گپتا بھی آ گیا تھا۔بخاری سیر تو گپتا سوا سیر۔بحث چلی تو پھر کیا تھا اللہ دے اور بندہ لے۔وہ جب جب اٹھنے کی کوشش کرتے تو کبھی بخاری کبھی گپتا انہیں دبوچ کر بٹھا دیتے۔کچھ نہیں تو وہ وہاں دو گھنٹے بیٹھے ہوں گے۔ان دو گھنٹوں میں تری پاٹھی نے آتما رام کے باکڑے سے تین بار کٹنگ چائے منگوائی، ہر بار چائے پینے کے بعد بخاری اور گپتا ایسے تازہ دم ہو جاتے جیسے انہیں ری فیول "Reful" کر دیا گیا ہو۔درمیان میں ان کے شہر سے دور عظمت نگر میں جا کر بس جانے پر بھی اچھی خاصی بحث چل پڑی۔یوں تو سبھوں نے تعریف کی کہ چلو شیخ صاحب نے آخری دنوں میں ایک معقول مکان تو بنا لیا۔''شہر میں ایسے کشادہ مکان کا تو ہم تصوّر بھی نہیں کر سکتے۔''

''ہوا ایسی لطیف کہ سانس لیتے ہی طبیعت میں جولانی سی آ جاتی ہے۔''

''پانی ضرور بورنگ کا ہے مگر نمکیات سے بھرپور۔ پانی پیتے ہی بے تحاشہ بھوک چمک اٹھتی ہے۔ادھر کھاؤ ادھر ہضم۔''

مگر حسبِ عادت کامریڈ بخاری نے نکتہ نکالا۔

''مگر میں پوچھتا ہوں۔شیخ صاحب نے عظمت نگر ہی میں گھر کیوں بنایا۔''

''اس لیے کہ اتنا کشادہ مکان اور اس قدر سستا عظمت نگر میں ہی بن سکتا تھا۔'' گپتا نے ان کی جانب سے وضاحت پیش کرنے کی کوشش کی۔

''نہیں یہ بات نہیں ہے۔سستا مکان عظمت نگر کے آس پاس شاستری نگر یا جبتا کالونی میں بھی مل سکتا تھا مگر شیخ صاحب نے وہاں مکان اس لیے نہیں لیا کہ وہاں غیر مسلموں کی اکثریت ہے اور عظمت نگر میں سو فیصد مسلم آبادی ہے۔''

''ارے یار! تو اس میں کیا برائی ہے۔ ہر شخص اپنوں کے درمیان ہی تو رہنا چاہتا ہے۔'' گپتا نے پھر وکالت کی۔

''گپتا! یہی اپنوں والی بات تو ہمیں ایک دوسرے سے دور کر رہی ہے۔ ہم دھیرے دھیرے اپنے ہی گھر میں دیواریں کھڑی کر رہے ہیں۔ ہمارے ذہنوں سے انسانی برادری کا

آفاقی تصوّر ختم ہوتا جا رہا ہے ۔ ہم ہندو، مسلم، مراٹھا، گجراتی، پنجابی اور کشمیری جیسے ذیلی ناموں سے پکارا جانا پسند کرنے لگے ہیں ۔ ملک غیر محسوس طور پر خانوں میں بٹتا جا رہا ہے ۔ یہ رجحان یقیناً پوری قوم کو پارہ پارہ کر دے گا''

بخاری جوں ہی سانس لینے کو رکا ۔ گپتا نے تُرنت اس پر آخری وار کر دیا ۔''اسی کو تو کثرت میں وحدت کہتے ہیں ۔ تم سالے کمیونسٹ ہر شخص سے اس کی شناخت چھین کر اُسے نمبر میں تبدیل کر دینا چاہتے ہو ۔ روس میں اس کا انجام دیکھ لیا نا؟''

''اگر کمیونزم اتنا ہی برا تھا تو اس کے خاتمے کے بعد وہاں سکون ہو جانا چاہیے تھا ۔ مگر سربیا، بوسنیا، چیچنیا، ہرزیگووینا، آذر بائنجان، ازبکستان مجھے بتاؤ کہاں ہے سکون؟''

بخاری کی دُکھتی رگ پر انگلی رکھ دی گئی تھی اور وہ پورے جوش کے ساتھ بولے جا رہا تھا ۔ گپتا بھی برابر دفاع کر رہا تھا مگر شیخ رضی الدین اُن کی بحث سنتے ہوئے بھی نہیں سن رہے تھے ۔ ان کے ذہن میں تو نئے گھر کو لے کر خود اُن کے اپنے گھر میں چلنے والی بحث کی بازگشت ہونے لگی تھی ۔

ریٹائرمینٹ کے بعد جب نیا مکان لینے کی بات چلی تو ان کے دونوں بیٹوں نے صاف طور پر کہا تھا ۔

''پچھلے فسادات میں ہم یہاں لُٹتے لُٹتے بچے ہیں ۔ لہٰذا مکان ایسی جگہ لیا جائے جہاں، اپنے لوگ ہوں'' ۔ انہوں نے مخالفت کرنا چاہی تو بیوی نے ڈپٹ دیا ۔

''بچے صحیح تو کہہ رہے ہیں ۔ ہماری آپ کی تو جیسی گزرتی تھی گزر گئی ۔ بچوں کے سامنے ان کی پوری زندگی پڑی ہے ۔ آپ اپنا گھسا پٹا سیکولرزم اپنے پاس رکھیے ۔ بچے جیسا کہتے ہیں ویسا کیجیے ۔''

بیوی ایک پرائمری اسکول میں اُستانی تھیں اور ان سے پانچ برس پہلے رضاکارانہ ریٹائرمینٹ لے کر مُصلّی و تسبیح سنبھال چکی تھیں ۔ انھوں نے سمجھانے کی کوشش کی ۔

''بیگم آپ پڑھی لکھی ہیں ۔ معاملے کو وسیع تناظر میں سوچیے ۔ فساد تو ہوا کا ایک عارضی جھونکا ہوتا ہے ۔ ادھر آیا اور ادھر گیا ۔ مگر علاحدگی پسندی کا رجحان پوری قوم کو تباہی کے دہانے پر لا کر کھڑا

کر دے گا''

''ابا جان آپ ہمیشہ ہوا کے رُخ کو دیکھتے رہے ہیں مگر کشتی میں سوراخ ہوگیا ہے اس کی آپ کو خبر ہی نہیں۔ اب معاملات ویسے نہیں ہیں جیسے آپ کے وقتوں میں ہوا کرتے تھے۔ مسائل زیادہ پیچیدہ ہوگئے ہیں۔ آپ ہمیشہ قومی یکجہتی اور میل ملاپ کی باتیں کرتے ہیں مگر یہاں تو ہماری شناخت ہی معرضِ خطر میں پڑ گئی ہے۔ ہم اپنی شناخت کھو کر قومی یکجہتی کو گلے نہیں لگا سکتے۔ پچھلے فسادات میں جو کچھ ہوا ہمارے لیے وہ رانگ تھی۔ عقل مند وہی ہے جو وقت کے تیور کو سمجھتا ہے۔ خدا کے واسطے آپ اس معاملے میں دخل مت دیجیے۔''

اس طرح ماں بیٹوں نے مل کر انھیں چپ کرا دیا اور وہ لوگ شہر کا مکان بیچ کر عظمت نگر میں منتقل ہو گئے۔ کالونی نئی تھی، مکان کشادہ اور ہوادار تھا۔ پانی کا انتظام بھی انتہائی معقول تھا۔ سو فیصدی آبادی اپنے ہی لوگوں کی تھی۔ مسجد کافی بڑی اور خوبصورت تھی۔ پوری مسجد سفید سنگِ مرمر سے بنائی گئی تھی۔ سبز رنگ کا گنبد، گنبدِ خضرا کی یاد دلاتا تھا۔ مسجد کی چھت گرینائٹ کے چمکدار پتھروں سے مزین تھی۔ جن میں رکوع و سجود کا منظر بڑا ہی روح پرور لگتا تھا۔ چھت پر جو جھومر آویزاں تھے ان کی قیمت لاکھوں میں تھی۔ رات کے وقت مسجد کے اندر اور باہر ایسی روشنی ہوتی کہ پوری مسجد بقعۂ نور بن جاتی۔ پانچوں وقت لاؤڈ اسپیکر سے فُل ویلیوم میں اذان دی جاتی اور عظمت نگر کے در و دیوار صدائے حق سے گونجنے لگتے۔ بچے بہت خوش تھے، بیوی بھی خوش تھی مگر شیخ رضی الدین خوش نہیں تھے۔ انھیں بار بار اپنا پُرانا مکان، محلّے، گلیاں، تر پاٹھی کا ٹھیا، عوامی لائبریری اور سنسار ہوٹل یاد آتے رہے۔ جہاں روزانہ شام میں ان کے ساتھی ملتے تھے اور آدھی آدھی پیالی چائے کے ساتھ پورا پورا گھنٹہ بحث مباحثے میں گزار دیتے تھے۔ یہاں عظمت نگر میں سب اپنے ضرور تھے مگر کوئی ان کا دوست نہیں تھا۔ تر پاٹھی، گپتا، بخاری، سید، شُکلا کوئی بھی تو نہیں تھا، اب آخری دنوں میں وہ نئے دوست بنانے سے توبہ رہے۔ وہ اکثر اپنے مکان کی کھڑکی میں بیٹھ کر سامنے لوگوں کو آتے جاتے دیکھتے رہتے۔ لوگ اکثر کُرتا، پاجامہ پہنے، گول جالی دار ٹوپیاں لگائے یا تو مسجد کی جانب جاتے نظر آتے یا پھر مسجد سے واپس آتے دکھائی دیتے۔ جمعہ کے جمعہ تو وہ بھی نماز پڑھ لیتے تھے مگر بیوی کے اصرار کے باوجود وہ

باقاعدہ پنج وقتہ نمازی نہیں بن پائے تھے۔ عظمت نگر میں آنے کے بعد سے تو جمعہ کا بھی نافذ ہونے لگا تھا۔ اگر بیوی ٹوکتیں تو وہ گھر ہی پر چار رکعت نماز ادا کر کے انھیں مطمئن کرنے کی کوشش کرتے۔ بیوی کہتیں۔

"اتنی شاندار مسجد چھوڑ کر آپ گھر ہی میں ٹکریں مار لیتے ہیں۔ یہ کوئی اچھی بات تو نہیں۔ جانتے ہیں اس مسجد میں نماز پڑھنے کو لوگ باعثِ سعادت سمجھتے ہیں کیونکہ اس میں پہلی اذان مدینہ کے موذن نے دی تھی اور امامِ مکّہ نے امامت فرمائی تھی۔"

"بھئی، مجھے سب پتہ ہے۔ خدا کے واسطے آپ اپنا وعظ بند کیجیے۔ میرا اس مسجد میں دل نہیں لگتا۔ اس میں قدم رکھتے ہی مجھے یوں محسوس ہونے لگتا ہے۔ جیسے میں کسی بہت بڑے تھیٹر میں داخل ہو گیا ہوں۔"

اس ریمارک پر بیوی آپے سے باہر ہو جاتیں۔

"آپ کو شرم نہیں آتی دین کا مذاق اڑاتے ہوئے۔ زندگی بھر تو آپ نے کچھ نہیں کیا۔ اب آخری دنوں میں تو آخرت کا کچھ سامان کیجیے۔ یاد رکھیے، قیامت کے روز سب سے پہلے نماز کے بارے میں ہی پوچھا جائے گا۔

روزِ محشر کہ جاں گداز بود   اولیں پُرسش نماز بود

بیوی کے تیور دیکھ کر شیخ رضی الدین یا تو کسی موٹے سے ناول میں گردن ڈال دیتے، یا پھر چپلیں پہن کر چپ چاپ باہر نکل جاتے۔ وہ جانتے تھے کہ مذہب کے معاملے میں وہ اپنی بیوی کو ہرگز قائل نہیں کر سکتے۔ وہ سیدانی تھیں اور جب بھی مذہب کے تعلق سے کوئی بحث چھڑتی تو تیغِ بُرّاں کی طرح بے نیام ہو جاتیں۔ شروع شروع میں شیخ رضی الدین کو یہاں وقت گذارنا دوبھر ہو جاتا تھا۔ وہ ہر دوسرے تیسرے دن بس سے شہر چلے جاتے تھے۔ وہاں دن بھر عوامی لائبریری میں گزارنے کے بعد سہ پہر کو ترپاٹھی کے ٹھیّے پر پہنچ جاتے۔ وہیں ان کے پرانے ساتھی بھی آ جاتے۔ دو تین گھنٹے خوب باتیں ہوتیں۔ پھر وہ شام ہوتے ہوتے بس پکڑ کر واپس عظمت نگر لوٹ آتے۔ مگر دن بھر کی یہ تگ و دو انھیں بری طرح تھکا دیتی تھی۔ بس کا سفر بھی کافی تکلیف دہ تھا۔ بسیں وقت پر نہیں چلتی تھیں۔ پھر جو بھی بس آتی اس قدر کھچا کھچ بھری</p>

153

رہتی کہ نو دس کلو میٹر کا فاصلہ اکثر بس کی چھت کا ڈنڈا پکڑے کھڑے کھڑے ہی طے کرنا پڑتا تھا۔ راستے میں دھچکے الگ لگتے رہتے۔ اس عمر میں یہ مشقّت ان کے لیے بے حد تکلیف کا باعث تھی۔ دو تین مہینے تک تو یہ سلسلہ چلتا رہا مگر بعد میں اس میں بھی کھنڈت پڑنے لگی۔ آخر انھیں تری پاٹھی نے مشورہ دیا کہ وہ ایک سائیکل خرید لیں۔ وہ روزانہ صبح کو تو جاتے ہی ہیں۔ بجائے پیدل جانے کے سائیکل سے جایا کریں، اور اسی سائیکل سے وہ شہر بھی آ سکتے ہیں۔ شارٹ کٹ سے آئیں تو دس کلو میٹر کا فاصلہ نصف رہ جاتا ہے۔ نہ وقت کی پابندی نہ بس کی جھنجھٹ۔ جب جی میں آیا، سائیکل نکالی اور نکل پڑے۔ انھیں تری پاٹھی کا مشورہ اچھا لگا۔ انھوں نے بیوی بچوں کے سامنے یہ تجویز رکھی بچے تو خاموش رہے مگر حسبِ عادت بیوی نے مین میخ نکالی۔

''اب اس عمر میں کیا سائیکل کی سواری آپ کو اچھی لگے گی؟''

انھوں نے خوش مزاجی سے جواب دیا۔

''بیگم! سائیکل کی سواری اسی عمر میں اچھی لگتی ہے۔ جوانی میں تو آدمی ہوائی جہاز بھی اڑا لیتا ہے۔''

بیوی نے ہونٹ سکوڑ کر منہ پھیر لیا۔ اور بولیں۔
''جو جی میں آئے کیجیے۔ آپ کب کسی کی سنتے ہیں۔''

دوسرے دن انھوں نے اپنے اکاؤنٹ میں سے روپے نکالے کیوں کہ اس فضول خرچی کے لیے بچوں سے کچھ تو قع رکھنا فضول ہی تھا۔ اور تری پاٹھی کے ساتھ ایک بڑی دکان سے ایک اچھی سی سائیکل خرید لی۔ جب وہ سائیکل لے کر گھر آئے تو کسی نے کوئی خاص توجہ نہیں دی۔ بیوی نے تسبیح پھیرتے ہوئے ایک نظر سائیکل کی طرف دیکھا اور پھر آنکھیں بند کر کے دوبارہ تسبیح پھیرنے میں محو ہو گئیں۔ بہو نے البتہ قریب آ کر سائیکل کو چھو کر دیکھا مگر بولی کچھ نہیں۔ انھوں نے محسوس کیا کہ اس کے ہونٹوں پر ایک استہزایہ مسکراہٹ ہے۔ رات میں دونوں لڑکے اپنے اسکوٹر پھٹپھٹاتے آئے سائیکل کو دیکھا۔ بڑے نے پوچھا ''کس کی ہے؟''

بہو نے منہ پر پلو رکھتے ہوئے جواب دیا ''ابا کی''۔

اور مسکراتی ہوئی شوہر کے ہاتھ سے اس کا بریف کیس لے لیا۔

چھوٹا رات میں ذرا دیر سے آیا۔ اُس نے گھر میں داخل ہوتے ہوئے ماں سے پوچھا۔

”ماں! باہر سائیکل کس کی ہے؟“

بیوی تلاوت کر رہی تھیں۔ انھوں نے بجائے منہ سے کچھ کہنے کے ان کی طرف گردن سے اشارہ کر دیا۔ بیٹے نے ایک اچٹتی سی نگاہ باپ پر ڈالی اور گردن کو جھٹکا دے کر اپنے کمرے میں چلا گیا۔ پورے گھر میں صرف پپو، ان کا پوتا ایسا تھا جس نے سائیکل کو دیکھتے ہی قلقاری ماری اور تالیاں بجاتا ہوا قریب آ کر سائیکل کو اِدھر اُدھر سے ٹٹول ٹٹول کر دیکھنے لگا۔ وہ ابھی سات برس کا تھا۔ تھرڈ اسٹینڈرڈ میں پڑھتا تھا۔ اس نے دادا کا ہاتھ پکڑ کر مچلتے ہوئے کہا۔

”دُدو!“، ”ہمیں بھی سائیکل چلانا سکھائیے نا“۔

انھوں نے اسے سائیکل پر بٹھا کر آنگن میں ایک چکر لگایا، اور بولے۔

”بس، اس وقت اتنا ہی۔ اگلے مہینے تمہارے لیے چھوٹی سی سائیکل خریدیں گے۔ تب تمہیں سائیکل چلانا بھی سکھائیں گے۔“

”پکّا۔“

”بالکل پکّا۔“

پپو وعدہ لے کر اپنا بلا لہراتا ہوا باہر چلا گیا تھا، اور وہ گھر کے دیگر افراد کے سامنے کچھ جھینپے جھینپے سے اپنے کمرے میں چلے گئے۔

سائیکل آ جانے سے واقعی انھیں بڑی راحت ملی۔ روزانہ صبح سیر کے لیے نکل جاتے اور ہائے کا چکر لگا آتے۔ صبح کے وقت ٹھنڈی ہوا کے لطیف جھونکے رگ و پے میں ایسی تازگی بھر دیتے کہ دن بھر تھکان کا احساس تک نہیں ہوتا تھا۔ شہر جانے کے لیے بس کے جھنجھٹ سے بھی نجات مل گئی تھی۔ اب وہ ہر سنیچر کو تین ساڑھے تین بجے کے قریب شہر کی طرف نکل جاتے۔ لائبریری جا کر کتابیں لوٹاتے، دو ایک نئی کتابیں اپنے نام لکھواتے۔ بیوی کے لیے پان سپاری خریدتے، چند و مٹھائی والے سے کوئی تازہ مٹھائی تلواتے، اقبال فروٹ والے سے تھوڑا سا فروٹ بھی خرید لیتے۔ کبھی کبھی گھر کے لیے کوئی تازہ سبزی بھی لے لیتے، پپو کے لیے ٹافیوں یا چاکلیٹوں کا پیکٹ لینا نہیں بھولتے، اس کے لیے نیا کامکس یا کہانیوں کی کتاب ضرور خرید لیتے۔

پھر ترپاٹھی کے ٹھیّے پر جاتے ۔ وہاں ایک ایک کر کے دوسرے احباب بھی آجاتے ، گھنٹہ سوا گھنٹہ ان کے ساتھ گپ شپ کرنے کے بعد سات ساڑھے سات بجے تک عظمت نگر لوٹ آتے ۔ انھیں ہفتے میں سنیچر کے دن کا بڑی بے صبری سے انتظار رہتا تھا۔

آج بھی سائیکل کے کیرئیر پر رکھے جھولے میں گھر کے لیے کئی چیزیں تھیں ۔ وہ اکثر ترپاٹھی کے ٹھیّے سے چھ سوا چھ بجے اٹھ جاتے تھے ، مگر آج بخاری اور گپتا کی بحث کی وجہ سے تھوڑی دیر ہو گئی تھی ۔ مزید براں اچانک موسم کے تیور بھی بدل گئے تھے ۔

تین بجے جب وہ گھر سے شہر کے لیے چلے تھے تو دھوپ بلوری کی طرح چمک رہی تھی ۔ واپسی میں بھی ساڑھے چھ بجے تک آسمان پر بادلوں کا نام و نشان نہیں تھا ۔ مگر اس کچی سڑک پر آتے آتے بادل یوں امڈ آئے تھے جیسے افق کی اوٹ میں کہیں دبک کر بیٹھے تھے اور اب اچانک پورے آسمان کو اپنی آغوش میں سمیٹ لینا چاہتے ہوں ۔ انہوں نے گردن اٹھا کر پھر ایک بار آسمان کی طرف دیکھا اور آہستہ آہستہ پیڈل مارتے ہوئے گھر کی طرف بڑھنے لگے ۔ سڑک ناپختہ ضرور تھی مگر ناہموار نہیں تھی ۔ اس رفتار سے وہ آدھے گھنٹے میں گھر پہنچ سکتے تھے ۔ پختہ سڑک جس سے بسیں آٹو رکشا اور دیگر سواریاں گزرتی تھیں کافی گھوم کر جاتی تھی ۔ سائیکل سے کم از کم ڈیڑھ گھنٹہ لگ جاتا تھا ۔ اس کے علاوہ موٹروں کی آمد و رفت کی وجہ سے کافی چوکنا رہ کر سائیکل چلانا پڑتی تھی ۔ جس سے ذہن پر لگا تار تناؤ کی کیفیت طاری رہتی ۔ کچی سڑک سے نہ صرف وقت کی بچت تھی بلکہ ٹریفک نہ ہونے کی وجہ سے سائیکل چلانے میں ایک قسم کا فرحت کا احساس ہوتا تھا ۔ سڑک کے دونوں طرف سرکنڈوں کی جھاڑیوں کے ساتھ گھنے درختوں کا سلسلہ سا چلا گیا تھا جس کے سبب دن کے کسی بھی وقت یہاں سے گزریں سر پر درختوں کی چھاؤں سایہ فگن رہتی ۔ مگر اس وقت آسمان پر بادلوں کی وجہ سے سڑک سر شام ہی دھند لکے میں ڈوب گئی تھی ۔ شیخ رضی الدین نے قدرے تشویش سے دائیں بائیں دیکھا اور جلدی جلدی پیڈل مارنے لگے ۔ وہ اندھیرا گہرا آنے سے پہلے اس چھوٹی سی پلیا تک پہنچ جانا چاہتے تھے جس سے گزرتے ہی عظمت نگر کی کالونی شروع ہو جاتی تھی اور درختوں اور جھاڑیوں کا سلسلہ پیچھے چھوٹ جاتا تھا ۔ تیزی سے پیڈل مارنے کے سبب ان کی سانس کی رفتار قدرے تیز ہو گئی تھی ۔ دونوں طرف

درختوں کی ٹہنیوں پر پرندے پھر پھر شور مچا رہے تھے جس سے فضا میں ایک بے ہنگم شور سا بھر پایا تھا۔ سڑک کا پہلا موڑ قریب تھا کیونکہ انہیں شام کے ملگجے اجالے میں اس شکستہ سرائے کا کھنڈر دکھائی دے رہا تھا جس سے گزرنے کے بعد وہ دس منٹ میں عظمت نگر کی پلیا پر پہنچ جاتے۔ انہیں قدرے اطمینان ہوا۔ کھنڈر کے پاس سے گزرتے ہوئے انہوں نے ایک اُچٹتی سی نگاہ شکستہ دیواروں پر ڈالی اور دل میں سوچا پتا نہیں کتنے برس پہلے یہ سرائے آباد رہی ہوگی۔ سرائے کے پاس ہی کسی کنویں کی ٹوٹی منڈیر بھی نظر آ رہی تھی۔ تبھی انھیں ایک عجیب سی آواز نے چونکا دیا۔ جیسے پاس ہی کوئی کتا غرایا ہو۔ انہوں نے اکثر آتے جاتے سرائے کے پاس اکا دکا کتے کو لوٹیں لگاتے یا ایک دوسرے سے خوش فعلیاں کرتے دیکھا تھا مگر اس وقت سرائے کے آس پاس انھیں کوئی کتا دکھائی نہیں دیا۔ وہ پیڈل مارتے ہوئے آگے نکل گئے۔ سرائے پیچھے پیچھے چھوٹ گئی تھی۔ معاً کتے کی غراہٹ کی پھر سنائی دی۔ اب یہ آواز بالکل واضح تھی اور ان کے پیچھے سے آ رہی تھی۔ وہ رُکے نہیں صرف گردن موڑ کر دیکھا۔ واقعی ایک سیاہ کتا ان کے پیچھے پیچھے آ رہا تھا۔ سیاہ رنگت پر اس کی شیشہ سی آنکھیں کافی چمکدار تھیں۔ وہ بھوت پریت کے قطعی قائل نہیں تھے مگر شام کے اس دم توڑتے اجالے میں وہ سیاہ کتا خاصا پُر اسرار لگ رہا تھا۔ اکثر ٹی وی سیریلوں میں انہوں نے ایسے ہی ڈراؤنے کتوں کا روپ بدلتے ہوئے دیکھا تھا۔ انہوں نے ایک بار پھر مڑ کر دیکھا اور ان کی حیرت کی انتہا نہیں رہی جب انہوں نے ایک کے بجائے دو کتوں کو تعاقب کرتے ہوئے پایا۔ ساتھ ہی خوف کی ایک ہلکی سی لہر ان کی ریڑھ کی ہڈی میں تیر گئی۔ کتوں کی عف عف بھی اب بہت واضح طور پر سنائی دے رہی تھی۔ انہوں نے سوچا شاید سائیکل کے پیچھے کیرئیر پر رکھے جھولے میں کوئی ایسی شئے ہے جس کی بو ان کتوں کی کشش کا باعث بنی ہوئی ہے۔ انہوں نے یاد کیا۔ جھولے میں حسب معمول بیوی کی پان سپاری پیپو کی ٹافیاں، آدھا کلو امرتیاں، مولی، گاجر اور ککڑی، تھوڑے سے تازہ انجیر، اس کے علاوہ پیپو کی میجک سلیٹ، اس کی دو نوٹ بک اور نقشے کا ایک چارٹ تھا۔ اس کے علاوہ کچھ بھی تو نہیں تھا۔ ان میں کوئی بھی ایسی شئے نہیں تھی جو کتوں کو اپنی جانب راغب کرتی۔ تو پھر؟ انہوں نے بے خیالی میں بائیں ہاتھ سے اپنی جیب ٹٹولی۔ جیب میں ریزگاری اور مڑی تڑی دو تین

نوٹوں کے علاوہ کچھ بھی نہیں تھا۔

غیر ارادی طور پر ان کے پاؤں مزید تیزی سے چلنے لگے۔ سانس بھی تیز ہوگیا۔ ہر چند کہ وہ تو ہم پرست نہیں تھے مگر اس وقت ان کا دماغ توہمات کی آماجگاہ بنا ہوا تھا۔ انھیں خواہ مخواہ محسوس ہو رہا تھا ہر جھاڑی کے پیچھے کوئی کتا یا کوئی وحشی جانور چھپا بیٹھا ہے اور وہ کسی بھی وقت غرّاتا ہوا ان پر جھپٹ سکتا ہے۔ کہیں جھاڑیوں کے درمیان پچھل پائیاں دانت کٹکٹاری تھیں، کہیں درختوں کی ٹہنیوں سے بیتال الٹے لٹکے ہوئے ڈراؤنی ہنسی ہنس رہے تھے۔ ٹھنڈی ہوا چل رہی تھی اس کے باوجود ان کی پیشانی اور گردن پسینے سے بھیگ گئی۔ چاہتے ہوئے بھی اب وہ مڑ کر دیکھنے کی ہمّت نہیں کر پا رہے تھے۔ بس سامنے نیم اندھیری سڑک پر نظریں جمائے متواتر پیڈل مارے جا رہے تھے۔

کتوں کی غرّاہٹ بتدریج تیز ہوتی جا رہی تھی۔ انھیں محسوس ہوا غرّاہٹ کے ساتھ ان کی تعداد میں بھی اضافہ ہوگیا ہے اور جیسے کسی ان دیکھی قوت سے مغلوب ہو کر انھوں نے تیسری بار مڑ کر پیچھے دیکھ لیا۔ خوف اور دہشت سے ان کی چیخ نکلتے نکلتے رہ گئی۔

ایک یا دو نہیں بلکہ دس بارہ کتوں کا غول ایک خاص آہنگ کے ساتھ عف عف کرتا ان کے پیچھے چلا آ رہا تھا۔ اچانک ہینڈل پر ان کے ہاتھ کانپے، پیڈل پر سے پاؤں پھسلا اور سائیکل ڈگمگا گئی۔ اسی دوران ایک بڑا سا روڑا پہیئے کے نیچے آ گیا۔ انہوں نے سنبھلنے کی بہت کوشش کی مگر سنبھلتے سنبھلتے سائیکل ان کے قابو سے باہر ہوگئی۔ اور وہ تقریباً قلا بازی سی کھاتے ہوئے دور جا گرے۔ سائیکل دوسری طرف لڑھک گئی۔ گرتے گرتے انہوں نے دونوں ہتھیلیاں زمین پر ٹیک دیں۔ اس کے باوجود ان کا ماتھا زمین سے ٹکرا گیا۔ چند لمحوں تک آنکھوں کے سامنے تِرمرے سے اڑتے رہے جب قدرے ہوش آیا تو دیکھا کہ گھٹنوں پر پاجامہ پھٹ چکا ہے۔ دونوں گھٹنے اور ہتھیلیاں بری طرح چھل گئی تھیں، کپڑے دھول میں اٹ گئے تھے، ماتھے کو چھو کر دیکھا پیشانی زمین سے ٹکرا ضرور گئی تھی مگر چوٹ زیادہ نہیں لگی تھی۔ سائیکل ایک طرف لڑھکی پڑی تھی۔ اور کیریئر سے جھولا چھٹک کر دور جا گرا تھا۔ جھولے کا سارا سامان بکھر گیا تھا۔ معاً تعاقب کرتے ہوئے کتے غرّاتے اور دانت نکوستے بکھرے ہوئے سامان پر ٹوٹ

پڑے اور چشم زدن میں ساری چیزوں کو بھنبھنوڑ کر رکھ دیا۔ پان سپاری، امرتیاں، ٹافیاں، مولی،
گاجر، انجیر سب مٹی دھول میں مل چکے تھے۔ پپّو کی میجک سلیٹ ایک طرف پڑی چمک رہی تھی
اور بھارت کے نقشے کا چارٹ پُرزہ پُرزہ ہوا میں بکھر چکا تھا۔ شیخ رضی الدین اپنے زخمی گھٹنوں کو
سکوڑے خوف زدہ نگاہوں سے اس وحشت ناک منظر کو دیکھ رہے تھے۔ چند لمحوں میں ایک
ایک چیز کو تہس نہس کرنے کے بعد وہ سارے کتے آس پاس کی گنجان جھاڑیوں کے درمیان
پھیلے اندھیرے میں یوں غائب ہو گئے گویا وہ اسی اندھیرے کا حصّہ رہے ہوں۔

■■

آوازِ گریہ

میں مر چکا ہوں ۔ کم از کم لوگوں کا ایسا خیال ہے کہ میں مر چکا ہوں ۔ ڈاکٹر نے بھی تصدیق کر دی ہے ۔ گھر کے اندر اور باہر ایک کہرام مچا ہے ۔ میری دونوں بیٹیاں انوری اور ناز رو رہی ہیں ۔ میری بیوی زینب بال کھولے سینہ کوبی کر رہی ہے ۔ البتہ میرا بیٹا آصف دکھائی نہیں دے رہا ہے ۔ حسبِ معمول اپنے لُچّے لفنگے دوستوں کے ساتھ کہیں آوارہ گردی کر رہا ہو گا ۔

زینب نے اپنی چوڑیاں توڑ دی ہیں ۔ منگل سوتر نوچ کر پھینک دیا ہے ۔ اُس کا پلّو اس کے سینے سے ڈھلک گیا ہے ۔ بلاوز کے اوپر کا بٹن کھل گیا ہے اور جب وہ سینے پر ہاتھ مار کر بین کرتی ہے تو اس کی گداز چھاتیاں ابل ابل پڑتی ہیں ۔ مجھے اس کا پُرتصنع والہانہ ماتم ناگوار معلوم ہو رہا ہے ۔ عورتیں اسے سنبھالنے کی کوشش کر رہی ہیں ۔ مگر وہ کسی سے بھی سنبھل نہیں رہی ہے ، بعض عورتیں آنکھوں سے پلو لگائے اشک ریزی میں اس کا ساتھ دینے کی کوشش کر رہی ہیں ۔ مرد اس کی جانب ترحّم آمیز نظروں سے دیکھ رہے ہیں ۔ بعض مردوں کی آنکھیں اس کی نصف کھلی نصف ڈھکی چھاتیوں سے اُچٹ اُچٹ جاتی ہیں ۔ خاص طور پر سلیمان کی نگاہیں اس کی چھاتیوں پر برچھیوں کی طرح گڑی جا رہی ہے ۔ میں بے چین ہو جاتا ہوں ۔ مگر میں تو مر چکا ہوں ۔

اُف! یہ کیسی موت ہے؟ میں دیکھ سکتا ہوں مگر بول نہیں سکتا؟ محسوس کر سکتا ہوں مگر جنبش نہیں کر سکتا۔ تارِ نفس کٹ چکے ہیں مگر جسم کے اندھے غار میں وہ کونسا چراغ بجھنے سے رہ گیا ہے جس کے سبب بیرونی دنیا سے میرا رشتہ ہنوز استوار ہے۔ رہ رہ کر میرے اندرون میں یہ کیسی ٹیسیں اٹھ رہی ہیں؟ کیا عذابوں کا سلسلہ شروع ہو چکا؟ اے خدا! مجھے زندہ رہنے کے اس کرب ناک احساس سے نجات دے۔ میری آنکھوں کو بصارت کے عذاب سے بچا۔ میرے کانوں کو سماعت کی سزاؤں سے محفوظ رکھ۔ میری کشتی کو زندگی کے بھنور سے نکال۔ مجھے موت دے۔ مکمل موت۔ میرے اطراف ڈراؤنے سائے منڈلا رہے ہیں۔ میری موت کی خبر سن کر میرے عزیز، رشتے دار اور پڑوسی متواتر چلے آ رہے ہیں۔ سب کو حیرت ہے کہ میں اچانک کیسے مر گیا۔ سرگوشیاں سنپولوں کی طرح میری سماعت میں کلبلا رہی ہیں۔

”یہ سب اچانک کیسے ہو گیا؟“

”اچانک کہاں تیسرا اٹیک تھا۔“

”بڑا شریف آدمی تھا بھائی۔“

”کبھی کسی کا دل نہیں دکھایا مگر خود دل کا مریض ہو گیا۔“

”شریف آدمیوں کے ساتھ ایسا ہی ہوتا ہے۔“

”بے چارے کو اولاد کی طرف سے کوئی سکھ نہیں ملا۔“

”مگر بیوی بڑی وفا شعار اور اطاعت گزار تھی۔“

ایک کن کھجورا کان میں گھس رہا ہے۔ میں چیخ کر لوگوں کو فضول بک واس سے روکنا چاہتا ہوں۔ مگر ایسا کرنے کی مجھ میں سکت کہاں؟

سلیمان جھک کر بیگم ڈرانی کے کان میں کچھ کہہ رہا ہے۔ وہ پلّو سے ناک پونچھتی ہوئی گردن ہلاتی ہیں۔ پھر میری بیوی کے کان میں کچھ کہتی ہیں۔ وہ روتے روتے تقریباً بائنڈ حال ہو چکی ہے۔ بیگم ڈرانی اسے سہارا دے کر اٹھاتی ہیں۔ بیوی اٹھتے اٹھتے ایک بار پھر پچھاڑ کھا کر گرتی ہے۔ میں اس کی اس زبردست اداکاری پر ششدر رہ جاتا ہوں۔

عورتیں اندر جا چکی ہیں۔ ایک مولوی کمرے میں داخل ہوتا ہے۔ میرے سرہانے رکھی گئی

پر بیٹھ جاتا ہے ۔ پھر کرتے کی جیب سے دستی قرآن مجید نکال کر تلاوت شروع کر دیتا ہے ۔ کہا جاتا ہے کہ مردے کے سرہانے قرآن شریف کی تلاوت کرنے سے اس پر ہونے والے عذاب میں تخفیف ہوتی ہے ۔ مگر میں ابھی پوری طرح کہاں مرا ہوں ۔ قرآن کا ثواب تو مردوں کے لیے ہے ۔ مجھے اس سے کیا ملے گا؟ مگر مولوی کو کیا معلوم کہ میں ابھی زندہ ہوں ۔ وہ اپنی ممیاتی آواز میں قرآن شریف پڑھے جا رہا ہے ۔

یٰسین القرآن الحکیم ۔۔۔۔۔۔۔۔۔۔۔۔۔

سلیمان نے عود بتی جلائی اور کمرہ خوشبو سے بھر گیا ۔ اس نے جھک کر میری چادر ٹھیک کی اور میری نیم وا آنکھوں کے پپوٹوں پر اپنی انگلیوں سے دباؤ ڈالنے لگا ۔ پھر ناک کے پاس ہتھیلی رکھ کر نفس کا اندازہ لگایا ۔ وہ پوری طرح اطمینان کر لینا چاہتا ہے کہ دم نکلا ہے یا نہیں ۔ میرے اندر غم و غصے کی ایک تیز لہر سی اٹھتی ہے اور سینہ نفرت سے بھر جاتا ہے مگر میرا چہرہ پتھر کی سل کی طرح سپاٹ ہے ۔ مجھے خیال آتا ہے ۔ میری موت یا جو کچھ بھی اس وقت میری کیفیت ہے ۔ اس کا ذمہ دار کون ہے؟ سلیمان؟ نہیں یہ پورا سچ نہیں ہے ۔ میں تو پچھلے تین برس سے برابر دوائیوں پر جی رہا تھا ۔ دو برس پہلے جب مجھ پر دل کا دورہ پڑا تھا اس کا سبب تو سلیمان قطعی نہیں تھا ۔

ناز و میری چھوٹی بیٹی ان دنوں کالج کے پہلے سال میں تھی ۔ اس وقت اس کی عمر پندرہ کے آس پاس رہی ہوگی ۔ مگر اس عمر میں اُس نے ایسے پر پُرزے نکال لیے تھے کہ پورا محلّہ اس کے پیچھے پاگل نظر آنے لگا تھا ۔ وہ ہر ایک کو دیکھ کر اس ادا سے مسکراتی اور 'ہیلو' کہتی کہ ہر کوئی سمجھتا وہ تبسم و تکلّم صرف اس کے لیے ہے ۔ اس خوش فہمی یا غلط فہمی کی وجہ سے دو جوانوں میں چاقو تک چل گئے ۔ ایک ہسپتال میں بھرتی ہو گیا، دوسرا احوالات کی سلاخوں کے پیچھے چلا گیا ۔ میں نے اسے سمجھانے کی کوشش کی ۔

''ناز و یہ کیا وطیرہ ہے؟ شریف گھرانے کی لڑکیاں اس طرح پیش نہیں آتیں ۔''

''کس طرح؟'' ناز و نے الٹا مجھ سے پوچھ لیا ۔ میں سٹپٹا گیا ۔

''بھئی، ہم لوگوں نے تمہیں آزادی دے رکھی ہے اس کا مطلب یہ تو نہیں کہ تم آوارہ لڑکیوں کی طرح سگریٹیں پھونکو، جس کے دم لگاؤ اور روزانہ رات گئے اپنے بوائے فرینڈ کے ساتھ گھر

لوٹو۔"

"پاپا اس میں ایسا کچھ بھی نہیں ہے، جس پر آپ کو پریشانی ہو۔ میری سب سہیلیاں یہی کرتی ہیں۔"

اُس نے اپنے باپ کٹ بالوں کو جھٹکا دیا اور اپنی ہائی ہل سینڈلوں کے ساتھ کھٹ کھٹ کرتی ہوئی کمرے سے باہر نکل گئی۔ میں بھونچکا سا کھڑا اسے دیکھتا رہ گیا۔ میں نے زینب سے اس کی شکایت کی۔ مگر زینب نے میری ٹائی کی گرہ ٹھیک کرتے ہوئے سمجھایا۔

"آج کل آپ بلا وجہ معمولی معمولی باتوں سے پریشان ہو جاتے ہیں۔ آپ ہی تو کہا کرتے تھے۔ آدمی کو سوسائٹی کے رنگ میں ڈھلنا چاہیے۔ ناز و جو کچھ کر رہی ہے وہ آج کل کی سوسائٹی کا تقاضہ ہے۔"

"مگر زینب۔۔۔۔" میں نے کچھ کہنے کے لیے منہ کھولا۔ زینب نے میرے منہ پر ہاتھ رکھ دیا۔ "آپ کو دیر ہو رہی ہے۔ آپ جائیے۔ میں ہوں نا۔" یہ جملہ اس نے مسکراتے ہوئے کچھ اس اعتماد کے ساتھ کہا کہ یکلخت میری ساری پریشانی کافور ہو گئی۔ میں خوشی خوش دفتر چلا گیا۔ جانے کیوں ادھر کچھ برسوں سے میں زینب کی باتوں سے اختلاف نہیں کرتا تھا۔ شاید میرے اعصاب رفتہ رفتہ مضمحل ہوتے جا رہے تھے۔ یا پھر میں زینب پر ضرورت سے زیادہ انحصار کرنے لگا تھا۔

ایسا شروع سے نہیں تھا۔ میں تو ایک خوش مزاج و خوش خوراک زندگی کی لذتوں سے لطف اٹھانے والا مگر اپنی مرضی سے جینے والا انسان تھا۔ خوب روپیہ کمانا اور دل کھول کر عیش کرنا ہی میری زندگی کا معمول تھا۔ میرے ملنے جلنے والوں کا حلقہ بہت وسیع تھا۔ ان میں عورتیں بھی تھیں، میں نے کئی عورتوں سے دوستیاں کیں۔ بعض سے جسمانی تعلقات بھی قائم کیے مگر گلے میں شادی کا طوق باندھنے کا کبھی خیال نہیں آیا۔ زینب سے پہلے میں عورت کو صرف کھیلنے کی چیز سمجھتا تھا، جھیلنے کی نہیں۔ میرے پاس روپیہ تھا، بدن میں طاقت تھی اور دل امنگوں سے بھرا تھا۔ میں عورت کو کسی ٹیکسی کی طرح ہائر کرتا اور میٹر کے مطابق پیسے ادا کر کے آگے بڑھ جاتا۔ کبھی کبھی کسی کار میں لفٹ بھی مل جاتی مگر وہاں بھی میرا ویرہ سیر سپاٹے والا ہی ہوتا۔ جہاں تک جانا

ہوتا جاتا پھر ”گڈبائی“ کہہ کر کار سے اتر جاتا مگر جانے کیوں زینب کو جب پہلی بار دیکھا تو کبھی کا پڑھا ہوا فارسی کا ایک مصرعہ یاد آ گیا ”کرشمہ دامنِ دل می کشد کہ جا اینجاست“ زینب کو دیکھتے ہی میں نے طے کر لیا کہ اگر زندگی میں کسی ایک عورت کے ساتھ بندھ کر رہا جا سکتا ہے تو وہ صرف زینب ہی ہو سکتی ہے، میری عمر اس وقت پینتیس سے تجاوز کر چکی تھی اور زینب کی جوانی کھڑی فصل کی طرح لہلہا رہی ہی تھی۔

اس کے لنگڑے اور شرابی باپ کو قرضوں سے نجات دلا کر میں نے بدلے میں زینب کا ہاتھ مانگ لیا۔ میں نے زینب کی مرضی دریافت نہیں کی تھی۔ گاؤں کی سولہ سترہ برس کی نیم خواندہ، مفلس اور مقروض باپ کی بیٹی سے اس کی مرضی دریافت نہ کرنا کوئی ناقابلِ معافی جرم تو نہیں تھا۔ شہر میں آنے کے بعد شروع شروع میں تو زینب کافی چپ رہی مگر پھر جلد ہی سپر مارکیٹ کی شاپنگ، سمندر کے کناروں کی سیر، ہوٹلوں کے ڈنر، پارٹیاں، نئے نئے فیشن کے لباس، قیمتی زیورات، نائٹ شوز، ایکزیبیشنز، آرٹ گیلیریاں، سینیما اور تھیٹر سب نے اس کی بے نام اداسی اور بے سبب خاموشی کو بھاپ بنا کر اڑا دیا۔ اس نے گاؤں میں صرف چھٹی کلاس پاس کیا تھا مگر پارٹیوں اور دعوتوں میں اٹھتے بیٹھتے انگریزی بولنے میں اچھی خاصی مہارت حاصل کر لی۔ اب مجھے اپنے دوستوں اور ان کی بیویوں سے اس کا تعارف کراتے ہوئے کسی قسم کی جھجک محسوس نہیں ہوتی تھی۔ وہ دیکھتے ہی دیکھتے میری سوسائٹی میں اس قدر گھل مل گئی جیسے وہ شروع سے ہی اس کا ایک حصہ رہی ہو۔ اس نے کبھی میری شراب نوشی یا سگریٹ نوشی پر کوئی اعتراض نہیں کیا۔ میں عادی شرابی نہیں تھا مگر پارٹیوں میں جی چھک کر شراب پینا اور سگریٹیں پھونکنا مجھے اچھا لگتا تھا۔ میں نے اسے اپنے ماضی کے تمام معاشقوں کے بارے میں بھی تفصیل سے بتا دیا مگر اس کی پیشانی پر بل نہیں آیا۔ وہ میری باتیں سن کر مسکراتی رہی اور میری قمیص کے بٹن کھول کر اپنی نرم نرم انگلیوں سے دھیرے دھیرے میرے سینے کے بالوں سے کھیلتی رہی۔ ایک دن میں نے اس سے کہا۔

”میں نے اپنے بارے میں تمہیں اتنی ساری باتیں بتا دیں۔ تمہیں برا نہیں لگا؟“

”نہیں اس میں برا ماننے کی کیا بات ہے، جس کے پاس روپیہ ہو وہ سب کچھ کر سکتا ہے۔“

اس نے بظاہر یہ جملہ سادگی سے ادا کیا تھا مگر مجھے لگا ایک خنجر میرے سینے میں تراز و ہو گیا ہے۔

"تم مجھ پر طنز کر رہی ہو؟"

"نہیں۔ ایسی بات نہیں۔ آپ نے میرے باپ کی مدد کر کے کوئی جرم تو نہیں کیا۔ آپ کو وہی کرنا چاہیے تھا جو آپ نے کیا"

یہ کہتے کہتے اس نے میری قمیض کے سارے بٹن کھول دیے اور اپنا چہرہ میرے سینے میں چھپا لیا۔ اس کی انہیں اداؤں نے مجھے اس کا دیوانہ بنا رکھا تھا۔ زینب کو پا کر میں بہت خوش تھا۔ وہ بھی خوش تھی مگر کبھی کبھی اس کی آنکھوں میں ایک بے نام اداسی کی پرچھائیں سی لہرا جاتی۔ میں پوچھتا وہ ٹال جاتی۔ شاید وہ اپنے گاؤں اپنے گھر اور اپنے آنگن کو پوری طرح فراموش نہیں کر سکی تھی۔ ایسے موقع پر میں اسے بہلانے کے لیے نئے نئے تحفے خرید دیتا، سیر سپاٹے کے لیے لے جاتا، ہوٹل میں کھانا کھلاتا اور حتی الامکان اس کا جی بہلانے کی تدبیر کرتا۔ اداسی کی پرچھائیاں دھیرے دھیرے "فیڈ آوٹ" ہو جاتیں۔ اور اس کی آنکھیں دوبارہ اسی طرح چمکنے لگتیں جیسے ڈھیر سارے کھلونوں میں گھرے بچے کی آنکھیں چمکتی ہیں۔ زینب رفتہ رفتہ میری شخصیت پر اکاس بیل کی طرح چھاتی چلی گئی۔ وہ میری چھوٹی چھوٹی ضروریات کا اس قدر خیال رکھتی کہ میں ہر بات کے لیے اس کا محتاج ہو کر رہ گیا۔ صبح بستر سے اٹھتے ہی سب سے پہلے وہ میرے لیے بیڈ ٹی پیش کرتی۔ پھر سگریٹ کی ڈبیہ اور لائٹر لا کر رکھ دیتی۔ میں سگریٹ جلا کر ٹوائلٹ چلا جاتا۔ ٹوائلٹ سے باہر نکلتے ہی ٹوتھ برش ہاتھ میں تھما دیتی۔ یہاں تک کہ خود اپنے ہاتھوں سے برش پر ٹوتھ پیسٹ لگاتی۔ کبھی کبھی وہ اپنے ہاتھوں سے میرے دانتوں پر برش بھی کرتی۔ برش کرنے کے بعد میں باتھ روم چلا جاتا۔ باتھ روم میں وہ اکثر میرے بدن پر صابن لگاتی اور پیٹھ ملتی۔ میں جب دفتر جانے کے لیے تیار ہوتا تو میری نک ٹائی درست کرتی۔ دفتر میں ایک دو بار فون کر کے میری خیریت دریافت کرنا اس کا معمول تھا۔ میرے کپڑوں کا رنگ اس کی پسند کا ہوتا، میرے کپڑے اس کی پسند سے سلتے حتی کہ میرے جوتے تک اس کی پسند کے ہوتے۔ روزانہ رات کو میرے بالوں میں اپنی پتلی پتلی انگلیوں سے ہلکی ہلکی مالش کرنا بھی

اس کے معمولات میں شامل تھا۔ مجھ پر دل کا دورہ پڑنے کے بعد سے تو اس نے مجھے بالکل ہی کانچ کا کھلونا بنا دیا تھا۔ یہاں تک کہ رات کو بستر پر بھی وہ مجھ سے نہایت احتیاط سے پیش آتی جیسے اسے اندیشہ ہو کہ اس کی کسی غیر معمولی حرکت سے میں ٹوٹ پھوٹ جاؤں گا۔ میں اس کے اس محتاط رویے پر جھنجھلاتا تو مجھے بہلانے پھسلانے لگتی۔

پچھلے دو تین برسوں سے میں اسے اپنے ہاتھوں سے بے لباس کرنے یا اس کے بریزیر کے ہُک کھولنے کی شہوانہ مُسرت سے محروم تھا۔ وہ مجھے اس کا موقع ہی نہیں دیتی تھی۔ میری پیش دستی سے قبل ہی میرے سامنے تیغ بے نیام کی طرح عریاں ہو جاتی اور چشم زدن میں میری گردن کو دھڑ سے الگ کر دیتی اور جب میں مرغِ بسمل کی طرح تڑپنے لگتا تو بڑے پیار سے میرے سر کو اپنی گود میں لے کر مجھے پچکارتی، چمکارتی، کوئی گائے جیسے کوئی اپنے بچھڑے کو چومتی چاہتی ہے۔ مجھے اس کے ساتھ سنبھوگ کرنے کا وہ لطف نہیں آتا تھا۔ جو ایک کسان کو اپنی زمین پر ہل جوت کر ملتا ہے۔ مجھے اس نے گھسیارا بنا کر رکھ دیا تھا۔

اس نے میرے ساتھ ایسا سلوک کیوں روا رکھا؟ مجھے اس نے دھیرے دھیرے اپنا اس قدر محتاج کیوں بنا دیا؟ مجھے اس طرح پنگو بنانے کے پیچھے اس کا کون سا جذبہ کام کر رہا تھا؟ کہیں لاگوٹ کے پردے میں کوئی انتقام تو نہیں تھا؟ آہ۔ اب غور کرتا ہوں تو صاف معلوم ہوتا ہے۔ یہ انتقام ہی تھا۔ ایک ایسا میٹھا انتقام جس میں بلا کی سفائی تھی۔

مجھے وہ برہمن یاد آ گیا جس کی دھوتی خاردار جھاڑی سے الجھ کر پھٹ گئی تو اس نے جھاڑی کو اکھاڑ پھینکنے کے بجائے اس کی جڑوں میں شہد ٹپکا دیا تھا۔ چند دنوں میں کیڑے مکوڑے جھاڑی کو جڑ سے نگل گئے اور جھاڑی کا سفایا ہو گیا۔ مجھے ایک زہریلی عورت کا قصہ بھی یاد ہے جو بہت خوبصورت تھی مگر اس کے ساتھ جو بھی سنبھوگ کرتا دوسرے ہی دن وہ کسی قحط زدہ پیڑ کی مانند سوکھتا چلا جاتا۔ بیس برس سے میں زہر کو شربت سمجھ کر پیتا رہا اور مجھے ذرا بھی شبہ نہیں ہوا۔

عورتیں سب اندر جا چکی ہیں۔ مولوی کنگناتی ہوئی آواز میں ڈل ڈل کر قرآن پاک کی تلاوت کیے جا رہا ہے۔ زنان خانے کے دروازے کی چوکھٹ سے لگی انوری متورم آنکھوں سے مجھے دیکھ رہی ہے۔ وہ روتے روتے نڈھال ہو گئی ہے۔ دو ایک آنسو اب بھی اس کی

پلکوں پر جگنوؤں کی طرح چمک رہے ہیں۔ آہ! میری بچی۔۔۔۔۔

انوری ہماری پہلی اولاد ہے۔ پیدائشی طور پر اسی کی دائیں ٹانگ میں نقص ہے۔ زینب کی نفاست پسند طبیعت ایک تندرست اور گل گوتھنے بچے کی متمنی تھی۔ انوری اس کی طبع نازک پر گراں گزری تھی۔ اس لیے انوری کے تعلق سے اس کے دل میں ایک گرہ سی پڑی ہوئی ہے۔ البتہ ناز و اور آصف اس کے جگر کے ٹکڑے ہیں۔ انوری کی پیدائش کے دو سال بعد ہی میری ساری احتیاط کے باوجود زینب نے دو جڑواں بچوں کو جنم دیا۔ ناز و اور آصف۔ زینب نے ناز و اور آصف کی پرورش اپنے مزاج اور اپنے انداز سے کی البتہ انوری کو اس نے ہمیشہ نظر انداز کیا۔ شاید یہی وجہ ہے کہ میں انوری کو زیادہ پیار دینے کی کوشش کرتا تھا۔ زینب کے بے جالاڈ پیار نے آصف اور ناز و کو انتہائی سرکش، ضدی اور مغرور بنا دیا تھا۔ دونوں کی عادتیں اور صحبتیں دن بدن بگڑی جا رہی تھیں۔ نتیجہ ظاہر تھا۔ ایک دن اچانک ناز و نے آ کر بتایا کہ وہ ''ماں'' بننے والی ہے۔ مجھ جیسے سوسائٹی زدہ شخص کے لیے یہ ایک زبردست صدمہ تھا۔ اپنے ہم چشموں میں ذلیل ہونے کے اندیشے نے میرے وجود کو متزلزل کر دیا۔ مجھے لگا کوئی مضبوط پنجہ میرے دل کو اپنی مٹھی میں جکڑے اس طرح نچوڑ رہا ہے جیسے آم کا رس نچوڑا جاتا ہے۔ یہ میرا پہلا اٹیک تھا۔ جب مجھے ہوش آیا تو میں ہسپتال میں تھا۔ زینب نے مجھے حوصلہ دیتے ہوئے کہا۔ ''گھبرانے کی کوئی بات نہیں ایک معتبر ڈاکٹر کی کلینک میں ناز و کا ابارشن کرا دیا گیا ہے۔ اور اب وہ ٹھیک ٹھاک ہے۔''

زینب نے مجھے یہ خبر اس اطمینان سے سنائی جیسے ناز و کے پیر میں کانٹا چبھ گیا تھا اور اب وہ نکال دیا گیا ہے۔ مگر میرے دل میں تو ایک پھانس سی گڑ چکی تھی۔ جس کی کسک ہر لمحہ مجھے بے چین کرتی رہتی۔ زینب نے میرے علاج اور میری دیکھ بھال میں کسی قسم کی کسر اٹھا نہ رکھی۔ شہر کے سب سے بڑے ڈاکٹر سے رجوع کیا گیا۔ اعلیٰ ترین جانچ سینٹروں پر میرا مکمل چیک اپ کروایا گیا۔ بال آخر ڈاکٹروں کی توجہ، قیمتی دوائیوں اور زینب کی دلجوئی سے میں دھیرے دھیرے نارمل ہو رہا تھا کہ چھ ماہ بعد ہی مجھ پر دوسرا دورہ پڑا۔

جب کسی دل کے مریض باپ کے دروازے پر نصف رات گئے ٹنگے پولیس کا سپاہی آ کر یہ بتائے

کہ اس کا سترہ سال کا جوان بیٹا ڈرگس بیچنے کے الزام میں گرفتار ہوگیا ہے۔ تو باپ سوائے غش کھا کر گرنے کے اور کیا کر سکتا ہے۔ جانے زینب کس مٹی کی بنی تھی کہ اس پر ایسی کسی بات کا اثر ہی نہیں ہوتا تھا۔ آصف دوسرے ہی دن ضمانت پر چھوٹ گیا۔ بلکہ چند روز بعد اس کا کیس بھی خارج کر دیا گیا۔ زینب نے ایک بار پھر اپنے نامعلوم رسوخ کا بروقت استعمال کیا تھا۔

مجھے محسوس ہوگیا کہ گھر کا نظام میرے ہاتھوں سے مٹھی میں دبی ریت کی مانند بھر بھر کر پھسلتا جا رہا ہے۔ مگر میں کچھ نہیں کر سکتا تھا۔ اب کرنے جیسا میرے اختیار میں شاید کچھ بچا بھی نہیں تھا۔ زینب نے مجھ پر، گھر پر اور بچوں پر اس طرح قابو پا لیا تھا کہ اس کی مرضی کے بغیر اب میں شاید سانس بھی نہیں لے سکتا تھا۔ ڈاکٹروں نے مجھے مکمل آرام کا مشورہ دے دیا۔ اور میں اپنی ساری سرگرمیوں کو سمیٹ کر اپنے بیڈ روم میں قید ہوگیا۔ بیڈ روم میں غلام علی اور پنکج ادھاس کی غزلیں سُننا اور وی سی آر پر فلمیں دیکھنا ہی اب میرا واحد مشغلہ رہ گیا تھا۔ زینب برابر میری خدمت میں لگی رہتی تھی۔ آصف اور نازو بھی دن میں ایک آدھ بار آ کر میری خیریت دریافت کر جاتے تھے۔ البتہ انوری گھنٹوں میرے ہی پاس بیٹھی رہتی۔ کبھی میرے پاؤں دباتی، کبھی سر کی مالش کرتی اور جب میں وی سی آر یا ٹیپ ریکارڈر سے بور ہو جاتا میرے ساتھ بیٹھ کر تاش کھیلتی۔

ایک دن زینب نے آ کر اطلاع دی کہ ہمارا پرانا نوکر جگناتھ نوکری چھوڑ کر چلا گیا ہے۔ مجھے یقین نہیں آیا۔ وہ میرا پندرہ برس پُرانا نوکر تھا۔ مجھے اس بات پر حیرت تھی کہ وہ مجھ سے ملے بغیر کیسے چلا گیا۔

دوسرے دن زینب سلیمان کو میرے پاس لے آئی اور بتایا کہ اس نے جگناتھ کی جگہ سلیمان کو ڈرائیور رکھ لیا ہے۔ اُس نے یہ بھی بتایا کہ وہ سلیمان کو جانتی ہے۔ وہ اُس کے گاؤں کا رہنے والا ہے۔ سلیمان ادب سے گردن جھکائے ہاتھ باندھے کھڑا تھا۔ مجھے اس کی یہ ادا پسند آئی۔ اور میں نے ہامی بھر دی۔ سلیمان ڈرائیور ہوگیا۔ مگر وہ بڑا ہی کمال شخص تھا۔ ڈرائیونگ کے علاوہ وہ گھر کے ڈھیروں چھوٹے موٹے کاموں کو کچھ اس خوش اسلوبی سے انجام دینے لگا کہ گھر کے تمام لوگ اس کے مدّاح ہو گئے۔ دھیرے دھیرے گھر کے معاملات میں اس کا ایسا

عمل دخل ہوگیا جیسے وہ گھر ہی کا کوئی فرد ہو۔ وہ میری بے حد عزت کرتا تھا۔ میری زبان سے نکلی ہوئی ہر بات پر عمل کرنے کو یوں لپکتا جیسے کوئی سدھایا ہوا اُچٹتا گیند لینے کو لپکتا ہے۔

یہ باہر اچانک شور کیوں ہو رہا ہے؟ اوہو، تمام عزیز، رشتے دار، دوست و احباب آ چکے ہیں۔ کہیں سے آواز آتی ہے۔

''کفن کا سامان آ گیا۔''

تو میرے کفن دفن کی تیاری شروع ہو چکی ہے۔ میں نے اپنی نیم وا آنکھوں سے ماحول کا جائزہ لینے کی کوشش کی۔ پوری طرح جائزہ لینا ممکن نہیں تھا۔ میں گردن تو گھما نہیں سکتا تھا نہ دیدوں کو حرکت دے سکتا تھا۔ پھر کسی نے پکارا۔

''بانگی صاحب آ گئے۔ بانگی صاحب آ گئے۔''

بانگی صاحب کی موٹی کرخت آواز سنائی دی۔ ''پانی تیار ہے؟''

''ہاں، ہاں، سب تیار ہے۔''

''غسل کی تیاری کیجیے۔''

تھوڑی ہی دیر میں چند لوگوں نے مجھے پلنگ پر سے اٹھا کر نیچے کمرے کے ایک کونے میں بچھے لکڑی کے ایک چوڑے تختے پر لٹا دیا۔ پھر دو ایک لوگ مل کر میرے کپڑے اتارنے لگے۔

میں نے خود دیکھا کہ زینب ایک ایک کرکے اپنے کپڑے اتار رہی تھی۔ میکسی، برا، کبنی ۔۔۔ اور سلیمان کرسی پر بیٹھا اس کی جانب بھوکی نظروں سے دیکھ رہا تھا۔ دو پہر کا وقت تھا۔ زینب مجھے دوا کھلا کر آرام کرنے کی ہدایت کرتی ہوئی دوسرے کمرے میں جا چکی تھی۔ گھر پر میرے اور زینب کے علاوہ اور کوئی نہیں تھا۔ ڈاکٹر نے پتا نہیں کیسی دوائیاں دی تھیں، چوبیسوں گھنٹے ذہن پر ایک غنودگی سی طاری رہتی۔ زینب سے ذکر کیا تو کہنے لگی۔

''آپ کو آرام کی سخت ضرورت ہے۔ آپ بلا وجہ زیادہ سوچتے رہتے ہیں نا۔ شاید دوائیاں آپ کے ذہن کو پُرسکون رکھنے کے لیے ہیں۔''

میں کیوں اس قدر سوچتا ہوں۔ نازو ہو یا آصف آخر زینب بھی تو ان کی ماں ہے۔ اس پر

ان کی حرکتوں کا ذرا بھی تو اثر نہیں ہوتا۔ بلکہ وہ بڑے سے بڑے سانحے کو اس طرح لیتی ہے جیسے وہ سانحہ ہمارے گھر کا نہ ہو کر اخبار کی کوئی خبر ہو۔ جب مجھے ہسپتال میں مشینوں کے رحم و کرم پر ڈال دیا گیا تھا، تب بھی میں نے اس کے چہرے پر تشویش کے آثار نہیں دیکھے۔ وہ وہاں بھی مُسکرا کر اس طرح میری دل جوئی کرتی اور مجھے تشفی دیتی رہی جیسے کسی شاہسائی کی عیادت کے لیے آئی ہو۔ آنے جانے والے ملاقاتی اور عزیز رشتے دار زینب کی اس حوصلہ مندی کی کس قدر تعریف کرتے۔ مگر میرا جی کتنا چاہتا کہ وہ دھاڑیں مار کر مجھ سے لپٹ جائے اور میرے سینے پر سر رکھ کر پھوٹ پھوٹ کر رونے لگے۔ اور میں اس کے بالوں پر ہاتھ پھیرتا ہوا۔ بھرّائی ہوئی آواز میں کہوں ''نہیں زینب! فکر مت کرو۔ میں بہت جلد اچھا ہو جاؤں گا۔ تم اپنے آپ کو یوں ہلکان مت کرو۔'' مگر میری حسرت بس حسرت ہی رہی۔

یہی سب سوچتے ہوئے جانے میری کب آنکھ لگ گئی۔ پھر میری آنکھ شاید ایک اوٹ پٹانگ خواب پر کھلی تھی۔

میں کبھی اسپین نہیں گیا مگر وہ اسپین ہی کے کسی شہر شاید 'میڈرڈ' میں بُل فائیٹنگ کا کوئی منظر تھا۔ ایک بہت بڑے میدان کے چاروں طرف گیلریوں میں ہزاروں تماش بین بیٹھے ہاتھ اُٹھا اُٹھا کر پُر جوش انداز میں چیخ رہے تھے۔ نعرے لگا رہے تھے۔ اور میں لڑائی کا چِت لباس پہنے سامنے کھڑے ایک تندرست سانڈ کو کینہ تو نظروں سے گھور رہا تھا۔ دفعتاً تماشا شروع ہونے کی بیل بجتی ہے اور تبھی میرے احساس میں تبدیلی پیدا ہو جاتی ہے۔ مجھے لگتا ہے وہ چِت لباس پہنا ہوا آدمی میں نہیں ہوں، کوئی اور ہے۔ اور سامنے جو سانڈ کھڑا ہے دراصل وہ سانڈ نہیں میں خود ہوں۔ میں دیکھتا ہوں کہ وہ آدمی سُرخ کپڑا ہلا کر مجھے ترغیب دے رہا ہے اور میں تیری کی طرح اس آدمی کی جانب دوڑ رہا ہوں۔ میں محسوس کرتا ہوں کہ مجھ میں کسی سانڈ کی طرح زبردست قوت پیدا ہو گئی ہے۔ اور میں ایک ہی ٹکّر میں اُس چِت لباس والے شخص کو میدان کی دوسری جانب اُچھال سکتا ہوں۔ مگر یہ کیا؟ میں جب پھرا ہوا اُس آدمی کے قریب پہنچتا ہوں تو دیکھتا ہوں کہ اس آدمی کے ہاتھوں میں جو کپڑا جھول رہا ہے اُس کا رنگ سُرخ نہیں سیاہ ہے۔ میں حیران رہ جاتا ہوں اور بجائے اُس آدمی کو ٹکّر مارنے کے اس آدمی کے منہ کے بل فرش پر گر پڑتا ہوں۔

اور میری آنکھ کھل جاتی ہے۔ میرا دل زور زور سے دھڑک رہا ہے اور بدن پسینے سے تر ہے۔
میں تقریباً ہانپتا ہوا بستر سے اٹھ بیٹھتا ہوں۔ دیوار گیر گھڑی میں تین بج کر پانچ منٹ ہوئے ہیں۔
پورے مکان میں سناٹا چھایا ہوا ہے اور اُس سناٹے میں گھڑی کی ٹِک ٹِک جیسے سماعت پر
ہتھوڑے برسا رہی ہے۔ مجھے شدید پیاس محسوس ہوتی ہے۔ میں تولیے سے اپنے چہرے کا
پسینہ پونچھنے کے بعد اٹھ کر کچن کی طرف جاتا ہوں۔ بغل والا کمرہ بند ہے۔ زینب شاید ابھی
تک سو رہی ہے۔ میں کچن میں جا کر فریج میں سے بوتل نکالتا ہوں اور بوتل ہی سے دو چار لمبے
لمبے گھونٹ لیتا ہوں۔ پھر اُلٹے قدموں لوٹتا ہوں۔ تبھی مجھے لگتا ہے بغل والے کمرے میں کوئی
غیر معمولی آہٹ ہوئی ہے۔ میں دروازے پر رُک جاتا ہوں پھر غیر ارادی طور پر دروازے
کے کی ہول سے اندر جھانکتا ہوں۔ زینب ایک ایک کر کے اپنے بدن سے کپڑے اتار رہی
ہے۔ میکسی، برا، پنٹی اور سلیمان کرسی پر بیٹھا اُسے بھوکی نظروں سے گھور رہا ہے۔ اب زینب کے
بدن پر ایک تار بھی نہیں ہے۔ وہ سلیمان کے سامنے مادر زاد ننگی کھڑی بے حیائی کے ساتھ مسکرا
رہی ہے۔ میری آنکھوں میں خون اتر آتا ہے۔ میں پوری قوت سے چیخنا چاہتا ہوں مگر میری
آواز حلق میں پھنس جاتی ہے۔ سلیمان کرسی سے اٹھ کر زینب کے قریب جا کر کھڑا ہو جاتا ہے۔
اور پھر اچانک وہ کسی وحشی درندے کی طرح اُسے بھنبھوڑنے لگتا ہے۔ ایسا لگتا ہے جیسے وہ اس
کی بوٹی بوٹی الگ کر دے گا۔ میں سمجھتا تھا زینب بلبلا کر چیخ پڑے گی مگر وہ شہوت سے مغلوب
کسی کُتیا کی طرح چپ چاپ اپنے آپ کو نچوار رہی تھی۔ میں نے محسوس کیا کہ میں ضبط کی شدّت
سے کانپ رہا ہوں۔ میں نے ایک بار پھر چیخنا چاہا مگر جب حلق سے آواز نہیں نکلی تو میں نے
پوری قوت سے دروازے پر مکّا مارا اور پھر میرے دونوں ہاتھ متواتر دروازے کو پیٹتے چلے
گئے۔ پھر اچانک میرے منہ سے عجیب و غریب قسم کی آوازیں نکلنی لگیں۔ یہ آوازیں ایسی
تھیں جیسے کسی کے نرخرے پر چھری پھیری جا رہی ہو۔ میں انہیں شاید برا بھلا کہنا چاہتا تھا گالیاں
دینا چاہتا تھا مگر غصّے کی شدّت سے الفاظ محض بے ربط آوازوں کی شکل میں حلق سے نکل رہے
تھے۔ میں تھوڑی دیر تک دروازہ پیٹتا اور بے ہنگم آوازیں نکالتا رہا۔ تبھی اچانک دروازہ کھلا اور
ایک مضبوط ہاتھ میرے گریبان پر پڑا اور مجھے پوری قوت سے اندر کھینچ لیا گیا۔ میں لڑکھڑا کر فرش

پر گر پڑا۔ سلیمان دونوں ہاتھ کمر پر رکھے خشمگیں نظروں سے مجھے گھور رہا تھا۔ زینب چادر سے اپنا بدن ڈھانپے پلنگ پر نیم دراز مجھے ناگواری سے دیکھ رہی تھی۔ میں چیخا۔

"بے غیرت! حرامزادی۔۔۔اس کتے کو اسی لیے ڈرائیور رکھا تھا۔۔۔کب سے چل رہا ہے یہ سب۔۔۔" اچانک میں کھانسنے لگا۔

زینب کے ہونٹوں پر ایک زہریلی مسکراہٹ پھیل گئی۔ اس نے اسی طرح لیٹے لیٹے نہایت اطمینان سے جواب دیا۔

"چلّاؤ مت تمہارا دل کمزور ہو چکا ہے۔"

میں پھر آپے سے باہر ہو گیا اور فرش سے اٹھنے کی کوشش کرتا ہوا چلّایا۔

"میں تجھے زندہ نہیں چھوڑوں گا کتیا۔"

سلیمان نے پیچھے سے میری گردن دبوچ لی۔ اور دونوں ہاتھوں سے میرا گلا دبانے لگا۔

"نہیں سلیمان جان سے مت مارنا۔۔۔تم باہر جاؤ۔۔۔"

سلیمان نے ایک جھٹکے کے ساتھ میری گردن چھوڑ دی اور مجھے غصے سے گھورتا ہوا کمرے کے باہر چلا گیا۔ میرے گلے میں پھندا سا پڑ گیا تھا۔ میں پھر کھانسنے لگا اور پھر کھانستا ہی چلا گیا۔ زینب پلنگ سے اٹھی اور ایک گلاس میں پانی لے آئی۔ پھر میری گردن کو سہارا دے کر ذرا سا اٹھایا اور مجھے پانی پلانے لگی۔ مجھے لگ رہا تھا بے شمار برچھیاں میرے سینے کے آر پار ہو گئی ہیں۔ سوزش سے میرا سینہ جہنم بنا ہوا تھا۔ سانس رک رک کر چلنے لگا۔ جیسے کسی ناہموار زمین پر کوئی بچہ ڈگ مگ، ڈگ مگ چل رہا ہو۔ میں نے بے بس نظروں سے زینب کی طرف دیکھا۔ اس کی آنکھوں میں نہ کوئی پشیمانی تھی، نہ کوئی گھبراہٹ۔ بس کسی روتے ہوئے بچے کو بہلانے والا انداز تھا۔ میری آنکھوں میں آنسو آ گئے۔ زینب کا چہرہ دھندلانے لگا۔ معاً ایک زور کی ہچکی آئی بس۔۔۔۔ اس کے بعد کیا ہوا مجھے معلوم نہیں۔ جب میں اطراف کے ماحول کو سمجھنے کے قابل ہوا تو میں مر چکا تھا اور میری میّت پلنگ پر لٹا دی گئی تھی۔ اور گھر میں صفِ ماتم بچھی ہوئی تھی۔ اب نہلا دھلا کر میری میّت تیاری کی جا چکی تھی۔ سر سے پاؤں تک سفید کفن پہنا دیا گیا ہے۔ میری ناک اور کان کے سوراخوں میں کافور اور چندن کی گولیاں بنا کر ڈال دی گئی ہیں۔

پیشانی پر صندل کا لیپ لگا کر بانگی صاحب نے اُس پر لا الہ الا اللہ لکھ دیا ہے۔ باہر کافی لوگ جمع ہو چکے ہیں۔ اتنے میں کسی نے میرے لڑکے کا نام لے کر پکارا ''آصف!''

میرا لڑکا آصف سفید گول ٹوپی پہنے، منہ لٹکائے رومال سے بار بار آنکھیں اور ناک پونچھتا میرے دائیں طرف آ کر کھڑا ہو گیا ہے۔ اچانک سلیمان کی آواز آتی ہے۔

''آصف بیٹے! اگر تم اجازت دو تو میّت اٹھائی جائے۔ جنازہ تیار ہے۔''

میں چونکہ سلیمان آصف کو ہمیشہ آصف بابو! کہہ کر پکارتا تھا۔ آج وہ اُسے کہہ کر بیٹا کہہ کر مخاطب کر رہا ہے۔ میں نے غور سے آصف کو دیکھا۔ مجھے اُس کے چہرے میں سلیمان کے چہرے کی ہلکی سی جھلک نظر آئی۔ میں بے چین ہو گیا۔ مگر یہ کیوں کر ممکن ہے؟ دفعتاً مجھے یاد آیا کہ زینب نے نوکری کے لیے جب سلیمان کی فرمائش کی تھی تو کہا تھا۔ وہ سلیمان کو اچھی طرح جانتی ہے۔ وہ انہیں کے گاؤں کا رہنے والا ہے۔ میرے اندر تو ایک کھلبلی سی مچی۔ ایک طوفان سا اُٹھا۔ موج در موج میرے خیالات میں زبردست ہلچل سی پیدا ہوئی۔ میری سوچ کے سارے دھاگے اس طرح ایک دوسرے میں گتھم گتھا ہو گئے تھے کہ اصل سرا کہیں گم ہو کر رہ گیا۔ اور پھر یک بیک تنے ہوئے سارے تاز جھنجھنا کر ٹوٹ گئے۔ مجھ پر تکان سی طاری ہونے لگی۔ میں نے اپنے اعصاب کو ایک دم ڈھیلا چھوڑ دیا۔ مجھے کافی سکون ملا۔ موجیں رفتہ رفتہ ایک دوسرے میں تحلیل ہونے لگیں۔ تالاب کی سطح شانت ہو گئی۔ جیسے کسی کو نروان مل گیا ہو۔

اچانک میں نے دیکھا آصف میرے سرہانے اکڑوں بیٹھا پھوٹ پھوٹ کر رو رہا ہے۔ وہ روتا ہوا کہہ رہا تھا۔

''ڈیڈ! مجھے معاف کر دو۔۔۔ ڈیڈ۔۔۔ میں نے آپ کو بہت ستایا ہے۔ ڈیڈ! مجھے معاف کر دو۔''

دو چار آدمیوں نے لپک کر اسے وہاں سے ہٹا دیا۔ اس کے رونے کی آواز سنتے ہی اندر زنانے میں کہرام مچ گیا۔ آخری بار میں نے دیکھا کہ زینب کو چھ سات عورتوں نے پکڑ رکھا تھا اور وہ دروازے میں کھڑی دونوں ہاتھ میری میّت کی طرف اُٹھائے بے تحاشہ رو رہی تھی۔ اس کے پیچھے ناز کا بھی آنسوؤں میں بھیگا چہرہ دکھائی دے گیا۔ ایک طرف انوری بھی ایک عورت

کے کاندھے سے لگی کھڑی میری طرف دیکھ رہی تھی۔ اس کے رخسار بھی آنسوؤں سے تر تھے۔ مگر جانے کیا ہوا کہ میرے اندر اچانک ایک سناٹا سے پھیل گیا ہے۔ نہ اب کسی کے لیے دل میں چاہت ہے نہ نفرت۔ ایسا لگتا ہے، رشتے ناطے، لاگ لگاؤ، راگ انوراگ، سارے نقش دھندلا گئے ہیں۔ دل کی تختی ایک دم صاف ہو گئی ہے۔ اتنے میں بانگی صاحب نے آگے بڑھ کر میرے منہ کو کفن سے ڈھک دیا۔ سر اور پیروں کے پاس کفن کے چھور باندھ دیے۔ اب میں کچھ بھی نہیں دیکھ سکتا۔ صرف آوازیں سن سکتا ہوں۔ 'کلمۂ شہادت' کی تکرار کے ساتھ لوگ میری میت کو اٹھا کر جنازے میں رکھ رہے ہیں۔ چیخوں اور سسکیوں کا سلسلہ جاری ہے۔ بانگی کی کرخت آواز گونجتی ہے۔ کلمۂ شہادت جنازہ اٹھا لیا جاتا ہے۔ میں دیکھ نہیں سکتا مگر اندازہ لگا سکتا ہوں کہ اس وقت جنازہ محلّے کی مسجد میں لے جایا جا رہا ہے۔ 'چپ چپ' وضو کرنے کی آوازیں، صفیں درست کرو، صفیں درست کرو کا شور۔ مولوی صاحب جنازے کی نماز پڑھاتے ہیں۔ نماز ختم ہو چکی ہے، ایک بار پھر لوگ جنازہ اٹھائے قبرستان کی طرف بڑھنے لگتے ہیں۔ میں اٹکل لگاتا ہوں۔ یہ سپر مارکیٹ کا چورہا ہے۔ یہ سیتا گیتا بار ہے۔ جہاں کبھی کبھی میں دوستوں کے ساتھ وقت گزاری کے لیے چلا جایا کرتا تھا۔ یہ نیو ماڈل تھیٹر ہے۔ میں اندازے سے اپنی سوچ کے کاندھوں پر سوار اپنے ہی جنازے کے ساتھ چلا جا رہا ہوں۔ جنازہ قبرستان میں داخل ہو چکا ہے۔ کچھ شکستہ سے ادھورے ادھورے فقرے سنائی دیتے ہیں۔

"برگے آ گئے؟ گورکن کہاں ہے؟ ارے سنبھال کے... گیلی ہے بابا... لحد اور گہری۔ ٹھیک ہے۔ ملّا صاحب! چٹائیاں... بس... کون اترے گا... اللہ بخش... وہ ہڈیاں... لحد میں...۔"

کلمۂ شہادت کی تکرار کے ساتھ میری میّت کو قبر میں اتار دیا گیا ہے۔ کوئی اوپر سے کہتا ہے۔ "میّت کا چہرہ کھول دو..." اللہ بخش سرہانے بندھی کفن کی گانٹھ کھول دیتا ہے۔ اوپر چاروں طرف سے دیسوں گردنیں جھانک رہی ہیں۔ بیسیوں آنکھیں مجھ گھور رہی ہیں۔ کیا ہے ان آنکھوں میں، ہمدردی... تاسف... غم... یا خوف...؟ اللہ بخش جلدی جلدی میری میّت کو چٹائیوں اور لکڑی کے برگوں سے ڈھانک دیتا ہے۔

اب میرے چاروں طرف اندھیرا ہے۔ گھنا اندھیرا۔۔۔ بالآخر مجھے کھڑے کھڑے گھاٹ زندہ دفن کر دیا گیا اور کسی کو احساس تک نہیں ہوا۔۔۔ مجھے خیال آیا ہو سکتا ہے اس قبرستان میں کتنے ہی لوگ میری طرح زندہ دفن کر دیے گئے ہوں اور کسی کے کان پر جوں تک نہ رینگی ہو۔ اوپر سے مٹی سرکانے کی آوازیں آرہی ہیں۔ دھپ دھپ ساتھ ہی قُل ہوَاللہ ہوَ احدْ کا ورد بھی ہو رہا ہے۔ مٹی سے قبر بھرتی جارہی ہے۔ روشنی تو پہلے ہی مفقود ہو چکی تھی اب دھیرے دھیرے باہر کی آوازیں بھی معدوم ہوتی جارہی ہیں۔ تھوڑی ہی دیر میں ایک گہرا سکوت چاروں طرف چھا جاتا ہے اس گہری تاریکی میں مجھے لگتا ہے میرا وجود اندھیرے میں تحلیل ہو چکا ہے۔ اس درد ناک بے بسی پر مجھے پہلی بار رونا آتا ہے۔ اور میں بے اختیار رونے لگتا ہوں۔ میں رو رہا ہوں۔ میرے رونے کی آواز منوں مٹی تلے اس طرح گھٹی گھٹی پھنسی پھنسی سی نکل رہی ہے جیسے کسی شکستہ بانسری کے سوراخ میں کوئی ئسرا اٹک گیا ہو۔ جانے میں کب تک اسی طرح روتا رہا۔

اچانک مجھے محسوس ہوتا ہے میری آواز کے علاوہ بھی کئی آوازیں میری آواز گریہ میں شریک ہوگئی ہیں۔ میں چپ ہو جاتا ہوں مگر چپ ہو جانے کے بعد بھی رونے کی آوازیں برابر آرہی ہیں۔ تب یک بیک مجھے یاد آ جاتا ہے۔ کسی نے مجھے بتایا تھا۔ قبرستان میں آدھی رات کو دکھی آتمائیں اپنی اپنی قبر کے سرہانے بیٹھ کر آہ و زاری کرتی ہیں۔ ایک عجیب جذبہ ہمدردی سے میرا دل بھر آتا ہے۔ میں بھی باہر نکل کر ان دکھی آتماؤں کے ساتھ شریک ماتم ہونا چاہتا ہوں مگر۔۔۔ مگر میں ایسا نہیں کر سکتا۔ کیوں کہ روح تو قبر کے باہر اس وقت نکل سکتی ہے جب اپنے جسد خاکی کو چھوڑ دے۔ مگر میں تو ابھی زندہ ہوں۔ جب تک میری روح میرے جسم سے آزاد نہیں ہوتی میں ان دکھی آتماؤں کے ساتھ شریک ِماتم بھی نہیں ہو سکتا۔۔۔ آہ۔

■■

آندھی میں چراغ

جب وہ دھرم پورا اسٹیشن پر اترا تو پلیٹ فارم پر گھڑی میں سات بج کر پانچ منٹ ہو رہے تھے۔ اطراف میں شام کے سایے گہرانے لگے تھے۔ اور اسٹیشن کی بتیاں روشن ہوگئی تھیں۔ اس نے پلیٹ فارم پر یہاں سے وہاں تک نگاہ ڈالی اس کے علاوہ گاڑی سے چار چھ مسافر اور اترے تھے جو اپنے اپنے سامان سے لدے ریلوے اوور برج کی طرح بڑھ رہے تھے۔ البتہ اس کے اپنے کمپارٹمنٹ سے کوئی نہیں اترا تھا۔ سوار ہونے والے مسافر بھی آٹھ دس سے زیادہ نہیں ہوں گے، وہ ہاتھ میں اٹیچی سنبھالے اور سوئٹر کاندھے پر ڈالے پلیٹ فارم پر چلنے لگا۔ چند قدم کے فاصلے پر کینٹین سے ایک فور اسکوائر کا پیکٹ خریدا۔ وہسل کی آواز آئی گاڑی دھیرے دھیرے پلیٹ فارم چھوڑ رہی تھی وہ گزرتی ہوئی گاڑی کی طرف دیکھنے لگا تھوڑی دیر میں گاڑی پلیٹ فارم سے گزر گئی۔ اب صرف اس کی ٹیل لائٹ دکھائی دے رہی تھی اور سگنل کی سرخ آنکھ روشن ہوگئی تھی۔ گاڑی کے پلیٹ فارم سے گزر جاتے ہی اسے سردی کا احساس ہوا اس نے کینٹین کے اکلوتے چھوکرے کو چائے کا آرڈر دیا۔ اور کاندھے پر پڑا ہوا سوئٹر پہننے لگا اسے دھرم پورا کی سردی کا اندازہ تھا۔ اس لیے اس نے احتیاطاً گاڑی سے اترنے سے پہلے سوئٹر اٹیچی سے باہر نکال لیا تھا۔ چائے بے حد بد ذائقہ مگر گرم تھی اس لیے اس نے طوعاً و کرہاً اس دو چار

گھونٹ حلق سے اتار لیے۔ چائے کے پیسے دے کر اس نے سگریٹ سلگائی اور ایک گہرا کش لے کر کینٹین والے چھوکرے سے پوچھا۔

”کیوں بھائی! ابھی یہاں کے حالات معمول پر نہیں آئے کیا؟“

کینٹین والے چھوکرے نے اس پر ایک نگاہ ڈالی۔ اس کے سوال کا جواب دینے کی بجائے کپ سا سر کھنگالتا ہوا بولا۔

”کدھر سے آئے ہو؟“

”بمبئی سے۔“

”دنگا تو ختم ہو گیا تم پن ابھی رات کا کرفیو ختم نہیں ہوا۔ رات آٹھ بجے سے سویرے پانچ بجے تک کرفیو رہتا ہے۔ کون محلّے جانا ہے؟“

”عادل پورہ۔“

”تو پھر جلدی جائیے۔۔۔ادھر بہت مارکاٹ ہوئی تھی۔ عادل پورہ میں کس کے گھر جائیں گے؟“

وہ جھجکا۔ صحیح پتا بتائے یا نہیں۔ مگر ایک لمحے توقف کے بعد اس نے یہ سوچ کر کہ اپنی شناخت کو آخر کب تک چھپایا جا سکتا ہے۔ کہا۔

”سید ہاشم علی کے یہاں۔“

”اچھا اچھا جائیے سات دس ہو رہے ہیں۔ باہر کوئی رکشہ وغیرہ بھی نہیں ملے گا۔ پیدل ہی جانا ہوگا۔“

”تمہارا نام کیا ہے؟“ اس نے چھوکرے سے پوچھ لیا۔

”میرا نام محمد علی ہے۔“

محمد علی نے اس کی طرف اپنائیت سے دیکھتے ہوئے کہا۔

”اچھا محمد علی۔۔۔تمہارا بہت بہت شکریہ جو تم نے کرفیو کے بارے میں بتا دیا خدا حافظ“ اس نے سگریٹ کا ٹکڑا افرش پر پھینک کر بوٹ کی نوک سے رگڑتے ہوئے کہا اور اپنی اٹیچی کر اسٹیشن کے اوور برج کی طرف بڑھ گیا۔ اسٹیشن پر اترنے والے وہ چار چھ مسافر کب کے جا چکے تھے۔

ٹی۔سی۔ان سے ٹکٹیں جمع کر کے آفس کی طرف جا رہا تھا۔

اسٹیشن سے باہر نکل کر اس نے ادھر ادھر نگاہ ڈالی کہ شاید کوئی بھولا بھٹکا آٹو یا سائیکل رکشا دکھائی دے جائے مگر رکشا اسٹینڈ پر سنّاٹا تھا۔ آس پاس سبھی دکانوں کے شٹر گرے ہوئے تھے۔ صرف ایک پان بیڑی کا با کڑا کھلا تھا۔ مگر با کڑے والا چھوکرا بھی جلدی جلدی دکان سمیٹ رہا تھا۔ اب اچھا خاصا اندھیرا پھیل گیا تھا۔ اس نے کلائی کی گھڑی پر نگاہ ڈالی سوا سات ہو رہے تھے۔ پون گھنٹے میں اسے عادل پورہ پہنچنا تھا۔ رکشا تو پندرہ بیس منٹ میں پہنچا دیتا تھا، وہ سڑک اس کی دیکھی بھالی تھی مگر اس قدر بھیانک سنّاٹے میں اسٹیشن سے عادل پورہ تک پیدل جانے کا اس کا کبھی اتفاق نہیں ہوا تھا۔ اس نے سوچا اب مزید وقت ضائع کیے بغیر یہاں سے چل دینا چاہیے۔ آٹو یا رکشا وغیرہ کا انتظار کرنا فضول تھا۔ اس نے سیدھے ہاتھ میں اٹیچی تھامی بایاں ہاتھ پتلون کی سائڈ جیب میں ڈالا اور عادل پورہ کی طرف چل دیا۔ سڑک دور تک سنسان پڑی تھی۔ البتہ سڑک کے کنارے اکا دکا لیمپ پوسٹ جل گئے تھے۔ جن کی ملگجی روشنی ماحول کی اداسی کو بیبت ناک بنا رہی تھی۔ غور سے دیکھنے پر پتا چلا کہ اکثر لیمپ پوسٹوں کے بلب ٹوٹے ہوئے ہیں۔ دو دو تین تین کھمبوں کے بعد ایک آدھ لیمپ پوسٹ کا بلب صحیح سلامت تھا۔ جس کی روشنی سڑک کے اندھیرے کو دور کرنے میں قطعی ناکافی تھی۔ بلکہ غور کرنے پر ایسا لگتا جیسے سڑک کے ارد گرد پھیلتا گہراتا اندھیرا دھیرے دھیرے لیمپ پوسٹ کی کمزور اور زرد روشنی کو نگلتا جا رہا ہے یا جلدی ہی نگل جانے والا ہے۔ سڑک پر آگے اور پیچھے، دائیں اور بائیں اس کے اپنے وجود کے سوا کوئی متنفس دکھائی نہیں دے رہا تھا۔ البتہ اس کا سایہ اس کے ساتھ ساتھ حرکت کر رہا تھا۔ وہ جوں جوں لیمپ پوسٹ کے قریب پہنچنے لگتا سایہ سکڑ سمٹ کر مختصر ہونے لگتا۔ جوں ہی لیمپ پوسٹ گزر جاتا۔ اس کا سایہ کسی جادو ئی جن کی طرح لمبا ہو کر سڑک پر اس کے آگے آگے چلنے لگتا، پھر دوسرے لیمپ پوسٹ کے قریب پہنچتے پہنچتے پیچھے چلا جاتا۔ اور ایسا لگتا جیسے اس کے قدموں سے لپٹا ہوا پیچھے پیچھے چلا آ رہا ہے۔ تھوڑی دیر کے لیے وہ اطراف کے پر ہول سکوت اور سنگین خاموشی کو بھول کر اپنے سائے کی آنکھ مچولی سے لطف اندوز ہوتا رہا ایک بلیغ خیال اس کے ذہن میں بجلی کی طرح کوندا۔ یعنی سایا اجالے میں سمٹنے لگتا تھا اور جوں

جوں اجالا دور ہونے لگتا سایے کا قد بھی بڑھنے لگتا آج ہمارا معاشرہ اجالے سے دور ہوتا جا رہا ہے اسی لیے تو سایے دیو قامت ہو گئے ہیں ۔ اس نے سوچا وہ اس خیال کو مرکز بنا کر اخبار کے لیے ایک مضمون لکھے گا اس کا ایک ایڈیٹر دوست اس سے اکثر فرمائشی مضمون لکھوا تا رہتا تھا ۔

اتنے میں دور کسی مندر سے ٹن ٹن کی آواز سنائی دی اور اس نے چونک کر گردن اٹھائی وہ بستی میں داخل ہو رہا تھا ۔ سڑک کے دونوں طرف بنے مکان گہری خاموشی میں غرق تھے ۔ دکانیں یوں بند تھیں جیسے ایک عرصے سے کھلی ہی نہ ہوں ۔ اتنے میں ایک شخص تیزی سے ایک گلی سے نکلا اور ادھر ادھر دیکھتا ہوا گھبرایا ہوا سامنے والی ایک دوسری گلی میں داخل ہو گیا ۔

اب وہ بستی کے گنیش چوک سے گزر رہا تھا ۔ بائیں طرف والی سڑک عادل پورہ کو جاتی تھی ۔ معا پیچھے سے موٹر کی آواز آئی ۔ اس نے مڑ کر دیکھا ایک جیپ گاڑی تیزی سے اسی کی سمت آ رہی تھی اس کی ہیڈ لائٹس سے اپنی آنکھوں کو بچاتے ہوئے وہ سڑک کے کنارے ہو گیا ۔ جیپ گاڑی اس کے بالکل قریب آ کر رک گئی ساتھ ہی ایک کڑک دار آواز سنائی دی ۔

’’اے مسٹر ! کہاں سے آ رہے ہو؟‘‘

اس نے گردن موڑ کر دیکھا جیپ گاڑی میں بیٹھا انسپکٹر اسی سے مخاطب تھا ۔

’’بمبئی سے آ رہا ہوں ۔ عادل پورہ جانا ہے ۔‘‘

’’نام؟‘‘

’’رضوان ۔ رضوان ہاشمی ۔‘‘

اس نے جھٹ جیب سے اپنا شناختی کارڈ نکال کر انسپکٹر کے سامنے کر دیا انسپکٹر نے شناختی کارڈ اس کے ہاتھ سے لے لیا پھر شناختی کارڈ کو غور سے دیکھتا ہوا قدرے شائستہ لہجے میں پوچھا ۔

’’آپ منترالیہ میں کس ڈپارٹمنٹ میں ہیں؟‘‘

’’ڈائریکٹوریٹ آف انفارمیشن میں ۔‘‘

’’آٹھ بجے سے کرفیو لگنے والا ہے ۔ جلدی پہنچنے کی کوشش کیجیے‘‘ انسپکٹر شناختی کارڈ لوٹاتا ہوا بولا ۔

’’آئی نو سر ۔۔۔! بس دس منٹ میں پہنچ جاؤں گا ۔‘‘

جیپ گاڑی آگے بڑھ گئی۔اس نے بھی قدم بڑھائے۔اس نے دیکھا کہ چند قدم آگے جانے کے بعد جیپ گاڑی پھر رک گئی۔وہ چلتا رہا جوں ہی جیپ گاڑی کے قریب پہنچا انسپکٹر کی آواز آئی۔

”گاڑی میں بیٹھ جائیے، ہم عادل پورہ کی طرف ہی جا رہے ہیں۔“

وہ ٹھٹکا۔پھر جھجکتے ہوئے بولا۔

”نہیں۔۔۔نہیں۔۔۔میں چلا جاؤں گا۔۔۔بس پانچ منٹ۔۔۔“

”بیٹھ جائیے۔عادل پورہ ابھی ہاٹ ہے۔“

وہ چاپ چاپ جیپ میں سوار ہو گیا۔جیپ کے اندر پانچ کانسٹیبل رائفلیں لیے بیٹھے تھے انہوں نے کھسک کر اس کے لیے جگہ بنا دی جیپ گاڑی پھر چل پڑی۔

”مکان آ جائے تو بتا دیجیے۔“انسپکٹر نے پیچھے مڑے بغیر کہا۔

”بس مجھے ہاشمی مسجد کے پاس اتار دیجیے۔“

”ہمیں نہیں معلوم ہاشمی مسجد کونسی ہے۔آپ ہی بتا دیجیے۔“

”ٹھیک ہے۔“

پھر مسجد آنے تک کوئی کچھ نہیں بولا۔وہ جیپ میں سے سامنے دیکھ رہا تھا۔اتنے میں اسے ہاشمی مسجد کی چھت کا اوپری حصہ نظر آ گیا۔قریب پہنچ کر جیپ رک گئی وہ جیپ سے اتر آیا۔

”بہت بہت شکریہ۔۔۔انسپکٹر صاحب!“

”کوئی بات نہیں سنبھال کر جائیے یہاں دو گھنٹے پہلے چاقو زنی کی ایک واردات ہو چکی ہے۔“

”جی ٹھیک۔۔۔“اس کے اندر ایک سرد سی لہر دوڑ گئی۔

جیپ گاڑی آگے نکل گئی۔وہ سڑک کے نیچے اتر کر چھوٹے سے پوکھر کا چکر کاٹتا ہوا مسجد کی طرف بڑھنے لگا۔مسجد کے اندر ایک دھندلا سا بلب جل رہا تھا۔روشنی اس قدر مدھم تھی کہ غور سے دیکھنے پر لگتا تھا بلب جل نہیں رہا ہے۔وہ سسک رہا ہے۔مسجد کے پاس سے گزر کر وہ گھر کے آنگن میں داخل ہو گیا۔اتنے میں دور سے پولس کی سیٹی سنائی دی۔پھر اس کے جواب میں مختلف

جگہوں سے سیٹیوں کی آوازیں ابھریں۔غالباً یہ کرفیو کا سگنل تھا۔اس نے گھڑی دیکھی آٹھ بجنے میں پانچ منٹ باقی تھے۔آنگن کو پار کرکے جوں ہی اُس نے ورانڈے میں قدم رکھا دائیں طرف سے آواز آئی ''کون؟''ساتھ ہی ایک سایہ اس کی طرف لپکا۔

اس نے ہاشم چچا کے پرانے ملازم سر جو کاکو کو پہچان لیا۔

''میں ہوں سر جو کاکا۔۔۔رضوان۔۔۔''اس نے قدرے بلند آواز کہا۔

وہ جانتا تھا کہ سر جو کاکا اونچا سنتے ہیں۔

''ارے رضوان بابو تم۔اوہو۔دیکھو میں نے پہچانا نہیں۔سید صاحب نے ابھی تم کو یاد کیا تھا''

اتنے میں ورانڈے کی بتی روشن ہوگئی۔اور دروازہ کھل گیا۔ہاشم چچا اپنے مخصوص لباس میں باہر نکلے ٹخنوں تک لمبا سفید براق پیرہن سر پر سفید عمامہ اور ہاتھ میں سفید تسبیح اس پر نظر پڑتے ہی بے ساختہ بولے۔

''ارے رضوان بیٹا''

اس نے انہیں سلام کیا اٹیچی بینچ پر رکھ کر مصافحہ کے لیے ہاتھ بڑھایا مگر ہاشم چچا نے مصافحہ کرنے کی بجائے اسے گلے لگا لیا اور بھرائی ہوئی آواز میں بولے۔

''اچھا ہوا بیٹا تم آ گئے۔تمہارا خط مل گیا تھا۔میں تین روز سے تمہارا انتظار کر رہا ہوں۔''

''میں تین روز پہلے ہی آ جاتا مگر وہ منی کی طبیعت خراب ہوگئی تھی۔''اس نے صفا جھوٹ بول دیا۔اسے خجالت بھی ہو رہی تھی۔

''کیا ہو گیا منی کو۔۔۔''

''کچھ نہیں بس۔۔۔یونہی فلو کا اثر تھا۔''

''چلو۔۔۔چلو۔۔۔اندر چلو۔۔۔سر جو اٹیچی اندر لے آؤ۔۔۔راستے میں کوئی دقت تو نہیں ہوئی۔''

''جی! کوئی خاص نہیں۔''

چچا اسے لیے ہوئے اندر داخل ہو گئے۔اندر داخل ہوتے ہوتے بلند آواز سے بولے۔

''صحیفہ! بیٹا دیکھو کون آیا ہے۔''

”آئی چچا جان!“ اندر سے صحیفہ نے جواب دیا اور فوراً کسی چیز کے چھونکنے کی آواز آئی سر۔۔۔س۔۔۔“

صحیفہ کچن میں تھی اور شاید دال چھونک رہی تھی۔ ارہری کی دال کی خوشبو اس کے نتھنوں سے ٹکرائی۔ اس نے کمرے میں چاروں طرف نگاہ ڈالی کمرہ ویسا ہی تھا، جیسا وہ سال بھر پہلے ارشد کی موت پر دیکھ کر گیا تھا۔ ایک طرف بیڈ کی دو کرسیاں، کرسیوں کے سامنے رکھی ہوئی تپائی۔ دوسری طرف صوفہ، صوفے کے بغل میں الماری۔ ایک کونے میں سلائی مشین، دیوار پر خانہ کعبہ کی بڑی سی تصویر، تصویر کے دائیں و بائیں ’یامحمدؐ اور ’یاعلیؑ‘ کے فریم کیے ہوئے طغرے، ہر چیز وہی تھی۔ صرف ایک تصویر کا مزید اضافہ ہوگیا تھا۔ ارشد کی تصویر کا۔ ارشد کی تصویر کا فوٹو فریم کعبے کی تصویر کے نیچے لگا دیا گیا تھا۔ ہاشم چچا سر جوکا کو کچھ ہدایات دے رہے تھے وہ دھیرے دھیرے چلتا ہوا ارشد کی تصویر کے پاس جا کر کھڑا ہوگیا۔ ارشد کے ہونٹوں پر بڑی زندہ مسکراہٹ تھی۔ ایسا لگتا تھا وہ ابھی فریم سے باہر نکل کر ایک زور دار قہقہہ لگائے گا اور کہے گا۔

”کیوں بھائی صاحب! کھا کے تم کیک سویوں کا مزا بھول گئے۔“

ارشد کی تصویر دیکھ کر وہ سچ مچ ملول ہوگیا۔ اتنے میں پیچھے سے آواز آئی۔

”آداب عرض ہے بھائی صاحب۔“

وہ پلٹا۔ سامنے صحیفہ کھڑی اسے سلام کر رہی تھی۔

”آداب، آداب کیسی ہو صحیفہ!“ اس نے اپنے لہجے میں خوش دلی کی کیفیت پیدا کرتے ہوئے پوچھا۔

”اچھی ہوں۔ بھابی نہیں آئیں؟“

”نہیں، منی کی طبیعت ٹھیک نہیں تھی۔ نہیں کوئی خاص بات نہیں، فلو کا اثر تھا۔ منا کہاں ہے؟“

”سو رہا ہے۔“

صحیفہ کی نگاہیں فرش کی جانب ہی تھیں اس نے سفید ساری پہن رکھی تھی اور سر پر پلو لے رکھا تھا۔ ساتھ ہی پلو کے سرے کو اپنی انگلی پر لپیٹنے کا شغل کر رہی تھی۔ اس کی دونوں کلائیوں میں

چوڑیوں کی جگہ پیلے رنگ کے دو کڑے پڑے ہوئے تھے۔اس کے چہرے کو دیکھ کر کوئی نہیں کہہ سکتا تھا کہ وہ سال بھر پہلے اپنی زندگی کے عظیم ترین صدمے سے دو چار ہو چکی ہے۔اس کا سانولا چہرہ سفید ساڑی میں بے حد پر سکون تھا۔اگر اس نے اپنے منہ پر سفید پٹی لگا لی ہوتی تو وہ جین بھکشنی معلوم ہوتی۔

"پانی گرم کر دوں آپ نہائیں گے نا؟"

"نہاؤں گا۔مگر اس سے پہلے ایک کپ گرما گرم چائے مل جائے تو۔۔۔۔ریلوے کینٹینوں کی چائے نے منہ کا ذائقہ خراب کر دیا۔"

"ابھی بنائے دیتی ہوں"۔وہ جانے کے لیے مڑ گئی۔

ہاشم چچا اندر داخل ہوتے ہوئے بولے۔

"بیٹا رضوان! تم غسل کر لو۔جب تک میں عشاء کی نماز پڑھ لوں۔کھانا ساتھ ہی کھائیں گے۔"

"ٹھیک ہے مگر باہر کرفیو لگا ہوا ہے آپ نماز گھر ہی پر کیوں نہیں پڑھ لیتے۔"

"نہیں۔بغل میں مسجد ہوتے ہوئے گھر میں نماز پڑھنا مناسب نہیں جب کہ میں مسجد کا امام بھی ہوں۔"

"مگر اس وقت مسجد میں نماز پڑھنے کون آئے گا"

"کوئی آئے نہ آئے، مجھے اپنا فرض تو ادا کرنا ہے۔"

ہاشم چچا اپنے قدموں لوٹ گئے۔وہ وہیں صوفے پر پسر گیا۔جیب سے سگریٹ کا پیکٹ نکالا ایک سگریٹ ہونٹوں میں دبا کر لائٹر سے سگریٹ سلگائی اور ایک گہرا کش لے کر او پر منہ اٹھائے دھواں چھت کی طرف چھوڑ دیا۔وہ چھت میں لگے پنکھے کو گھورتا ہوا صوفے پر نیم دراز دھوئیں کے مرغولے بناتا رہا۔اسے ارشد بری طرح یاد آ رہا تھا۔

کس قدر چونچال تھا کمبخت، چپ بیٹھنا تو جانتا ہی نہیں تھا۔بات بات پر ایسے ایسے لطیفے سناتا کہ ہنستے ہنستے آنکھ میں آنسو آ جائیں۔نہیں۔ارشد کو اتنی جلدی نہیں مرنا چاہیے تھا۔ابھی اس کی عمر ہی کیا تھی۔ستائیس برس۔اس سے پورے آٹھ برس چھوٹا تھا ارشد۔اس کے مزاج میں بچوں کی سی شوخی اور معصومیت تھی۔وہ چھوٹے بڑے سب سے یکساں طور پر بے تکلف ہو جاتا۔

اس سے گفتگو کرتے ہوئے اور اس کی دلچسپ باتیں سنتے ہوئے آدمی اپنی عمر کا احساس بھول جاتا تھا۔ ایسا زندہ دل، خوش گفتار اور محبت کرنے والا شخص کس بے دردی سے قتل کر دیا گیا۔ یہ خیال ہی دل کو مسوس دینے والا تھا۔ اسے فسادات سے دور کا بھی واسطہ نہیں تھا۔ بستی میں ہندو مسلم دونوں فرقوں میں یکساں طور پر ہر دلعزیز تھا۔ پھر اسے کیوں قتل کر دیا گیا؟ کس نے قتل کیا اسے؟ کسی کو کچھ پتہ نہیں۔ جب اسے ارشد کی موت کا ٹیلی گرام ملا تو وہ سکتے میں آ گیا تھا۔ نصف گھنٹے تک تو اسے کچھ بھی سجھائی نہیں دیا کہ اسے کیا کرنا چاہیے۔ ایسا ذہنی صدمہ اسے زندگی میں کبھی نہیں پہنچا تھا۔ اسی وحشت خیزی میں وہ دھرم پور جانے کے لیے تیار ہو گیا۔ دوست احباب نے منع کرنا چاہا کیوں کے اخباروں کی خبروں کے مطابق دھرم پور میں پچھلے تین دنوں سے فرقہ وارانہ ٹکراؤ، لوٹ مار، قتل و غارت گری کا سلسلہ برابر جاری تھا۔ ارشد کا قتل بھی انہیں ہنگاموں کا شاخسانہ تھا۔ ایسی صورت میں دھرم پور کسی طرح بھی مناسب نہیں تھا۔ اس کی بیوی روزی نے بڑی سختی سے اسے روکنا چاہا مگر اس نے کسی کی نہیں سنی۔ روزی کی بھی نہیں اور وہ شام کی ٹرین سے دھرم پور کے لیے روانہ ہو گیا تھا۔ دوسرے دن صبح جب وہ دھرم پور پہنچا تو سب کچھ ختم ہو چکا تھا۔ ارشد کی تجہیز و تکفین ہو چکی تھی۔ اور ہاشم چچا سوگواروں کے درمیان اپنی مخصوص آرام کرسی میں کسی ٹوٹی ہوئی شہتیر کی طرح ڈھیر تھے۔ اسے دیکھتے ہی انہوں نے اپنا داہنا ہاتھ بلند کیا۔ اس نے وہیں گھٹنوں کے بل بیٹھ کر ان کا ہاتھ اپنے دونوں ہاتھوں میں تھام لیا اور ضبط کی انتہائی سرحدوں کو چھوتا ہوا ابھرائی ہوئی آواز میں بولا۔

"چچا جان! یہ کیسے ہو گیا۔۔۔"

ہاشم چچا نے کپکپاتی آواز میں صرف اتنا کہا۔

"خدا کی یہی مرضی تھی بیٹا!"

اس کی جی تو چاہتا تھا کہ وہ ہاشم چچا سے لپٹ کر دھاڑیں مار مار کر روئے۔ مگر ہاشم چچا کے پہاڑ جیسے تحمل کو دیکھ کر اس کے بہتے ہوئے آنسو بھی دھیرے دھیرے تھم گئے تھے۔ صحیفہ کی حالت دگرگوں تھی۔ اس پر بار بار غشی کے دورے پڑ رہے تھے۔ منا اس وقت پچھے مہینے کا تھا۔ رو رو کر وہ بھی ہلکان ہو ا جا رہا تھا۔ وہ دوسرے دن ارشد کے سارے دوستوں سے ملا۔ اس کے مسلم

دوست بے حد برہم تھے اور ارشد کی موت کا بدلہ لینے کی قسمیں کھارہے تھے۔ ہندو دوستوں نے انتہائی رنج و غم کا اظہار کیا۔ ارشد کا عزیز ترین دوست وکرم بورا ڈے تو اس سے گلے مل کر دیر تک روتا رہا تھا۔ وکرم میونسپل کونسلر تھا وہ اسے اپنی جیپ میں بٹھا کر وہ مقام بھی دکھالایا جہاں ارشد کو چند نامعلوم فسادیوں نے قتل کر دیا تھا۔

”رضوان بھائی! آپ وشواس رکھیے۔ میں پوری کوشش کروں گا ارشد کے قاتلوں کا پتہ چلانے کی۔“

”وکرم صاحب! اب اس غیر ضروری تسلی سے کوئی فائدہ نہیں آج تک فسادات میں قتل کرنے والوں کا کبھی کوئی سراغ ملا ہے جو آپ کو مل جائے گا۔ آپ کس کس کو پکڑیں گے اور سزا دیں گے اور پھر قاتلوں کو پکڑ بھی لیں تو آپ میرا بھائی تو مجھے لوٹا نہیں سکتے۔ وکرم صاحب نہیں۔۔۔۔ آپ کچھ نہیں کر سکتے۔“

وکرم شاید اس کے لہجے کی تلخی کو بھانپ گیا نادم ہو کر بولا۔

”میں آپ کا دکھ سمجھ سکتا ہوں، رضوان بھائی۔ ارشد آپ ہی کا نہیں میرا بھی بھائی تھا۔ اس کی موت سے میرا بھی ایک بازو کٹ گیا ہے۔ اس کے باوجود آپ ٹھیک کہتے ہیں۔ ہم لوگ کچھ نہیں کر سکتے۔ آپ جانتے ہیں فسادات ایک مخصوص ذہنیت کے سبب ہوتے ہیں فرقہ وارانہ جنون تو ایک طوفان کی طرح ہوتا ہے۔ بھلا طوفان کو کیونکر گرفتار کیا جاسکتا ہے۔“

”ایسا نہیں بورا ڈے صاحب! اصل بات یہ ہے کہ اس سمت میں کبھی مخلصانہ کوشش ہی نہیں کی گئی کوئی کرنا بھی نہیں چاہتا۔ کیونکہ فسادات تو اس ملک کے سیاست دانوں کا من بھاتا کھیل ہے۔ بلکہ ایسا داؤ ہے جس کی کوئی کاٹ نہیں جب کوئی پارٹی اپنی ساکھ کو گرتا ہوا دیکھتی ہے فساد برپا کر دیتی ہے۔ فسادات سے مردہ سیاسی پارٹیوں میں نئی روح انگڑائی لیتی ہے۔“

”میں بھی ایسا سمجھتا ہوں۔۔۔۔۔“ وکرم نے غالباً اس کے تیور دیکھ کر بحث کو ختم کر دینا ہی مناسب سمجھا۔ اس کے بعد وہ دھرم پور میں دو تین روز اور رہا۔ اس بیچ پُرسہ دینے والوں کا تانتا بندھا رہا۔ رشتے کے دو ایک بزرگوں نے دبی زبان سے اس سے کہا کہ اب اسے شہر سے یہاں مستقلاً واپس آ جانا چاہیے۔ ارشد کے بعد اب گھر اور جائیداد کی رکھوالی کرنے والا کوئی نہیں

تھا۔ ہاشم چچا بوڑھے ہو چکے تھے۔ مگر اس تعلق سے ہاشم چچا نے اس سے کچھ نہیں کہا جب وہ رخصت ہونے لگا تو ہاشم چچا بہت ملول تھے۔ انہوں نے صرف اتنا کہا ''بیٹا آتے جاتے رہو'' اس نے بہت جلد آنے کا وعدہ بھی کیا صحیفہ کے آنسو رکنے کا نام ہی نہیں لیتے تھے۔ رشتے کی دو تین عورتیں اسے گھیرے ہوئے تھیں۔ جب وہ اس سے رخصت ہونے کے لیے گیا تو اس نے صرف ڈبڈبائی آنکھوں سے اس کی طرف دیکھا اور فوراً گردن گھما کر دن گھٹنوں میں منہ چھپا لیا۔ اس کی ہلکی ہلکی سسکیاں اس کے سینے میں بھی ایک طوفان اٹھا رہی تھیں۔ وہ تسلّی کا ایک لفظ بھی ادا کیے بغیر الٹے قدموں لوٹ آیا۔ ابھی ایسے الفاظ کہاں وجود میں آئے ہیں جن سے ایک جوان عورت کو جس کا سہاگ اجڑے صرف تین دن ہوئے ہوں تسلّی دی جا سکے۔

بمبئی لوٹ آنے کے بعد اس نے ہاشم چچا کو کئی خط لکھے جواب میں ہاشم چچا کے بھی برابر خط آتے رہے۔ اس نے کئی بار روزی سے کہا بھی کہ دھرم پور چل کر چچا اور صحیفہ سے مل آئیں مگر روزی ٹال مٹول کرتی رہی اس طرح ایک سال بیت گیا۔ اور ایک ہفتہ قبل اس نے اچانک اخبار میں پڑھا کہ دھرم پور میں پھر فساد ہو گیا۔ دوسرے دن خبر آئی کہ ایک عبادت گاہ کو آگ لگا دی گئی اور چار لوگ ہلاک ہو گئے۔ اسے تشویش ہوئی اس نے ہاشم چچا کو پہلے خط لکھا پھر ایک طویل ٹیلی گرام دے دیا۔ آخر پرسوں ان کا خط آیا کہ وہ خیریت سے ہیں البتہ اسے کسی ضروری کام سے فوراً بلایا تھا۔ اس نے روزی سے کہا کہ وہ بھی چلے مگر اس نے کہا ابھی وہاں ہنگامے چل رہے ہیں ذرا رک کر چلیں گے۔ روزی نے اسے بھی جانے کے لیے منع کیا مگر وہ اس کے منع کرنے کے باوجود صبح دھرم پور کے لیے گاڑی میں سوار ہو گیا اس نے آتے ہی تشویش کے ساتھ مسجد پر نگاہ ڈالی تھی۔ مسجد کو محفوظ دیکھ کر اِسے اطمینان ہو گیا تھا۔ پھر چچا نے اتنے اصرار کے ساتھ اسے کیوں بلایا تھا۔

''بھائی جان چائے لیجیے۔''

وہ صحیفہ کی آواز پر چونک پڑا۔

''میں نے سماور میں کوئلے ڈال دیے ہیں آپ غسل کر لیجیے گا۔ کھانا بھی تیار ہو گیا ہے۔''

''ٹھیک ہے۔'' اس نے چائے کی سپ لیتے ہوئے گردن ہلا دی۔

صحیفہ جانے کے لیے مڑ گئی۔ اچانک اسے کچھ یاد آیا۔

"ارے صحیفہ! سب کام تم اکیلی کر لیتی ہو، ملازمہ کہاں ہے؟"

"جی۔۔۔" صحیفہ جاتے جاتے رُک گئی۔

"جی، میں نے ہی ملازمہ کو الگ کر دیا۔ کام ہی کتنا رہتا ہے گھر میں۔"

صحیفہ اپنے سر کا پلو درست کرتی ہوئی چلی گئی۔ اسے لگا کہ صحیفہ نے بات خوبصورتی سے نبھالی ہے۔ یا چھپالی ہے۔

"اللہ اکبر۔۔۔ اللہ اکبر۔۔۔"

مسجد میں اذان ہو رہی تھی مگر یہ آواز تو ہاشم چچا کی تھی۔ موذن کہاں چلا گیا؟ کیا فسادات کے خوف سے موذن بھی مسجد چھوڑ کر چلا گیا۔ یا موذن کو بھی ملازمہ کی طرح علاحدہ کر دیا گیا۔ آخر ہاشم چچا ہی اس بے مروت بستی میں کیوں پڑے ہوئے ہیں۔ بے مروت اور بے ضمیر۔۔۔ اس بستی میں جانے کتنی پیڑھیوں سے رہتے چلے آ رہے تھے وہ لوگ۔ مسجد اس کے پردادا نے اپنی نگرانی میں تعمیر کروائی تھی۔ اس نے یہی سنا تھا اپنے خاندان والوں سے۔ مسجد کے احاطے کے ایک گوشے میں اس کے پردادا کی نیم پختہ قبر بنی ہوئی ہے۔ باز و میں دادا کی قبر بھی تھی۔

وہ جب بھی یہاں آتا ہے ہاشم چچا کے ساتھ ان قبروں پر فاتحہ پڑھنے ضرور جاتا ہے۔ ہاشم چچا کبھی اسے نماز کے لیے نہیں کہتے مگر اپنے خاندان کے بزرگوں کی قبروں پر ایک بار فاتحہ پڑھنے ضرور لے جاتے ہیں۔ آج رات ہو گئی ہے کل اسے قبر پر فاتحہ پڑھنے جانا ہوگا۔ ہاشم چچا ضرور لے جائیں گے۔ فاتحہ پڑھنے سے پہلے قریب سے دو سبز ٹہنیاں توڑ کر اس کے ہاتھ میں تھمائیں گے۔ وہ اپنے سر پر رومال اوڑھے، جھک کر ٹہنیوں کو قبر کے سرہانے مٹی میں گاڑ دے گا۔ تب تک ہاشم چچا دو اگر بتیاں جلا کر قبروں کے سرہانے کے کسی شگاف میں کھبو دیں گے۔ پھر دونوں ہاتھ اٹھا کر آواز بلند فاتحہ پڑھنے لگیں گے۔

"الٰهم صلِّ علٰی سیدنا۔۔۔"

اسے فاتحہ تو یاد نہیں ہے البتہ چچا کے ساتھ وہ بھی خواہ مخواہ ہونٹ ہلانے لگے گا۔ اسے بچپن میں پوری فاتحہ یاد تھی۔ بلکہ نیاز و فاتحہ کے موقع پر اگر ہاشم چچا نہ ہوں تو اسی سے فاتحہ پڑھوائی

جاتی کیونکہ اس کے والد کو ان سب چیزوں سے کوئی دلچسپی نہیں تھی۔ بلکہ وہ علی الاعلان ان سب چیزوں کو ”خرافات“ کہا کرتے تھے۔ البتہ والدہ اچھی خاصی دین دار خاتون تھیں۔ پابند صوم و صلوٰۃ اور فاتحہ درود پر اعتقاد رکھنے والی، عمر کے ابتدائی برسوں میں وہ پوری طرح والدہ ہی کے زیر اثر تھا۔ فاتحہ درود کے علاوہ اس کی والدہ نے اسے روزہ نماز کے تمام طریقے اور اصول بھی سمجھا دیے تھے بلکہ پارہ عم کی بیشتر آیتیں اسے زبانی یاد تھیں۔ مگر اب تو اسے ایک آیت بھی ڈھنگ سے یاد نہیں۔ اس نے یاد کرنے کی کوشش کی اسے نماز پڑھے ہوئے کتنے برس ہو گئے مگر بہت کوشش کے بعد بھی اسے یاد نہیں آ سکا کہ آخری بار اس نے کب نماز پڑھی تھی۔ اس کی بیوی کو بھی نماز روزے سے کوئی واسطہ نہیں تھا۔ وہ ایک انگریزی اسکول میں پڑھاتی تھی اور بالکل کرسٹانوں کی طرح ہی رہتی تھی۔ بچے مشن اسکول میں پڑھتے تھے اور سارا دن انگلش ہی میں گٹ پٹ گٹ پٹ کیا کرتے تھے۔ بیوی تو خیر ان سے ہمیشہ انگلش میں ہی بات کرتی تھی۔ البتہ وہ کبھی کبھی ان سے اردو میں گفتگو کرنے کی کوشش کر لیتا۔ بچے بھی انگریزی لب و لہجہ میں اس سے ٹوٹی پھوٹی اردو بولنے کی کوشش کرتے اس وقت ان کا انداز ایسا ہوتا جیسے وہ اپنے باپ سے نہیں کسی اجنبی گنوار شخص سے ہم کلام ہوں۔ اس نے اپنی بیوی کو سمجھانے کی کوشش کی بچوں کو انگریزی کے ساتھ اردو بھی پڑھانا چاہیے کم سے کم گھر پر ٹیوشن رکھ کر انہیں اردو پڑھایا جا سکتا ہے، اردو ہماری تہذیبی زبان ہے۔ اگر ہم نے اردو نہیں سیکھی تو ہمارے بچے اپنی تہذیب اپنے تمدن سے ناواقف رہ جائیں گے۔ اس کی اس بات پر بیوی اچانک بھڑک اٹھتی۔

”تمہاری تہذیب؟ کیسی تہذیب؟ عید پر سویاں کھانا، شیروانی پہننا، ٹوپی لگانا، جو کروں کی طرح جھک جھک کر آداب کرنا اور بات بات میں آپ اور جناب یہ کہنا بھی کوئی تہذیب ہے۔ مائی فٹ یور تہذیب۔ مجھے تو اس قسم کا آدمی ریشم کے کیڑے جیسا بلجلا لگتا ہے۔“

”لیکن روزی!“ وہ اسے سمجھانے کی کوشش کرتا۔ ہماری تہذیب صرف انہیں چیزوں پر آ کر ختم نہیں ہو جاتی۔“

”نہیں ہوتی۔“ وہ کہتی۔ ”مگر کسی بھی چیز سے نفرت کرنے کے لیے کیا اتنی باتیں کافی نہیں

میں ہے۔''وہ بڑی بے دردی کے ساتھ اس کی ہر دلیل کو پاش پاش کر دیتی۔نہیں،اس کی بیوی
کرپکشن نہیں ہے اس کا اصلی نام تو رضیہ ہے مگر وہ روزی کہلانا زیادہ پسند کرتی۔وہ مغربی تعلیم اور
مغربی تہذیب کی دلدادہ ہے۔مشرق سے اس کا تعلق صرف اتنا ہے کہ وہ ہندوستان میں پیدا
ہوئی ہے۔اس کا ایک کزن اور بہنوئی لندن میں سیٹلڈ ہیں۔وہ اسے بھی کئی بار لندن چلنے اور
وہیں بس رہنے کی ترغیب دے چکی ہے مگر اس نے کوئی خاص دلچسپی کا اظہار نہیں کیا۔اس کی
بیوی کو دھرم پور، ہاشم چچا اور ارشد سے خاص چڑھے۔اس کا خیال ہے کہ ہاشم چچا نے ان کی
زمین جائیداد پر غاصبانہ قبضہ کر رکھا ہے۔جبکہ وہ جانتا تھا کہ ایسا کچھ بھی نہیں ہے۔پچیس برس پہلے
ان کے والد اپنے حصّے کی زمین جائیداد بیچ کر ممبئی چلے آئے تھے۔اب وہاں جو مکان اور
تھوڑی بہت زرعی زمین تھی وہ ہاشم چچا کے حصے ہی کی تھی۔اس میں انہیں مسجد کی دیکھ بھال
بھی کرنی ہوتی تھی۔
''بھائی صاحب! پانی گرم ہو گیا ہے۔''
ایک بار پھر صحیفہ کی آواز سنائی دی۔اس نے اٹیچی کھولی تولیہ نکالا اور غسل خانے کی طرف
بڑھ گیا۔

صبح مسجد کے احاطے میں دادا اور پر دادا کی قبروں پر فاتحہ کے بعد وہ ہاشم چچا کے ساتھ
مسجد کے صحن میں بنے چبوترے پر آ کر بیٹھ گیا۔صبح کی کنکنی دھوپ اچھی لگ رہی تھی۔ہاشم چچا
نے اپنا عمامہ اتار کر چبوترے پر رکھ دیا۔سر پر ہاتھ پھیرا اور اس کی طرف دیکھ کر بولے۔
''جانتے ہو تین روز پہلے چند شرپسندوں نے یہاں آگ لگانے کی کوشش کی تھی۔''
''نہیں ...''اس نے چونک کر حیرت سے کہا۔
''عین وقت پر پولس پہنچ گئی اور شرپسند بھاگ گئے۔وہ دیکھو اس طرف مٹی کا تیل چھڑک کر
آگ لگائی گئی تھی۔''
چچا نے ایک طرف انگلی سے اشارہ کرتے ہوئے کہا۔اس نے مڑ کر دیکھا بائیں طرف کی
کمپاؤنڈ وال کا تھوڑا سا حصہ جھلسا ہوا دکھائی دے رہا تھا۔

”یہ تو انتہا ہوگئی“ اس نے غصے اور تاسف سے بڑبڑاتے ہوئے کہا۔

”یہ ایک دم فجر کا واقعہ ہے بعد میں وکرم اپنے لڑکوں کے ساتھ جیپ میں آیا تھا کافی دلاسہ دے رہا تھا۔“

”اونہہ دلاسا۔۔۔وہ بھی اُنہیں میں سے ہے“ اس نے منہ بنا کر تلخ لہجے میں کہا۔

”نہیں رضوان“ میں ایسا نہیں سمجھتا وکرم بوراڈے اچھا آدمی ہے۔ مگر وہ اکیلا کیا کرسکتا ہے۔ بعد میں مجھے پتہ چلا کہ اسی نے پولس کو فون کرکے مسجد پر حملے کی اطلاع دی تھی۔ غالباً اسے پہلے ہی سن گن مل گئی تھی۔ وہ ارشد کی موت کے بعد کئی بار مجھ سے ملنے آچکا ہے۔“

آخری جملے پر وہ تھوڑا سا خفیف ہو کر اِدھر اُدھر دیکھنے لگا۔ کیونکہ ارشد کی موت کے بعد وہ خود سال بھر کے وقفے سے آ رہا تھا۔ اس نے مسجد کو غور سے دیکھا اسے لگا مسجد کافی خستہ ہوگئی ہے۔ چھت کی کئی کھپریلیں ٹوٹی ہوئی تھیں۔ دیواریں بوسیدہ ہو چکی تھیں۔ لکڑی کے ستون بدرنگ ہو گئے تھے۔ فرش کا سمنٹ جگہ جگہ سے اُکھڑ گیا تھا۔ کمپاؤنڈ کی دیوار کی دو تین جگہ سے اینٹیں نکل گئی تھیں۔ دونوں کنگورے نیم شکستہ حالت میں ایستادہ تھے۔ احاطے میں لگے سپاری اور ناریل کے جو دو چار درخت تھے اجاڑ سے کھڑے تھے چمیلی اور موگرے کی بیلیں سوکھ گئی تھیں اور احاطے میں خشک پتوں کا ڈھیر سا پڑا تھا۔ اس نے گردن میں موڑ کر مسجد کے اندر جھانکا اندر تھوڑی صفائی تو دکھائی دے رہی تھی مگر در و دیوار سے ایسی ویرانی ٹپک رہی تھی کہ وحشت ہوتی تھی۔ فرش پر بچھی چٹائیاں پھٹ گئی تھیں۔ منبر کا ایک پایہ ٹوٹ گیا تھا۔ محراب کا پورا پلستر اکھڑ چکا تھا۔ کل ملا کر ایسا لگتا تھا مسجد اس خستگی کے ساتھ زیادہ دنوں تک نہیں ٹک پائے گی۔ بس آندھی کا کوئی تیز جھونکا یا زلزلے کا معمولی سا جھٹکا اسے زمین بوس کر دے گا۔ یا پھر ہو سکتا ہے اگلے کسی فساد میں خود بستی والے اسے پھونک دیں۔ ایک عرصہ ہوا اس کا نماز روزے سے ناطہ ختم ہو چکا تھا۔ اسے مندر مسجد سے کوئی خاص دلچسپی نہیں رہ گئی تھی۔ مگر جانے کیوں اپنی آبائی مسجد کی شکستہ حالی کو دیکھ کر وہ ایک دم اداس ہوگیا۔ اداس اور مضطرب۔ اسے مسجد کو دیکھ کر پتہ نہیں کیوں بچپن میں اپنے آنگن میں بندھی وہ بوڑھی گائے یاد آ گئی جو ہڈیوں کا کوڑا ہو چکی تھی۔ اس نے دودھ دینا تو عرصہ ہوا بند کر دیا تھا۔ بس آنگن کے ایک کونے میں اپنی دم سے مکھیاں اڑاتی آہستہ پڑی اپنی دم سے مکھیاں اڑاتی آہستہ

آہستہ جگالی کرتی رہتی اس کا سانس کبھی بھی اکھڑ سکتا تھا۔ گھر کے لوگوں میں اس بات پر اکثر بحث ہوتی رہتی کہ اسے قصائی کے ہاتھ فروخت کر دیا جائے کچھ پیسے مل جائیں گے اور گائے بھی ٹھکانے لگ جائے گی۔ مگر اس کے والد گائے کو فروخت کرنے کے سخت خلاف تھے۔ وہ اس وقت بہت چھوٹا تھا۔ وہ بڑوں کی باتوں کو سمجھ بھی نہیں سکتا تھا۔ مگر اس نیم مردہ گائے کو دیکھ دیکھ کر وہ دکھی ہو جاتا وہ اسے بس دور دور سے تا کا کرتا تھا۔ نزدیک جانے کی جرأت نہ ہوتی وہ اس کے استخوانی پنجر اور لمبی ہلالی سینگوں سے خوفزدہ بھی رہتا۔ گھر والوں کا اصرار بڑھتا جا رہا تھا کہ گائے کو کسی قصائی کے حوالے کر دیا جائے مگر والد بھی اپنی ضد پر اڑے رہے۔

ایک دن صبح اس کی آنکھ کھلی تو گھر کے سب افراد آنگن میں جمع تھے اور زور زور سے باتیں کر رہے تھے اور گائے کا کھونٹا خالی تھا۔ سب حیران تھے کہ آخر گائے کہاں چلی گئی۔ تب اس کے والد نے گھر والوں کو بتایا تھا کہ گائے کو وہ رات بستی سے باہر جنگل میں چھوڑ آئے ہیں اس پر سب لوگ بڑے جزبز ہوئے تھے۔ ان کا کہنا تھا کہ یوں اسے جنگل میں سسک سسک کر مرنے کے لیے چھوڑنے کے بجائے قصائی کے حوالے کر دیا جاتا تو انہیں ثواب ملتا۔ والد صاحب نے بگڑ کر کہا تھا۔

"اِنہیں ایسے ثواب کی ضرورت نہیں ہے اسے وہ یہاں سسک سسک کر مرتے ہوئے نہیں دیکھ سکتے تھے اور وہ اسے قصائی کے حوالے تو کر ہی نہیں سکتے کیونکہ جس گائے کا برسوں انہوں نے دودھ میٹھا پیا ہے اسے چھری کے نیچے نہیں ڈال سکتے۔ گائے کو جنگل میں چھوڑ کر انہوں نے بہت ٹھیک کیا ہے۔ وہ وہاں کھلی ہوا میں چرتے چراتے طبعی موت مرے گی اور اُس کی موت کا کوئی ذمہ دار نہیں ہوگا"

اس وقت اس کا انتھا سادہ ماغ فیصلہ کرنے سے قاصر تھا کہ کیا صحیح ہے اور کیا غلط مگر اسے والد کی بات اچھی لگی تھی کیوں کہ گائے کے مرنے کا تصور قصائی کی چھری کے نیچے ذبح ہونے کے تصور سے کم اذیت ناک تھا، اسے آج آبائی مسجد کی اس حالت کو دیکھ کر وہ بوڑھی گائی بہت شدت سے یاد آئی آخر کیا مماثلت ہے دونوں میں ...؟ خستہ حالی، شکستگی، تنہائی، ویرانی۔ اسے لگا مسجد نہیں ختم ہو رہی ہے اس کی تہذیبی وراثت اس سے چھن رہی ہے۔ اسے

یوں ٹوٹتے بکھرتے دیکھ کر اس کے اندر بھی کچھ ٹوٹنے بکھرنے لگا تھا۔

”کیا سوچنے لگے؟“ ہاشم چچا نے اس کی طرف غور سے دیکھتے ہوئے پوچھا۔

”کچھ نہیں ۔۔۔۔ میں سمجھتا ہوں اب اس بستی میں رہنا فضول ہے آپ شہر کیوں نہیں چلتے میرے ساتھ۔“

”نہیں بیٹا! اب یہ بوڑھی ہڈیاں اپنے بزرگوں کے قدموں میں یہیں دفن ہوں گی۔“

”مگر اس طرح کیونکر چلے گا۔ آج و کرم بورا ڈے نے بچا لیا آگے اس کی ضمانت کون دے سکتا ہے کہ فسادی پھر شرارت نہیں کریں گے۔“

”مجھے اپنی جان کی کوئی فکر نہیں۔ اور سچ کہوں مجھے اس مسجد کی بھی زیادہ فکر نہیں۔ خدا کا گھر ہے۔ وہی اس کا محافظ ہے۔ ہماشا کی کیا مجال جو اس کی حفاظت کا دعویٰ کر سکیں۔ جب تک میری سانس چل رہی ہے مسجد میں دیا جلاؤں گا۔ آگے اللہ مالک ہے۔“

وہ کہنا چاہتا تھا۔ جب اپنے ہی گھر کا شیرازہ بکھر چکا ہو تو مسجد کی دیکھ بھال کا سوال کہاں آتا ہے۔ مگر وہ جانتا تھا ہاشم چچا پرانے خیال کے آدمی ہیں ان سے دلیل اور منطق میں گفتگو نہیں جا سکتی۔ وہاں تو صرف ایک عقیدت، ایک روایت سے جڑے رہنے کی پاسداری تھی۔ اس کے آگے ساری باتیں بے معنی تھیں۔ وہ تھوڑی دیر چپ رہا پھر بولا۔ ”چچا جان! جب تک ارشد تھا کوئی بات نہیں تھی۔ مگر اس کے بغیر آپ اکیلے یہ سب کیسے کر پائیں گے۔“

”اسی لیے میں نے اپنی خاندانی زمین فروخت کر دینے کا فیصلہ کر لیا ہے۔“

”کیا؟“ اس نے حیرت سے کہا۔

”ہاں تمہیں اسی لیے بلایا ہے۔“

”مگر کیوں؟ آپ زمین کیوں فروخت کر رہے ہیں۔“

”اگر فروخت نہیں کروں گا تو دوسرے کھا جائیں گے۔ ارشد تھا تو نگرانی کر لیتا تھا۔ اب کون کرے گا۔ مجھ سے کھیتی کا بکھیڑا نہیں ہو سکتا۔“

”جب کھیتی نکال دیں گے تو پھر گھر ۔۔۔“ وہ کہتے کہتے رُک گیا۔

”گھر؟“ چچا نے ایک ٹھنڈی سانس بھری۔

"دیکھو میں جو بات کہنے جارہا ہوں اسے غور سے سنو! زمین کا سودا تقریباً پانچ لاکھ میں ہو رہا ہے۔ میں یہ ساری رقم صحیفہ اور اس کے بیٹے کے نام کر دینا چاہتا ہوں۔ تم جانتے ہو صحیفہ کے والدین کا بھی انتقال ہو چکا ہے۔ دو بھائی ہیں مگر دونوں اپنی اپنی گرہستی میں مست ہیں۔ میں نے صحیفہ سے کہا کہ وہ دوسرا نکاح کر لے مگر وہ رونے لگی اور اس نے صاف کہہ دیا کہ وہ مجھے تنہا چھوڑ کر کہیں نہیں جائے گی اور میں اسے یہاں اس خوف اور دہشت کے ماحول میں رکھنا نہیں چاہتا اس لیے میں چاہتا ہوں کہ تم صحیفہ سے نکاح کر لو۔ اسے اور اس کے بچے کو اپنے پاس شہر لے کر چلے جاؤ۔"

"کیا صحیفہ سے نکاح ۔۔۔۔؟ چچا جان آپ یہ کیا کہہ رہے ہیں؟"
اس کے پورے بدن میں پکپکی سی دوڑ گئی۔

"میں ٹھیک کہہ رہا ہوں بیٹا! میں نے یہ فیصلہ نہایت سوچ سمجھ کر کیا ہے۔ صحیفہ اور اس کا بچہ تم پر بار نہیں ہوں گے۔ کھیتی کی ساری رقم میں اس کے اور اس کے بچے کے نام کر دوں گا۔"
"مگر چچا جان ۔۔۔۔ ایسے کیسے ہو سکتا ہے؟"
"کیوں نہیں ہو سکتا؟ ہمارے مذہب میں ایسے موقع کے لیے ہی تو ایک سے زائد شادی کی گنجائش رکھی گئی ہے۔"

"میں مذہب کی بات نہیں کر رہا ہوں۔ چچا جان آپ سوچئے تو یہ کیونکر ممکن ہے۔"
وہ واقعی اندر سے بہت سٹ پٹا گیا تھا۔

"بیٹا رضوان! میں تمہاری دشواریوں کو سمجھتا ہوں۔ تم رضیہ کے تعلق سے پریشان ہوں گے ۔۔۔۔ ہے نا ۔۔۔۔؟"

"ہاں ۔۔۔۔ ہاں ۔۔۔۔ بالکل۔" اس نے رومال سے پیشانی کا پسینہ پونچھتے ہوئے کہا۔ اسے قدرے راحت کا احساس ہوا۔ جیسے شدید حبس میں کسی نے پنکھا چلا دیا ہو۔

"رضیہ بیٹا مزاج کی سخت ضرور ہے مگر ناسمجھ نہیں ہے۔ میں سمجھتا ہوں اگر تم اس مقدمے کو صحیح طریقے سے اس کے سامنے پیش کرو گے تو وہ معترض نہیں ہو گی۔"
"نہیں چچا جان! یہ سب اتنا آسان نہیں ہے۔"

"میں جانتا ہوں مگر اب جو کچھ ہے کرنا ہے تمہیں کرنا ہے۔"

اس کی پیشانی پر پھر پسینے کے قطرے جمع ہونے لگنے لگے تھے۔

"چچا جان! میں نے صحیفہ کے تعلق سے ایسا کبھی سوچا ہی نہیں تھا۔"

"بیٹا! ہم نے بھی کب سوچا تھا۔ یہ تو تقدیر کے کھیل ہیں۔"

چچا کی آواز بھرا رہی تھی۔ اس نے بے چینی سے پہلو بدلا۔ دھاگے الجھتے ہی جا رہے تھے۔ اس نے دیکھا۔ چچا اب مسجد کے ستون سے ٹیک لگائے، آنکھیں بند کیے دھیرے دھیرے تسبیح پھیر رہے تھے۔ اسے یہ خاموشی بڑی گراں گزر رہی تھی۔ لگتا تھا اب چچا کچھ نہیں بولیں گے۔

اس نے ایک بار پھر پہلو بدلا اور کھنکار کر گلا صاف کیا اور بولا۔

"چچا جان! آپ میری بات کا برا نہ مانیں۔ دراصل میں اس غیر متوقع پیش کش سے تھوڑا سا گھبرا گیا ہوں۔ آپ سمجھ سکتے ہیں۔"

چچا نے صرف ہلکے سے گردن ہلا دی۔ ان کی آنکھیں اب بھی بند تھیں۔ اور دھیرے دھیرے ہونٹ ہل رہے تھے اور تسبیح کے دانوں پر انگلیاں چل رہی تھیں۔

اچانک اسے کچھ خیال آیا۔ اس نے پوچھا۔

"چچا جان! آپ تو کہہ رہے تھے۔ صحیفہ دوسرا نکاح کرنے کو تیار نہیں تھی پھر آپ نے کس طرح سوچ لیا کہ...۔"

وہ پھر رُک گیا۔ چچا نے آہستہ آہستہ آنکھیں کھولیں۔ اسے ان کی دھندلی آنکھوں میں بہت گہرے کہیں ہلکی سی چمک بھی دکھائی دی۔ انہوں نے ٹھہرے ہوئے لہجے میں کہا۔

"ہاں یہ سچ ہے کہ صحیفہ دوسرا نکاح کرنے کو تیار نہیں تھی۔ مگر میں نے جب پوری صورت حال اسے سمجھائی اور تمہارے تعلق سے اس کے سامنے تجویز رکھی تو وہ راضی ہو گئی۔ یعنی وہ صرف تمہاری زوجیت میں جانے کو تیار ہے کہیں اور نہیں۔"

اسے چچا کے اس بیان سے بے حیرت ہوئی صحیفہ کا سانولا، معصوم مسکراتا، شانت چہرہ اس کی نگاہوں میں تیر گیا۔

تو کیا۔ صحیفہ واقعی اس سے نکاح کرنا چاہتی ہے۔ صرف اس سے...۔ اس نے محسوس کیا کہ

اس کے اندر بہت گہرے کسی اندھیرے گوشے میں کوئی الجھڑی سی چھوٹی ہے۔ اس کے جذبہ خود پسندی کو عجیب سفلا پہ قسم کی تسکین مل رہی تھی۔ اس نے بہت غور کیا کہ اسے صحیفہ کی ایسی کوئی بات یاد آئے جس سے اس کے حالِ دل کا اندازہ لگا سکے۔ مگر اسے ایسی کوئی بات یاد نہ آ سکی۔ ہاں وہ اس کی عزت ضرور کرتی تھی۔ تو پھر وہ نکاح کے لیے رضامندی؟ تو کیا یہ رضامندی اس کی مجبوری کا سبب ہے۔ تو پھر کیا وہ انکار کر دے۔ انکار کی صورت میں چچا پر کیا بیتے گی۔ اگر صحیفہ نے ہامی بھر لی ہے چاہے مجبوری کی صورت میں ہی سہی تو پھر اس پر کیا بیتے گی۔ چچا کے دن رہیں گے۔ چچا کے بعد صحیفہ اور منے کا کیا ہوگا؟ اس نے چچا کے چہرے کو غور سے دیکھا۔ چچا پھر آنکھیں بند کیے تسبیح کے دانے گننے میں محو ہو گئے تھے۔ ان کے چہرے پر بڑھاپے کی جھریوں سے زیادہ نقاہت کی لکیریں کھنچی ہوئی تھیں۔ تھکن ان کے چہرے کے ایک ایک مسام سے پھوٹی پڑ رہی تھی۔ جیسے ایک لمبی مسافت طے کر کے آ رہے ہوں۔ اچانک چچا نے آنکھیں کھول دیں۔ دونوں کی نظریں چار ہوئیں۔

"دیکھو زیادہ پریشان ہونے کی ضرورت نہیں۔ تم بمبئی جا کر رضیہ بیٹیا سے مشورہ کر لو۔ اگر چاہو تو میں خود بھی آ کر اس سے بات کر سکتا ہوں۔ اگر وہ راضی ہو جائے تو ٹھیک ہے ورنہ خدا مسبب الاسباب ہے۔ کوئی نہ کوئی سبیل نکل آئے گی۔ تمہاری بات صحیح ہے۔ رضیہ کی رضامندی کے بغیر صحیفہ کا وہاں نباہ نہیں ہو سکے گا۔ مجھے یہ بات صحیفہ سے معلوم کرنے میں جلد بازی نہیں کرنا چاہیے تھا۔ کم از کم رضیہ کی رضامندی جانے بغیر نہیں پوچھنا چاہیے تھا"

"ہاں۔۔۔ چچا جان، میں بھی یہی محسوس کر رہا ہوں، دیکھیے میں نے صحیفہ کے تعلق سے ایسا نہیں سوچا تھا۔ سوچنے کا سوال ہی نہیں آتا۔ شاید صحیفہ نے بھی نہیں سوچا ہوگا۔ مگر جب آپ نے اس سے پوچھ لیا تو اس نے ہامی بھر دی۔ اس لیے کہ اس کے نزدیک اس کی شاید یہی ایک مناسب صورت ہے"

"تمہاری بات غلط نہیں ہے بیٹا۔۔۔۔ اگر تم کوئی اس سے بہتر راستہ نکال سکتے ہو تو بتاؤ۔ میں اس پر عمل کرنے کی کوشش کروں گا۔

"میں کیا بتاؤں چچا جان! مجھے تو ایسا لگتا ہے قدرت نے ہمارے خاندان کے ساتھ کوئی

بھیانک قسم کا مذاق کرنے کا فیصلہ کرلیا ہے۔"

"نہیں بیٹا! ایسا مت کہو۔ خدا کی بات خدا ہی بہتر جانتا ہے۔ ہم تم مٹی کے معمولی پتلے اس کی مصلحت کو نہیں پا سکتے۔"

وہ چپ ہو گیا۔ وہ اس معاملے میں کوئی ایسی ویسی بات کہہ کر خواہ مخواہ چچا کے جذبہ ایمانی کو ٹھیس نہیں پہنچانا چاہتا تھا۔

سر جو کا کارکشا لینے جا چکے تھے۔ صبح وہ اسٹیشن جا کر اس کے لیے ساڑھے تین کی پسنجر کا ٹکٹ بھی لے آئے تھے۔ انہوں نے ہی بتایا کہ بستی کے حالات کل سے بہتر ہیں۔ یہ سن کر اسے تھوڑی سی راحت محسوس ہوئی۔ ورنہ چچا اور صحیفہ کو ان حالات میں چھوڑ کر واپس جاتے ہوئے اسے اندر سے گناہ کا احساس ہو رہا تھا۔ اس نے گردن اٹھا کر صحیفہ کی طرف دیکھا۔ صحیفہ باورچی خانے کی دہلیز سے لگی اس کی طرف دیکھ رہی تھی۔ دونوں کی نظریں چار ہوئیں صحیفہ کے ہونٹوں پر ہلکا سا تبسم آ گیا ساتھ ہی اس کی آنکھوں میں حیا کے جگنو چمک کر بجھ گئے اس نے فوراً نظریں جھکا لیں اور دیوار پر انگلی سے خیالی تصویر بنانے لگی۔ اسے اس وقت صحیفہ بہت پیاری لگی۔ ساتھ ہی اسے اپنے سینے سے کوئی چیز اچھل کر حلق میں اٹکتی سی محسوس ہوئی۔ اس کا دل بھر آیا تھا۔ وہ چاہتا تھا اٹھ کر صحیفہ کے پاس جائے اس کے سر پر ہاتھ رکھے اور کہے۔ صحیفہ! تم بالکل نہ گھبراؤ میں ۔۔۔۔۔ میں ۔۔۔ تمہیں اور تمہارے منے کو شہر لے جاؤں گا۔ اپنے گھر۔ منے کو خوب پڑھاؤں گا، لکھاؤں گا اور تمہیں اپنے ساتھ ۔۔۔۔

صبح جب ہاشم چچا نے مسجد میں صحیفہ سے نکاح کی تجویز رکھی تھی تو وہ سچ مچ بوکھلا گیا تھا مگر اب صحیفہ کا تصور اس کے حواس پر کچھ اس طرح چھاتا جا رہا تھا جیسے کوئی دھیرے دھیرے پھولوں سے ڈھکتی جا رہی ہو تو کیا وہ سچ مچ صحیفہ کو چاہنے لگا ہے یا صرف نکاح کی تجویز نے اس کے تصور میں صحیفہ کی ایک الگ تصویر بنا دی ہے۔ کہیں ایسا تو نہیں کہ غیر شعوری طور پر شروع سے اس کے دل میں صحیفہ کے لیے کوئی نازک جذبہ پرورش پا رہا ہو اور اب موقع پاتے ہی وہی جذبہ سر سے پاؤں تک پھولوں سے لدا، گھونگھٹ کاڑھے چھم چھم کرتا اس کی خواب گاہ میں داخل

ہونے کو بیتاب ہوا ٹھاہو۔

وہ لوگ کھانے سے فارغ ہوتے نہ ہوتے سر جوکا آ ٹولے کر آ گئے۔

"رضوان بابورکشا آ گیا۔"

"چچا جان اجازت دیجیے۔"

"اچھی بات ہے بیٹا! اپنی چیزیں ٹھیک سے رکھ لی ہیں نا؟"

"جی ہاں۔۔"وہ اٹیچی لے کر کھڑا ہو گیا۔

"گھر پہنچتے ہی خط لکھنا، مجھے خط کا شدت سے انتظار رہے گا۔"

"جی ہاں۔۔"اس نے صحیفہ کی طرف دیکھا وہ بھی کچن کی دہلیز میں کھڑی اسی کی طرف دیکھ رہی تھی۔ نظریں ملتے ہی اس نے سر کا پلّو درست کیا اور سیدھے ہاتھ سے بائیں ہاتھ کی کلائی میں پڑے کڑے سے کھیلنے لگی اس کا چہرہ اتر گیا تھا۔

ہاشم چچا باہر نکل گئے۔ وہ بھی ان کے پیچھے دروازے کی طرف بڑھا تھی صحیفہ کی بہت مدھم آواز آئی۔

"اب کب آئیے گا؟"

وہ دروازے کی طرف بڑھتے بڑھتے رُک گیا، پلٹ کر صحیفہ کی طرف دیکھا وہ نظریں نیچی کیے کھڑی تھی اور اس کا چہرہ تمتما گیا تھا۔ اس نے ایک پھیکی مسکرایٹ کے ساتھ دھیرے سے کہا "جلد ہی آؤں گا۔۔۔" اور دروازے کی طرف بڑھ گیا۔ وہ آنگن پار کرکے گلی میں آ گیا۔ سامنے رکشا کھڑا تھا۔ اس نے ہاشم چچا اور سر جوکا سے ہاتھ ملایا اور رکشے میں بیٹھ گیا۔ ڈرائیور نے رکشا اسٹارٹ کیا۔ پھٹ پھٹ کی آواز کے ساتھ رکشا چل پڑا۔ رکشا گھر کے پچھواڑے سے گھوم کر بڑی سڑک پر چلا تو اس نے دیکھا کہ پچھواڑے کے دروازے میں صحیفہ منے کو گود میں لیے کھڑی اس کے رکشے کی طرف دیکھ رہی ہے اس نے ہاتھ اٹھا کر اسے خدا حافظ کہا۔۔۔ وہ بھی منے کا ہاتھ ہاتھ میں لیے الوداع کہہ رہی تھی۔ اس کے ہونٹوں پر ایک شرمیلی مسکراہٹ تھی اس کا رکشا پھٹ پھٹ کرتا تیزی سے اسٹیشن کی طرف جا رہا تھا مگر اسے لگ رہا تھا کوئی زبردست قوت اسے پیچھے کی طرف کھینچ رہی ہے۔ صحیفہ اور منا کا چہرہ بار بار اس کی آنکھوں میں گھوم رہا تھا۔ صحیفہ ہاتھ ہلا کر

اسے الوداع کہہ رہی تھی۔ مگر وہ اسے الوداع کہاں کہہ رہی تھی وہ تو اسے واپس بلا رہی تھی اس کے دل میں ہوک سی اٹھی۔ اسے روزی اور بچے یاد آ گئے معاً روزی کے غصے سے تمتمایا ہوا چہرہ اس کی نظروں میں گھوم گیا۔ وہ کسی خونخوار شیرنی کی طرح بپھری ہوئی تھی۔ اب صحیفہ کا چہرہ دھندلانے لگا تھا۔ مگر وہ دھندلاتے دھندلاتے بھی سات پردوں سے روزی کے چہرے پر امپوز ہو رہا تھا۔ اس کے دماغ میں آندھیاں چلنے لگیں اور سینے میں ایک طلاطم سا پیدا ہوا اچانک اسے لگا وہ رونا چاہتا ہے پھوٹ پھوٹ کر رونا چاہتا ہے۔ اس نے محسوس کیا ہزار ضبط کے باوجود آنسوؤں کا ایک تیز و تند سیلاب اس کی پلکوں کی طرف بڑھ رہا ہے۔

■ ■

شکستہ بُتوں کے درمیان

وہ مائیکل اینجلو نہیں تھا۔ مگر اس کا نام بھی مائیکل تھا۔ اور وہ بھی بُت بناتا تھا۔ وہ اپنے فن میں ماہر تھا۔ اس نے اپنی زندگی میں بے شمار بُت بنائے تھے۔ دیوتاؤں کے بُت، دانشوروں، مفکّروں کے بُت، سائنسدانوں، سیاست دانوں اور فنکاروں کے بُت۔ اُس کے فن کا یہی کمال تھا کہ وہ جس کسی کا بُت بناتا اُس کی روح کی گہرائیوں میں اُتر جاتا۔ چہرے کا ایک ایک خط، پیشانی کی ایک ایک شکن آنکھوں کے بھاؤ اور ہونٹوں کا خم۔ ہر چیز سے واقعات اور خیالات یوں مترشّح ہونے لگتے جیسے کتابِ زندگی کا ورق کھل گیا ہو۔

بُت سازی اس کا پیشہ نہیں شوق تھا۔

وہ بڑی سیدھی اور معمولی زندگی بسر کرتا۔ معمولی کھانا کھاتا، معمولی لباس پہنتا اور معمولی بستر پر سوتا۔ اس نے شادی نہیں کی۔ گھر نہیں بسایا، اُسے یہ بھی نہیں معلوم تھا کہ اس کے ماں باپ کون تھے۔ اُس نے ایک چرچ کے یتیم خانے میں آنکھیں کھولی تھیں۔ اور وہیں پل کر بڑا ہوا۔ جب یتیم خانے سے باہر نکلا تو وہ بالکل اکیلا تھا۔ کیوں کہ کراں تا کراں پھیلے آسمان کے نیچے تاحدِ نظر بچھی زمین کے اوپر اس کا کوئی اپنا نہیں تھا۔ تب اُس نے مسکرا کر خود سے کہا۔

"میرا کوئی نہیں، میں کسی کا نہیں۔۔۔ میں خدا کی مانند تنہا ہوں۔"

پھر ایک دن وہ سمندر کے کنارے بیٹھا اٹھتی گرتی لہروں کو دیکھ رہا تھا۔ سورج کسی خمیدہ کمر بوڑھے کی مانند دن کی لاٹھی ٹیکتا افق کے غار میں اتر رہا تھا اور شفق کسی قبائلی دوشیزہ کے گدرائے جوبن کی طرح پھولی ہوئی تھی کہ اُس کے ہاتھ یونہی گیلی ریت سے کھیلنے لگے۔ کھیلتے کھیلتے اچانک اس نے محسوس کیا کہ اُس کی انگلیوں میں غیر معمولی جنبش ہو رہی ہے۔ اس کی انگلیوں نے پہلے ریت کا ایک ڈھیر بنایا۔ پھر اُس ڈھیر کو انسانی شکل دینے لگیں اور پھر دیکھتے ہی دیکھتے وہاں ایک خوبصورت بچّے کا مجسّمہ نظر آنے لگے۔ بچّہ دونوں ہاتھ اٹھائے ڈوبتے سورج کی طرف ہمک رہا تھا۔ جیسے اُسے کسی گیند کی مانند دبوچ لینا چاہتا ہو۔ اُس کے اردگرد کافی لوگ اکٹھا ہو گئے تھے۔ جب مجسّمہ مکمل ہو گیا تو لوگوں نے بے اختیار نعرہ ہائے تحسین بلند کیا۔ خود اس کی اپنی خوشی کا کوئی ٹھکانہ نہیں تھا۔ اُسے آج پہلی بار پتہ چلا تھا کہ اُس کی انگلیوں میں کیسا جادو ہے۔ لوگوں نے واہ واہ کے نعروں کے ساتھ اس کے سامنے سکوں کی بارش کر دی۔ دس پیسے، بیس پیسے، پچیس پیسے، پچاس پیسے اور روپے کے سکّے۔ اس نے حیرت اور خوف سے ان برستے سکوں کو دیکھا۔ کچھ سکّے مجسّمے سے ٹکرائے اور ریت کا مجسّمہ جگہ جگہ سے ٹوٹ گیا۔ اُس نے ناگواری سے لوگوں کی طرف دیکھا۔ اپنی جگہ سے اُٹھا اور حقارت سے اُن سکوں کو روندتا ہوا ایک طرف چلا گیا۔ لوگوں کی بھیڑ کچھ دور تک شور مچاتی اُس کے پیچھے پیچھے چلی۔ پھر سب اِدھر اُدھر منتشر ہو گئے۔

اُسے بھوک ستانے لگی۔ مگر وہ کوئی ہنر نہیں جانتا تھا۔ چرچ کے یتیم خانے میں اُس کی تعلیم ضرور ہوئی تھی مگر علم کو معاش کا ذریعہ بنانا اُسے گوارا نہیں تھا۔

ایک دن وہ ایک سڑک کے کنارے بھوکا پیاسا بیٹھا اپنی سوچوں میں گم تھا کہ اُس کی انگلیوں میں پھر جنبش ہوئی۔ ہاتھ حرکت کرنے لگے اور پاس پڑی مٹی کا ڈھیر ایک انسانی شکل اختیار کرنے لگا۔ اب کے اُس نے ایک عورت اور بچے کا مجسّمہ بنایا۔ ماں اور بچہ دونوں بے لباس تھے۔ بچہ عورت کی گود میں لیٹا اس کی دائیں چھاتی سے دودھ پی رہا تھا اور اس کا ایک ہاتھ عورت کے بائیں پستان سے کھیل رہا تھا۔ عورت کے چہرے پر ایسی طمانیت تھی جیسے ساکشات برہما اُس کے اندر اُتر آئے ہوں۔ ایک بار پھر لوگوں کی بھیڑ اکٹھا ہونے لگی۔ مجسّمہ

بنانے میں وہ ایسا کھویا تھا کہ لوگوں کی طرف اُس کی مطلق توجہ ہی نہیں تھی۔ وہ چونکہ اُس وقت جب مجمع نے اُس کے فن کی تعریف میں نعرے لگائے اور تالیاں بجائیں۔ اُس نے چونک کر اپنے چاروں طرف نگاہ ڈالی۔ لوگوں نے ایک بار پھر اُس کے آگے سکّوں کی برسات کر دی۔ اُس کی پیشانی پر ناگواری کی ایک شکن اُبھری اور اُس نے گھٹنوں میں سر چھپا لیا۔ پتہ نہیں اسی کیفیت میں کتنی دیر بیٹھا رہا۔ پھر اُس نے اپنے کاندھے پر کسی کے ہاتھ کا لمس محسوس کیا اور چونک کر گردن اُٹھائی۔ سامنے ایک نورانی چہرے والا بوڑھا کھڑا تھا۔ بوڑھے نے پوچھا۔

”یہ مجسمہ تم نے بنایا ہے؟“

اُس نے صرف اثبات میں گردن ہلا دی۔ بوڑھے کی آنکھوں میں جگنوؤں سے چمکے۔

”آؤ میرے ساتھ۔“

بوڑھا اپنی چھڑی ٹیکتا ہوا آگے بڑھ گیا۔ وہ اُس کے پیچھے پیچھے چلتا رہا۔ دو چار تنگ گلیوں سے گزرنے کے بعد وہ دونوں ایک بڑے سے اسٹوڈیو میں داخل ہوئے۔ اسٹوڈیو میں چاروں طرف نامکمل مجسمے اور بت رکھے ہوئے تھے۔ اُس بوڑھے نے اُن مجسموں کی طرف اُنگلی اٹھا کر کہا۔

”یہ سارے مجسمے میں نے بنائے ہیں۔ یہ اسٹوڈیو میرا ہے۔ میں اب بوڑھا ہو چکا ہوں۔ مجھے اپنے اسٹوڈیو کے لیے وارث کی تلاش تھی۔ میرے فن کا تم سے زیادہ بہتر وارث کوئی نہیں ہو سکتا کہو! تم میرے ادھورے خوابوں کی تکمیل کرو گے؟“

اُس نے کوئی جواب نہیں دیا۔ بس حیرت اور مُسرت کے ساتھ اسٹوڈیو میں بکھرے نامکمل مجسموں اور بتوں کو چھو چھو کر دیکھتا رہا۔ نورانی چہرے والے بوڑھے کی آنکھوں میں خوشی اور اطمینان کے آنسو جھلملا رہے تھے۔

نورانی چہرے والا بوڑھا چند روز بعد اسٹوڈیو اور اُس کی ہر شئے اُسے سونپ کر اس دنیا سے رخصت ہو گیا۔

بوڑھے کے مرنے کے بعد مائیکل نے نہ صرف بوڑھے کے ادھورے مجسمے مکمل کیے بلکہ خود اُس نے نئے نئے بے شمار مجسمے بنائے۔ ہر بُت اس کے فن کا شاہکار تھا۔ مگر اُس نے

اپنے فن کو دولت کمانے کا ذریعہ نہیں بنایا۔اسی لیے اُس نے بھی کوئی مجسمہ فروخت نہیں کیا۔گاہک آتے،اچھے سے اچھے دام دینے کی کوشش کرتے وہ ہمیشہ مسکرا کر منع کر دیتا۔گاہک حسرت اور حیرت سے اُس کے تراشیدہ بُتوں اور ڈھالے ہوئے مجسموں کو دیکھتے اور گردن جھکائے چپ چاپ اسٹوڈیو سے باہر نکل جاتے۔غالباً اسی لیے وہ دور دور تک اپنے بے مثال فن کے ساتھ ساتھ پاگل اور سنکی بھی مشہور ہو گیا تھا۔وہ اپنے گزارے کے لیے چھوٹے چھوٹے کھلونے بناتا اور اُنھیں بازار میں فروخت کرآتا۔اُن پیسوں سے اُس کی دو وقت کی روٹی اور اسٹوڈیو کے اخراجات چل جاتے تھے۔

دھیرے دھیرے اُس کے اسٹوڈیو میں دیوتاؤں،دانشوروں،مفکّروں،سائنسدانوں،سیاست دانوں اور فنکاروں کے بے شمار بُت اور مجسمے اکٹھے ہو گئے۔اس طرح گویا اُس نے مذہب،فلسفہ،تاریخ،سیاست،سائنس اور فنونِ لطیفہ کی تعلیمات اور نظریات کو بُتوں اور مجسموں کی صورت میں منتقل کر دیا۔

اُس کے اسٹوڈیو کی شہرت خوشبو کی طرح پھیلنے لگی۔لوگ دور دراز کا سفر طے کر کے اُس کے اسٹوڈیو میں آتے ان بُتوں کی زیارت کرتے،اُس کے فن کی داد دیتے اور عش عش کرتے ہوئے لوٹ جاتے۔بستی والوں کو اُس پر اُس کے فن پر ناز تھا۔اُس کے نام کے ساتھ ہی ان کی گردنیں فخر سے تن جاتی تھیں۔

اس طرح جانے کتنے برس بیت گئے۔بُتوں پر وقت کی گرد جمنے لگی۔اسٹوڈیو کی دیواروں پر ماہ و سال نے جالے تان دیے۔اب مائیکل بھی بوڑھا ہو چلا تھا۔اُس نے نئے بُت بنانے بند کر دیے تھے۔البتہ وہ پرانے بُتوں کو گاہے ماہے چمکاتا رہتا۔مگر کب تک؟دھیرے دھیرے اُس نے محسوس کیا کہ بُتوں کا روغن اُترنے لگا ہے۔بلکہ ان کی پور پور سے فرسودگی ٹپکنے لگی ہے۔کسی کی انگلیاں جھڑ گئی ہیں،کسی کی آنکھوں کی چمک ماند پڑ گئی ہے،کسی کی گردن الگ ہو گئی ہے اور کسی کی کمر ٹوٹ گئی ہے۔ایک دن جب اُس نے اپنی بوڑھی سفید پلکیں اُٹھا کر چاروں طرف دیکھا تو خوف سے کانپ گیا کہ ان شکستہ بُتوں کے درمیان وہ خود بھی ایک شکستہ بُت کی مانند ڈھیر تھا۔وہ سمجھ گیا کہ بس وہ چند دنوں کا مہمان ہے۔اُس نے حسرت سے اپنے

اسٹوڈیو اور شکستہ، نیم شکستہ بُتوں پر ایک نظر ڈالی اور لاٹھی ٹیک کر کھڑا ہو گیا۔وہ لاٹھی ٹیکتا ہوا اسٹوڈیو کے باہر سے نکل آیا۔دھوپ سے اُس کی بوڑھی آنکھیں چند چھیانے لگیں۔اُس نے دائیں ہاتھ میں لاٹھی سنبھالی اور بائیں سے ہتھیلی کا چھجا بنا کر آنکھوں کو دھوپ سے بچانے کی کوشش کرنے لگا۔وہ لاٹھی ٹیکتا اور کھٹ کھٹ کی آواز کرتا،شہر کی گلیوں،فٹ پاتھوں اور سڑکوں پر چلتا رہا۔شہر بدل چکا تھا۔پُرانے مکانوں کی جگہ اونچی اونچی عمارتیں بن گئی تھیں اور اونچی عمارتیں اور بھی اونچی ہو گئی تھیں۔سڑکیں کشادہ اور فٹ پاتھ پختہ ہو گئے تھے۔بڑی بڑی دکانیں کھل گئی تھیں۔ دُکانوں کی رونق بڑھ گئی تھی۔گہماگہمی میں اضافہ ہو گیا تھا۔لیکن اُس کی حیرت کی انتہا نہ رہی جب اُس نے دیکھا کہ لوگوں کے قد گھٹ گئے تھے۔مرد عورت،بوڑھے جوان کسی کا بھی قد تین چار فٹ سے زیادہ نہیں تھا۔جب وہ اُن کے درمیان سے گزرا تو اسے اپنی بلند قامتی کا واضح طور پر احساس ہوا۔مگر حیرت کی دوسری بات یہ تھی کہ اُن میں سے کسی کو بھی اُس کی دیو قامتی پر کوئی حیرت نہیں تھی۔سب اپنے اپنے کاروبار میں ایسے محو تھے کہ کسی سے کسی کو واسطہ نہیں تھا۔البتہ اُسے بچے کہیں نظر نہیں آئے۔اُس نے اِدھر اُدھر کافی تلاش کیا مگر کہیں کوئی بچہ دکھائی نہیں دیا۔اُس نے سوچا کسی سے پوچھے مگر پھر جانے کیا سوچ کر چُپ ہو گیا۔چلتے چلتے صبح سے شام ہو گئی۔اُس کی ٹانگوں میں درد ہونے لگا۔اب وہ سمندر کے کنارے پہنچ گیا تھا۔کھلی ہوا میں دو تین گہری سانسیں لینے کے بعد اُسے تازگی اور طمانیت کا احساس ہوا۔

شام کا وقت سمندر کے کنارے کافی رونق تھی۔سورج افق سے ایک نیزے کے فاصلے پر چمک رہا تھا۔اس کی سنہری کرنیں سمندر میں سونا گھول رہی تھیں۔ساحل پر لوگوں کی چہل پہل شباب پر تھی۔مگر یہاں بھی سب لوگ پستہ قد تھے اور اُس نے دیکھا کہ یہاں بھی کوئی بچہ نہیں تھا۔لوگ آئس کریم کھا رہے تھے۔بھیل پوری کھا رہے تھے،غبارے خرید رہے تھے۔گھوڑا گاڑی اور اونٹ گاڑی کی سواری کر رہے تھے۔مگر کسی کے ساتھ کوئی بچہ نہیں تھا۔اُس نے ایک بات اور محسوس کی کہ لوگ تفریح تو کر رہے تھے مگر کسی کے چہرے پر مسرت کی جھلک نہیں تھی۔سب کے سب ڈیسپٹ اسپاٹ اور پتھر چہروں کے ساتھ کٹھ پتلیوں کی طرح حرکت کر رہے تھے۔بوڑھے مائیکل کو لوگوں کی اِس حالت پر بڑا افسوس ہوا۔وہ لڑکھڑاتے قدموں سے آگے بڑھتا رہا۔اتنے میں

اُس نے دیکھا کہ ایک جگہ بھیڑ اکٹھا ہے۔اُسے وہ جگہ مانوس سی لگی۔سمندر کا کنارا۔شام کا وقت، ریت کا ٹِیلا،ڈوبتا سورج،ہمکتا بچّہ۔۔۔اُسے اچانک یاد آ گیا کہ بہت پہلے یہیں،اِسی جگہ اُس نے اپنے فن کا آغاز کیا تھا۔یا اُسے عرفان ہوا تھا کہ اُس کی انگلیوں میں کوئی غیر معمولی بات ہے اور یہ کہ وہ پتھروں میں بھی روح پھونک سکتا ہے۔اُس نے پستہ قد لوگوں کی بھیڑ سے پرے جھانک کر دیکھا کہ وہاں ایک خوبصورت بچّے کا مجسمہ بنا ہے،بچّہ دونوں ہاتھ اُٹھائے ڈوبتے سورج کی طرف ہمک رہا تھا۔

اُسے بے انتہا خوشی ہوئی۔اُسے گویا ہر مقصود مل گیا تھا۔اُسے اپنا وارث اپنے اسٹوڈیو کا والی مل گیا تھا۔اُس نے پہلی بار ان پستہ قد لوگوں سے پوچھا۔

"اِس مجسمہ کا خالق کون ہے؟"

لوگوں نے چونک کر اس کی طرف دیکھا۔پھر ایک بارِیش پستہ قد شخص نے ایک طرف کو انگلی اٹھا دی۔اُس نے اُس طرف نگاہ ڈالی جدھر پستہ قد شخص کی انگلی اٹھی ہوئی تھی۔اُس نے دیکھا کہ وہاں ایک لاش پڑی ہے جسے سفید چادر سے ڈھانک دیا گیا ہے اور پاس ہی ایک صاف ستھرا کپڑا بچھا ہے۔جس پر چھوٹے بڑے سِکّے بکھرے ہوئے ہیں۔

اُسے دھچکا سا لگا۔اُس نے لوگوں سے پھر پوچھا۔

"کیا یہ مر گیا ہے؟"

پستہ قد لوگوں نے کوئی جواب نہیں دیا اور پھر دھیرے دھیرے بھیڑ چھٹنے لگی۔تھوڑی دیر بعد وہاں بوڑھا مائیکل،فرش پر پڑی لاش اور سورج ہمکتے بچّے کی جانب بچّے کے مجسمے کے سوا کچھ نہیں تھا۔

سورج بس اب غروب ہونے ہی کو تھا۔

■ ■

باہم

کینز چھوٹے چھوٹے قدم اٹھاتی چل رہی تھی۔ دھوپ سے بچنے کے لیے اُس نے پلّو کو سر اور گردن کے گرد لپیٹ لیا تھا۔ اس کے باوجود گرمی سے اُس کا چہرہ تمتما رہا تھا۔ وہ بائیں طرف ہٹ کر ایک پرانی شکستہ بلڈنگ کے سائے میں چلنے لگی۔ بلڈنگ کی دیوار پر کچھ پوسٹر چپکے ہوئے تھے۔ جواب کہیں کہیں سے پھٹ چکے تھے۔ ان پوسٹروں کو وہ آتے جاتے پہلے بھی کئی بار دیکھ چکی تھی۔ پوسٹروں میں رام، سیتا اور لکشمن کی تصویریں بنی تھیں اور ان کی پیشانی پر ”جے شری رام“ لکھا ہوا تھا۔

اتنے میں اُسے کلّو کی دکان کا بورڈ نظر آگیا۔ ”ہندوستان مٹن شاپ“۔

کینز ایک ہاتھ سے اپنا پلّو سنبھالتی ہوئی دوکان میں داخل ہوگئی۔

کینز کو دیکھتے ہی کلّو قصائی نے ہانک لگائی۔

”ارے کینز تو؟ ۔۔۔ آ جا۔۔ آ جا ۔۔۔“

پھر اس کے سینے تک اُبھرے ہوئے پیٹ کی طرف دیکھ کر بولا۔

”مگر تو اِس حال میں کیوں چلی آئی ۔۔۔ غلام کہاں ہے؟“

”وہ کام پر گئے ہیں ۔۔۔“

”ارے چالی محلّے میں لڑکے بالے کیا مر گئے ہیں کیا؟ کسی لونڈے کو بھیج دیتی۔۔۔۔“

”کوئی دکھائی نہیں دیا۔۔۔۔“

”مگر تجھے اس حال میں زیادہ چلنا پھرنا نہیں چاہیے۔۔۔۔“

”نہیں کلّو بھیا! ڈاکٹر ایسے میں زیادہ چلنے پھرنے کو بولتے ہیں۔“ اس نے قدرے شرماتے ہوئے نظریں جھکا لیں۔

”اچھا۔۔۔ اچھا۔۔۔ چل بول کیا چاہیے۔۔۔۔“

”پاؤ کیلو قیمہ چاہیے۔۔۔۔“

”اچھا اُدھر پھلاٹ پر بیٹھ جا۔ ابھی تول دیتا ہوں۔“

”نہیں۔ میں ٹھیک ہوں۔۔۔ تم دے دو۔۔۔۔“

کلّو کے سامنے کلو ڈیڑھ کلو کٹا ہوا قیمہ رکھا تھا۔ اس نے اسی میں سے مٹھی بھر قیمہ ترازو میں ڈال کر پاؤ کیلو قیمہ تول دیا۔ کندے پر پڑے گوشت کے لوتھڑے میں سے ایک گری ہڈی چھانٹی اور قیمے میں ڈال دی۔ اور قیمہ پولی تھین کی تھیلی میں ڈالتا ہوا بولا۔۔۔۔

”لے“

کنیز نے ہتھیلی لے لی اور مٹھی میں دبے ہوئے پیسے کلّو کی طرف بڑھا دیے۔

”رہنے دے میں غلام سے لے لوں گا۔“

”وہی دے گئے ہیں۔“

”اچھا۔“

کلّو نے پیسے لے کر گلّے میں ڈال دیے۔۔۔ کنیز جانے کے لیے مُڑی تو بولا۔

”رک جا۔۔۔ یہ لے ایک گردہ رکھا ہے۔۔۔ یہ بھی لیتی جا“

اُس نے گردے کے چار ٹکڑے کر دیے۔

”نہیں کلّو بھیا۔۔۔ میں اتنے پیسے نہیں لائی تھی۔۔۔۔“

”پیسے کی بات کون کرتا ہے۔۔۔ لے ہماری طرف سے کھا لے۔۔۔۔“

”نہیں۔۔۔ نہیں چاہیے۔“

"ارے یہ گردہ ہم تجھے تھوڑی دے رہے ہیں۔ یہ تو ہمارے ہونے والے بھتیجے کے لیے ہے ۔۔۔لے ۔۔۔لے ۔۔۔۔"

کلّو نے شرارت سے مسکراتے ہوئے اس کے اُبھرے پیٹ کی طرف ایک اچٹتی سی نگاہ ڈالی۔

"تم بہت خراب ہو ۔۔۔ کلّو بھیا۔"

کنیز کا چہرہ شرم سے سُرخ ہوگیا۔

"اب خراب کیا اور اچھے کیا۔ جیسے بھی ہیں تیرے جیٹھ ہیں۔"

کنیز نے جھکتے ہوئے تھیلی آگے بڑھائی اور کلّو نے گردہ تھیلی میں ڈال دیا۔

"اچھا چلتی ہوں۔" کنیز جانے کے لیے مڑی۔

دکان کے ایک کونے میں ذبح کیا ہوا بکرا لٹکا تھا جسے ایک چھوکرا چھیل رہا تھا۔ بکرا پورا چھیلا جا چکا تھا۔ چھوکرے نے چھری سے بکرے کا پیٹ چیر دیا "بق" سے ایک بڑی اوجھڑی باہر نکل آئی۔ کنیز نے ایک جھرجھری سی لی اور جھٹ سے منہ پھیر لیا اور دروازے کی طرف بڑھ گئی۔ کلّو قصائی اُسے دروازے سے باہر نکلتے ہوئے دیکھتا رہا۔ کنیز دھیرے دھیرے گھسٹتے ہوئے قدم اٹھا رہی تھی۔ پیٹ کے اُبھر جانے سے اس کی کمر پشت کی جانب دوہری ہوگئی تھی۔ اور گردن پیچھے کو تن گئی تھی۔ صاف لگتا تھا کہ اسے چلنے میں کافی دقت ہو رہی ہے۔ اس کا دوپٹہ سر سے ڈھلک کر گردن میں جھول رہا تھا۔ اور چوٹی کسی مری ہوئی چھچھوندری کی طرح پشت پر لٹک رہی تھی۔ اس نے میکسی پہن رکھی تھی اس لیے اس کے ڈیل ڈول کا صحیح اندازہ لگانا مشکل تھا۔ لیکن میکسی کی آستینوں سے جھانکتی ہوئی بانہوں سے لگتا تھا بس اوسط درجے کی صحت ہے اس کی۔

نہ بہت اچھی نہ بہت خراب۔

کلّو اُسے دروازے سے نکل کر سڑک پر پہنچنے تک دیکھتا رہا۔ پھر ایک ٹھنڈی سانس کھینچ کر بولا۔

"کیسی چھوکری تھی کیسی ہوگئی۔" اس کے لہجے میں تاسف تھا۔

"کیا بولے اُستاد!"

بکرا چھیلتے چھوکرے نے پلٹ کر شرارت سے مسکراتے ہوئے پوچھا۔

"کچھ نہیں بے۔۔تو اپنا کام کر۔"

"ہم سے مت چھپاؤ استاد کسی زمانے میں تم اس کے آ سک تھے۔"

"ابے تھے۔۔۔مگر اب وہ ہمارے دوست کی گھر والی ہے۔الٹی سیدھی بات بولا سالے تو بکرے کی طرح چھیل کر رکھ دوں گا۔"

"معاف کرنا استاد۔۔۔غلطی ہوگئی۔"

چھوکرے نے کلّو کے تیور دیکھ کر پینترا بدلا۔۔۔

کلّو جیب میں بیڑی ٹٹولنے لگا۔

کینز بائیں ہاتھ میں پولی تھین کی تھیلی لٹکائے دھیرے دھیرے چلی جا رہی تھی۔ بارہ ساڑھے بارہ کا عمل تھا۔وسط اپریل کا سورج ٹھیک اس کے سر پر چمک رہا تھا۔اس نے دوپٹہ سر پر ڈال لیا اور دائیں ہاتھ کی ہتھیلی سے اپنا چہرہ پونچھا۔اسے اس چلچلاتی دھوپ میں چلنا بھاری پڑ رہا تھا۔وہ دل ہی دل میں اپنے آپ کو کوسنے لگی۔کیا ضرورت تھی اسے بھری دوپہر میں باہر نکلنے کی۔آج اگر قیمہ نہیں کھاتی تو کونسی قیامت آ جاتی۔مگر اُسے فوراً بھیکن بُوا کی یاد آ گئی۔

"ان دنوں اگر کوئی چیز کھانے کا جی کرے تو من کو مارنا نہیں چاہیے۔اس سے بچے پر بڑا اثر پڑتا ہے۔"

بس اسی خیال سے اس نے غلام سے کہا تھا کہ اس کا قیمہ کھانے کو جی کر رہا ہے۔غلام پہلے تو لمحے بھر کے لیے سوچ میں پڑ گیا۔کیونکہ مہینے کی ستائیس تاریخ تھی اور ابھی تنخواہ میں تین چار دن باقی تھے۔ پھر بھی اس نے اپنے بیڑی کانڈی کے لیے رکھے ہوئے دس روپے اسے دے دیے تھے۔کینز کے پاس پانچ سات روپے تو تھے ہی۔گوشت اس قدر مہنگا ہو گیا تھا کہ بکرے کا گوشت کھانا اب ان کے بس کا نہیں رہا تھا۔بس دال روٹی اور چٹنی اچار پر گزارا ہو جاتا تھا۔مہینے میں ایک یا دو بار ہی وہ لوگ گوشت لا پاتے تھے۔مگر جب سے وہ حاملہ ہوئی تھی غلام ہر اتوار کو اس کے لیے آدھا کیلو گوشت لانے لگا تھا۔ یہ قیمہ کھانے کی سنک تو بیچ ہی میں جاگ اٹھی تھی۔

اُس وقت اسے ایک ایک قدم من بھر کا لگ رہا تھا۔ مگر ساتھ ہی یہ اطمینان بھی تھا کہ گھر زیادہ دور نہیں ہے۔ بس چوتھے بجلی کے کھمبے کے بعد گلی میں مُڑتے ہی رام بچن کی چالی تھی۔ چالی نمبر تین اور کھولی نمبر پانچ۔ بس یہی اس کا گھر تھا۔ گھر میں داخل ہوتے ہی وہ سب سے پہلے مٹکے سے کم سے کم دو ڈونگے پانی پئے گی۔ منہ پر ٹھنڈے پانی کے چھاپے کے مارے گی۔ پھر اطمینان سے بیٹھ کر قیمہ پکائے گی۔ آٹا گوندھا ہوا رکھا ہے۔ گرم گرم دو پراٹھے ڈالے گی اور کھڑکی کے پاس بیٹھ کر بچوڑا ے میدان کا نظارہ کرتے ہوئے قیمہ اور پراٹھا کھائے گی۔ اس کے ساتھ آم کا اچار بھی تو ہوگا۔ اماں نے کل ہی تو لا کر دیا تھا۔ پھر اسے خیال آیا کہ کلّو نے قیمے کے ساتھ ایک گردہ بھی تو دیا ہے۔ واہ قیمہ گردہ واقعی مزہ آ جائے گا۔ اس کے جی میں آیا کہ اُڑ کر اپنی کھولی میں پہنچ جائے۔ پھر اچانک اسے لگا کہ اُسے وہ مفت کا گردہ نہیں لینا چاہیے تھے۔ مگر وہ کیا کرتی کلّو کا اصرار ایسا تھا کہ وہ منع نہیں کر سکتی تھی۔ وہ غلام کا دوست تھا اور شادی کے بعد کئی بار ان کے گھر بھی آ چکا تھا۔ چائے پی چکا تھا مگر اس نے کبھی ایسی ویسی بات نہیں کی تھی۔ البتہ شادی سے پہلے اس نے دو چار بار ضرور تنگ کیا تھا۔ مگر شادی سے پہلے تو اسے کئی لوگوں نے تنگ کیا تھا۔ جب وہ ہائی اسکول جانے کے لیے سبز فراک، سفید شلوار، اوڑھنی پہنے، دو چوٹیاں ڈالے سرخ اسکارف باندھے نکلتی تھی تو گھر سے لے کر اسکول تک پتہ نہیں، کتنے فقرے، کتنی سیٹیاں اس کا تعاقب کرتی تھیں۔ چال کے دو چار چھوکرے تو اس کے پیچھے پیچھے اسے اسکول تک چھوڑ کر لوٹتے تھے۔

کلّو قصائی شادی شدہ تھا۔ ایک بچے کا باپ تھا۔ اس نے وہ گردہ ضرور اسے اپنا سمجھ کر دیا تھا۔ اسے خواہ مخواہ اس پر شک نہیں کرنا چاہیے۔

اب بجلی کا بس ایک کھمبا رہ گیا تھا۔ اس کا چہرہ پسینے سے تر ہو گیا تھا۔ اور اسے صاف لگ رہا تھا پسینے کی تلیاں میکسی کے اندر اس کی گردن سے پیٹھ کی طرف رینگ رہی ہیں۔ اس نے دو پٹے سے اپنا چہرہ پونچھا۔ اور تبھی پتا نہیں کیا ہوا کہ اس کے ہاتھ میں لٹکی ہوئی قیمے کی تھیلی ایک جھٹکے کے ساتھ اس کی انگلیوں میں سے نکل گئی۔ اس نے گھبرا کر جو نظر ڈالی تو دیکھا ایک کتیا منہ میں تھیلی دبائے ایک طرف بھاگی جا رہی ہے۔ اس نے بے اضطراری طور پر دونوں ہاتھ ہلا کر منہ سے

ہُش ہُش کی آواز نکالی۔ مگر کتیا نے تھیلی منہ سے نہیں چھوڑی۔ اس نے پہلی نظر میں دیکھ لیا تھا کہ کتیا کا پیٹ بھی پھولا ہوا تھا۔ اور وہ بھی تیز نہیں بھاگ پارہی تھی۔ کینز کو ایسا لگا جیسے کسی نے اس کے منہ کا نوالہ چھین لیا ہو۔ اُسے کتیا پر بڑا غصہ آیا۔ مگر وہ کیا کرسکتی تھی۔ کتیا اب ایک طرف مُڑ کر اس کی نظروں سے اوجھل ہو چکی تھی۔ کینز چند لمحے اسی طرح بے بسی کے عالم میں کھڑی دوپٹے سے اپنے چہرے کا پسینہ پونچھتی رہی۔ پھر حسرت سے ایک نظر اس طرف ڈالی جدھر کتیا گئی تھی۔ اور بھاری قدموں کے ساتھ گلی میں رام بچن چالی کی طرف مُڑ گئی۔ قدم تو اس کے پہلے ہی بھاری تھے مگر اب بھی من بھی بھاری ہوگیا تھا۔ اسے ہر قدم پر لگنے لگا تھا۔ بس وہ وہیں کہیں دھم سے ڈھیر ہو جائے گی۔

گھر پہنچ کر اس نے دروازہ بند کرلیا۔ اور چار پائی پر جا کر پسر گئی۔ وہ دھیرے دھیرے ہانپ رہی تھی۔ وہ تھوڑی دیر تک اسی طرح لیٹی رہی۔ پھر چہرے کا پسینہ پونچھ کر اُٹھی۔ مٹکے سے ایک ڈونگا پانی نکالا اور چار پائی کی پٹی سے ٹِک کر دھیرے دھیرے پانی پینے لگی۔ پانی پینے کے بعد اسے اپنے اندر پھیلی ہوئی بے چینی میں کمی کا احساس ہوا۔ جیسے اڑتی ہوئی دھول پر پانی کے چھینٹے پڑ گئے ہوں۔ اُسے بھوک بھی لگ رہی تھی۔ اسے یاد آیا روٹی کی ٹوکری میں دو روٹیاں پڑی ہیں۔ صبح غلام کو ٹفن بنا کر دیا تھا۔ روٹی اور آلو کی سبزی۔ آلو کی بچی ہوئی سبزی تو اس نے ناشتے میں کھالی تھی۔ مگر دو روٹیاں بچ گئی تھیں۔ اس نے کپڑے میں لپٹی ہوئی روٹیاں نکالیں۔ ان پر تھوڑا سا اچار رکھا۔ اور گلاس میں پانی لے کر کھڑکی کے پاس آ کر بیٹھ گئی۔ روٹی کا نوالہ بنایا اور منہ میں ڈال کر دھیرے دھیرے چبانے لگی۔ کھڑکی کے باہر پچھواڑے کے کھلے میدان میں دھوپ کی چادر تنی ہوئی تھی۔

دائیں طرف اِملی کے پیڑ کے نیچے ایک ٹرک کھڑا تھا۔ شاید ڈرائیور کہیں روٹی کھانے گیا تھا۔ ٹرک کے پیچھے اُسے ویسے ہی دو پوسٹر چپکے نظر آئے، جیسے اس نے بلڈنگ کی دیوار پر دیکھے تھے۔ ایک پوسٹر آدھا پھٹ گیا تھا اور اسے ہوا فر فر لہرا رہا تھا۔ اس کی نظر ٹرک کے نیچے گئی۔ ٹرک کے سائے میں وہی کتیا جس نے اس کے قیمے کی تھیلی جھپٹی تھی۔ اطمینان سے بیٹھی ہڈی چچوڑ رہی تھی۔ شاید یہ وہی کُرگری ہڈی تھی جو قیمے میں کلو نے اوپر سے ڈالی تھی۔ قیمے کا اب کہیں نام و

نشان نہیں تھا۔ کتیا سارا قیمہ چٹ کر چکی تھی۔ کنیز کا چلتا ہوا منہ رُک گیا۔ قیمے کی یاد آتے ہی اُسے اپنے منہ کا قمہ مٹی کے ڈھیلے کی طرح بے مزہ لگنے لگا۔ وہ حسرت، غصّہ اور نفرت سے کتیا کو دیکھنے لگی جو منہ ٹیڑھا کر کے ہڈی کو چبانے کی کوشش کر رہی تھی۔

"حرامزادی ...۔۔" کنیز کے ہونٹوں سے بے ساختہ گالی نکلی۔ اگر اس نے وہ تھیلی نہ چھینی ہوتی تو اس وقت وہ قیمہ بھون ہری ہوتی۔ اور قیمے کی خوشبو سے کھولی مہک رہی ہوتی پھر قیمے کے ساتھ گرم گرم پراٹھوں کے تصور سے اس کے منہ میں پانی آ گیا اور اس کے نتھنے قیمے کی خوشبو کا خیال کر کے پھولنے پچکنے لگے۔

کتیا شاید اب ہڈی بھی ہڑپ کر چکی تھی۔ کیونکہ ہوا اپنی لپ کرتی زبان سے اپنی باچھیں چاٹتی ہوئی اِدھر اُدھر دیکھ رہی تھی۔ اگر کنیز اُس کے قریب ہوتی تو کوئی پتھر اٹھا کر اس پر مار چکی ہوتی مگر وہ اس کی دسترس سے باہر تھی۔ اس نے دوبارہ دھیرے دھیرے اپنا منہ چلانا شروع کیا۔ مگر اب سچ مچ روٹی کھانے میں مزہ نہیں آ رہا تھا۔ اُس نے بچی ہوئی روٹی کو رومال میں لپیٹ کر رکھ دیا۔ پانی کا گلاس اٹھایا اور گھونٹ گھونٹ پانی پینے لگی۔ اس کی نظریں اب بھی کتیا پر جمی تھیں۔ کتیا اب ٹانگیں پسارے لیٹ گئی تھی۔ اس کا پھولا ہوا پیٹ اب صاف دکھائی دے رہا تھا۔ ہلکے گلابی رنگ کے پیٹ پر اس کی چھاتیوں کے اُبھرے بونڈے دور سے نظر آ رہے تھے۔ کتیا نے آنکھیں بند کر لی تھیں۔ اس کے وجود پر چھائی ہوئی طمانیت اس کی شکم سیری کی شہادت دے رہی تھی۔

کنیز نے پانی پی کر گلاس نیچے رکھا۔ اب اس پر بھی سلمندی طاری ہونے لگی تھی۔ اس نے وہیں بیٹھے بیٹھے سرہانے رکھے تکیے کو درست کیا اور لیٹ گئی۔ سر پر بجلی کا پنکھا گھر گھرا رہا تھا۔ اس کے باوجود اسے گرمی کا احساس ہوا۔ اس نے گلے میں پڑے دوپٹے کو ایک طرف ڈال دیا۔ میکسی کے اوپر کے دونوں بٹن کھول دیے۔ تھوڑی ہوا تو لگی مگر گرمی کا احساس کم نہیں ہوا۔ اس نے اپنی میکسی کو گھٹنوں تک چڑھا لیا۔ ننگی پنڈلیوں کو ہوا لگی تو اسے اچھا لگا۔ اس نے میکسی رانوں تک چڑھا لی اور اچھا لگا۔ اس نے بند دروازے پر ایک نگاہ ڈالی اور میکسی کو سینے تک کھینچ لیا۔ اب وہ تقریباً ننگی تھی۔ وہ دھیرے دھیرے اپنے پھولے ہوئے پیٹ پر ہاتھ پھیرنے لگی۔

آٹھواں مہینہ چل رہا تھا۔ بس ایک آدھ مہینے کی بات تھی۔ اس نے اچانک کسی خیال سے ایک جھری جھری سی لی اور جھٹ سے میکسی کو نیچے کھینچ لیا۔ اب اس کی پلکیں بوجھل ہونے لگی تھیں۔ پنکے کی گھوں گھوں کے ساتھ پتا نہیں وہ کب نیند کی وادی میں اتر گئی۔ نیند میں اسے عجیب الٹے سیدھے خواب آتے رہے۔ کلّو کی دوکان میں قطار سے چھیلے ہوئے بکرے ٹنگے ہیں۔ گوشت کی سرخی جگہ جگہ سے جھلک رہی ہے۔ تبھی ایک کالا کلوٹا شخص لنگوٹی لگائے آتا ہے۔ اور چھری سے ایک کے بعد ایک بکروں کا پیٹ چیرتا چلا جاتا ہے۔ ہر وار کے ساتھ بکری کی اوجھڑی کی 'بق بق' باہر نکلتی ہے اور لمبی لمبی آنتیں لٹکنے لگتی ہیں۔ اس کی ماں آتی ہے۔

"بیٹا کنیز! دیکھ میں تیرے لیے کیا لائی ہوں۔"

وہ یہ سوچ کر کہ گرم گرم قیمہ ہوگا قیمہ کٹورے کا ڈھکنا ہٹاتی ہے۔ کٹورے میں کوئی پتلا شور بے دار سالن ہے۔ جس کا رنگ خون کی طرح سرخ ہے۔ "ماں یہ کیا؟" ماں غائب ہو جاتی ہے اور غلام کٹورا اٹھا کر سارا شوربہ پی جاتا ہے۔ وہ اسے منع کرنا چاہتی ہے۔ مگر منع نہیں کر پاتی۔ تبھی اسے لگتا ہے کہ اس کا پیٹ اس قدر پھول گیا ہے کہ اب اُسے اپنے پیٹ کے ساتھ ایک قدم چلنا بھی محال ہے۔ وہ دونوں ہاتھ ٹیک کر اٹھنا چاہتی ہے مگر اس کے ہاتھ کچی زمین میں دھنس جاتے ہیں اور وہ چت لیٹی رہ جاتی ہے۔ اس کی نظر چھت پر پڑتی ہے۔ چھت میں ایک چھینکا لٹک رہا ہے جس میں ایک مٹکی ہے۔ مٹکی میں شاید دودھ یاد ہی ہے۔ مٹکی رس رہی ہے اور سفید سفید دودھ قطرہ قطرہ اس کے پھولے پیٹ پر ٹپک رہا ہے۔ اسے اچانک خیال آتا ہے اگر چھینکا ٹوٹ گیا تو مٹکی سیدھے اس کے پیٹ پر آ کر گرے گی اور اچانک اس کی آنکھ کھل جاتی ہے۔ ایک کربناک چیخ اس کے کانوں سے ٹکراتی ہے۔ جیسے کوئی مر رہا ہو۔ ساتھ ہی موٹر کی گھڑگھڑ کی آواز۔ وہ گھبرا کر اٹھ بیٹھتی ہے۔ کھڑکی سے باہر نظر ڈالتی ہے۔ اور جو منظر اسے نظر آتا ہے۔ اسے دیکھ کر اس کی چیخ نکل جاتی ہے۔ کتیا جس ٹرک کے نیچے سوئی تھی وہ میدان سے نکل کر سڑک پر پہنچ چکا ہے۔ اور ٹرک کے نیچے سوئی ہوئی کتیا خون میں لت پت چھٹ پٹا رہی ہے۔ اس کا پیٹ پچک گیا ہے اور گوشت کے تین چار خون آلود لوتھڑے اس کی دم سے لٹک رہے ہیں۔ کتیا کی چیخ اب ٹوٹے ہارمونیم کے سُر کی طرح دھیمی پڑتی جا رہی تھی۔ ایک باری اس نے اپنی ہی جگہ

ایک گہمیر الیاز ورے سے تڑپی اور ٹھنڈی ہوگئی۔ ٹرک دور جا چکا تھا۔ فضا میں اب پہلے کی طرح خاموشی تھی۔ البتہ رہ رہ کر ان خون آلو دگوشت کے لوتھڑوں میں ہلکی سی جنبش ہو جاتی تھی۔ ایسی جنبش جو دیکھنے والے کے جسم میں جھر جھری پیدا کر دے۔ کنیز کی پھٹی آنکھیں اب بھی کتیا کی لاش پر جمی ہوئی تھیں اور سانس تیزی سے اوپر نیچے ہو رہا تھا۔ ایسا بھیانک منظر اس نے پہلے کبھی نہیں دیکھا تھا۔ اسے محسوس ہو رہا تھا جیسے اس کے سینے میں کوئی چیز اٹکی ہوئی ہے جو اس کے پورے وجود کو بے چین کیے ہوئے ہے وہ اگر باہر نکل جائے تو اسے ذرا راحت ملے۔ اُسے کچھ دیر پہلے کتیا پر بے حد غصہ آیا تھا۔ اگر وہ اس کے ہاتھ آتی تو وہ اسے دو ایک پتھر بھی مارتی۔ ایک آدھ ڈنڈا بھی لگاتی مگر جو ہوا تھا ویسا اس نے ہرگز نہیں چاہا تھا۔ قیمے کے چھین جانے کا اسے بے حد دکھ ہوا تھا مگر جو کچھ کتیا کے ساتھ ہوا یہ اس کے لیے انتہائی اذیت ناک تھا۔ اس واقعے نے اس کے رویئں رویئں میں کپکپی بھر دی تھی۔ اس کی رگوں سے ایک سنسنی اس کے سینے کی طرف رینگ رہی تھی۔ اچانک سینے سے منہ کی جانب ایک بگولہ سا اٹھا۔ ایک ہچکی آئی اور وہ یک بیک پھوٹ پھوٹ کر رونے لگی۔ آنکھوں سے جیسے آنسوؤں کا جھرنا پھوٹ پڑا۔ وہ کیوں رو رہی تھی خود اس کی سمجھ میں نہیں آ رہا تھا۔ جانے وہ کتنی دیر تک روتی رہی۔ جب سینے کا غبار ذرا کم ہوا تو اس نے ڈرتے ڈرتے کتیا کی لاش کی طرف دیکھا۔ دو کوّے ان گوشت کے لوتھڑوں پر ٹھونگیں مار رہے تھے۔ دو را ایک لڑکا پاخانے کے لیے بیٹھا ان کوؤں کو گھور رہا تھا۔ پھر اس نے پاس سے ایک کنکری اٹھائی اور کوؤں کی طرف پھینکی۔ ایک کوّا اڑ کر دور جا بیٹھا مگر دوسرا بس ذرا سا پھدکا۔ اس کی چونچ میں مردہ کتیا کی ایک لمبی آنت تھی۔ جسے وہ چھوڑنا نہیں چاہتا تھا۔ کنیز کو متلی کا احساس ہوا۔ اسے ابکائی آئی۔ وہ اٹھ کر موری میں گئی اور قے کرنے لگی۔ قے تو نہیں ہوئی مگر منہ سے کڑوا کسیلا لعاب نکلنے لگا۔ آنکھ اور ناک سے بھی پانی بہنے لگا۔ تھوڑی دیر تک یہی کیفیت رہی۔ پھر جب بے چینی ذرا کم ہوئی تو اس نے کلّا کیا۔ منہ پر پانی کے کچھ چھپاکے دیے اور آدھا گلاس پانی پی کر دوبارہ چارپائی پر آ بیٹھی۔ اب کھڑکی کے باہر دیکھنے کی اس کی ہمت نہیں ہو رہی تھی۔ اس نے کھڑکی بند کر دی اور چارپائی پر لیٹ گئی۔ دیوار گھڑی نے ٹن ٹن چار بجائے غلام کے آنے کا وقت ہو گیا تھا۔ وہ فرسٹ شفٹ میں کام کرتا تھا اور ساڑھے تین بجے

کارخانے سے چھوٹ کر چار اور ساڑھے چار کے درمیان گھر آ جاتا تھا۔ اس نے سوچا وہ آج غلام کو ساری تفصیل بتا دے گی۔ اچانک اسے اپنی ناف کے نیچے ایک ہلکی سی کسک سی محسوس ہوئی۔ وہ چت لیٹی تھی۔ وہ دھیرے دھیرے اپنا پیٹ سہلانے لگی۔ کسک اوپر کی طرف بڑھتی جا رہی تھی۔ جیسے ناف کے نیچے کوئی کنکھجورا اس کے سینے کی طرف رینگ رہا ہو۔ وہ گھبرا کر اٹھ بیٹھی۔ جھک کر اپنے پیٹ کو دیکھنے لگی۔ ڈاکٹر کے کہنے کے مطابق تو ابھی ایک مہینہ باقی ہے۔ پھر؟ یہ کیسی کسک! درد مسلسل اوپر کی طرف رینگ رہا تھا۔ اس نے نچلا ہونٹ دانتوں میں دبا لیا۔ اس کے پورے بدن سے دھیرے دھیرے پسینہ پھوٹ رہا تھا۔ اتنے میں دروازے پر دستک ہوئی۔ یہ دستک یقیناً غلام کی تھی۔ وہ لڑکھڑاتی ہوئی اٹھی۔ پلنگ کی پٹی کا سہارا لے کر سٹکنی کھول دی۔ سامنے غلام کھڑا تھا۔ غلام نے اس کا پسینے سے تر زردہ چہرہ دیکھا۔ ''ارے کیا ہوا؟''

''درد ہو رہا ہے۔ پیٹ میں بہت درد ہو رہا ہے۔'' وہ ہونٹ بھینچ کر پلنگ پر بیٹھ گئی۔

''مگر۔۔۔۔اتنی جلدی۔۔۔؟''

''پتا نہیں۔'' اس نے ہانپتے ہوئے کہا۔

تبھی، اس کی نظر کھلے دروازے کی طرف اٹھ گئی۔ وہاں ایک بدہیئت شخص کھڑا تھا۔ اس کی آنکھیں انگاروں کی طرح دھک رہی تھیں۔ اور اس کے ہاتھ میں چم چم کرتی لمبی سی چھری تھی۔

''وہ۔وہ کون ہے؟''

اس نے باہر کی طرف دیکھتے ہوئے خوف زدہ لہجے میں پوچھا۔

''کہاں؟'' غلام نے پلٹ کر دیکھا۔

دروازے کے باہر ایک فقیر کھڑا تھا جس کے ایک ہاتھ میں کشکول اور دوسرے ہاتھ میں چمٹا تھا اور گھنی داڑھی میں اس کا چہرہ تقریباً چھپ گیا تھا۔ سر کی جٹائیں سانپوں کی طرح کاندھے پر پڑی جھول رہی تھیں۔ فقیر نے چمٹا بجاتے ہوئے نعرہ لگایا۔

''الا اللہ''

''ارے وہ تو فقیر ہے۔'' غلام بولا۔

''فقیر؟'' اس نے مشکل دوہرایا۔

درد کی ایک تیز لہر بجلی کے کرنٹ کی طرح اُس کے جسم میں پھیل گئی۔ اُس کے منہ سے ایک کریہہ چیخ نکلی اور وہ بے ہوش کر گر پڑی۔

جب اُسے ہوش آیا تو وہ ہسپتال میں تھی۔ غلام اُس کے سرہانے پریشان سا بیٹھا تھا۔ اُس نے دھیرے دھیرے آنکھیں کھولیں۔ اُس کا گلا خشک ہو رہا تھا۔ اُس نے انتہائی نقاہت سے کہا۔ ”پانی!“

غلام نے پاس رکھے ہوئے کٹورے سے چمچ میں پانی لے کر دو تین چمچ اُس کے حلق میں ٹپکائے۔

”اب کیسی طبیعت ہے؟“ غلام نے تھکے تھکے لہجے میں پوچھا۔

اُس نے جواب دینے کے بجائے کمزور ہاتھ سے اپنا پیٹ ٹٹولا۔ پھر گھبرائی نظروں سے پیٹ کی طرف دیکھا۔ پیٹ پچک گیا تھا۔

”یہ کیا ہو گیا؟“ اُس نے کچھ تلاش کرتے ہوئے اپنے دائیں بائیں نظر دوڑائی۔

”گھبراؤ نہیں۔ سب ٹھیک ہو جائے گا“ غلام نے تسلّی دی۔

کنیز کی آنکھوں میں آنسو آ گئے۔ اُس نے چھت کی طرف دیکھا۔ دہی کی ہانڈی میں چھید ہو گیا تھا۔

”دل چھوٹا نہ کرو ۔۔۔ڈاکٹر نے رونے دھونے سے منع کیا ہے۔ تم بچ گئیں بہت ہے۔“ غلام نے اس کی پیشانی پر ہاتھ رکھتے ہوئے پیار سے کہا۔

”کیا تھا؟“ اُس نے بھرائی ہوئی آواز میں پوچھا۔

”دو تھے۔ جڑواں۔ مگر دونوں مُردہ۔“

غلام کا لہجہ بھی کرب ناک ہو گیا۔

اتنے میں کلو قصائی کی آواز سنائی دی۔

”غلام! اپلو نیچے ٹیکسی کھڑی ہے۔“

اُس نے گردن کو ذرا سا خم کر کے دیکھا۔ سامنے کلو قصائی کھڑا اُسے متاسّفانہ انداز میں دیکھ

رہا تھا۔اُس کا چہرہ پسینے سے تر تھا۔

”کیسی ہے کنیز تو؟“

”ٹھیک ہوں۔“

اُس نے ڈوبتی ہوئی آواز میں کہا۔اور اپنا نچلا ہونٹ دانتوں تلے دبالیا۔

”چلو کنیز،ہمیں اسی وقت یہاں سے نکل جانا ہے۔“

”کہاں؟“

”گھر۔“

”مگر کیوں؟“

”ارے ابھی ابھی خبر آئی ہے کہ بابری مسجد گرادی گئی۔شہر میں کرفیو لگنے کا ڈر ہے۔اس سے پہلے ہمیں یہاں سے نکل جانا چاہیے۔چلو۔“

غلام نے اُس کی گردن کے نیچے ہاتھ دے کر اُسے اُٹھایا۔

کنیز اٹھ تو گئی مگر اُس کی آنکھوں کے نیچے اندھیرا سا چھانے لگا۔اُس نے اپنے ہونٹ بھینچ لیے اور آنکھیں بند کرلیں۔ایک ٹرک گھڑگھڑاتا ہوا اُس کی آنکھوں سے اوجھل ہوتا جا رہا تھا اور اُس کے پیچھے آدھا لٹکا ہوا پوسٹر فر فر ہوا میں لہرا رہا تھا۔

■■

چادر

وہ کمرے کی کھڑکی کے پاس کھڑا سامنے سڑک کی طرف دیکھ رہا تھا۔ سڑک دھوپ میں دور تک یوں چمک رہی تھی جیسے بہتی ہوئی نہر کو کسی نے جادو کے زور سے منجمد کر دیا ہو۔ شہر کی یہ وہی سڑک تھی جس پر دیر رات تک ٹریفک متواتر بہتی رہتی تھی اور صبح سے شام بلکہ نصف شب تک لوگ چیونٹیوں کی طرح رینگتے رہتے تھے۔ موٹروں کی آوازوں اور لوگوں کے شور سے دونوں طرف فٹ پاتھوں پر صبح و شام میلے کا سا سماں رہتا تھا۔ مگر اُس وقت سڑک اور فٹ پاتھ دونوں ہی ویران تھے۔ نہ کوئی متنفّس دکھائی دے رہا تھا نہ کوئی آواز سنائی دے رہی تھی۔

اُس کا ذہن بھی تقریباً اُس سڑک ہی طرح ویران ہو گیا تھا۔ البتہ اُس میں رہ رہ کر اندیشوں اور خدشات کے بگولے اٹھتے رہتے تھے۔ اُس کے ارد گرد خوف اور مایوسی کی دھند گہری ہوتی جا رہی تھی۔ اُسے اپنا دم گھٹتا سا محسوس ہونے لگا۔ اُس نے پاس رکھی میز سے سگریٹ کا پیکٹ اٹھایا ایک سگریٹ جلائی، گہری کش لیا اور دھواں کھڑکی کے باہر خارج کر دیا۔ ہوا بھی رُکی ہوئی تھی۔ اُس کے منہ سے خارج ہونے والا دھواں ہوا میں دھیرے دھیرے یوں تحلیل ہو رہا تھا جیسے کسی جاں بلب مریض کی سانسیں آہستہ آہستہ ڈوب رہی ہوں۔ اُسے اپنے گھر کی بڑی شدّت سے یاد آ رہی تھی۔ اُس کی نظروں کے سامنے بار بار سلمیٰ کا دلنواز چہرہ ساجد اور ماجد کی معصوم شرارتیں اور

اپنی بوڑھی فالج زدہ ماں کی مشفقانہ آنکھیں گھوم جاتی تھیں۔ سلمیٰ نے گھر سے چلتے وقت دبی زبان سے کہا تھا۔

''ممبئی کے حالات ٹھیک نہیں۔ جانے کیوں میرا دل گھبرا رہا ہے۔''

اُس نے سلمیٰ کو ڈھارس دلاتے ہوئے جواب دیا تھا۔

''پریشان ہونے کی بات نہیں۔ ممبئی جیسے بڑے شہر میں ایسے چھوٹے موٹے دنگے تو آئے دن ہوتے ہی رہتے ہیں۔ وہاں کی کاروباری زندگی پر ان کا زیادہ اثر نہیں ہوتا۔''

''مگر آپ دادر جانے کی بات کر رہے تھے۔ آج اخبار میں فساد زدہ علاقوں کے جو نام چھپے ہیں ان میں دادر کا بھی نام ہے۔''

''ارے بابا ودیا چرن بھی تو وہیں رہتا ہے۔ میں پہلے اُسی کے گھر جاؤں گا اور اُسی کے ساتھ پارٹی سے ملوں گا۔''

''مگر چار چھے روز بعد چلے جائیں تو کیا حرج ہے۔''

''تم نہیں سمجھتیں۔'' ودیا نے کہا تھا۔ ''پارٹی جنوئن ہے۔ بھوانی پیٹھ میں جو سپر مارکیٹ بن رہا ہے اُسی پارٹی کا ہے۔ یہاں پونے کے دو تین انٹیریر ڈیکوریٹر پارٹی کے پیچھے پڑے ہیں مگر ودیا اُس کا پورا کانٹریکٹ مجھے دلانا چاہتا ہے۔ وہ اُس کا چیف انجینئر ہے۔ لاکھوں کا کانٹریکٹ ہے۔ ایسا گولڈن چانس پھر نہیں ملے گا۔ معاملات طے ہوتے ہی میں فوراً دادر ہی سے بس لے کر شام تک واپس پونے آ جاؤں گا۔ تم فکر مت کرو۔''

سلمیٰ چپ تو ہو گئی مگر اُس کے چہرے سے ترّدد کا غبار پوری طرح زائل نہیں ہوا تھا۔

اُس نے سگریٹ کا ٹڑا کھڑکی سے باہر اچھالا اور کھڑکی سے ہٹ کر صوفے پر نیم دراز ہو گیا۔

چھت پر پنکھا گھٹی گھٹی آواز میں گھر گھرا رہا تھا جیسے کوئی کھل کھل کر کچھ کہنا چاہے ہے مگر خوف سے کہہ نہ سکے۔ ہر چند وہ یہاں محفوظ تھا مگر رہ رہ کر اُس کے باطن میں بھی خوف کی لہریں اُٹھتی رہتی تھیں۔ ودیا چرن، ودیا چرن کے پتا اُسے تسلی دیتے رہتے تھے۔ ودیا چرن کی ماں بھی اُسے دلاسہ دیتی۔ چو کے پر ودیا چرن کی بیوی سُشما اور اُس کی بہن آرتی اصرار کر کے اُس کی تھالی میں پوریاں اور سبزی پروستی رہتیں۔ ودیا چرن کا چھوٹا بھائی شیام اُسے بار بار کیرم کھیلنے کی

آفر دیتا رہتا۔ غرض پورا گھر کا گھر اُس کی دلجوئی میں لگا رہتا۔ اس کے باوجود جوں جوں وقت گزرتا جا رہا تھا اُس کا دل اندر ہی اندر ڈوبتا جا رہا تھا۔

جس وقت وہ ایشیاڈ بس سے دادر پر اُترا تو دو پہر کا ایک بج رہا تھا۔ اپنا چھوٹا سا بریف کیس لیے اُس نے فٹ پاتھ پر کھڑے ہو کر ٹیکسی کے لیے اِدھر اُدھر نظر دوڑائی مگر اُسے آس پاس کوئی ٹیکسی دکھائی نہیں دی۔ سڑک پر ٹریفک بہت کم تھی۔ اکثر دوکانوں کے شٹر زگرے ہوئے تھے اور فٹ پاتھ پر اکا دکا لوگ چوکی نگاہوں سے اِدھر اُدھر دیکھتے ہوئے تیزی سے آ جا رہے تھے جیسے انہیں کہیں پہنچنے کی جلدی ہو، فضا میں عجیب ساتناؤ تھا۔ اُسے چلتے وقت سلمیٰ کی کہی ہوئی باتیں یاد آ گئیں دل میں ایک نامعلوم اندیشے نے سرابھارا۔ مگر اس نے گردن کو ہلکی سی جنبش دے کر اُس اندیشے کو جھٹک دیا۔ اُس نے سوچا وڈیاچرن کا گھر یہاں سے زیادہ دور تو نہیں ہے پیدل ہی چلتے ہیں۔ دس منٹ میں پہنچ جائیں گے۔ وہ بریف کیس لیے ایک طرف چلنے لگا۔ بڑی سڑک کراس کر کے جب وہ ایک سب وے سے گزرنے لگا تو اُسے ماحول کی سنگینی کا کچھ زیادہ ہی احساس ہوا۔ سب وے یہاں سے وہاں تک سنسان تھا اُس کے بوٹوں کی کھٹ کھٹ خود اُس کے لہو میں لرزش پیدا کر رہی تھی۔ سب وے کے ختم ہوتے ہی بلڈنگوں کا سلسلہ شروع ہوا۔ بلڈنگ نمبر گیارہ کے گیٹ میں داخل ہو کر وہ سیڑھیاں چڑھتا ہوا تیسرے منزلے پر پہنچا اور وڈیاچرن کے فلیٹ کی کال بیل پر انگلی رکھ دی۔

دروازہ وڈیاچرن ہی نے کھولا تھا۔ اُس پر نظر پڑتے ہی اُس نے جلدی سے کہا۔ ''ارے انور آؤ۔۔۔ آ جاؤ۔ ہم تمہارا ہی انتظار کر رہے تھے'' اندر وڈیاچرن کے پتا کاٹھ کے جھولے پر بیٹھے کوئی موٹی سی کتاب پڑھ رہے تھے اُسے دیکھتے ہی کتاب بند کر کے بولے۔

''ہم تمہارے لیے فکر مند تھے بیٹا! راستے میں کوئی تکلیف تو نہیں ہوئی؟''

''نہیں انکل، مگر ماحول میں عجیب ساتناؤ ہے۔ سڑکیں سنسان ہیں دُکانیں بند ہیں۔''

''ہاں دو تین دن سے یہی حال ہے۔ مگر آج فضا زیادہ گرم ہے۔''

''میں نے صبح تمہارے گھر پر فون کیا تھا'' وڈیاچرن بولا۔

''بھابھی نے بتایا تم ایک گھنٹہ پہلے نکل چکے ہو۔ اگر تم فون پر ملتے تو میں آج تمہیں آنے

سے روک دیتا۔''

''کیا بات ہے؟ معاملہ زیادہ گمبھیر ہے کیا؟''

''کچھ ایسا ہی لگتا ہے۔ پولیس کی گاڑیاں گشت کر رہی ہیں اور طرح طرح کی افواہیں پھیلی ہوئی ہیں۔ کل رات دھاراوی میں تقریباً سو جھونپڑے جلا دیے گئے۔ دھواں صبح تک یہاں سے بھی دکھائی دے رہا تھا۔ ابھی ٹیلیفون پر خبر ملی ہے کہ جوگیشوری میں بھی کئی چالیوں کو آگ لگا دی گئی ہے۔''

اب اُس کا دل بھی بھاری پتھر کی طرح دھیرے دھیرے نتہ آب ہوتا جا رہا تھا۔ اندر سے ایک موہوم سی بے چینی محسوس ہونے لگی۔ اُسے چپ دیکھ کر ودیا چرن نے جلدی سے کہا۔

''پریشانی کی بات نہیں۔ یہاں سب ٹھیک ٹھاک ہے۔ لاؤ بریف کیس مجھے دو۔''

ودیا چرن نے بریف کیس اُس کے ہاتھ سے لے لیا۔ وہ صوفے پر بیٹھ گیا۔ ودیا چرن کی بیوی سُشما پانی کا لوٹا اور گلاس لے آئی۔ اُسے نمسکار کیا اور تپائی پر لوٹا اور گلاس رکھتے ہوئے مسکرا کر پوچھا۔

''بھابھی اور بچے کیسے ہیں؟''

''اچھے ہیں۔'' اُس نے بھی رسماً مسکراتے ہوئے جواب دیا۔

اتنے میں ودیا چرن کی ماں اور آرتی بھی آ گئیں۔ ماں نے کہا۔

''ودیا! انور کا منہ ہاتھ دھلاؤ کھانا تیار ہے۔''

تھوڑی دیر بعد فرش پر چوکیاں بچھا دی گئیں۔ سب لوگ چوکیوں پر بیٹھ گئے۔ ہر ایک کے سامنے ایک ایک تھالی رکھ دی گئی۔ سُشما اور آرتی سب کو کھانا پروسنے لگیں۔ اُس نے اِدھر اُدھر نظریں دوڑا کر کہا۔

''شیام دکھائی نہیں دے رہا ہے؟''

''کالج گیا ہے بس آتا ہی ہو گا۔''

کھانا کھانے کے بعد اُس نے طشتری سے سپاری کا ٹکڑا منہ میں ڈالتے ہوئے کہا۔ ''ودیا! اب ہمیں چل کر اپنا کام کر لینا چاہیے۔ میں وہیں سے واپسی کے لیے بس پکڑ لوں گا۔''

”مگر آج تو دنگے کی وجہ سے آفس بند ہے۔ میں نے صبح تمہیں اسی لیے تو فون کیا تھا۔“

”اوہو۔۔۔!“ اس کی پیشانی پر تشویش کی لکیریں گہری ہو گئیں۔

”تو پھر مجھے اجازت دو۔ مجھے فوراً نکلنا چاہیے ورنہ سلمٰی اور امّی پریشان ہو جائیں گی۔“

”ٹھیک ہے۔ مگر میرا خیال ہے تم بس کے بجائے ٹرین سے جاؤ تو بہتر ہے۔ چلو میں تمہیں اسٹیشن تک چھوڑ دوں۔“

”انکل اجازت دیجیے۔“ اس نے ودیاچرن کے پتا کی طرف دیکھا۔

”ٹھیک ہے بیٹا ہم تمہیں رکنے کے لیے بھی تو نہیں کہہ سکتے۔ ہوشیاری سے جانا۔ پونے پہنچتے ہی فون کرنا۔“ اُن کے لہجے میں تردد تھا۔

اتنے میں کال بیل بجی۔ ودیاچرن نے دروازہ کھولا۔ شیام اندر آیا۔ اُس پر نظر پڑتے ہی

”ارے انور بھیا آپ کب آئے؟“ کہتا ہوا اُس کی بغل میں آ کر بیٹھ گیا۔

”بس ایک گھنٹہ پہلے آیا ہوں۔ کہو تمہاری پڑھائی کیسی چل رہی ہے؟“

”فرسٹ کلاس۔“

”شیام باہر کیا حال ہے؟“ ودیاچرن نے دریافت کیا۔

”بھیا! حال اچھا نہیں ہے، ابھی اسٹیشن کے باہر کسی کو چھرا مار دیا گیا ہے۔ پولیس کی گاڑیاں گشت کر رہی ہیں۔ اسٹیشن کے اطراف کرفیو لگ گیا ہے۔“

سب ایک دم سے چپ ہو گئے۔ اُس نے نظریں اٹھا کر دیکھا۔ سب اُس کی طرف دیکھ رہے تھے۔ ودیاچرن نے کھنکار کر کہا۔

”ٹھیک ہے میں انسپکٹر راناڈے کو فون کر کے پوچھتا ہوں۔“

ودیاچرن نے اٹھ کر نمبر ڈائل کیے۔ تھوڑی دیر تک کسی سے باتیں کرتا رہا۔ پھر ریسیور رکھتا ہوا دوبارہ صوفے پر آ کر بیٹھ گیا۔

”کہا کہا انسپکٹر نے؟“ اُس نے بے چینی سے پوچھا۔

”وہ کہتا ہے ٹرینیں تو چل رہی ہیں مگر حالات ٹھیک نہیں ہیں کسی بھی وقت پورے علاقے میں کرفیو لگ سکتا ہے۔ ابھی ابھی خبر ملی ہے کہ ماہم میں بھی زبردست فساد پھوٹ پڑا ہے۔“

”مگر مجھے تو آج ہی جانا ہوگا وہ دیا،ورنہ وہاں سب پریشان ہو جائیں گے۔“

ایک بار پھر سب چپ ہو گئے۔ودیا چرن کے باپ نے کہا۔

”بیٹا انور! میری بات مانو تو آج رک جاؤ کل صبح اپنا کام کرکے نکل جانا۔ہو سکتا ہے کل تک حالات نارمل ہو جائیں۔بہو کو فون کرکے بتا دو کہ تم یہاں رُکے ہو۔“

”مگر انکل میں سمجھتا ہوں،میں ابھی روانہ ہو جاؤں تو شام تک پونے پہنچ جاؤں گا۔اگر کل بھی حالات ۔۔۔۔“

اتنے میں پولیس کا سائرن سنائی دیا۔سٹرک سے پولیس وین گزر رہی تھی۔اور اُس پر کرفیو کا اعلان ہو رہا تھا۔

”لو کرفیو لگ گیا۔میں نہ کہتا تھا بہت جلد کرفیو لگنے والا ہے۔“

شیام نے دبے دبے جوش سے کہا۔اور اُٹھ کر کھڑکی سے باہر جھانکنے لگا۔ودیا کے پتا نے اُسے ڈانٹ پلائی۔

”شیام کھڑکی بند کرکے چپ چاپ اندر آ کر بیٹھو۔ودیا سب کمروں کی کھڑکیاں بند کر دو۔“

ودیا اٹھ کر کسی سعادت مند بچے کی طرح کھڑکیاں بند کرنے لگا۔ماں،سُشما،آرتی اندر والے کمرے کے دروازے میں چپ چاپ کھڑی تھیں۔ودیا کے پتا اُٹھ کر بلاوجہ اِدھر اُدھر ٹہلنے لگے۔شیام کچھ خفا خفا سا صوفے پر دھپ سے آ کر بیٹھ گیا۔کھڑکیاں بند کر دینے کی وجہ سے کمرے میں اندھیرا پھیل گیا تھا۔ودیا کا سات برس کا لڑکا پپو اپنی دادی سے پوچھ رہا تھا۔

”دادی،دادی کرفیو کیا ہوتا ہے؟“

مگر کسی نے بھی اُسے کوئی جواب نہیں دیا۔سب نیم اندھیرے میں خاموش پر چھائیوں کی طرح بے حس و حرکت نظر آ رہے تھے۔صرف ودیا کے پتا پشت پر ہاتھ باندھے بے چینی سے اِدھر اُدھر ٹہل رہے تھے۔ان کا بدن کمرے اور پرے بے لباس تھا۔گلے میں جینو پڑا تھا۔سر گھٹا ہوا تھا اور پشت پر گلہری کی دُم کی مانند چھوٹی سی چٹیا لٹک رہی تھی،ماتھے پر تلک لگا تھا۔کمر کے نیچے انھوں نے سفید دھوتی باندھ رکھی تھی۔اُس نے انھیں بار ہا اِسی حلیے میں دیکھا تھا۔برسوں سے دیکھتا آیا تھا۔وہ ایک مذہبی شخص تھے مگر ان کے خیالات سیکولر تھے۔ان کا مطالعہ بہت

وسیع تھا۔وہ اپنے مذہب کے علاوہ دوسرے مذاہب کی بھی اچھی خاصی معلومات رکھتے تھے۔ وہ اُن کی بے حد عزت کرتا تھا۔وہ بھی اُس سے ہمیشہ شفقت سے پیش آتے تھے۔اُن سے مل کر اُن سے باتیں کرکے اُسے ہمیشہ یہ محسوس ہوتا کہ وہ کسی پُرانے پیپل کے سائے میں بیٹھا کسی بوڑھے جٹادھاری جوگی سے گیان دھیان کی باتیں سُن رہا ہو۔مگر آج اچانک وہ اُسے بہت اجنبی لگے۔ جیسے اُس کا اُن سے کبھی کوئی واسطہ ہی نہ رہا ہو، ماں، سُشما، آرتی، ودیا چرن، شیام سب کے سب اجنبی۔اُس کا دم گھٹنے لگا۔حلق میں کانٹے سے پڑنے لگے۔اُسے شدید پیاس کا احساس ہوا مگر اُس وقت پانی مانگنا اپنی کمزوری ظاہر کرنے کے مترادف ہو گا۔ وہ اپنے خشک ہونٹوں پر صرف زبان پھیر کر رہ گیا۔اندھیرے کی وجہ سے کمرے کی فضا زیادہ ہی بوجھل ہوگئی تھی۔ان میں سے کوئی روشنی کیوں نہیں کرتا؟ دفعتاً ودیا چرن نے اُٹھ کر بجلی کا بٹن دبا دیا۔ جیسے اُس نے اُس کے دل کی بات سُن لی ہو، کمرے میں روشنی ہوگئی۔ روشنی ہوتے ہی کمرے میں زندگی کی لہر دوڑ گئی۔ پتا دوبارہ جھولے پر جا کر بیٹھ گئے۔ جھولا کسی شکارے کی طرح دھیرے دھیرے ڈولنے لگا۔شیام نے اُٹھ کر ٹی۔ وی آن کر دیا۔ پَپو دوڈ کر جھولے کی سلاخ پکڑے اُس پر کھڑا ہو گیا۔ سُشما اور آرتی اندر کے کمرے میں چلی گئیں۔ماں اُس کے قریب سرک آئی اور دھیرے سے بولی ”بیٹا نوریہ تمہارا ہی گھر ہے۔تم گھبراؤ مت، یہاں کوئی تمہارا کچھ نہیں بگاڑ سکتا۔ جاؤ۔بہو کو فون کر دو۔اُسے تسلی دینا وہ بے چاری گھبرا رہی ہوگی۔کل جیسے ہی حالات ٹھیک ہو جائیں گے تم چلے جانا“

اُس نے ماں کو غور سے دیکھا۔اُس کی آنکھوں میں سوائے ممتا کے کچھ نہیں تھا۔اس کے ذہن پر چھانے والے انجانے خوف کی گرفت کچھ کمزور پڑ گئی۔اُسے اندر سے قدرے راحت کا احساس ہوا۔ کچھ دیر پہلے اُسے جو اجنبیت محسوس ہو رہی تھی۔ وہ دھیرے دھیرے زائل ہونے لگی۔ خوف نے بدگمانی کی دیوار کھڑی کر دی تھی، خوف کے کم ہوتے ہی بدگمانی کی دیوار بھی بھُر بھُرا کر ڈھے گئی۔اُس نے جیب سے رومال نکال کر ماتھے کا پسینہ پونچھا اور اُٹھ کر ریسیور کے پاس گیا۔

پونے کے نمبر ڈائل کیے۔ ریسیور سلمیٰ نے ہی اُٹھایا۔اُس کی آواز سنتے ہی سلمیٰ کی آواز

رو ہانسی ہوگئی۔

”آپ کیسے ہیں؟ آپ کے جانے کے بعد وڈیاچرن بھائی کا فون آیا تھا۔ آپ کہاں سے بول رہے ہیں؟ آپ جلدی گھر آ جائیے۔ میرا دل بہت گھبرا رہا ہے۔“ سلمیٰ نے سب ایک ہی سانس میں کہہ دیا۔ اس نے حتی الامکان اپنے لہجے کو پُرسکون بناتے ہوئے کہا۔

”سلمیٰ گھبراؤ مت، میں کل تک واپس آ جاؤں گا۔ میں اس وقت وڈیاچرن کے گھر سے بول رہا ہوں۔ معمولی سی جھڑپیں ہیں۔ کل تک حالات نارمل ہو جائیں گے۔“

”مگر آپ کل تک کیوں رُک رہے ہیں؟ کام ہوگیا تو آج شام تک آ جائیے نا۔“

”کام ابھی نہیں ہوا ہے۔ جس پارٹی سے ملنا ہے آج اُن کا دفتر بند ہے۔ کل صبح کاغذات مکمل کر کے میں دو پہر تک پونے آ جاؤں گا۔ امّی سے بھی کہنا گھبرانے کی بات نہیں۔ یہاں وڈیا چرن میرے ساتھ ہے۔ ساجد ماجد کو پیار کرنا۔“

”اپنی ماں کو میرا نمسکار کہنا۔“ وڈیا کی ماں نے بلند آواز سے کہا۔

”آنٹی، ماں کو نمسکار کہہ رہی ہیں، میں رات میں پھر فون کروں گا۔ اچھا کھتا ہوں خدا حافظ۔“ دوسری طرف سے سلمیٰ نے بھی مری آواز میں ’فی امان اللہ‘ کہا۔ اس نے ریسیور رکھ دیا۔

”اچھا ہوا تم نے بھابھی کو کرفیو کے بارے میں نہیں بتایا۔“ وڈیا بولا۔

”مگر کل کے اخبار کے ذریعے اُسے ساری خبریں مل جائیں گی۔ بہت پریشان ہوگی وہ۔“ اس نے ایک بار پھر ماتھے سے پسینہ پونچھا اور صوفے پر بیٹھ گیا۔

”اِدھر آؤ میرے ساتھ۔“ وڈیاچرن اس کا ہاتھ پکڑ کر اُسے ایک دوسرے کمرے میں لے آیا۔ اس میں ایک بیڈ لگا تھا۔ دو سنگل صوفے تھے۔ لکھنے کی ایک میز اور کچھ کتابیں تھیں۔

”یہ میرا لکھنے پڑھنے کا کمرہ ہے۔ ابھی حال ہی میں بنایا ہے۔ تم یہاں آرام کرو۔“ وڈیاچرن نے کھڑکی کھول کر پردہ سرکاتے ہوئے کہا۔

اس نے کوئی جواب نہیں دیا۔

”پتا جی خواہ مخواہ گھبراتے ہیں۔ کھڑکی کھلی رکھو، کچھ نہیں ہوگا۔“

اس نے کھڑکی میں سے جھانک کر دیکھا۔ کھڑکی بڑی سڑک کی طرف کھلتی تھی۔ مگر اس وقت

سڑک ویران تھی۔

”اُس طرف باتھ روم ہے۔ چاہو تو نہا لو۔ فریش ہو جاؤ گے۔ اب آرام کرو۔ چار بجے چائے پر ملیں گے۔“

پھر اُس نے آگے بڑھ کر اُس کے کاندھے پر ہاتھ رکھتے ہوئے کہا۔

”میں تمہاری کیفیت کو سمجھ سکتا ہوں۔ مگر تم بالکل پریشان مت ہونا۔ سب ٹھیک ہو جائے گا۔ تمہیں پونے حفاظت سے پہنچانے کی ذمہ داری میری ہے۔“

اس نے پھیکی مسکراہٹ کے ساتھ ودیا کی جانب دیکھا اور صوفے پر پسر گیا۔ ”میں ٹھیک ہوں ودیا۔ تم فکر مت کرو۔“

”اگر کسی چیز کی ضرورت ہو تو آواز دینا۔“ ودیا چرن باہر نکل گیا۔

رات میں ٹی۔ وی۔ کی خبروں میں شہر میں ہونے والے ہنگاموں کی کچھ جھلکیاں دکھائی گئیں۔ ٹی۔ وی۔ پر دکھائے جانے والے وحشت خیز مناظر سے پتہ چل رہا تھا کہ فسادات پورے شہر میں پھیل چکے ہیں اور متعدد علاقوں میں کرفیو نافذ کر دیا گیا ہے۔ اس کے بعد آخر میں پولیس کمشنر کی طرف سے معروف احمقانہ جملہ دوہرایا گیا۔ ”مگر حالات قابو میں ہیں۔“ اُس کی بے چینی میں اضافہ ہو گیا۔ خبریں ابھی پوری طرح ختم بھی نہیں ہوئی تھیں کہ وہ تیزی سے اُٹھا اور اُس نے پونے اپنے گھر پر فون لگایا۔ مگر بار بار رنگ کرنے کے باوجود فون نہیں لگا۔ شاید لائن میں کچھ گڑ بڑی تھی۔ وہ قدرے جھنجلاتا ہوا واپس آ کر بیٹھ گیا۔ سب لوگ کھانا کھا چکے تھے اور بیٹھے ہوئے خبروں پر تبصرہ کر رہے تھے۔ پتا کہہ رہے تھے۔ ”کیا ہو گیا ہے لوگوں کو اپنے ہی جیسے انسانوں کو بھیڑ بکری کی طرح قتل کر رہے ہیں۔ میں حیران ہوں، کیا ایک انسان دوسرے انسان سے اس قدر نفرت کر سکتا ہے!“

”پتا نہیں یہ فسادات دیش کو کہاں لے جائیں گے۔“ ودیا چرن نے پُرتشویش لہجے میں کہا۔ ماں نے دونوں ہاتھ جوڑ کر ماتھے سے لگاتے ہوئے کہا۔

”ایشور سب کی رکشا کرے۔“

پھر سب اُس کی طرف دیکھنے لگے۔ وہ بھی کچھ کہنا چاہتا تھا مگر کوشش کے باوجود اُس کی

زبان سے ایک لفظ تک نہیں نکلا۔خیالات ذہن میں بگولوں کی طرح گھمڑ رہے تھے مگر الفاظ زبان پر آنے سے پہلے پانی کی سطح پر ابھرتے بلبلوں کی طرح دم توڑ دیتے تھے۔اُسے لگا وہ خاردار جھاڑیوں میں گھر گیا ہے، ایک معمولی سی حرکت سے بھی اُس کے جسم میں کئی نوک دار کانٹے چبھ جائیں گے۔اس سے پہلے اس نے کبھی ایسی بے بسی محسوس نہیں کی تھی۔اتنے میں شیام اٹھا اس نے کیرم بورڈ نکالتے ہوئے کہا۔

’’انور بھائی! آئیے دو دو ہاتھ کیرم کے ہو جائیں۔‘‘

اُسے راحت کا احساس ہوا جیسے کسی نے ہاتھ بڑھا کر اسے ڈوبنے سے بچا لیا ہو۔وہ فوراً راضی ہو گیا۔

کیرم بچھا دیا گیا۔ایک طرف آرتی اور روڈیا چرن ہو گئے اور دوسری طرف وہ اور شیام بیٹھ گئے۔کھیل شروع ہو گیا۔

سیاہ اور سفید گوٹوں کو ایک دائرے میں رکھا گیا۔اسٹرائیکر سے ضرب لگائی گئی۔گوٹیں بکھر گئیں۔اس کے بعد اسٹرائیکر سے گوٹیں ٹکراتی رہیں۔کیا سیاہ اور کیا سفید جو اس کی زد میں آتا وہ اسٹرائیکر کی معمولی ضرب سے پاکٹ میں پہنچا دیا جاتا۔وہ کھیلنے کو تو کیرم کھیل رہا تھا مگر اس کے ذہن میں بار بار فسادات کے مناظر رقص کر رہے تھے۔جلتے ہوئے مکانات، چیختی چلاتی عورتیں، روتے بلکتے بچے، رینگتے لڑکھڑاتے بوڑھے، تلواریں سونتے ہوئے اور نیزے سیدھے کیے ہوئے نوجوان اور ان سب پر اللہ اکبر اور ہر ہر مہادیو کے لرزہ براندام کر دینے والے نعروں کی گونج۔

’’انور بھائی کیا سوچنے لگے؟ کوئن لیجیے۔دیکھیے آپ کے ہاتھ کے پاس ہے‘‘ شیام نے اُسے ٹوکا۔

’’کہاں؟‘‘ اُس نے چونک کر دیکھا، کوئن بالکل اُس کی زد میں تھی۔اُس نے اسٹرائیکر سے ضرب لگائی۔کوئن خانے سے ٹکرا کر واپس آ گئی اور کیرم کی سطح پر دیر تک لرزتی رہی۔

سات آٹھ برس پہلے ایک بار بقرعید کے موقع پر اُس نے اپنے ہاتھ سے بکرے کی قربانی دی تھی مگر ابھی اُس کے گلے پر پوری چھری بھی نہیں تھی کہ بکرا تڑپ کر اُس کی گرفت

سے نکل گیا اور اُٹھ کر ایک طرف بھاگا۔ اُس کے نصف کٹے ہوئے گلے سے خون کا فوارہ اُبل رہا تھا۔ لوگوں نے دوڑ کر بکرے کو پکڑ لیا مگر وہ دوبارہ اُس کی گردن پر چھری نہیں چلا سکا۔ کسی اور نے ادھوری قربانی کو پورا کیا۔ اُس کے بعد اُس نے کبھی بکرا ذبح نہیں کیا۔ اُس لرزتی سرخ کوئن کو دیکھ کر جانے کیوں اسے وہ نیم بسمل بکرا یاد آ گیا۔

''کیا انور بھائی اتنی آسان گوٹ بھی آپ نہیں لے پائے۔''

شیام نے تاسف ظاہر کرتے ہوئے کہا۔

''آئی ایم سوری شیام، مجھے نیند آ رہی ہے۔''

اس نے کرسی کی پشت سے ٹک کر آنکھیں بند کر لیں۔

''شیام تم اور آرتی کھیلو۔ انور کو آرام کرنے دو۔ چلو انور، اندر چلتے ہیں۔''

ودیا چرن نے اس کا ہاتھ پکڑ کر اُسے اٹھاتے ہوئے کہا۔

''ایک بار پھر فون ٹرائی کرتے ہیں۔''

''ضرور، ضرور۔'' ودیا نے پلٹ کر نمبر ڈائل کیے۔ دو تین بار کوشش کرتا رہا۔ پھر مایوسی سے گردن ہلا کر بولا۔

''مشکل ہے۔ شاید لائن ہی ڈیڈ ہو گئی ہے۔''

وہ چپ چاپ اُٹھ کر اپنے کمرے میں چلا گیا۔ اور بستر پر اوندھے منہ لیٹ گیا۔ اُس کا دل بیٹھا جا رہا تھا۔ سلمیٰ اور بچوں کی خیر مل جاتی تو شاید اُسے قدرے اطمینان ہو جاتا۔ اُسے اپنی بے بسی کا شدید احساس ہوا۔ جی چاہ رہا تھا پھوٹ پھوٹ کر روئے مگر رونا بھی اُس کے لیے آسان نہیں تھا۔ یہ لوگ جو ہر طرح سے اُس کی دلجوئی میں لگے ہیں۔ کیا سوچیں گے؟ وہ رو کر نہ صرف یہ کہ اپنے آپ کو ذلیل کرے گا بلکہ اُن کے اعتماد کو بھی ٹھیس پہنچائے گا۔ شاید بے چارگی کی انتہا یہی ہے کہ انسان رونا چاہتا ہے اور رونے سے قاصر ہے۔ اتنے میں چٹ کی آواز آئی۔ اور کمرے کی بتی گل کر دی گئی۔ وہ چونک کر پلٹا۔

''کچھ نہیں۔ میں ہوں۔ سو جاؤ۔'' ودیا چرن کمرے کی بتی گل کرے کے آہستہ سے دروازہ بھیڑ رہا تھا۔

وہ دیا چرن جا چکا تھا۔ چاروں طرف سنّاٹا چھا گیا۔ کسی کتّے کے بھونکنے تک کی آواز نہیں آ رہی تھی۔ شاید وہ بھی ڈرے سہمے اپنے ٹھکانوں میں دُبک گئے تھے۔ صرف رہ رہ کر دور سے پولیس کی سیٹی اور کبھی کبھی سائرن کی آواز سنائی دے جاتی۔ پھر شاید اُس کی آنکھ لگ گئی۔ پتہ نہیں رات کے کتنے بجے ہوں گے۔ کسی آہٹ سے وہ چونک کر اُٹھ بیٹھا۔ اندھیرا اور سنّاٹا اُسی طرح اُس کے چاروں طرف پھیلا ہوا تھا۔

نہیں... سنّاٹے کی دیوار میں ہلکے ہلکے شگاف پڑ رہے تھے۔ اُسے بہت دور سے سینکڑوں ہزاروں لوگوں کی دبی دبی سی چیخیں اور شور سنائی دیا۔ وہ بستر سے اُٹھ بیٹھا۔ اُس نے آہستہ سے کھڑکی کھولی۔ باہر جھانکا۔ سڑک اسی طرح سنسان پڑی تھی۔ مگر مغرب کی جانب سے دور اُفق میں دھواں سا اُٹھتا دکھائی دیا۔ آسمان بھی قدرے سُرخ ہو رہا تھا۔ شاید وہاں زبردست آگ لگی تھی۔ شور کی آواز بھی اُسی جانب سے آ رہی تھی۔ اتنے میں اُسے سڑک پر کسی ٹرک کی گھڑ گھڑاہٹ سنائی دی۔ ایک ٹرک اُسی جانب تیزی سے آ رہا تھا۔ اُسے اندھیرے میں صاف دکھائی تو نہیں دیا مگر اتنا اُس نے ضرور دیکھا کہ اُس ٹرک میں کئی لوگ اندر دبکے بیٹھے ہیں۔ دو ایک کے ہاتھوں میں ہتھیار بھی چمک رہے تھے۔ اُس کے بدن میں پھپھی سی دوڑ گئی۔ اتنے میں اُسے اپنے کمرے کے باہر ہلکی سی کھڑ کھڑاہٹ محسوس ہوئی۔ اُس کا دل تیزی سے دھڑکنے لگا۔ ایک نامعلوم اندیشہ سانپ کے پھن کی طرح بار بار اُس کے ذہن میں لہرانے لگا۔ پتا نہیں کیا ہونے والا ہے، ایسا تو نہیں پاس پڑوس والوں کو معلوم ہو گیا ہو کہ اُن کا ایک دشمن یہاں پناہ لیے ہوئے ہے۔ اور اب رات گئے وہ اُسے اپنے حوالے کرنے کا تقاضہ کرنے ہوں اس نے ٹول کر سوئچ آن کر دیا۔ کمرے میں روشنی ہو گئی۔ تھوڑی دیر بعد اُس کے کمرے کا دروازہ کھلا اور وہ دیا چرن اندر داخل ہوا۔

”کیا بات ہے بتّی کیوں جلا دی؟“

”کچھ نہیں۔ اچانک آنکھ کھل گئی تھی۔“

وہ دیا چرن کچھ دیر تک اُسے دیکھتا رہا پھر صوفے پر بیٹھتا ہوا بولا۔

”میں اِس سے پہلے بھی تمہارے کمرے میں جھانک چکا ہوں تم سو رہے تھے۔“

”تم سوئے نہیں؟“ اس نے پوچھا۔

”نہیں مجھے نیند نہیں آ رہی ہے۔“ وہ یاچرن اُس کی آنکھوں میں جھانکتا ہوا بولا۔

”کیوں؟“

”مجھے رہ رہ کر یہ خیال آ رہا ہے کہ شاید تم اپنے آپ کو یہاں محفوظ نہیں سمجھ رہے ہو۔“

”نہ۔۔۔۔نہیں۔ ایسی بات نہیں۔ ودیا میں جانتا ہوں۔ تم مجھ پر آنچ نہیں آنے دو گے۔ پھر بھی اطراف کے ماحول سے ایک خوف تو محسوس ہوتا ہی ہے۔“

”تمہاری فیلنگ کو میں سمجھ سکتا ہوں۔ مگر اتنا یاد رکھو اطراف کیسی ہی آگ لگی ہو۔ میرے صرف ایک فون پر یہاں پولیس کی ایک پوری بٹالین آ سکتی ہے۔ پولیس کمشنر میرا دوست ہے۔ تم چاہو تو میں ابھی تمہاری اُس سے بات کرا سکتا ہوں۔“

”نہیں نہیں۔ اس کی کوئی ضرورت نہیں۔ ودیا تم مجھے غلط مت سمجھو۔ مجھے تم پر پورا اعتماد ہے۔“

ودیا چند لمحے خاموش رہا۔ پھر اچانک پوچھا ”کافی پیو گے؟“

”پی لیں گے۔“ اُس نے گردن ہلا دی۔

”رکو، میں ابھی بنا کر لاتا ہوں۔“

صبح ناشتے پر ایک بار پھر سب گھر والے اکٹھا ہوئے۔ باہر حالات جوں کے توں برقرار تھے۔ صرف دو گھنٹے کے لیے کرفیو ریلیز کیا گیا۔ آٹھ سے دس تک۔ دس بجے دوبارہ کرفیو نافذ کر دیا گیا۔

ودیا نے ریلوے اسٹیشن، پولیس اسٹیشن، ایس ٹی بس ڈپو، ایشیاڈ بس اڈہ، ٹیکسی اڈہ ہر جگہ فون کر کے حالات دریافت کیے۔ ہر جگہ سے یہی جواب ملا کہ ”حالات خراب ہیں۔ بہتر ہے سفر نہ کیا جائے۔“

پونے کی لائن حسبِ سابق ڈیڈ تھی۔ ٹیلیفون ایکس چینج سے انکوائری کی گئی۔ مگر کوئی معقول جواب نہیں ملا۔ اُس کی پریشانی میں لمحہ بہ لمحہ اضافہ ہوتا جا رہا تھا۔ مگر وہ اپنی پریشانی کو چھپائے

دیر تک وڈیا، وڈیا کے پتا، ماتا، شیام اور آرتی سے باتیں کرتا رہا۔ پپّو سے دو پویم سنیں۔ اُسے تین سینگوں والے راکش کی کہانی بھی سنائی۔ جس میں راجکمار اپنی تلوار سے ایکے بعد دیگرے راکش کی تینوں سینگیں کاٹ دیتا ہے۔ پپّو خوش ہو کر دیر تک ہنستا اور تالیاں بجاتا رہا۔ وہ سوچنے لگا چھ فٹ کا راجکمار چھتیس فٹ کے راکش کو کیوں کر مار سکتا ہے۔ مگر بچے کہانی کی باتوں پر کتنی جلدی یقین کر لیتے ہیں۔ انسان جوں جوں بڑا ہوتا جاتا ہے۔ تشکیک، بدگمانی اور بے اعتمادی کی دلدل میں دھنستا چلا جاتا ہے۔ پپّو کو یوں تالیاں بجاتے دیکھ کر اُسے بے اختیار اپنے بچے ساجد ماد یاد آ گئے۔ اُس نے جھک کر پپّو کے ماتھے پر بوسا دیا۔ اُسے پھر گھبراہٹ سی محسوس ہونے لگی وہ اٹھ کر کمرے میں چلا آیا۔

کھڑکی میں کھڑے کھڑے وہ دیر تک سنسان سڑک کو گھورتا رہا۔ جس طرف سے رات میں دھواں اٹھتا دکھائی دیا تھا۔ اب وہاں مطلع صاف تھا۔ سامنے بلڈنگ کے کمپاؤنڈ میں کچھ لڑکے کھڑے آپس میں باتیں کر رہے تھے۔ ایک پولیس وین دھیرے دھیرے رینگتی ہوئی دور نکل گئی۔ اتنے میں بائیں جانب سے کچھ شور سنائی دیا۔ اُس نے کھڑکی میں سے گردن نکال کر دیکھا۔ بائیں جانب کی ایک پتلی گلی سے ایک دبلا پتلا نوجوان تیزی سے بھاگتا ہوا دکھائی دیا۔ اُس کے کپڑوں میں آگ لگ گئی تھی اور اُس کی کلائیاں رسّی سے بندھی تھیں۔ وہ چلا رہا تھا۔ ''بچاؤ۔ بچاؤ۔ پانی۔ پانی۔'' شاید اُس کے کپڑوں پر مٹی کا تیل چھڑکا گیا تھا۔ کیونکہ آگ پھیلتی جا رہی تھی۔ اُس کی چیخیں سن کر اُس کے پاس کی بلڈنگوں کی کھڑکیاں ایک ایک دو دو کر کے کھلنے لگیں۔ کچھ لوگ گردنیں نکالے اُسے دیکھنے لگے۔ وہ دبلا نوجوان منہ اٹھا اٹھا کر چیخ رہا تھا۔
''میرے ہاتھ کھول دو۔ مجھے مار کر تمہیں کیا ملے گا۔ پانی، پانی۔''
وہ اُس بلڈنگ کے کمپاؤنڈ کی طرف بھاگا۔ جہاں چند نوجوان کھڑے باتیں کر رہے تھے۔ وہ جیسے ہی قریب پہنچا اُنھوں نے گیٹ بند کر دیا۔ وہ اُن سے گڑگڑا کر پانی پانی' کرتا رہا۔ مگر وہ لوگ مڑ کر بلڈنگ کے اندر چلے گئے۔ اب آگ کے شعلوں نے نوجوان کو پوری طرح اپنی لپیٹ میں لے لیا تھا اور وہ سر سے پاؤں تک ایک رقص کرتا ہوا شعلہ نظر آ رہا تھا۔ وہ دوڑتے

دوڑتے گرا اور پیچ سڑک پر لوٹیں لگانے لگے۔ اُس کی کرب ناک چیخیں برابر جاری تھیں۔ آخری
سے بندھے اُس کے ہاتھ کھل گئے۔ وہ یکباری تڑپ کر اُٹھا اور ہاتھوں سے دیوانہ وار اپنے
سلگتے ہوئے کپڑے نوچنے لگا۔ مگر پھر لڑکھڑا کر گرا اور دوبارہ زمین پر تڑپنے لگا۔ اب اُس کی
چیخیں کراہوں میں تبدیل ہوتی جا رہی تھیں۔ اُس کی چھپٹاہٹ بھی دھیرے دھیرے کم ہونے
لگی تھی۔ کپڑے خاکستر ہو کر بدن سے چپک گئے تھے۔ پورا بدن جھلس کر سیاہ کوئلہ ہوگیا تھا۔ آخر
اُس کی کراہیں بھی تھم گئیں۔ بس بجھتی آگ کے ساتھ رہ کر اُس کے بدن کا کوئی حصہ پھڑک
جاتا تھا۔

کھڑکی کی چوکھٹ کو دونوں ہاتھوں سے مضبوطی کے ساتھ تھامے وہ اُس منظر کو کسی ڈراؤنے
خواب کی طرح دیکھتا رہا۔ کنپٹیوں میں ایسی دھمک ہو رہی تھی جیسے اُسے کسی نقارے میں قید
کر کے اوپر سے ضربیں لگائی جا رہی ہوں۔ اُس نے محسوس کیا کہ وہ دھیرے دھیرے کانپ
رہا ہے۔

نیچے سڑک پر نوجوان اب پوری طرح کوئلہ ہو چکا تھا۔ آگ بھی بجھ گئی تھی۔ بس ہلکا ہلکا دھواں
اُٹھ رہا تھا۔ اتنے میں پولیس کا سائرن سنائی دیا۔ کھڑکیوں سے جھانکتے لوگوں نے اپنی اپنی
کھڑکیوں کو بند کر لیا۔ مگر کچھ لوگ اب بھی بند کھڑکیوں کی خفیف جھریوں سے جھانک رہے تھے۔
وہ بھی پیچھے ہٹ کر لرزتے ہاتھوں سے کھڑکی کو بند کر کے پتلی سی جھری میں سے باہر دیکھنے
لگا۔ پولیس کی وین جھلسی لاش سے ذرا فاصلے پر آ کر رُک گئی۔ چار پانچ کانسٹیبل وین سے نیچے
اُترے۔ سامنے والی سیٹ سے ایک انسپکٹر اترا۔ انسپکٹر اطمینان سے چلتا ہوا لاش کے قریب
آیا۔ اُس نے رومال سے اپنی ناک اور منہ کو ڈھک رکھا تھا۔ پولیس کے سپاہی بھی اپنی اپنی
ناکوں کو چٹکیوں میں دبائے اُس کے پیچھے پیچھے آ کر لاش کے چاروں طرف کھڑے ہوگئے۔
لاش بالکل برہنہ تھی اور جھلس کر بڑی بدہیئت ہوگئی تھی۔ انسپکٹر نے کچھ کہا۔ ایک سپاہی اپنی ناک
پکڑے جھکا اور اپنی لمبی چھڑی سے لاش کو کٹھو کے دینے لگا۔ پھر نفی میں گردن ہلاتا ہوا سیدھا کھڑا
ہوگیا۔ انسپکٹر نے گردن اٹھا کر اطراف کی بلڈنگوں پر ایک نگاہ ڈالی۔ نیم وا کھڑکیوں سے جھانکتے
سر کچھووں کی گردنوں کی طرح اندر سمٹ گئے۔ انسپکٹر نے چلا کر کہا۔

"کس نے جلایا اس کو؟ بتاؤ کون ہے وہ؟ جواب دو۔"

کھڑکیوں کی جھریاں اور پٹلی ہوگئیں۔ انسپکٹر اپنا ڈنڈا ہلاتا ہوا بائیں طرف کی گلی کے نکڑ تک گیا۔ گلی میں جھانک کر دیکھا اور پھر واپس آ کر لاش کے پاس کھڑا ہوگیا۔ اس نے ایک بار پھر بلڈنگوں کی کھڑکیوں کی طرف گردن اٹھائی اور زور سے چیخا۔

"ارے کم سے کم اس لاش کو ڈھانکنے کے لیے کوئی کپڑا تو پھینکو۔ تم لوگوں میں کچھ انسانیت ہے یا نہیں۔"

تھوڑی دیر تک چاروں طرف ایک تکلیف دہ سنّاٹا چھایا رہا۔ پھر سامنے کی بلڈنگ کے فرسٹ فلور کی ایک کھڑکی کھلی اور ایک بوڑھے شخص نے اپنا آدھا دھڑ کھڑکی سے باہر نکال کر سڑک کی طرف ایک سفید چادر اچھال دی۔ پھر ایک اور کھڑکی کھلی۔ ایک عورت نے سر باہر نکالا اور اُس نے بھی ایک تہہ کی ہوئی سفید چادر سڑک کی طرف پھینکی، پھر دیکھتے ہی دیکھتے کھڑکیاں کھلتی گئیں اور تین منٹ کے اندر سات سفید دودھ چادریں سڑک پر اچھال دی گئیں۔ انسپکٹر چلایا۔

"بس، بس، اب بس کرو بہت پنیہ ہوگیا۔"

دو کانسٹیبل آگے بڑھے، انہوں نے ایک چادر اٹھائی، اُس کی گھڑی کھولی اور اس کے چاروں کونے کو پکڑ کر لاش کو ڈھک دیا۔

وہ کھڑکی بند کر کے اپنے بستر پر آ کر بیٹھ گیا۔ اچانک اُس نے محسوس کیا کہ اُس کے ذہن میں اُٹھتے خوف کے بگولوں کا زور اب دھیرے دھیرے کم ہونے لگا ہے۔ اُن بگولوں کی جگہ ایک پُر ہول خالی پن نے لے لی تھی۔ وہ حیرت انگیز طور پر یکلخت ہر خوف اور اندیشے سے اوپر اٹھ گیا تھا۔

■ ■

ابراہیم سقّہ

”عبدالرب! آپ کے اسکول کی تعلیمی حالت اطمینان بخش ہے۔ میں نے اپنے ریمارکس میں تفصیل سے اس کا ذکر کر دیا ہے۔“

”شکریہ سر!“ عبدالرب کا چہرہ کھل اٹھا۔

”اب میں کچھ دیر باہر کھیتوں میں ٹہلنا چاہتا ہوں۔“ میں نے عینک لگاتے ہوئے کہا۔

”اگر آپ چاہیں تو کسی کو آپ کے ساتھ ۔۔۔۔“

”نہیں ۔۔۔ اس کی ضرورت نہیں۔“

”سر! رات کے کھانے کا انتظام غریب خانے پر کیا ہے۔ آئیں گے نا ۔۔۔۔“

”ٹھیک ہے ۔۔۔“ میں نے کرسی سے اٹھتے ہوئے کہا۔

میں نے اسکول کی عمارت سے باہر نکل کر کھلی ہوا میں ایک گہرا سانس لیا۔ سامنے کھیتوں کا لامتناہی سلسلہ پھیلا ہوا تھا۔ فصل کٹ چکی تھی البتہ کٹے ہوئے پودوں کے ٹھنٹھ کھیتوں سے جھانک رہے تھے۔ دائیں طرف مسجد کا ہرا گنبد اور اُس کا اونچا مینار نظر آ رہا تھا۔ پاس ہی تالاب میں دو چار بچے نہا رہے تھے اور تالاب کی دوسری سمت پٹیل رائس مل کی چمنی سے دھواں نکلتا دکھائی دے رہا تھا۔ رائس مل کی دھک دھک کی ہلکی ہلکی آواز یہاں سے بھی سنائی دے رہی

تھی جیسے سناٹے کا دل دھڑک رہا ہو۔ دھوپ اپنے پر سمیٹ رہی تھی اور شام کے سائے لمبے ہوگئے تھے۔ میں مڑ کر دیکھا اسکول کی عمارت بہت پیچھے رہ گئی تھی۔ پچیس برس پہلے کا دھور ان گاؤں میری یادداشت میں زندہ ہو رہا تھا۔ عرصہ ہوا میں اس گاؤں اور یہاں کی ہر بات کو ایک ناخوشگوار خواب کی طرح بھلا چکا تھا مگر کسے پتا تھا کہ پچیس برس بعد مجھے ایک بار پھر یہاں ایک انسپکٹر کی حیثیت سے اُسی اسکول کا معائنہ کرنے آنا پڑے گا جہاں ایک مدرس کی حیثیت سے میرا تقرر رہوا تھا۔ ان دنوں دھور ان گاؤں میں نہ بجلی تھی، نہ نل آیا تھا۔ لوگ کنوؤں کا پانی پیتے اور اکثر نارو جیسے موذی مرض میں مبتلا رہتے جب مجھے تقرری کا آرڈر ملا تو میری خوشی کا ٹھکانہ نہ رہا۔ مدرس بننا میرا ایسا خواب تھا جو میں بچپن سے دیکھتا آیا تھا۔ مگر احباب و رشتہ داروں نے نارو کا ایسا نقشہ کھینچا کہ میرے تصور میں نارو کا کیڑا کسی خوفناک اندیشے کی طرح کلبلانے لگا۔ لمبا اور بلجبا کیڑا جو کسی کپچوے کی ماند ٹنگنے کے اوپر ایک چھوٹے سے زخم سے نکل کر پہلے پاؤں پھر پورے بدن کے گرد دھاگے کی طرح لپٹ گیا۔ مگر یہ خوف عارضی تھا۔ ملازمت ملنے کی خوشی رفتہ رفتہ میرے ہر خوف پر غالب آگئی تھی۔

آرڈر کے مطابق میں تیسرے روز دھور ان گاؤں کے اسکول میں حاضر ہوگیا تھا۔ اسکول میں میرے علاوہ دو اساتذہ اور تھے۔ بدرالدین جناب اسکول انچارج اور دوسرے امیر علی جو میری طرح معاون مدرس تھے۔ امیر علی کی سروس پندرہ برس پُرانی تھی اُن کا پچھلے سال ہی یہاں تبادلہ ہوا تھا۔ انہوں نے اسکول کے پاس ہی ایک چھوٹا سا کمرہ کرائے پر لے رکھا تھا۔ امیر علی نے بھی مجھے اپنے ساتھ رہنے کی دعوت دی جسے میں نے بخوشی قبول کرلی۔ اس طرح رہائش کا مسئلہ حل ہوگیا۔

اسکول میں حاضر ہونے کے دوسرے دن میں اور امیر علی صبح کی چائے پی رہے تھے کہ دبلا پتلا مگر مضبوط ہاتھ پاؤں والا بیس پچیس برس کا ایک نوجوان پانی کی مشک لیے کمرے میں داخل ہوا۔

’’سلام علیکم ماسٹر صاحب۔‘‘

اُس نے ہمیں سلام کیا۔ اور اپنی مشک سے ہمارا مٹکا اور بالٹی بھر دیا۔ پھر اپنی ڈھیلی ڈھالی

پھٹی آستین سے ماتھے کا پسینہ پونچھتا ہوا میری طرف دیکھ کر امیر علی سے مخاطب ہوا۔
"لگتا ہے نئے ماسٹر صاب ہیں۔"

"ہاں۔" امیر علی نے چائے کی سِپ لی اور پھر میری طرف دیکھتے ہوئے مسکرا کر بولے۔ "شیخ صاحب! یہ ابراہیم سقّہ ہے۔ اِسے لوگ اُبوّ کے نام سے پکارتے ہیں۔ یوں سمجھئے اُبوّ گاؤں کا اکلوتا ساقی ہے۔ سب اِسی کے ہاتھ کا پانی پیتے ہیں۔"

"اچھا، اچھا۔" میں نے ابراہیم سقّہ عرف اُبوّ کی طرف دیکھتے ہوئے مسکرا کر گردن ہلا دی۔ ابراہیم اپنی تعریف سے خوش ہوگیا تھا۔ اُس نے ایک محجوب مسکراہٹ کے ساتھ میری طرف دیکھا اور مجھے سلام کرتا ہوا خالی مشکیزہ لیے ہوئے باہر چلا گیا۔ اُس کے پیروں میں چپل نہیں تھی۔ اور وہ زمین پر پاؤں جما جما کر چلتا تھا۔ چلنے میں وہ ذرا آگے کو جھک جاتا تھا۔ شاید مشکیزہ اُٹھا اٹھا کر اُسے اِسی طرح چلنے کی عادت سی ہوگئی تھی۔ اُس کے بدن پر ایک بوسیدہ کوٹ تھا جس کے پھوسڑے نکل آئے تھے۔ اُس نے ہاف پینٹ پہن رکھی تھی جس کے ایک پائنچے میں بڑا سا پیوند لگا ہوا تھا۔ جو دور سے بھی نظر آ جاتا تھا۔ ابراہیم عرف اُبوّ کی شخصیت میں ایسی کوئی جاذبیت یا غیر معمولی بات نہیں تھی کہ اُسے یاد رکھا جاتا مگر آگے چل کر دھیرے دھیرے ابراہیم سقّہ کی شخصیت مجھ پر کسی پُراسرار منظر کی طرح منکشف ہوتی چلی گئی۔ ایک دن میں کمرے میں لیٹا شوق لکھنوی کی زہرِ عشق پڑھ رہا تھا۔

عشق سے کون ہے بشر خالی   کر دیے جس نے گھر کے گھر خالی

بڑا الطف آ رہا تھا۔ "سلام علیکم" کی آواز کان میں پڑی۔ چونک کر دیکھا۔ ابراہیم مشکیزہ لیے کمرے میں داخل ہو رہا تھا۔ میں نے سلام کا جواب دیا اور پھر دوبارہ کتاب میں منہمک ہوگیا، ابراہیم نے کمرے میں رکھے تینوں خالی برتن بھر دیے۔ پھر میری طرف مڑ کر بولا "ماسٹر صاب! ایک بات پوچھوں؟"

"ہاں، ہاں، پوچھو کیا بات ہے؟" میں نے خوش دلی کا مظاہرہ کرتے ہوئے کہا۔ حالانکہ سچ تو یہ ہے کہ مجھے زہرِ عشق میں اِس قدر مزہ آ رہا تھا کہ اُس وقت اُس کا یوں کھنڈت ڈالنا اچھا نہیں لگا۔

”ماسٹر ساب! سنا ہے آپ شاعری کرتے ہیں۔“

مجھے شعر و شاعری سے رغبت تھی اور فرصت کے اوقات میں شغل کے طور پر تُگ بندی بھی کر لیتا تھا۔ چار چھ غزلیں چھوٹے موٹے اخباروں میں چھپی تھیں۔ دو چار مشاعرے بھی سر کیے تھے۔ مگر اس سقّہ بچہ کو میری شاعری سے کیا لینا دینا۔

”تم سے کس نے کہا۔“ میں نے خشک لہجے میں پوچھا۔

”عبداللہ بھینسا بول رہا تھا۔“

”کون عبداللہ بھینسا؟“ میں نے قدرے حیرت سے پوچھا۔

”سر پنچ کالڑ کا۔۔۔ عبداللہ بھینسا۔“

مجھے اندر سے تھوڑی سی خوشی ہوئی کہ اب لوگ باگ اِدھر اُدھر میری شاعری کا ذکر کرنے لگے ہیں۔ اگرچہ یہ ذکر کرنے والے عبداللہ بھینسا جیسے لوگ ہی کیوں نہ ہوں۔ مگر میں نے اپنی دلی مسرت کو ظاہر ہونے نہیں دیا۔ بلکہ اُسے اندر ہی اندر اس طرح چھپا لیا جیسے کنجوس اپنی دولت چھپاتا ہے۔ اُسی طرح اپنے لہجے کو خشک رکھتے ہوئے کہا۔

”پتا نہیں تم کس عبداللہ بھینسے کی بات کر رہے ہو۔“

”پر آپ شاعری کرتے ہیں نا؟“

ابراہیم کے لہجے میں ایک بخّس کے ساتھ دباد با جوش تھا جیسے یہ جان لینے کے بعد کہ میں شعر کہتا ہوں وہ کوئی بہت بڑی شرط جیتنے والا ہو۔ پانی بھرنے والے ایک بھشتی کا شاعری کے بارے میں اس قدر اشتیاق ظاہر کرنا مجھے اچھا نہیں لگا۔ مگر چونکہ استفسار میری شاعری سے متعلق تھا اس لیے میرا لہجہ قدرے ملائم پڑ گیا۔ میں نے کہا۔

”ہاں کرتا ہوں۔ مگر تم کیوں پوچھ رہے ہو؟“

”بات یہ ہے ماسٹر صاحب کہ یہ میں بھی تھوڑی بہت شاعری کرتا ہوں۔“

”کیا۔۔۔؟“ میں نے تعجب سے پوچھا۔ ”تم شاعری کرتے ہو؟“

”جی ہاں۔۔۔ مگر گاؤں میں سب میرا مجاک اُڑاتے ہیں۔ اجازت دو تو کل آ کر آپ کو سناؤں۔“

پہلے تو جی میں آیا سختی سے منع کر دوں مگر اُس کے لہجے کی لجاجت اور اشتیاق دیکھ کر ایک دم سے منع کرنا اچھا نہیں لگا۔ میں نے پوچھا۔

”تم کہاں تک پڑھے ہو؟“

”میں چوتھی میں تھا کہ میرے باپ کو نارو ہو گیا۔ اُس کا سیدھا پاؤں بے کار ہو گیا۔ باپ کا کام مجھ کو سنبھالنا پڑا۔“

”گویا پانی بھرنے کا کام تمہارا آبائی پیشہ ہے۔“ میرے لہجے میں چھپی حقارت کو وہ سمجھ نہیں پایا۔

”آبائی یعنی کیا۔۔۔؟“

”یعنی پانی بھرنے کا کام تمہارا خاندانی پیشہ ہے۔“

”یہی سمجھئے، میرا باپ تو یہی کام کرتا تھا۔ دادا کیا کرتا تھا معلوم نہیں۔“

”تمہارے بال بچے؟“ اُس کی ذات میں میری دلچسپی بڑھتی جا رہی تھی۔

”ابھی تک شادی نہیں ہوئی تو بال بچہ کہاں سے ہو گا۔ ماسٹر ساب!“

اُس نے قدرے شرماتے ہوئے شوخی سے کہا۔ میں بھی ہنس دیا۔

”تو پھر کب آؤں؟“ اُس کے لہجے میں بے تابی تھی۔

”کل مغرب بعد آ جانا۔“ میں نے یونہی ٹالنے کے لیے کہا۔

”اچھی بات ہے۔“ اُس کی بانچھیں کھل گئیں۔ وہ اپنا مشکیزہ بغل میں دبائے حسبِ عادت جما جما کر قدم رکھتا ہوا دروازے کی طرف مڑ گیا۔ اُس کے بدن پر وہی کل والا سیاہ کوٹ اور پیوند زدہ ہاف پینٹ تھی۔

شام کو میں نے امیر علی سے ابراہیم سقّہ کا ذکر کیا کہ کل مغرب بعد وہ مجھے اپنی شاعری سنانے آ رہا ہے۔ امیر علی ہنس دیے۔ امیر علی کو شعر و شاعری سے کوئی شغف نہیں تھا۔ وہ ایک بسیار خور اور بسیار خواب انسان تھے۔ وہ مدرسی کے پیشے میں بھی صرف اس لیے آئے تھے کہ اس میں محنت کم اور آرام زیادہ تھا۔ البتہ وہ ٹیوشن خوب کرتے تھے۔ دھورن گاؤں کے لوگ کافی خوش حال تھے۔ تجارت اور زراعت ان کے اہم پیشے تھے۔ خوب محنت کرتے، خوب کھاتے اور خوب

بچے پیدا کرتے ۔ابھی یہاں تعلیم کا چلن عام نہیں ہوا تھا۔تاہم وہ پرائمری اسکول کی حد تک بچوں کو ضرور تعلیم دلواتے ۔ چوتھی تک اسکول تھا اکثر بچے چوتھی جماعت کامیاب ہونے کے بعد یا تو کاروبار میں لگ جاتے یا کھیتوں میں کام کرنا شروع کر دیتے۔ اسکولی تعلیم، کے دوران بچوں کو ٹیوشن دلوانا یہاں کا عام رواج تھا۔مجھے حیرت ہوئی جب امیر علی نے بتایا کہ وہ اپنی اسکول کی تنخواہ سے دوگنا رقم ٹیوشنوں سے کماتے ہیں ۔ساتھ ہی انہوں نے یہ بھی بتایا کہ ٹیوشن کے لیے بچے ٹیچر کے پاس بہت کم آتے ہیں ۔ ٹیچر کو ان کے گھر جانا پڑتا ہے ۔ یہاں ٹیچر کو ٹیوشن کے لیے اپنی ڈیوڑھی پر بلانا ہم چشموں میں وقار کی بات سمجھی جاتی تھی ۔ ویسے یہ لوگ ٹیچر کا کافی خیال رکھتے تھے ۔گاؤں کے کھاتے پیتے گھروں کی جانب سے ٹیچروں کے لیے روزانہ باریاں مقرر تھیں ۔جس گھر میں کھانے کی باری ہوتی وہاں ایک روز پہلے کسی بچے کے ذریعے یاد دہانی کرا دی جاتی دوسرے دن دونوں وقت کمرے پر کھانے کا ٹفن پہنچا دیا جاتا تھا۔امیر علی تو خیر اس تغارے کے عادی ہو گئے تھے ۔مگر مجھے شروع شروع میں بڑا تکلف ہوا۔بلکہ شرم بھی محسوس ہوئی مگر امیر علی نے دلیل دی کہ''اس میں شرم کی کیا بات ہے یہ ہمارے ملک کی قدیم روایت ہے ۔کیا تم نے نہیں پڑھا کہ پرانے زمانے کے گرو اپنے شاگردوں سے پڑھانے کی فیس نہیں لیتے تھے بلکہ ان کے شاگرد اُن کے لیے'بھکشا' مانگ کر لاتے اور اُسی پر اُن کا گزارہ ہوتا تھا''

''وہ تو ٹھیک ہے ۔''میں نے جھجکتے ہوئے کہا۔''مگر ہمیں تو پڑھانے کی تنخواہ ملتی ہے اور ہم ٹیوشن فیس بھی لیتے ہیں ۔''

''اس سے کیا فرق پڑتا ہے ۔تعلیم کا کوئی مول نہیں ہوتا''

میں چپ ہو گیا۔امیر علی ایک عادی مفت خورے تھے انھیں قائل کرنا آسان کام نہیں تھا۔ ابراہیم سقّہ کے ذکر پر انھوں نے ہنس کر صرف اتنا کہا۔

''شیخ صاحب! یہ سب فضول کی باتیں ہے ۔شاعری وائری تضیع اوقات کے سوا کچھ نہیں ۔دو چار معقول ٹیوشن کیجیے اور پیسے کمائیے۔ابراہیم سقّہ تو بستی میں ویسے بھی نیم پاگل مشہور ہے آپ اُس کے چکر میں کہاں پڑ گئے۔''

امیر علی اتنا کہہ کر ٹیوشن کو چل دیے۔ مجھے اُن کا اس قدر کھرا کھرا لہجہ اچھا نہیں لگا۔ مگر میں نے پلٹ کر کچھ نہیں کہا۔

دوسرے دن میں مغرب بعد لیسن نوٹ تیار کر رہا تھا کہ ابراہیم سقّہ ’’سلام علیکم‘‘ کو نعرہ بلند کرتا ہوا کمرے میں داخل ہوا۔ میں نے کیروسین لیمپ کی دھندلی روشنی میں دیکھا وہ دن کے مقابلے میں کافی معقول اور نکھرا نکھرا الگ رہا تھا۔ اُس نے سفید لٹھے کا گرتا اور پائجامہ پہن رکھا تھا۔ پیر میں معمولی سی چپل بھی تھی۔ بال میں تیل لگا کر انھیں پیچھے کی طرف سلیقے سے جما دیا گیا تھا۔ اُس کے ہاتھ میں ایک نیلی بیاض تھی۔ وہ میرے پاس بیٹھتا ہوا بولا۔

’’یہ میری سائری کی بیاج ہے ماسٹر ساب! آپ دیکھنا اس میں کیا کیا غلطیاں ہے۔‘‘

میں نے بیاض کھول کر دیکھا۔ چیونٹیوں کی طرح رینگتے حروف میں شاعری کے نام پر کچھ الٹے سیدھے مصرعے لکھے ہوئے تھے۔ مگر اُس کے لکھے خط کو پڑھنا آسان نہیں تھا۔ میں نے بیاض اُسی کی طرف آگے بڑھاتے ہوئے کہا۔

’’ابراہیم تم خود اِسے پڑھ کر سناؤ۔‘‘

’’اچھا ماسٹر ساب!‘‘ اُس نے بیاض واپس لیتے ہوئے سعادت مندی سے گردن ہلائی اور مخصوص غلط تلفظ کے ساتھ اپنی شاعری سنانے لگا۔ شاعری کیا تھی بس پکے پکے خیالات کو اس سے زیادہ کچے پکے لفظوں میں ڈھالنے کی بچکانہ سی کوشش تھی۔

آتا ہے یاد مجھ کو تیرا اکھڑکی میں آنا   اور میرے نازک دل پر بجلی گرانا

کچھ ایسے ہی مہمل اور بے وزن اشعار سے پوری بیاض بھری ہوئی تھی۔ میں نے اُسے سمجھایا تمہارے پاس خیالات تو ہیں مگر اُن خیالات کو ڈھالنے کے لیے مناسب الفاظ نہیں ہیں۔ ظاہر ہے جب تک تم ڈھیر ساری کتابیں نہیں پڑھو گے الفاظ نہیں مل سکتے اس لیے شعر کہنے سے پہلے تمہیں بہت ساری کتابیں پڑھنی ہوں گی۔‘‘

’’کتابیں تو میں پڑھتا ہوں۔‘‘ اُس نے سادگی سے کہا۔

’’کونسی کتابیں؟‘‘

’’نور نامہ، سخاوت نامہ، قصّہ دائی حلیمہ، قصّہ یوسف زلیخا، قصّہ طوطا مینا۔۔۔‘‘‘

میں نے ہاتھ اُٹھا کر اُسے روکتے ہوئے کہا۔ "نہیں ابراہیم، ان کتابوں سے شاعری نہیں آتی"۔

"تو پھر آپ مجھے شاعری سیکھنے کی کوئی کتاب کا نام بتائیے نا۔۔۔میں خریدلوں گا"۔

اب میں اُسے کس کتاب کا نام بتاتا جس میں شاعری سیکھنے کے نسخے درج ہوں۔ میرے پاس دیوانِ داغؔ کا ایک سستا پُرانا ایڈیشن رکھا تھا۔ وہ میں نے اُسے دے دیا اور کہا۔

"دیکھو۔ پُرانے شاعروں کے ایسے ہی دیوان پڑھو۔ پڑھتے رہو تمہیں شاعری آ جائے گی"۔

"واقعی!" اس کی آنکھوں میں چمک سی آ گئی۔ چہرہ روشن ہوگیا۔ میں نے لیمپ کی مدھم روشنی میں اُسے پہلی بار غور سے دیکھا۔ اس کا رنگ بچپن میں یقیناً گورا رہا ہوگا۔ مگر دھوپ برسات میں پانی بھرتے بھرتے اور موسموں کے مد و جزر سہتے سہتے اب اُس کا رنگ تانبے کی مانند جل گیا تھا۔ اس کی آنکھیں چھوٹی اور پیشانی تنگ تھی۔ گالوں کی ہڈیاں قدرے ابھری ہوئی تھیں۔ ہونٹ پتلے اور کھلے ہوئے تھے جن سے اُس کے سامنے کے دانتوں کی لکیر دکھائی دیتی تھی۔ گردن غیر معمولی لمبی تھی کل ملا کر وہ بہت معمولی شکل و صورت کا انسان تھا۔ 'دیوانِ داغؔ' کا نسخہ ہاتھوں میں لے کر اُس نے اِدھر اُدھر سے اُلٹ پلٹ کر دیکھا۔ رُک رُک کر دو ایک شعر بھی پڑھنے کی کوشش کی۔

"لاکھ دینے کا۔۔۔ایک۔۔۔دینا ہے،   دل۔۔۔بے۔۔۔۔۔۔"

یہ کیا ہے ماسٹر صاحب! اُس نے ایک شعر پر انگلی رکھتے ہوئے پوچھا۔

لاکھ دینے کا ایک دینا ہے   دل بے مُدّعا دیا تو نے

"بے مُدّعا یعنی کیا؟"

"بے مُدّعا نہیں، بے مُدّعا۔۔۔یعنی جس کا کوئی مُدّعا، کوئی خواہش نہ ہو"۔

"اچھا۔۔۔اچھا" پھر اُس نے مقطع پڑھنا شروع کیا۔

داغؔ کو کون۔۔۔دینے۔۔۔والا۔۔۔تھا   جو دیا۔۔۔اے۔۔۔خدا دیا تو نے

کیوں ماسٹر صاحب ٹھیک پڑھا، میں نے۔۔۔؟"

"ٹھیک ہے، پڑھتے پڑھتے پڑھنا آ جائے گا۔"

اُس نے دیوانِ داغ اور اپنی بیاض کو کسی دستاویز کی طرح اپنی پُرانی تھیلی میں لپیٹ کر رکھ لیا اور مجھے سلام کر کے رُخصت ہو گیا۔ کیوں کہ ایک لڑکا میرے لیے باری کا کھانا لے کر آ گیا تھا۔ میں نے یوں ہی اُس سے رسماً پوچھا۔

"تم نے کھانا کھایا ابراہیم؟"

"نہیں ماسٹر صاب۔ اب جا کر روٹی بناؤں گا۔ بومبل کی چٹنی دوفیر (دوپہر) میں بنایا تھا اُسی سے کھالوں گا۔ آپ کھانا کھاؤ۔ میں چلتا ہوں۔"

وہ دوسرے دن صبح ہمارے لیے مشکیزے سے پانی لے کر آیا اور مجھے اطلاع دی کہ اُس نے رات میں دیوانِ داغ کی بارہ غزلیں پڑھ لی ہیں۔ جن میں سے پانچ اشعار اُسے زبانی یاد ہو گئے ہیں۔ میں نے ہوں ہوں کر کے اُسے ٹال دیا۔ اُس کے بعد مجھے بھی صبح کے کچھ ٹیوشن مل گئے اور میں مصروف ہو گیا۔ گاؤں کی گلیوں میں ٹیوشن یا اسکول آتے جاتے وہ کبھی کبھار پانی کا مشکیزہ لیے گھروں کی ڈیوڑھیاں چڑھتا اُترتا نظر آ جاتا تھا۔ مجھ پر نظر پڑتی تو دور ہی سے سلام کے لیے ہاتھ اُٹھا دیتا۔ بہرحال اُس روز کے بعد اُس نے اپنی شاعری کا ذکر کبھی نہیں کیا۔

ایک دن میں اپنے کمرے پر اکیلا تھا۔ امیر علی طویل رخصت پر اپنے گاؤں گئے ہوئے تھے۔ میں دوپہر میں باری کا کھانا کھا کر بیٹھا ہی تھا کہ ابراہیم آ گیا۔ اُس کے کپڑے گیلے ہو رہے تھے اور چہرہ پسینے سے تر تھا۔ اُس نے بتایا۔

"ماسٹر صاب! آپ کو آج شام میں بیدار خان دیشمکھ کے یہاں کھانے کی دعوت ہے۔"

دھورن گاؤں میں ایک عام چلن تھا۔ جب بھی کسی کے گھر میں اپنے بچے کو ٹیوشن رکھوانا ہوتا وہ ماسٹر صاحب کو کھانے پر مدعو کرتا۔ اور کھانا کھانے کے دوران ہی ٹیوشن کی بات بھی طے ہو جاتی تھی۔ مجھے یہ رواج اچھا لگا تھا۔ بیدار خان دیشمکھ گاؤں کی مسجد کا متولی تھا۔ گاؤں میں اُس کی کپڑوں کی دُکان تھی۔ اکثر آتے جاتے اُس دوکان کے کاؤنٹر پر ایک تُرش رُو شخص کو دیکھا تھا۔ جس کی بھوئیں کمان کی طرح کھنچی ہوئیں اور آنکھیں شرابیوں کی طرح چڑھی ہوئی رہتی تھیں۔ اُس کا نچلا ہونٹ اونٹ کے ہونٹ کی طرح لٹکا ہوا تھا۔ کسی نے مجھے بتایا تھا کہ یہی بیدار خان

دیشمکھ متولی ہے۔ اُس شخص کو دیکھ کر میری طبیعت کافی بدمزہ ہوگئی تھی۔ اُسی بیدان خان دیشمکھ
نے کھانے پر بُلایا تھا گویا ٹیوشن پر بُلایا تھا۔ جی میں آیا ایک باری انکار کردوں مگر ساتھ ہی مجھے
اُس کے بارے میں یہ بھی معلوم تھا کہ بے حد کینہ پرور شخص ہے اگر کسی سے خفا ہو جائے اور اس
کے پیچھے پڑ جائے تو پھر قبر ہی میں اُسے پناہ مل سکتی تھی۔ لوگوں نے بتایا کہ دھورن گاؤں میں رہ
کر بیدار خان دیشمکھ کو ناراض کرنا سانپ کے بل میں ہاتھ ڈالنے کے مترادف تھا۔ اس لیے
میں نے مصلحتاً بیدار خان دیشمکھ کی دعوت قبول کرلی۔

ابراہیم سقّہ اکثر گاؤں کے لوگوں کے درمیان پیغام رسانی کا کام بھی انجام دیا کرتا تھا۔ کیوں
کہ بھشتی ہونے کے ناطے ابراہیم کا گاؤں کے اکثر لوگوں سے رابطہ تھا۔ مجھے بیدار خان دیشمکھ کا
پیغام دے کر جب ابراہیم جانے لگا تو اچانک مجھے یاد آیا آج باری میں جو کھانا آیا تھا۔ اُس
میں سے خاصا کھانا بچ گیا تھا۔ میں نے سوچا شام کو پھر تازہ باری آ جائے گی خواہ مخواہ بچا ہوا کھانا
خراب کرنے کے بجائے ابراہیم کو کیوں نہ دے دیا جائے۔ میں نے کہا۔

’’ابراہیم دیکھو اُس برتن میں تھوڑا سا کھانا بچا ہے۔ تم کھالو۔ یا ساتھ لے جانا چاہو تو لے جاؤ
مگر برتن شام تک واپس لے آنا۔‘‘

ابراہیم نے کوئی جواب نہیں دیا۔ وہ جاتے جاتے رُک گیا اور گردن جھکائے چپ چاپ کھڑا
ہو گیا۔ میں نے دوبارہ کہا۔

’’ابراہیم کیا سوچنے لگے بھائی۔ وہ کھانا لے جاؤ نا۔‘‘
اُس نے گردن اٹھائے بغیر نظر اپنے پیر کے انگوٹھوں پر جما کر کہا۔

’’ماسٹر ساب! آپ بُرا مت ماننا۔ ایک بات بولوں۔‘‘
’’ہاں، ہاں، بولو کیا بات ہے؟‘‘ مجھے اُس کے رویے پر تعجب ہو رہا تھا۔

’’ماسٹر صاحب، میں ایسا بچا کھچا کھانا نہیں کھاتا۔‘‘
’’کیا۔۔۔۔؟‘‘ میری آنکھیں حیرت سے پھیل گئیں۔

’’ہاں ماسٹر ساب! مجھ کو معاف کرنا، میں ایسا کھانا نہیں کھاتا۔ اگر میں گاؤں سے ایسا کھانا
جمع کروں تو روز پچھے آدمی کا کھانا جمع ہو جائے۔ مگر میں ایسا کھانا نہیں لیتا۔ میرے باپ نے

مرتے وقت مجھ سے کہا تھا۔"ابراہیم! جب تک ہاتھ پاؤں میں طاقت ہے محنت سے روٹی کھانا۔"

"اوہو۔۔۔اچھا۔اچھا۔"جواباً مجھے فوری طور پر مناسب الفاظ سجھائی نہیں دیے۔میں ایک دم سے چپ ہوگیا۔ابراہیم سقّہ اُسی طرح گردن جھکائے چلا گیا مگر جاتے جاتے میرے وجود کو متزلزل کر گیا۔اُس جاہل،کم سواد،کم عقل اور کم حیثیت شخص نے ایک جھٹکے سے میری کھال کھینچ کر مجھے یکلخت ننگا کر دیا تھا۔مجھے ایسا لگا جیسے میرے پورے وجود کے گرد ڈائنامائٹ کے تار لپٹے ہوئے تھے۔ابراہیم سقّہ نے اچانک ماچس کی تیلی جلائی اور مجھے خبردار کیا کہ دیکھو تم بارود کے ڈھیر پر بیٹھے ہو۔ پھر اس سے پہلے کہ میں سنبھلتا۔اُس نے ماچس کی تیلی کو پھونک مار کر بجھا دیا اور میرے خوف پر طنز سے ہنستا ہوا چلا گیا۔اُس نے فی لحظہ نہیں لگایا مگر یہ جتا گیا کہ میں کسی بھی لمحہ بھک سے اُڑ سکتا ہوں۔میں پورا دن مضطرب رہا۔آخر میں نے شام ہوتے ہوتے فیصلہ کر لیا کہ میں بیدار خان دیشمکھ کے گھر دعوت میں نہیں جاؤں گا۔میں نے گھر پر آنے والی باری کا کھانا بھی بند کرا دیا۔اور کمرے پر خود اپنے ہاتھ سے کھانا بنا کر کھانے لگا۔میں نے ٹیوشنوں کے لیے بھی کوئی تگ و دو نہیں کی۔ چار پانچ بچے شام میں کمرے پر ہی ٹیوشن کے لیے آ جاتے تھے۔ میں نے انہیں پر اکتفا کر لیا۔

جب امیر علی چھٹیوں سے واپس لوٹے تو انھوں نے میری ناعاقبت اندیشی پر بڑا واویلا مچایا۔میں نے انھیں بہتیرا سمجھانے کی کوشش کی مگر وہ اس قدر دل برداشتہ ہوئے کہ کمرہ ہی چھوڑ کر چلے گئے اور دوسری جگہ کرائے پر کمرہ لے کر رہنے لگے۔

ایک دن ابراہیم سقّہ نے مجھ سے ڈرتے جھجھکتے پوچھا۔

"ماسٹر ساب! آپ نے گاؤں کی باری کیوں بند کر دی؟"میں نے اُسے غور سے دیکھا اور مسکراتے ہوئے کہا۔"تم کسی کا دیا کھانا کیوں نہیں کھاتے؟"

"دیے ہوئے کھانے میں اور باری کے کھانے میں فرق ہے نا ماسٹر ساب۔"

"کوئی فرق نہیں۔اگر فرق ہے تو صرف اتنا ہے کہ بچا ہوا کھانا گھر پر جا کر لیا جاتا ہے اور باری کا کھانا گھر پر پہنچا دیا جاتا ہے۔"

اُس نے مجھے کوئی جواب نہیں دیا۔ یا شاید جواب دینا مناسب نہیں سمجھا اور گردن جھکا کر واپس چلا گیا۔ دو دن بعد میں ٹیوشنوں سے فارغ ہو کر شام کے لیے کھڑی بگھار رہا تھا کہ ابراہیم کمرے میں داخل ہوا۔ مٹی کے تیل کی دھندلی روشنی میں میں نے دیکھا کہ اُس کے ہاتھ میں کوئی چیز دبی ہے۔ میں سمجھا اُس پر دوبارہ شاعری کا بھوت سوار ہوا ہے۔ اور وہ پھر اصلاح کے لیے آیا ہے۔

”ماسٹر صاب آپ کے لیے چاول کی روٹی اور بومبل کی چٹنی لایا ہوں۔ کھائیں گے نا۔ میں نے خود بنائی ہے۔“

”ارے مگر میں نے تو کھچڑی چولہے پر چڑھا دی ہے۔ تم نے کیوں تکلیف کی۔“

”کیا کروں، ماسٹر صاب، میری کھولی بہت چھوٹی ہے۔ نئیں تو میں آپ کو کھانا اپنے گھر بلاتا۔“

اُس کے لہجے میں شوق کے ساتھ دبی دبی حسرت بھی تھی۔

”کسی دن میں تمہارے گھر آ کر کھانا کھاؤں گا۔ بیٹھو، لاؤ تمہاری روٹی دو۔“

اُس دن میں نے اُسے زبردستی کھانے پر روک لیا۔ پہلے تو اُس نے منع کیا مگر میرے اصرار پر مان گیا۔ کھانا کھاتے ہوئے میں اُس کی روٹی اور بومبل کی چٹنی کی تعریف کرتا رہا اور وہ میری کھچڑی کی۔ اچانک اُس نے پوچھا۔

”ماسٹر صاب! آپ کی شادی ہو گئی؟“

”نہیں ہونے والی ہے۔ منگنی ہو گئی ہے۔“

”اچھا، اچھا۔“

”اور تمہاری؟“

”ارے میں ٹھہرا اک معمولی پانی بھرنے والا گنوار بھشتی۔ میرے کو کون لڑکی دے گا۔“

”تمہارا کوئی عزیز رشتے دار نہیں ہے؟“

”نہیں ۔۔۔ ویسے بھی تو غریب آدمی کا بس اللہ بیلی ہوتا ہے۔“

”اگر تمہاری نظر میں کوئی لڑکی ہو تو بتاؤ۔ میں چل کر تمہاری طرف سے بات کروں گا۔“

"نہیں ۔۔۔ کوئی نہیں ہے ۔"

میں نے دیکھا کہ اچانک وہ کچھ بے چین سا ہو گیا۔ اُس کا چہرہ زرد پڑ گیا۔

"کیا بات ہے ابراہیم؟" میں نے اُسے غور سے دیکھتے ہوئے پوچھا۔

"کچھ نہیں ۔۔۔ کچھ نہیں ۔۔۔"

"تم کچھ چھپا رہے ہو۔"

وہ گردن جھکائے خاموش بیٹھا تھا۔

"ارے بھائی شرماتے کیوں ہو؟ بتاؤ کیا بات ہے؟"

"کچھ نہیں ماسٹر ساب، میں چلتا ہوں۔"

وہ اچانک اُٹھ کر کھڑا ہو گیا اور گردن جھکائے جھکائے ہی باہر نکل گیا۔

مجھے اُس کے رویّے پر حیرانی تھی یقیناً کوئی ایسی بات تھی جس نے اُسے اچانک مضطرب کر دیا تھا۔ ذکر شادی اور لڑکی کا چل رہا تھا۔ شاید بے چارے کو اپنی کم مائیگی، محرومی اور اکیلے پن کا احساس ہو گیا تھا۔ مجھے افسوس بھی ہوا کہ میں نے خواہ مخواہ اُس سے لڑکی کا ذکر چھیڑا۔ مگر شادی کا تذکرہ تو خود اُسی نے کیا تھا۔

دوسرے دن وہ پانی کا مشکیزہ لے کر آیا۔ مجھے سلام کر کے مٹکے اور بالٹی میں پانی ڈال کر جانے لگا تو میں نے اُسے ٹوک دیا۔

"ابراہیم کیا بات ہے، تم رات میں اچانک اُٹھ کر چلے گئے۔ میری کوئی بات تمہیں بری تو نہیں لگی؟"

"نہیں ماسٹر ساب! ایسی بات نہیں ۔" اُس نے آستین سے اپنی پیشانی کا پسینہ پونچھتے ہوئے کہا۔ "آپ کی بات کا میں کبھی برا نہیں مان سکتا۔ چلتا ہوں ۔"

وہ باہر نکل گیا۔ مگر میں نے اُس کے لہجے میں چھپے کسی انجان دُکھ کی لرزش کو محسوس کر لیا۔

تین چار روز گزر گئے۔ ابراہیم اپنے وقت پر آتا۔ مٹکا اور بالٹی بھرتا اور چپ چاپ چلا جاتا۔ اُس کے رویّے میں عجیب سی تبدیلی آ گئی تھی۔ میں نے اُسے مزید کریدنا اچھا نہیں سمجھا۔

ایک رات اچانک میری آنکھ کھل گئی۔ دور سے کسی قسم کے شور کی آواز آ رہی تھی۔ جیسے کچھ

لوگ بیک وقت زور زور سے باتیں کر رہے ہوں۔ بیچ میں کسی کی چیخ بھی سنائی دی۔ پھر دھیرے دھیرے وہ آوازیں دب گئیں اور میں بھی جلد ہی سو گیا۔

دوسرے دن صبح جب میں اسکول گیا تو امیر علی نے بتایا کہ رات میں بیدار خان دیشمکھ کے گھر میں چور گھس آیا تھا مگر گھر والوں کی آنکھ کھل گئی اور وہ دیوار پھاند کر بھاگ گیا۔ کچھ لوگوں نے اُس کا پیچھا بھی کیا مگر وہ ہاتھ نہیں آیا۔ میں نے کوئی ردِّ عمل ظاہر نہیں کیا۔ میرے لیے یہ بات ایک خبر سے زیادہ اہمیت نہیں رکھتی تھی شام میں، سوچا ابراہیم سے تفصیل کا علم ہو گا۔ مگر اُس روز ابراہیم پانی لے کر نہیں آیا۔ مجھے کہیں سے داستانِ امیر حمزہ کا ایک پُرانا نسخہ مل گیا تھا۔ میں ٹیوشن اور کھانے سے فارغ ہو کر رات میں دیر تک اُس کا مطالعہ کرتا رہا۔ پھر جانے کب آنکھ لگ گئی۔ صبح جب آنکھ کھلی تو ٹن، ٹن اسکول کی گھنٹی بج رہی تھی۔ یا اسکول کی گھنٹی کی آواز ہی سے میری آنکھ کھل گئی تھی۔ میں ہڑبڑا کر اُٹھ بیٹھا۔ جلدی جلدی تیار ہو کر اسکول پہنچا۔ دُعا ختم ہو رہی تھی۔ میں چپ چاپ جا کر امیر علی کے بغل میں کھڑا ہو گیا۔ دُعا میں صرف پچیس تیس بچے تھے۔ میں نے امیر علی سے پوچھا۔ "کیا بات ہے۔ آج بچوں کی تعداد بہت کم ہے؟"

"امیر علی نے حسبِ عادت مشتبہ انداز میں اِدھر اُدھر دیکھتے ہوئے دھیرے سے کہا۔

"آپ کو کچھ نہیں معلوم؟"

"کیا؟" میں نے تعجب سے پوچھا۔

"کل رات بیدار خان دیشمکھ کی بہن کنویں میں گر کر مر گئی۔

"کیا۔۔۔!" میرا منہ پوری طرح حیرت سے کھل گیا۔

"بیدار خان کے گھر پر پولیس آئی ہے پنچ نامہ ہو رہا ہے یہ۔

میں نے بیدار خان دیشمکھ کی بہن کو نہیں دیکھا تھا۔ مگر ایک خوبصورت جوان عورت کا ہیولا سازہن میں لہرا کر ڈوب گیا۔

"مگر یہ ہوا کیسے؟"

"صحیح بات تو کسی کو نہیں معلوم۔ مگر لوگوں کا کہنا ہے کہ کل رات اُن کے گھر میں جو چور گھسا تھا۔ وہ کوئی اور نہیں۔ بیدار خان دیشمکھ کی بہن کا عاشق تھا۔ وہ تو بھاگ گیا۔ مگر بیدار خان نے

اس کا نام معلوم کرنے کے لیے اپنی بہن کو بہت مارا پیٹا۔ اس نے نام نہیں بتایا۔ لوگ کہتے ہیں ۔ مار پیٹ سے تنگ آ کر اس نے خودکشی کرلی۔ امیر علی چند لمحوں کے لیے اِدھر اُدھر دیکھا پھر آہستہ سے سرگوشی کی ۔

"اور کچھ لوگوں کا تو یہ بھی کہنا ہے کہ اُسے کنویں میں ڈبو کر مار ڈالا گیا۔ واللہ اعلم۔"

امیر علی ایک دم سے چپ ہو گئے ۔ کیونکہ اسکول انچارج بدرالدین ہماری طرف آ رہے تھے ۔

"آج حاضری بہت کم ہے۔" پھر خود ہاتھ ملتے ہوئے بڑبڑائے ۔

"جو کچھ ہوا بُرا ہوا ۔ ایک معصوم کی جان چلی گئی ۔"

"کیا عمر تھی مرحومہ کی؟" میں نے یونہی پوچھ لیا۔

"یہی تیس بتیس کے آس پاس ہو گی۔"

"غیر شادی شدہ تھیں؟"

"یہی تو المیہ ہے ۔ بیدار خان کا خوف لوگوں پر کچھ ایسا ہے کوئی رشتہ لے کر آنے کی جرأت ہی نہیں کرتا تھا۔ دو ایک رشتے آئے بھی تو بیدار خان نے یہ کہہ کر ٹھکرا دیا کہ ہمارے ہم رتبہ نہیں ہیں ۔ خدا غرور کو کبھی پسند نہیں کرتا"

"مگر جناب بیدار خان دیسمکھ کے غرور کی سزا اُس معصوم کو بھگتنی پڑی خدا کا یہ کیسا انصاف ہے؟"

میں نے قدرے تلخی سے کہا۔ اُن دنوں نیاز فتح پوری کی تصنیف 'من و یزداں' میرے مطالعہ میں تھی اور میرے خیالات میں دہریت کے جراثیم داخل ہونے لگے تھے ۔

"خدا کی مصلحت، خدا ہی بہتر جانتا ہے ۔ ہماری کیا مجال کے اُس کے تہہ تک پہنچ سکیں ۔"

بدرالدین جناب نے فیصلہ سنایا اور آفس روم کی طرف مُڑ گئے ۔ ہمارے لیے بھی اشارہ تھا کہ اپنی اپنی کلاسوں میں چلے جائیں ۔

ٹیوشن کے بچے جا چکے تھے ۔ باہر اندھیرا پھیل گیا تھا۔ طبیعت میں عجیب کسلمندی تھی ۔ اُٹھ کر

کچھ پکانے کو جی نہیں کر رہا تھا۔کوئی خاص بھوک بھی نہیں لگی تھی۔سو چا دو دھ رکھا ہوا ہے اُسی کو گرم کر کے پی لوں گا۔اتنے میں کسی کی پُکار سنائی دی۔گاؤں کے بانگی صاحب آواز لگا رہے تھے۔”میّت تیار ہے۔“

میں ابھی تک گاؤں کی کسی بھی میّت میں شریک نہیں ہوا تھا۔لیکن جانے کیوں اس میّت میں شریک ہونے کی خواہش کو میں دبا نہیں سکا۔میں نے چپل پہنے دروازہ بند کیا اور بیدار خان دیش مکھ کے گھر کی طرف چل پڑا۔گلیاں اندھیرے میں ڈوبی تھیں۔نکڑوں پر گرام پنچایت کی طرف سے مٹی کے تیل کی لال ٹینیں لگائی گئی تھیں مگر اُن کی روشنی اس قدر مدھم تھی کہ اس میں گلی یا سڑک کی صرف سمت کا تعین کیا جا سکتا تھا۔میں اندھیرے میں آنکھیں پھاڑ پھاڑ کر دیکھتا ہوا بیدار خان دیش مکھ کے گھر کے قریب پہنچ گیا۔میں نے دور ہی سے دیکھ لیا کہ وہاں گیس کے تین چار ہنڈولے روشن تھے۔ان ہنڈولوں کی روشنی میں سفید کرتے پاجامے پہنے،لنگیاں باندھے اور سروں پر ٹوپیاں اوڑھے،رومال باندھے کئی پر چھائیاں ڈول رہی تھیں۔میرے قریب پہنچتے پہنچتے جنازہ اٹھالیا گیا۔اور بانگی صاحب ’کلمۂ شہادت‘ کا نعرہ بلند کرتے ہوئے آگے آگے چلنے لگے۔ان کے آگے ایک شخص سر پر گیس کا ہنڈولا لیے چل رہا تھا۔دو تین لوگ گیس کے ہنڈولے سروں پر اٹھائے جنازے کے دائیں بائیں چلنے لگے۔میں بھی جنازے کی بھیڑ میں شامل ہوگیا۔

قبرستان کی کچی سڑک شروع ہوگئی تھی۔سڑک کے دونوں طرف اونچے اونچے درخت ایستادہ تھے۔جوں ہی جنازہ درختوں کے درمیان سے گزرنے لگا۔درختوں کی گھنی چھاؤں میں بسیرا کرنے والے پرندے پھڑ پھڑانے لگے۔اُن کی پھڑ پھڑاہٹ سے لگا جیسے پوری فضا میں ایک اضطراب سا پھیل گیا ہو،رات کا اندھیرا،سڑک کے دونوں طرف گھنے درختوں کی قطار، گیس کے ہنڈولوں کی روشنی میں درختوں اور انسانوں کی آپس میں متصادم ہوتی پر چھائیاں، درمیان سے گزرتا ہوا جنازہ،بانگی صاحب کا کلمہ شہادت کے نعرے کے ساتھ لوگوں کا زیرِ لب کلمہ پڑھنا،پرندوں کے پروں کی پھڑ پھڑاہٹ اور ان سب کے اوپر آسمان میں ٹمٹماتے تارے۔فضا میں عجیب پُراسراریت سی پیدا ہوگئی تھی۔میں رفتہ رفتہ بھیڑ سے پیچھے ہوگیا تھا۔

اتنے میں، میں نے دیکھا کہ مجھ سے بھی پیچھے۔ کافی فاصلے پر کوئی سر سے پاؤں تک کالا کمبل اوڑھے، لنگڑاتا، لڑکھڑاتا چلا آ رہا ہے۔ اب جنازہ قبرستان میں داخل ہو رہا تھا۔ جنازہ قبرستان کے ایک گوشے میں بنی چھوٹی سی مسجد کے پاس جا کر رک گیا۔ فضا میں اگر بتی، کافور، سبزہ اور پھولوں کی ملی جلی خوشبو پھیلی ہوئی تھی۔ مگر یہ خوشبو ذہن کو طراوت عطا کرنے کے بجائے دل پر عجیب اداسی کی سی کیفیت طاری کر رہی تھی۔ جنازے کو نیچے اُتارا گیا۔ لوگوں نے جلدی جلدی صفیں بنائیں۔ جنازے کی نماز کی تیاری ہو رہی تھی۔ جنہیں نماز میں شریک نہیں ہونا تھا وہ اِدھر اُدھر بکھر گئے۔ میں نے بھی مناسب جگہ کی تلاش میں چاروں طرف نظر دوڑائی۔ پھر ٹہلتا ہوا سب سے الگ ایک درخت کے نیچے جا کر کھڑا ہو گیا۔ تھوڑی دیر ایک بعد مانوس آواز میرے کانوں سے ٹکرائی۔

"ماسٹر ساب!"

میں نے چونک کر دیکھا وہی کمبل پوش جو جنازے کے پیچھے پیچھے آ رہا تھا۔ میرے قریب کھڑا تھا۔ اندھیرے کے باوجود میں نے اُسے پہچان لیا۔ وہ ابراہیم سقّہ تھا۔

"ابراہیم!" میں نے بے ساختہ کہا۔

'ہاں، ماسٹر ساب! میں ہوں ابو۔" میں نے محسوس کیا کہ وہ ہلکے ہلکے کانپ رہا ہے۔ اندھیرے میں اُسے غور سے دیکھنے کی کوشش کی۔ اُس کی داڑھی بڑھی ہوئی، بال اُلجھے ہوئے اور آنکھوں میں وحشت تھی۔ وہ ٹھیک سے کھڑا نہیں ہو پا رہا تھا۔ بار بار پہلو بدل رہا تھا۔ ایک بار لڑکھڑا گیا۔ میں نے ہاتھ بڑھا کر اُس کا بازو تھام لیا۔ اُس کے بدن سے بھاپ سی نکل رہی تھی۔

"ارے تمہیں تو بہت تیز بخار ہے۔ تمہیں اس حالت میں باہر نہیں نکلنا چاہیے تھا۔"

اُس نے جواب میں کچھ نہیں کہا۔ کانپتا ہوا اُکڑوں بیٹھ گیا۔ پکپکی کے ساتھ اُس کے منہ سے کراہیں بھی نکل رہی تھیں جیسے اندرونی طور پر اُسے کہیں گہری چوٹ لگی ہو۔ اتنے میں جنازے کی نماز ختم ہو گئی۔ لوگ جنازے کو اُٹھا کر ایک کھدی ہوئی قبر کی طرف بڑھ رہے تھے۔ میں نے ابراہیم کی طرف مڑ کر کہا۔

"تم یہیں بیٹھو۔ میں مٹی دے کر آتا ہوں۔"

اُس نے لرزتی ہوئی آواز میں کہا''ماسٹر صاب میری طرف سے بھی مٹھی بھر مٹی قبر میں ڈال دینا۔''

اُس کا ہاتھ کمبل سے باہر نکلا ہوا تھا۔ میں نے دونوں ہاتھ پھیلا کر اُس کی دی ہوئی مٹی لے لی اور قبر کی طرف بڑھ گیا۔ لوگ قبر کو چاروں طرف سے گھیرے کھڑے تھے۔ جنازے کا ڈھکن ہٹا کر لوگوں نے میّت کو جنازے سے نکالا اور کلمہ پڑھتے ہوئے میّت کو قبر میں کھڑے دو شخصوں کے ہاتھوں میں دے دیا۔ دونوں نے میّت کو قبر میں لٹا دیا۔ اور لکڑی کے برگوں سے میّت کو ڈھک کر قبر کے باہر نکل آئے۔ آس پاس کی مٹی سے جلدی جلدی قبر کو بھرا جانے لگا۔ لوگ اپنی اپنی مُٹھیوں میں مٹی لیے ''قُل ہو اللہ'' پڑھ کر قبر پر ڈال رہے تھے۔ میں نے بھی ابراہیم کی دی ہوئی مٹی قبر پر ڈال دی۔ قبر مٹی سے بھر چکی تھی۔ دو مزدوروں نے پھاوڑے سے مٹی کو سمیٹ کر تربت بنا دی۔ بانگی صاحب نے سبزے کی ایک ٹہنی قبر کے سرہانے لگا دی۔ اور فاتحہ پڑھنے لگے۔ فاتحہ ختم کر کے سب لوگ قبرستان کے گیٹ کی طرف مُڑ گئے۔ میں نے مُڑ کر اُس درخت کی طرف دیکھا جہاں میں ابراہیم سقّہ کو چھوڑ آیا تھا۔ مگر اب ابراہیم وہاں نہیں تھا۔ میں نے اِدھر اُدھر نظر دوڑائی۔ ابراہیم کہیں نظر نہیں آیا۔ شاید وہ لوٹ گیا تھا۔ میں بھی بوجھل قدموں کے ساتھ اپنے کمرے پر لوٹ آیا۔

اُس رات مجھے ٹھیک سے نیند نہیں آئی۔ قبرستان کی پُراسرار فضا بار بار میری نیند میں خلل ڈال رہی تھی۔ میں خوف زدہ نہیں تھا مگر ایک بے نام اُداسی میرے حواس پر چھائی ہوئی تھی۔ صبح جب آنکھ کھلی تو باہر کچھ شور سنائی دیا۔ میں نے کھڑکی سے جھانک کر دیکھا لوگ زور زور سے باتیں کرتے ہوئے تیزی سے ایک طرف کو جا رہے تھے۔ دو چار لڑکے بھاگتے ہوئے بھی دکھائی دیے۔ میں نیند کے دباؤ سے لڑکھڑاتا ہوا اُٹھا اور دروازہ کھول دیا۔ پھر ایک شخص سے پوچھا۔

''کیا ہوا بھائی! یہ لوگ کہاں جا رہے ہیں؟''

''قبرستان میں کسی کی لاش پڑی ہے۔'' وہ شخص تیزی سے آگے بڑھ گیا۔ میرے ذہن میں ایک خوفناک اندیشے نے سانپ کی طرح پھن اُٹھایا۔ میں نے جلدی جلدی منہ پر پانی کے دو

چار چھپا کے مارے اور قبرستان کی طرف روانہ ہوگیا۔ قبرستان کے چاروں طرف پورا گاؤں اُمڈا ہوا تھا۔ میں نے بھیڑ میں سے جھانک کر دیکھا۔ رات کی تازہ تربت پر ایک شخص کمبل اوڑھے دونوں ہاتھوں سے تربت کو بانہوں میں سمیٹے بے حس و حرکت پڑا تھا۔ میں نے دور سے پہچان لیا وہ ابراہیم سقّہ تھا۔ میرے ذہن میں ایک اسلپ کا اور بیدار خان دیشمکھ کے گھر تین چار روز پہلے ہونے والی چوری کی واردات سے لے کر اب تک کے واقعات کی ساری کڑیاں ملتی چلی گئیں۔ قریب کی تحصیل سے کوئی ایک انسپکٹر اور دو حوالداروں کو بُلا لایا۔ وہ لوگ بھیڑ کو ہٹاتے ہوئے قبر کے پاس پہنچے۔ اُن کے ساتھ گاؤں کا تلاٹھی اور سرپنچ بھی تھے۔

انسپکٹر نے ابراہیم سقّہ کو ہلا یا ڈلا یا مگر وہ اُسی طرح بے حس و حرکت پڑا رہا۔ وہ مر چکا تھا۔ مجمع میں پہلے تو سرگوشیاں ہونے لگیں۔ پھر لوگ زور زور سے باتیں کرنے لگے۔ اُن کی باتیں تو سمجھ میں نہیں آ رہی تھیں مگر اُن کے چہروں سے رنج، افسوس اور غصہ ظاہر ہو رہا تھا۔ میں وہاں زیادہ دیر نہیں رُک سکا۔ اور چپ چاپ اپنے کمرے پر چلا آیا۔ بعد میں سنا کہ شہر سے مردہ گاڑی آئی تھی اور ابراہیم کی لاش کو پوسٹ مارٹم کے لیے شہر لے جایا گیا۔ چونکہ اُس کا کوئی وارث نہیں تھا۔ اس لیے پوسٹ مارٹم کے بعد شاید شہر کی میونسپلٹی نے لاش کو وہیں کسی قبرستان میں دفن کر دیا۔

آج پچیس برس بعد میں پھر اُسی قبرستان میں کھڑا ہوں۔ میں تو سیر کو نکلا تھا پھر یہاں کیسے پہنچ گیا؟ شاید ماضی کی کوئی یاد دامن پکڑے مجھے یہاں تک کھینچ لائی تھی۔ شام ہونے کو تھی۔ سورج ڈوب چکا تھا۔ مغرب کی طرف آسمان کی لالی میں اضافہ ہوگیا تھا۔ پرندے اپنے اپنے گھونسلوں کو لوٹ آئے تھے۔ قبرستان کی فضا اُن کے شور سے گونج رہی تھی۔ میں نے قبرستان کے چاروں طرف نگاہ ڈالی۔ دور تک کچی پکی قبروں کا سلسلہ پھیلا ہوا تھا۔ دو تین تازہ قبریں بھی نظر آ رہی تھیں۔

’’سر آپ یہاں کھڑے ہیں۔ میں آپ کو ندی کے پُل پر تلاش کر رہا تھا۔‘‘

میں چونک کر مُڑا۔ عبدالرب مجھے تلاش کرتے ہوئے وہاں آ پہنچے تھے۔

’’ہاں... بس یونہی سیر کرتے کرتے اس طرف نکل آیا تھا‘‘ میں نے بھاری آواز میں

کہا۔

"آپ کا کوئی عزیز اس قبرستان میں دفن ہے کیا؟"

"عزیز! ہاں کچھ ایسا ہی سمجھئے۔" میں نے مُڑتے ہوئے کہا۔

"چلیے ۔۔۔ چلتے ہیں۔"

میں گاؤں کی طرف چلنے لگا۔ عبدالرب میرے ساتھ چل رہے تھے۔ وہ گاؤں کی ترقی کے بارے میں کچھ بتا رہے تھے مگر میرا ذہن کہیں اور بھٹک رہا تھا۔ میرے ذہن سے پچیس برس پرانے نقوش ابھی پوری طرح زائل نہیں ہوئے تھے۔

■■

چہرہ

اُسے پتا ہی نہیں چلا کہ کب وہ ایک دردمند انسان سے تیز دھار دار ہتھیار میں تبدیل ہوگیا۔ پورا شہر فساد کی آگ میں جھلس رہا تھا۔ گھروں کو پھونکا اور دکانوں کو لوٹا جا رہا تھا۔ عبادت گاہوں کو تباہ و برباد کیا جا رہا تھا۔ انسانوں کو جانوروں کی طرح ذبح کیا جا رہا تھا۔ عورتوں کی عصمت دری کی جا رہی تھی۔ اُن کی چھاتیاں کاٹی جا رہی تھیں، ان کی شرم گاہوں کو نیزوں سے چھیدا جا رہا تھا۔ ماؤں کے سامنے بچوں کی ٹانگیں چیری جا رہی تھیں اور پھر کسی وحشی شکاری کی طرح انھیں سلاخوں میں پرو کر آگ پر بھونا جا رہا تھا۔ غرض یہ کہ انسانیت اور شرافت کی دھجیاں اڑ چکی تھیں اور تہذیب گلی کوچہ کو چہ منہ چھپاتی پھر رہی تھی۔ ریڈیو اور ٹی وی کی خبریں، اخباروں کے تبصرے، صبح و شام گشت کرتی افواہیں ۔۔۔۔۔۔

ان تماموں کے بیچ اُسے اپنا وجود ایک حقیر ذرّے سے بھی زیادہ بے معنی، بے حقیقت لگ رہا تھا۔ اُس کی سمجھ میں نہیں آ رہا تھا کہ اُسے کیا کرنا چاہیے۔ ٹی وی کی خبریں سن کر کبھی وہ خوف و دہشت سے کانپنے لگتا اور کبھی اخبار کے اشتعال انگیز تبصرے پڑھ کر اس کی رگوں میں غصے اور نفرت کی چنگاریاں سی بھر جاتیں۔ کبھی اسے لگتا کہ ڈر کا شکنجہ اسے اس قدر کستا جا رہا ہے کہ وہ انسان کے بجائے ایک معمولی سے لجلجے کیچوے میں تبدیل ہوتا جا رہا ہے اور کبھی کوئی خبر اسے اس قدر

مشتعل کر دیتی کہ اسے محسوس ہوتا کہ اس کے ناخن بڑھ رہے ہیں، دانت باہر نکل آئے ہیں اور اس کے جسم پر کسی گوریلا کی طرح لمبے اور گھنے بال اُگ آئے ہیں۔ تب وہ گھبرا کر آئینے میں اپنی صورت دیکھتا۔ مگر آئینے میں تو اس کی شکل ایک عام انسان جیسی ہی تھی۔ وہی ماتھا، آنکھیں، ناک اور ہونٹ۔ پھر اس کے اندر یہ کیسا وحشی پرورش پا رہا تھا۔

پچھلے دو تین ہفتوں سے وہ ٹھیک سے سو بھی نہیں سکا تھا۔ رات ہوتے ہی فضا میں ایک پُراسرار سنّاٹا چھا جاتا کہ وہ خود اپنی سانسوں کی آمد و رفت بھی طبیعت پر گراں گزرتی تھی۔ لوگ سرگوشیوں میں باتیں کرتے اور باتیں کرتے ہوئے ان کی آنکھوں میں ایک انجانا خوف جھانکتا رہتا۔ رات میں کامپوز کی ایک آدھ ٹکیہ کھا کر وہ سونے کی کوشش بھی کرتا تو کبھی مکمل نیند نہ آتی۔ وہ ہر آدھے گھنٹے بعد کوئی ڈراؤنا خواب دیکھ کر چونک پڑتا۔۔۔ کبھی دیکھتا اس کے چاروں طرف زبردست آگ لگی ہے اور آگ کی لپٹیں زہریلی ناگنوں کی طرح اس کی طرف بڑھ رہی ہیں۔ وہ ان سے بچنے کے لیے اِدھر اُدھر بھاگتا ہے۔ مگر اُسے اس آگ کے گھیرے سے باہر نکلنے کا راستہ نہیں ملتا۔ کبھی وہ دیکھتا ہے کہ اس کا ایک قریبی دوست اس کے گھر آیا ہے۔ اس کے ہاتھوں میں پھولوں کا ایک گلدستہ ہے۔ دوست گلدستہ پیش کرتا ہے۔ وہ جوں ہی گلدستہ لینے کے لیے ہاتھ بڑھاتا ہے۔۔۔ ایک دھماکا ہوتا ہے اور گلدستہ پتی پتی فضا میں بکھر جاتا ہے۔

کبھی دیکھتا ہے کہ اسے بہت شدّت کی پیاس لگی ہے۔ وہ پانی پینے کے لیے نل کھولتا ہے مگر یہ دیکھ کر دہشت زدہ ہو جاتا ہے کہ نل سے پانی کے بجائے خون کی دھار نکل رہی ہے۔ ایسے ہی اوٹ پٹانگ خواب دیکھ دیکھ کر وہ جاگ پڑتا اور پھر دیر تک بستر پر کروٹیں بدلتا رہتا۔ اُس روز بھی اُس نے ایک ایسا ہی بے تکا خواب دیکھا تھا کہ اچانک اس کے اندر ایک گینڈے کی سی طاقت پیدا ہو گئی ہے۔ اس کے ماتھے پر ایک سینگ نکل آیا ہے۔ اس کی شکل دیکھ کر خود اس کے بیوی بچے خوف زدہ ہو گئے ہیں۔ وہ انھیں سمجھانے کی کوشش کرتا ہے کہ یہ سینگ عارضی ہے۔ بس تھوڑی دیر بعد خود ہی غائب ہو جائے گا۔ مگر بیوی بچوں کا خوف کسی طرح کم نہیں ہوتا۔ تبھی کسی کھٹکے سے اس کی آنکھ کھل گئی۔ وہ کان لگا کر کسی آواز کو سننے کی کوشش

کرنے لگا۔ مگر اسے اب کوئی بھی آواز سنائی نہیں دے رہی تھی۔ آدھی سے زیادہ رات بیت چکی تھی۔

باہر ایک ہولناک سنّاٹا چاروں طرف چھایا ہوا تھا۔ اچانک ایک شور بلند ہوا۔ جیسے ہزاروں بد ارواح بیک وقت چیختی چنگھاڑتی گلیوں میں دوڑتی پھر رہی ہوں اور اسی وقت کسی نے اس کا دروازہ کھٹکھٹایا۔ بیوی بھی جاگ گئی تھی۔ اس نے سہمی نظروں سے اس کی طرف دیکھا۔ وہ اٹھ کر دروازے کی طرف بڑھا۔

بیوی کی پھنسی پھنسی آواز نکلی ”نہیں۔“

وہ دروازے کے قریب پہنچ کر آئی ہول میں سے دیکھنے لگا۔ اس کے پڑوسی کا چہرہ نظر آیا۔ وہ دروازہ تھوڑا کھول کر جھانکنے لگا۔

”باہر نکل آؤ۔۔۔۔دشمن نے حملہ کر دیا ہے۔“

وہ پورا دروازہ کھول کر باہر نکل آیا۔ سامنے اس کے تینوں چاروں پڑوسی کھڑے تھے۔ کسی کے ہاتھ میں تلوار تھی، کسی کے ہاتھ میں گپتی اور کوئی بلّم لیے کھڑا تھا۔

”تم بھی کوئی ہتھیار لے لو آج دشمن کے حملے کا منہ توڑ جواب دینا ہے۔“

”کون سا دشمن؟“ اس کے منہ سے اچانک نکل گیا۔

”چلو احمق مت بنو۔ دشمن سر پر آ چکا ہے۔“

وہ تینوں چاروں اسے گھسیٹتے ہوئے بلڈنگ سے باہر لے آئے۔ باہر آس پاس کی بلڈنگوں سے بھی کئی لوگ اکٹھا ہو چکے تھے۔ سب کے ہاتھوں میں کوئی نہ کوئی ہتھیار تھا۔ لاٹھی، بلّم، تلوار، چاپڑ، ہاکی اسٹکس اور کلہاڑی۔

یہ سارے ہتھیار رات کے اندھیرے میں بار بار چمک کر اس کے اندر ایک کپکپی پیدا کر رہے تھے۔ اس نے سامنے اندھیرے میں دیکھا۔ دور سڑک پر کچھ پرچھائیاں سی ڈولتی نظر آئیں۔ اس کی ریڑھ کی ہڈی میں ایک سرد لہر سی دوڑ گئی۔ اور دل سینے سے نکل کر کنپٹیوں میں دھڑکنے لگا۔ دفعتاً سامنے سے سوڈا واٹر کی دو چار بوتلیں آ کر پھٹیں، جواب میں ادھر سے بھی پتھر اور اینٹیں پھینکی گئیں۔ ادھر سے نعرہ لگا۔ ادھر سے بھی نعرے کا جواب دیا گیا۔ پتھر، اینٹوں اور سوڈا

واٹر کی بوتلوں کی بارش، نعروں کی گونج، گالیوں کی بوچھار، ایک قیامت کا شور اٹھا۔

”مارو جانے نہ پائے۔ ختم کر دو۔ آ گئے بڑھو، آج سارے حساب چکا دو۔“

لوگ چیخ رہے تھے چلا رہے تھے۔ اِدھر سے اُدھر بھاگ رہے تھے۔ نیزے اور تلواریں چمکا رہے تھے۔ پہلے تو وہ حیران آنکھوں سے سب کو دیکھتا رہا۔ ان کی چیخیں اور نعرے سنتا رہا۔ اندھیرے میں اسے کچھ بھی صاف صاف نہیں دکھائی دے رہا تھا۔ نہ دوست نہ دشمن۔ اس کے پڑوسی بلّم اور تلواریں لیے بھیڑ میں کہیں گم ہو چکے تھے۔ اتنے میں ایک چیخ بالکل اس کے قریب سے اُبھری کسی کے سینے میں بلّم اُتار دیا گیا تھا۔

ایک لمحے کو وہ سر سے پاؤں تک کانپ گیا۔ خوف کی ایک لہر بجلی کے کرنٹ کی طرح اس کے شریانوں میں دوڑ گئی مگر پھر جانے کیا ہوا؟ کیسے ہوا؟ اس کی سمجھ میں کچھ نہیں آیا۔ شاید اس کے اندر سویا ہوا گوریلا بھی جاگ گیا تھا۔ گوریلا غرایا۔ ایک خوفناک چیخ اس کے حلق سے نکلی اور اس نے جھک کر پاس میں پڑی ہوئی تلوار اٹھالی۔ پھر ایک جھنگھاڑ کے ساتھ بجلی سی چمکی اور اس کی تلوار دشمن کی گردن پر پڑی، گردن آدھی سے زیادہ کٹ کر لٹک گئی اور دشمن کسی کٹے ہوئے درخت کی مانند زمین پر ڈھیر ہو گیا۔ اتنے میں پولیس کے سائرن کی آواز سنائی دی۔

کوئی چلّا یا۔ ”بھاگو پولیس آ گئی۔“

سب اِدھر اُدھر بھاگنے لگے۔ وہ بھی تلوار پھینک کر اپنے گھر کی طرف بھاگ کھڑا ہوا۔ اندھیرے میں گلی پار کرکے گٹر پھلانگی، پھر تیزی سے اپنی بلڈنگ میں داخل ہو گیا اور اڑتا ہوا سا اپنے گھر کے زینے طے کیے اور غڑاپ سے اپنے گھر میں داخل ہو گیا۔

بیوی ڈری سہمی کھڑی تھی اس نے گھبرائے ہوئے لہجے میں پوچھا۔

”کیا ہوا؟“

وہ بستر پر گر کر کسی تھکے ہوئے جانور کی طرح۔۔۔ ہانپنے لگا۔۔۔ ہانپتا رہا۔

”کیا ہوا بولو نا۔۔۔؟“ بیوی دوبارہ گھگھیائی۔

”کچھ نہیں سو جاؤ چپ چاپ۔“ اس کی آواز میں سچ مچ جانوری سی غراہٹ تھی۔ بیوی سہم کر چپ ہو گئی۔ ”مجھے ڈر لگ رہا ہے۔“ بیوی نے لرزتی آواز میں کہا۔ اس نے بیوی کی طرف مڑ کر

دیکھا۔کمرے میں اندھیرا تھا۔ بیوی کا چہرہ دکھائی نہیں دیا مگر اس کی آواز سے لگ رہا تھا کہ
وہ بے حد دہشت زدہ ہے۔ اُس نے آہستہ سے اُس کے کاندھے پر ہاتھ رکھا۔ اور قدرے نرم
آواز میں بولا ”سو جاؤ کچھ نہیں ہوگا، پولیس آچکی ہے۔“

بیوی گڑی مُڑی بنی اس کے بغل میں لیٹ گئی اور آہستہ آہستہ سسکنے لگی۔ وہ اس کی پیٹھ پر
ہاتھ رکھے چپ چاپ پڑا رہا۔

باہر دور سڑک پر شور سنائی دے رہا تھا۔ دو چار فائر بھی ہوئے۔ پولیس کی گاڑیوں کے
سائرن چیخ رہے تھے۔ شاید پولیس نے کچھ لوگوں کو گرفتار کر لیا تھا۔

اس کے اندر رچ جانے والے گوریلا کے ناخن جھڑنے لگے۔ دانت ٹوٹ گئے اور لمبے گھنے بال
غائب ہو گئے۔ گوریلا کسی خوفزدہ بچے کی طرح اس کے وجود کے کسی کونے میں دوبارہ سکڑ سمٹ گیا
تھا۔ اب باہر خاموشی چھائی تھی۔ مگر وہ خاموشی اس کے اندر ایک کر بنا ک چیخ کی طرح گونج رہی
تھی اور ساتھ ہی بار بار گھوم جاتی تھی تصور میں ایک کٹی ہوئی گردن، اور لہرا کر زمین پر گرتا ہوا ایک
انسان کا وجود ۔۔۔۔ وہ اندھیرے میں چت لیٹا چھت میں گھومتے پنکھے کو گھورتا رہا۔ بے چینی بڑھ
جاتی تو کروٹ بدل کر آنکھیں بند کر لیتا۔ مگر آنکھیں بند ہوتے ہی کٹی ہوئی گردن نظروں کے
سامنے گھوم جاتی اور وہ چونک کر دوسری کروٹ بدل لیتا۔ وہ رات بھر اسی طرح کروٹیں بدلتا رہا۔
ایک پل کے لیے بھی اس کی آنکھ نہ لگ سکی۔

صبح وہ چائے پی رہا تھا کہ دروازے پر دستک ہوئی۔ اس نے اٹھ کر دروازہ کھولا۔ وہی
رات والا پڑوسی تھا۔ پڑوسی نے چوکنی نگاہوں سے اِدھر اُدھر دیکھ کر انتہائی رازدارانہ انداز
میں سرگوشی کی ”رات کے دنگے میں سات آدمی مارے گئے۔ تین اپنے اور چار ان کے۔“

اس نے کوئی جواب نہیں دیا۔ چپ چاپ اس کا منہ تکنے لگا۔ پڑوسی اس کے اور قریب
جھک آیا۔ ”میں نے بھی ایک کو لڑھکا دیا تھا۔ تم نے بھی کسی کو مارا یا نہیں؟“

اتنے میں زینے پر کوئی کھٹکا ہوا۔ پڑوسی دروازے سے ہٹتا ہوا بولا۔ ”میں بعد میں آؤں
گا۔“ اس نے دروازہ بند کر دیا۔ رات کا منظر ایک بار پھر اس کی آنکھوں میں گھوم گیا۔ کٹی ہوئی
گردن جیسے اس کے تصور میں کسی میخ کی طرح گڑ گئی تھی۔ اس کے اندر بگولا سا اٹھا تھا۔

”کون تھا وہ؟ دوست یا دشمن؟ کیسی ہوگی اس کی صورت؟ شادی شدہ تھا یا غیر شادی شدہ؟ شاید وہ بھی اس کی طرح اس جھگڑے میں پڑنا نہ چاہتا ہو۔۔۔اور اسی کی طرح اس کے کسی پڑوسی نے اسے بھی اس نرک میں گھسیٹ لیا ہو۔۔۔اس کے ہاتھ میں جو بلم تھا وہ اس کے ہاتھ اسی طرح غیر متوقع طور پر آ گیا ہو، جس طرح اس کے ہاتھ میں وہ تلوار آ گئی تھی۔۔۔اُف۔۔۔۔۔

درد سے اس کا سر پھٹنے لگا۔میز پر رکھی چائے ٹھنڈی ہوگئی۔وہ اٹھ کر باتھ روم چلا گیا۔شیو بناتے ہوئے اس نے آئینے میں اپنی شکل دیکھی۔اسے اپنی شکل کچھ بدلی بدلی سی دکھائی دی۔

آئینے میں اپنی شکل دیکھتے ہوئے اس نے سوچا اگر اس کی گردن بھی آدھی کٹ کر لٹک جائے تو؟ آئینے میں اپنی کٹی ہوئی گردن دیکھ کر وہ کانپ گیا۔باتھ روم سے باہر نکل کر اس نے کپڑے تبدیل کیے جب جوتے پہننے لگا تو بیوی نے جھجکتے ہوئے کہا۔

”آج دفتر مت جائیے، مجھے بہت بہت ڈر لگ رہا ہے۔“

”دفتر نہیں جا رہا ہوں۔“

”پھر؟“

”آج اخبار نہیں آیا۔چورا ہے سے اخبار لے کر آتا ہوں گھبراؤ نہیں۔“

”جلدی آنا۔“

وہ باہر نکل گیا۔سڑک پر پہنچ کر اس نے اس سمت نگاہ ڈالی جدھر رات میں ہنگامہ ہوا تھا۔ وہاں دور دور پولیس کے جوان تعینات نظر آئے۔وہ دوسری طرف مڑ گیا۔راستے میں جگہ جگہ کانچ کی کرچیں بچھی تھیں۔اینٹیں اور پتھر بکھرے پڑے تھے۔لیمپ پوسٹ کے بلب ٹوٹے ہوئے تھے۔دکانوں کے شٹرز اکھڑے ہوئے تھے۔ایک دکان بری طرح جل گئی تھی۔اس سے اب بھی دھواں اٹھ رہا تھا۔سڑک پر اکا دکا آدمی آ جا رہے تھے۔مگر ہر کوئی چوکنا اور گھبرایا ہوا دکھائی دے رہا تھا۔پولیس وین تیزی سے اس کی بغل سے گزر گئی۔وہ آگے بڑھ گیا۔چلتے چلتے اسے اچانک محسوس ہوا کہ وہ چورا ہے پر جانے کی بجائے کہیں اور نکل آیا ہے۔اس نے نظر اٹھا کر دیکھا وہ اپنے وارڈ کے سرکاری اسپتال کے سامنے کھڑا تھا۔وہ یہاں کیوں آیا ہے۔۔۔؟ سوال اس کے دماغ میں سانپ کے پھن کی طرح پھر ابھرا۔وہ گیٹ سے اندر داخل ہو گیا۔

اندر اسپتال کا کاریڈور لوگوں سے کھچا کھچ بھرا تھا۔ لوگ بھانت بھانت کی بولیاں بول رہے تھے۔ مگر کسی کی کوئی بات سمجھ میں نہیں آ رہی تھی۔ یہ سب لوگ غالباً فساد میں زخمی ہونے والوں اور مرنے والوں کے عزیز رشتے دار تھے۔ کچھ لوگ ٹولیوں میں کھڑے دھیرے دھیرے آپس میں باتیں کر رہے تھے۔ کوئی رو رہا تھا اور باقی اسے تسلّی دے رہے تھے۔ کچھ نوجوانوں کے چہرے جوش اور غصّے سے تمتما رہے تھے۔ ہر شخص ایک دوسرے کو شک کی نگاہ سے دیکھ رہا تھا۔ انھیں لوگوں میں دو چار حوالدار بھی ڈنڈے لیے اِدھر اُدھر ٹہل رہے تھے۔ اس نے آگے بڑھ کر ایک حوالدار سے پوچھا۔

’’حوالدار صاحب! کل رات رام نگر میں مرنے والوں کی لاشیں کدھر رکھی ہیں؟‘‘

’’کیوں؟‘‘

’’کل سے میرا بھائی کھو گیا۔۔۔ شاید۔۔۔ مرنے والوں میں۔۔۔۔‘‘

’’اُدھر جاؤ‘‘ اُس نے ایک بڑے سے لوہے کے جالی دار دروازے کی طرف اشارہ کیا۔

وہ اس طرف بڑھ گیا۔ دروازے پر ایک بندوق دھاری سپاہی کھڑا تھا۔

’’مجھے لاشوں کا چہرہ دیکھنا ہے۔۔۔ میرا بھائی۔۔۔۔‘‘ جملہ پورا ہونے سے قبل ہی حوالدار نے گردن سے اندر جانے کا اشارہ کیا۔ جالی دار دروازہ ذرا سا کھلا تھا۔ جس میں سے صرف ایک آدمی دب کر اندر جا سکتا تھا۔

وہ اندر داخل ہو گیا۔۔۔ یہ ایک بڑا سا کمرہ تھا۔ جس میں کسی قسم کا کوئی فرنیچر نہیں تھا۔۔۔ کمرے میں دو ٹیوب لائٹ روشن تھیں۔۔۔ سامنے ایک قطار میں سات کٹی پھٹی لاشیں پڑی تھیں۔۔۔ وہ دھیرے دھیرے آگے بڑھا۔

اس نے اندھیرے میں صاف طور پر اس کا چہرہ نہیں دیکھا تھا۔ پھر بھی اس کی ایک جھلک اس کے لاشعور میں کہیں محفوظ تھی۔ نصف کٹی ہوئی گردن پھٹی پھٹی آنکھیں اور کھلا ہوا منہ۔ وہ لاشوں کے قریب پہنچ گیا۔ اس نے جھک کر ایک ایک لاش کا چہرہ دیکھنا شروع کیا۔۔۔۔ مگر۔۔۔ یہ کیا۔۔۔؟

وہ ایک جھٹکے سے سیدھا کھڑا ہو گیا۔ جیسے اسے بجلی کا ننگا تار چھو گیا ہو۔

اُن ساتوں کے چہرے ایک جیسے تھے۔اور سب کی شکلیں ہو بہو اس کی اپنی صورت سے ملتی جلتی تھیں۔اس نے محسوس کیا کہ اس کے پیر کانپ رہے ہیں۔اور ہتھیلیاں پسینے سے بھیگتی جا رہی ہیں۔